ARTHUR HEULHARD

L'ÉVANGILE
DE NESSUS

PARIS

ARTHUR HEULHARD, ÉDITEUR

6, rue Saulnier, 6

—

1909

L'ÉVANGILE DE NESSUS

ARTHUR HEULHARD

L'ÉVANGILE

DE NESSUS

PARIS

ARTHUR HEULHARD, ÉDITEUR

6, rue Saulnier, 6

—

1909

Droits de traduction et de reproduction réservés.

L'ÉVANGILE DE NESSUS

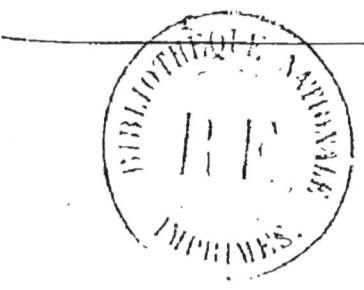

I

L'ÉVANGILE DE CÉRINTHE

L'Église distingue entre les Évangiles en disant de certains qu'ils sont authentiques et des autres qu'ils sont apocryphes. Il n'y a pas d'Évangiles apocryphes par comparaison avec les quatre Évangiles canoniques. Tous les Évangiles sont apocryphes, mais il ne serait pas juste de dire qu'ils le sont également. Ceux qui le sont le plus sont ceux que l'Église a mis sous les noms de Mathias bar-Toamin (Mathieu), de Jehoudda bar-Shehimon (Marc), et de Lucius (Luc), frère de Simon de Cyrène, tous morts sans avoir connu d'autre Évangile que l'*Apocalypse*, synthèse et conclusion de tout l'Ancien Testament. Le seul des Évangiles canoniques dont on connaisse positivement l'auteur, c'est celui qu'on appelle le *Quatrième* ou *Évangile de Jochanan*; il est de Cérinthe.

L'Évangile de Cérinthe est un de ceux que recevaient les Valentiniens avant que l'Église ne l'enlevât aux Cérinthiens pour le donner à un Évangéliste de

1

son invention qu'elle appelle Jochanan. Ils le recevaient parce que, comme tous les leurs, il distinguait entre le personnage du christ qui avait réellement souffert et celui de Jésus qui était resté impassible, faute de substance (1). Et s'ils ne recevaient point celui de Marcion, qui concluait de même, c'est uniquement parce qu'en même temps il repoussait l'élection des Juifs. Mieux que cela, aucun des Évangiles que l'Église a synoptisés avant de s'en servir ne soutenait que Jésus eût eu chair en dehors du christ baptiseur. L'inexistence de Jésus, c'est le fondement même de ce qu'on appela longtemps les « fables judaïques artificiellement composées, — fabriquées est le vrai mot, — dit la *Lettre de Pierre* » en parlant précisément de la fable de Cérinthe avant qu'on ne l'eût canonisée. Si Jésus eût existé, il n'y aurait pas d'*Évangiles*.

L'Évangile de Cérinthe mérite le titre que les Valentiniens avaient donné aux leurs, *Évangiles de la Vérité* (2). Cette vérité essentielle, c'est que Jésus n'a point eu chair et que seul le roi des Juifs a souffert sur la croix. On peut être certain que les passages du *Quatrième Évangile*, dans lesquels Jésus est donné comme ayant vécu, — ils sont d'ailleurs très rares, — sont des fraudes de même farine que les témoignages analogues des trois *Synoptisés*, particulièrement celui qu'on a mis sous le nom de Lucius de Cyrène et où l'on fait dire à Jésus : « *Touchez-moi* (3) et voyez que je ne suis pas un *Esprit sans corps* (un revenant), car un esprit n'a

---

(1) Irénée, *Contra hæreses*, l. V, ch. xi.

(2) Irénée, *Adversus hæreses*, l. III, ch. xiii. Tertullien, *De præscriptione*, ch. xlvii.

(3) C'est précisément pour obvier au passage de Cérinthe (xx, 17) dans lequel Jésus dit : *Ne me touchez pas.*

ni chair ni os, comme vous voyez que j'en ai (1). » Le nom
de tous les Évangiles, canoniques ou non, qui plaident
aujourd'hui l'existence physique de Jésus, c'est *Évangiles du mensonge*. Tous les écrits ou passages dans
lesquels Justin, Clément d'Alexandrie, Irénée et Origène
couvrent cette proposition de leur autorité sont autant
de faux introduits dans leur œuvre après leur mort.

Au nombre des sectes qui connaissaient, professaient
même l'inexistence charnelle de Jésus, il en est une dont
l'enseignement intéresse tout particulièrement la confection des Évangiles, c'est la secte des Aloges ou Alogiens. Ils disaient que le juif Kérinthos était l'auteur
premier de l'écrit aujourd'hui connu sous le nom de
Quatrième Évangile ou *Évangile selon Jochanan?* En
d'autrés termes ils ne savaient pas que cet Évangile fût
d'un certain Jochanan, fils de Zibdéos comme le Joannès
baptiseur, et qui aurait été apôtre d'un nommé Jésus
de Nazareth. S'ils ignoraient cela, c'est pour de
bonnes raisons : il y avait parmi les Juifs des gens qui
avaient vu Cérinthe au travail et qui se disaient Cérinthiens. Le témoignage des Alogiens est d'autant plus
digne de foi qu'ils combattaient l'élection et la mission
juives dont Cérinthe, disciple de Bar-Jehoudda quant au
millénarisme, s'était institué le protagoniste dans son
Évangile.

On ne sait trop comment il faut entendre ce nom
d'Aloges. Il a un sens très différent selon qu'ils se disaient ou qu'on les disait Aloges.

Aloge peut s'entendre d'un homme qui nie soit l'existence du Logos comme seconde personne de Dieu, soit

(1) Luc, XXIV, 36.

son incarnation dans Bar-Jehoudda, soit le privilège de la révélation juive. Je suis un Aloge. Aloge peut s'entendre d'un homme privé de raison parce qu'il nie cela, et en ce sens je suis encore un Aloge. Mais où les Aloges me semblent mériter l'estime des connaisseurs, c'est quand, sans le moindre intérêt dans la cause, uniquement parce qu'il en est ainsi, ils attribuent à Cérinthe l'écrit qui de remaniements en remaniements est devenu le *Quatrième Évangile*. Car cet écrit est de quelqu'un ; et la principale hérésie qu'on reproche à Cérinthe, celle d'avoir dit que, n'ayant point eu chair, Jésus n'avait pu mourir sur la croix, c'est aujourd'hui encore le fondement de cet Évangile. Je suis un Aloge.

Que cet écrit ait été longtemps considéré comme abominable, nous en avons la preuve dans la haine que l'Église porte à Cérinthe, dans les calomnies dont elle l'accable, dans l'impossibilité où elle s'est trouvée de le synoptiser, dans l'obligation où elle a été de le lui enlever pour le traiter à sa guise et pour le donner, après de longues manœuvres dolosives, à un Évangéliste de son crû.

Nous ne savons de Cérinthe que ce qu'il a plu à l'Église de nous transmettre, en un temps où on lui avait déjà enlevé la paternité de son Évangile pour la donner à un apôtre fictif nommé Jochanan. A peine sait-on aujourd'hui de quel pays il était. Les uns le font d'Éphèse, d'autres d'Alexandrie. Quant à la question de savoir en quel siècle il a vécu, si c'est au premier ou ou second (1), elle est facile à trancher, aucun Évangile

---

(1) Basnage, *Annales politiques ecclésiastiques*, t. II, p. 6. Faydit,

n'ayant paru dans le cours du premier. Tant que son
écrit fut considéré comme étant de lui, ce fut celui qui
embarrassa le plus l'Église, puisqu'à l'instar de tous
les Gnostiques il y faisait valoir que le personnage
de Jésus était une simple allégorie recouvrant Bar-
Jehoudda mis en croix la veille de la Grande Pâque. A
vrai dire, si l'Église de Rome, à un moment qu'on ne
peut préciser, n'avait pas mis la main sur cet Évangile
non pour le synoptiser — c'était impossible — mais pour
l'arranger à sa manière, la jehouddolâtrie ne serait
jamais devenue une religion, puisqu'elle repose sur une
double mystification : l'existence de Jésus et l'Eucharistie, dont Cérinthe refusait de se faire le complice.
Longtemps on eut beaucoup plus peur de lui que de
Valentin, par exemple, car il n'était pas seulement juif,
il était millénariste, et par surcroît inclinant vers la
doctrine de Jehoudda Is-Kérioth; c'est donc à tort
qu'on le range parmi les Gnostiques, il ne l'est que
sur un point : il connait, il avoue, il prêche l'inexistence
de Jésus en chair.

Pour l'Église hiérarchisée comme pour l'Église nais-
sante, Cérinthe est un monstre : monstre comme homme,
parce qu'il tue dans l'œuf la spéculation organisée sur
le corps de Jésus; monstre comme évangéliste, puisque,
vaincu par l'évidence, il conclut en faveur du système
d'Is-Kérioth contre celui du Baptiseur. On dit qu'il
avait étudié la philosophie, voire les belles-lettres, à
Alexandrie (1). S'il en est ainsi, il n'en avait rien re-

Eclaircissements sur l'Histoire ecclésiastique des deux premiers siècles,
ch: V, p. 64.

(1) Théodoret, *Fabulæ hæreticæ*, l. II, ch. III. Mosheim, *Histoire
ecclésiastique*, 1776, in-8°, t. I, p. 149.

tenu, car il considérait que le salut des nations dépendait des Juifs, proposition insoutenable en philosophie. Toutefois il n'était point juif au point de considérer que Bar-Jehoudda et ses frères pussent se présenter devant Dieu sans fournir quelques explications sur leurs sentiments et sur leurs actes. Sur ses opinions christologiques nous avons les passages de son Évangile qui n'ont pas été modifiés par l'Église; ceux-ci sont assez rares. On y retrouve quelques-unes de celles que lui prêtent avec plus ou moins d'intelligence et de bonne foi les écrivains ecclésiastiques qui ont opéré sous les noms d'Irénée, Hippolyte, Épiphane et autres.

En voici la synthèse d'après ces imposteurs :

« Au-dessous du Dieu suprême (celui que Joannès appelle l'Ancien des jours, les sept jours de la Genèse, et que les Évangélistes appellent le Père), Cérinthe plaçait un *être* qu'il considérait comme le Créateur, le Facteur du monde et en même temps le Législateur du peuple juif. » Jusqu'ici Cérinthe est un christien parfaitement orthodoxe, il tire toute sa doctrine de l'*Apocalypse*.

« L'Empire de cet être ayant peu à peu dégénéré de sa vertu primitive, le Père avait résolu de le détruire, et à cet effet il avait envoyé sur la terre (la terre juive s'entend) un homme qui s'est appelé christ et qui était un des douze Æons, mais supérieur en bonheur et en gloire à tous les autres Æons. » Il ne nous reste qu'à définir le mot Æon pour voir que là encore Cérinthe se conforme à la Révélation apportée par l'homme en question.

Un Æon (d'aïốn, cycle) est une des douze puissances

inscrites dans le Zodiaque millénaire. L'Æon-christ, c'est le douzième, le *Zib* ou *Poissons*, et c'est ce que prétendait être le fils ainé de Jehoudda, en Évangile *Zachûri* ou *Zibdéos*, c'est-à-dire le *Verseau*, signe qui précède le *Zib*. Bar-Jehoudda comptait en effet vivre et régner mille ans, sans préjudice du reste. Cet Æon était donc, parmi les autres Æons, la plus haute expression du bonheur et de la gloire, puisqu'il était l'introducteur des Juifs dans le Royaume éternel, le médiateur entre le Verbe et eux. Là encore Cérinthe est pleinement orthodoxe.

« Cet Æon-christ aurait élu pour sa demeure le corps du jésus, homme distingué par sa *sainteté* et sa *justice*(1), fils de Joseph et de Marie, et il y était entré sous la forme d'une colombe. »

Cela peut encore aller. Mais voici qui ne saurait être de Cérinthe : « La colombe serait entrée dans Jésus, pendant que Joannès le baptisait dans le Jourdain. »

Le baptême de Jésus par Joannès est une imposture postérieure à Cérinthe ; elle appartient en propre aux trois *Évangiles* synoptisés par l'Église. Cérinthe ne l'a pas connue ou, si elle existait avant lui, il l'a repoussée comme indigne. Dans son écrit, Jésus n'est pas baptisé par Joannès ; il n'a d'autre corps que celui du Joannès lui-même.

Pour Cérinthe « Jésus s'est uni avec Christos (Bar-Jehoudda). »

C'est parfaitement exact. Dans l'Évangile primitif de Cérinthe, Jésus, c'est le douzième Æon uni par le Verbe au corps de l'homme qui se disait christ.

---

(1) *Sainteté* dans le sens naziréen. *Justice* dans le sens fanatique.

Mais voici qui n'appartient pas à Cérinthe :

« Une fois uni avec Christos, Jésus s'est vivement opposé au Dieu des Juifs et, à l'instigation de celui-ci, les chefs des Juifs l'ont pris et crucifié. »

S'il en était ainsi, le Dieu des Juifs, qui est Iahvé, *aliàs* le Père, serait le véritable auteur de la crucifixion de celui qu'il avait envoyé sur la terre. Les Juifs n'auraient été que l'instrument dont il s'est servi. Leur justification serait donc complète, ils auraient agi par ordre. Cérinthe n'a rien dit de pareil.

« Après que le christ fut *pris*, l'Æon-Sauveur est remonté au ciel, et l'homme dit Jésus dans l'Évangile a seul souffert une mort ignominieuse. »

Voilà qui est de Cérinthe. et c'est une des choses qui m'ont permis de lui restituer le *Quatrième Evangile;* elle y est encore aujourd'hui tout au long.

« Cérinthe exigeait de ses sectateurs qu'ils rendissent hommage au père de l'homme-christ », ce qui doit s'entendre du grand Jehoudda tué au Recensement. Si on l'entend du Père de tous les Juifs au dire de Jehoudda lui-même, il s'ensuit que l'homme qui a été pris et crucifié ne s'était pas opposé à leur Dieu, comme on le fait dire plus haut à Cérinthe.

« Il exigeait en outre que les Juifs rendissent hommage au Père conjointement avec le Fils. » Ceci est exact : c'est la doctrine même de l'*Apocalypse*, et on la retrouve longuement, trop longuement développée dans le *Quatrième Évangile.*

Il apparaît donc bien que Cérinthe ne considérait pas que Bar-Jehoudda fût le Verbe ou Fils de Dieu, comme on le dit aujourd'hui dans l'écrit qu'on lui a enlevé pour le donner au pseudo-Jochanan, apôtre. Il savait que l'homme-christ était fils de l'homme appelé en Évangile Joseph et de la femme appelée artificiellement Maria Magdaléenne. Il le dit encore aujourd'hui.

Il demandait à ses disciples « d'abandonner le Législateur des Juifs (le Fils par conséquent) qu'il regardait comme le Créateur du monde. » Jamais Cérinthe n'a demandé aux Juifs d'abandonner le Créateur du monde, leur propre Créateur. Au contraire, tout son Évangile consiste dans la prédication qu'il leur fait du Fils-Verbe ou Créateur.

« Il voulait qu'ils retinssent une partie de la loi de Moïse, mais que néanmoins ils s'étudiassent à vivre d'une manière conforme aux préceptes de l'homme-christ. »

Il n'en est rien. L'homme-christ voulait que les Juifs appliquassent *toute la Loi* (pan-Thora, d'où le surnom donné à son père par certains) dans toutes ses ordonnances et conséquences (1). Au contraire, le Jésus du *Quatrième Évangile* actuel demande qu'on abandonne une partie de la Loi en se relâchant du sabbat et des rites, et qu'on renonce aux sacrifices, puisqu'il n'y a plus de Temple et qu'on est suspect aux autres nations.

« Il leur promettait la résurrection de ce corps mortel, après laquelle ils éprouveraient sur la terre, pendant le règne de l'homme-christ (2), qui devait être de mille ans, les plaisirs les plus délicieux, suivis d'une vie heureuse et éternelle dans le monde céleste. »

---

(1) Luc, i, 6.
(2) Il feignait de croire que Bar-Jehoudda avait échappé aux exécutions de Pilatus.

C'est l'*Apocalypse* toute pure et dont le bénéfice (le millénarisme) est étendu à son auteur lui-même, ce qui est de toute justice. Une différence toutefois, mais énorme. Depuis la publication de cette prophétie, le christ est mort crucifié à l'âge de cinquante ans sans en avoir régné mille ; la Première résurrection, annoncée pour le 15 nisan 789, n'a pas eu lieu ; la Jérusalem céleste n'est pas descendue ; elle est toujours en haut, et le christ est toujours en bas, à Machéron.

« Cérinthe croyait que le christ reviendrait un jour sur la terre et qu'*après s'être réuni avec Jésus* (image de l'Æon douzième), il régnerait mille ans dans la Palestine (seulement ?) avec son peuple (le peuple juif). »

Si Cérinthe croyait cela, c'est qu'il savait modérer son ambition : relativement aux autres Évangélistes, c'est un sage. En cela les Cérinthiens peuvent être identifiés avec les Aloges, ils niaient que Bar-Jehoudda fût le Logos, tout au plus était-il l'Æon-*Zib*. S'il était consubstantiel au Père, c'est dans la proportion d'un douzième.

L'inexistence de Jésus résultant du dispositif de Cérinthe, il n'a pas été difficile d'y introduire des parties de Valentin, puisque cette inexistence est en même temps le pivot des Évangiles valentiniens. Chez Valentin comme chez Cérinthe Jésus est une image du Verbe, il descend du ciel dans la fable sous les espèces du christ baptiseur, auteur de l'*Apocalypse*. La différence entre le Jésus de Cérinthe et celui de Valentin, c'est le millénarisme de l'un et le gnosticisme de l'autre. Le mélange de ces deux théories inconciliables produit des effets d'incohérence inouïs, mais le procédé des deux Évangélistes est le même. Tantôt Jésus se confond avec son prophète, comme le veut le principe même de la Logophanie (1), tantôt il s'en sépare, comme le lui permet sa nature spirituelle. Quand Joannès est indéfendable, Jésus se retire de lui et souvent il en avertit le public. Il veut bien se prêter aux fantaisies de Cérinthe, mais quand il juge à propos de quitter le corps de son double terrestre, il le fait avec des commentaires parfois désobligeants. Par exemple, il ne lui plairait pas du tout qu'on eût l'air de prétendre qu'il a été crucifié pour de bon! De sa nature, il n'est pas crucifiable physiquement; c'est le corps de Joannès qui a été en croix, il prend bien soin de le dire. Joannès est son disciple préféré, la preuve c'est qu'il lui a révélé l'*Apocalypse*, mais c'est tout. Il lui a promis de ressusciter tous ceux qui tomberaient pour la Loi avant le 15 nisan 789. Il se trouve que, contre son attente, Joannès est de ceux-là, mais Jésus ne veut pas qu'on le dise et il fait le jeu de Maria Magdaléenne. Telle est l'économie formelle de l'Évangile cérinthien.

Vous savez maintenant pourquoi j'ai intitulé ce volume l'*Évangile de Nessus*. Quoique le Mensonge soit taillé comme Hercule, il mourra de la robe empoisonnée que Cérinthe a mise sur les épaules de l'Église.

---

(1) Apparition du Logos ou Verbe.

II

CHAPITRE PREMIER (PROLOGUE)
LE VERBE

Les théologiens et les exégètes se pâment devant la définition du Verbe ou Logos. Ils y voient du sublime et comme l'écho d'une inspiration céleste. Voici cette définition :

1. Au commencement était le Verbe (1), et le Verbe était en Dieu, et le Verbe était Dieu.

2. C'est lui qui au commencement était en Dieu (2).

3. Toutes choses ont été faites par lui : et sans lui n'a été fait rien de ce qui a été fait (3).

4. En lui était la vie, et la vie était la lumière des hommes (4) ;

5. Et la lumière luit dans les ténèbres, et les ténèbres ne l'ont pas contenue (5).

(1) « Je suis le commencement, le milieu et la fin, dit le Verbe dans l'*Apocalypse.* » Mon Dieu, oui ! C'est ainsi quand on est tout. « Je suis le commencement, le milieu et la fin, dit-il dans les Védas *'Baghavat-Gita.* vii, ix, x) en même temps que chez les Egyptiens. — avant eux, si l'on veut, — en tout cas des milliers d'années avant Cérinthe

(2) « Ils ne sont pas séparés, car l'union, c'est leur vie », dit Hermès Trismégiste.

(3) « C'est lui qui a fait tout ce qui est, et rien n'a été fait sans lui jamais. » (Inscriptions du temple de Philœ et de celui de Médinet-Abou.)

(4) « En la vie et la lumière consiste le père de toutes choses. (Hermès, *le Pasteur.*) « Cette lumière, c'est moi, l'Intelligence, ton Dieu, antérieur à la nature humide qui sort des ténèbres, et le Verbe lumineux de l'Intelligence, c'est le Fils de Dieu ». (Hermès, *le Pasteur.*)

(5) Et non « comprise », comme on lit dans l'édition du Saint-Siège. Ce combat entre la lumière et les ténèbres ou combat des deux principes est vieux comme le monde. Avec beaucoup moins de sécheresse que Cérinthe, esprit juif, Hermès laisse entendre qu'un peu de lumière,

Cette définition n'appartient pas à Cérinthe, mais il se peut fort bien qu'elle provienne des écrits de Bar-Jehoudda à qui elle n'appartient pas davantage. Elle est prise mot pour mot de notre vieil ami Hermès Trismégiste, interprète de la kabbale égyptienne. Je ne dis pas kabbale secrète et réservée aux seuls prêtres, je dis kabbale publique, affichée, résumée sur la pierre en

l'Intelligence, bégaye en quelque sorte dans le chaos et qu'elle peut grandir. « Des ténèbres descendirent qui se changèrent en une nature humide et trouble, et il en sortit un cri inarticulé qui semblait la voix de la lumière ; une parole sainte descendit de la lumière sur la nature. » (Hermès, *le Pasteur*.)

Autres définitions hermétiques du Verbe, synthétisées sans art par Cérinthe.

« Ce qui n'est pas, il l'a en lui-même. » (Hermès, I, *la Clé*.)

« De toutes choses il est le Seigneur et le père, et la source, et la vie, et la puissance, et la lumière. » (Hermès, IV, *Fragments*.)

« Je suis tout ce qui est, qui a été et sera. » (Inscription du temple de Saïs citée par Plutarque et Proclus.) « Je suis celui qui est, dit-il à Moïse » qui d'ailleurs n'en était pas autrement convaincu puisqu'il adorait Moloch.

« Il est ce qui est et ce qui n'est pas. » (Hermès, I, *Le dieu invisible est très apparent*.)

Si cela ne vous suffit pas, je vous renvoie à l'*Hermès Trismégiste*, (Paris, 1867, in-12), de M. Louis Ménard auquel on doit ces rapprochements entre le *Quatrième Évangile* et l'hermétisme égyptien. On ne peut reprocher à M. Ménard d'avoir cru à l'existence de saint Jean l'Évangéliste, c'est une des fâcheuses traditions de l'Université.

Toutes les idées qui s'élèvent au-dessus du molochisme et de l'idolâtrie astrologique dans les Écritures chrestiennes procèdent de l'Égypte, quand elles ne dérivent pas de la Chaldée. L'androgynisme du premier type humain est hermétique. Hermétiques les sept démons qui gouvernent les sphères célestes et auxquels Marc compare les sept fils de Maria Magdaléenne.

Hermétiques les douze puissances dites Apôtres. Hermétiques les trente-six Décans, disciples du Verbe, et que Luc dédouble en soixante-douze disciples de Jésus. Hermétique entièrement la doctrine de l'être double, de l'*homo duplex*, sur laquelle les scribes juifs ont spéculé dans leur fable et dont ils ont avili la noblesse en l'incarnant dans l'horrible Bar-Jehoudda, sous le prétexte que son père l'avait importée en Judée. « Ce sorcier, dit Psellos en parlant d'Hermès, paraît avoir fort bien connu notre sainte Écriture !... C'est le diable. Il pille nos traditions, dit Basile ! »

hiéroglyphes à l'usage des passants. Nous avons montré que comme révélateur Bar-Jehoudda n'était qu'un compilateur et un plagiaire. Ce n'est pas pour acquérir qu'il est allé en Egypte, c'est pour emprunter sans rendre.

Cérinthe a les *Paroles du Rabbi* sous les yeux (1), et les *Paroles du Rabbi* contenaient l'*Apocalypse*, mais s'il accepte la définition du Verbe juif, il n'en accepte pas le règne millénaire sans le Père. Dans l'*Apocalypse* le Fils est sous le Père, hors du Père, puisque pour l'avancement des affaires de Bar-Jehoudda il devait régner mille ans avec ce fils de David. Cérinthe ne lui reconnaît pas une initiative capable d'un tel acte d'indépendance. Ici Jésus, personnification du Verbe, est dans le Père depuis le commencement des choses et il y restera jusqu'à la fin. Il est de l'avis d'Is-Kérioth : « Ne croyez-vous pas, dit-il, que je suis dans le Père et que le Père est en moi? (2) » Dieu et sa Parole n'en sont pas moins deux personnes distinctes, mais rebelles à la séparation que Bar-Jehoudda voulait leur infliger sous le prétexte que, dans son orgueilleuse folie, il espérait jouir du privilège — l'éternité simplement — attaché au Fils. Cette folie est classée, c'est la manie des grandeurs, la pire de toutes quand elle s'allie à la bêtise et à la méchanceté.

« La difficulté pour l'évangéliste n'était pas, dit le Saint-Siège, de faire reconnaître aux Juifs qu'il y a en Dieu un Verbe personnel et tout-puissant, mais de les convaincre que Jésus (on veut parler de Bar-Jehoudda) était ce Verbe. » En effet, cela passait les moyens de

(1) C'est le titre sous lequel circulait l'enseignement de Jehoudda et de ses fils.
(2) Plus loin, dans cet Evangile même.

Cérinthe et même ses intentions. Descendant de David par l'adultère de Bethsabée, cet horrible Juif ne pouvait être le Verbe, et c'est précisément ce que Cérinthe avait entrepris de démontrer : véritable inspiration de Satan, il faut le reconnaître !

Où nous nous rangeons très humblement à l'avis du Saint-Siège, c'est quand il observe que Cérinthe n'avait d'emprunt à faire ni à Platon ni à Philon sur la nature du Logos. « Si Platon parle de *Logos* dans sa théorie de la création ou plutôt de la disposition originelle des choses, il donne à ce terme un sens fort différent de celui de l'évangéliste. Le Logos du philosophe grec n'est pas une personne, mais une abstraction, la raison de Dieu, réceptacle de toutes ses idées. Il n'a pas conscience de son existence. Il en est de même de celui de Philon, autant qu'on peut saisir la pensée de cet auteur dans les nuages de ses allégories. Philon ne le nomme pas Dieu, le vrai Dieu ; il ne l'identifie pas avec le Messie. Du reste, s'il avait une vraie connaissance du Verbe personnel, on devrait penser qu'il l'a puisée aussi dans la Révélation, c'est-à-dire dans les écrits des prophètes et dans les traditions de leurs écoles. » Mais quoique juif, Philon ne l'était pas assez pour concevoir l'ineffable mystère caché dans la prédestination de Bar-Jehoudda. Le spectacle du fou Bar-Abbas, sacré roi par la population badine d'Alexandrie en souvenir de ce prétendant ridicule (1), n'a pas eu assez d'empire sur l'âme néo-platonicienne de Philon pour lui faire entrevoir la décision des Conciles à l'endroit de son coreligionnaire. Aussi remarque-t-on dans sa définition du Logos un

(1) Cf. *Les Marchands de Christ*, p. 109.

flottement qui n'apparaît plus dans le symbole de Nicée.

III

Après le Verbe (le Verbe juif s'entend), voici son Joannès, son Révélateur, son Hermès, en circoncision Jehoudda fils de Jehoudda.

6. Il y eut un homme envoyé de Dieu, dont le nom était Joannès.

Nous n'aimons pas incriminer le Logos, mais, il faut bien le dire, ceci est un faux d'état-civil. L'envoyé de Dieu s'appelait simplement Jehoudda, comme son père. Cela commence mal, et même on peut se demander si c'est Cérinthe qui parle, car plus loin (1) il appelle Joannès par son nom de circoncision, Jehoudda, se bornant à le distinguer de Jehoudda Is-Kérioth, son homonyme.

7. Celui-ci vint comme témoin pour rendre témoignage à la Lumière, afin que tous crussent par lui.

8. Il n'était pas la Lumière, mais il devait rendre témoignage à la Lumière.

9. [Celui-là (2) était la vraie Lumière, qui illumine tout homme venant en ce monde.

10. Il était dans le monde, et le monde a été fait par lui, et le monde ne l'a pas connu;

(1) Chapitre xiv, 22.
(2) Le synoptiseur qui intervient ici veut parler de Jésus qu'il présentera bientôt comme un personnage réel indépendant du Joannès.

11. Il est venu chez lui et les siens ne l'ont pas reçu (1).

12. Mais à tous ceux qui l'ont reçu, il a donné le pouvoir d'être faits enfants de Dieu ; à ceux qui croient en son nom (2) ;

13. Qui ne sont point nés du sang, ni de la volonté de la chair, ni de la volonté de l'homme, mais de Dieu.

14. Et le Verbe a été fait chair, et il a habité parmi nous; et nous avons vu sa gloire, comme la gloire qu'un *fils unique* (3) reçoit de son père, plein de grâce et de vérité.]

Nous avons le regret de le dire, le Verbe se damne. Les Marchands de christ sont intervenus dans ce prologue lorsqu'ils ont enlevé cet écrit à Cérinthe pour le donner au pseudo-Jochanan apôtre. La thèse de Cérinthe est connue : Jésus n'a point eu chair et personne ne l'a vu. Il va nous le dire plus loin : « Personne sur la terre ne peut voir le Fils ni ceux qui sont avec lui. » Enfin il ne manquera aucune occasion de remettre à sa place, parfois avec dureté, le corps humain qu'il prête à Jésus pour les besoins de sa fable.

IV

TÉMOIGNAGE ORIGINAL DE JOANNÈS

15. Joannès rend témoignage de lui, et il crie disant :

(1) C'est en somme la répétition des versets 3-5. Nous voyons repasser ici, mais appliqués au Joannès, les versets que Cérinthe consacrait au Verbe.

(2) Ceci s'est appliqué d'abord au Joannès. Nous n'avons plus à prouver l'identité de Joannès et de Jésus. Mais n'eussions-nous d'autre texte que celui-ci, elle en ressort assez. C'est le baptême qui faisait les futurs Enfants de Dieu. Qui baptisait ? Joannès. C'est donc bien à lui que le synoptiseur transporte par un démarquage la définition du Verbe créateur et omnipotent. Ce n'est plus Cérinthe qui parle, c'est l'Église spéculant sur le texte de Cérinthe. Le travail du faussaire est très apparent.

(3) Unique, le premier des sept?

« Voici celui dont j'ai dit : Celui qui doit venir après moi, a été fait avant moi, parce qu'il était avant moi. »

16. [Et nous avons tous reçu de sa plénitude, et grâce pour grâce :

17. Car la Loi a été donnée par Moïse, la grâce et la vérité sont venues par Jésus-Christ] (1).

18. Personne n'a jamais vu Dieu : le Fils *unique* (le Verbe), qui est dans le sein du Père, est celui qui l'a fait connaître.

Joannès est l'auteur de l'*Apocalypse*, et c'est le Verbe en forme de fils d'homme (2) qui la lui a révélée. Mais c'est une franche hérésie de dire que personne n'a jamais vu Dieu : Joannès l'a parfaitement vu et décrit, comme il a vu et décrit Celui qui devait venir après lui, étant le Thav (3), et qui a été fait avant lui, étant l'Aleph (4). Joannès garde ici sa qualité d'Antéchrist, il n'en a point d'autre.

V

TRIPLE FAUX TÉMOIGNAGE DE JOANNÈS

19. [Or voici le témoignage de Joannès, lorsque les Juifs lui envoyèrent de Jérusalem des prêtres et des lévites pour lui demander : « Qui es-tu ? »

20. Car il confessa, et il ne le nia point : il confessa : « Ce n'est pas moi qui suis le christ. »

21. Et ils lui demandèrent : « Quoi donc ? Es-tu Élie ? » Et il dit : Non. — Es-tu *le prophète* ? Et il répondit : Non. »

(1) Travail ecclésiastique.
(2) Cf. *Le Roi des Juifs*, p. 44.
(3) L'Oméga.
(4) L'Alpha.

22. Ils lui dirent donc : « Qui es-tu, afin que nous donnions une réponse à ceux qui nous ont envoyés ? Que dis-tu de toi-même ? »

23. « Je suis, répondit-il, la voix de celui qui crie dans le désert : Redressez la voie du Seigneur, comme l'a dit le prophète Isaïe. »

Cette ambassade des Juifs à Joannès n'est pas moins fausse que celle de Joannès à Jésus dans Mathieu et dans Luc. Elle a pour but de régler définitivement la situation de Joannès dans l'Église. Cette situation a complètement changé avec le temps.

Les marchands de christ ayant décidé que Jésus avait eu chair, Joannès n'est plus rien de ce qu'il a été autrefois, de ce qu'il est encore dans les Synoptisés : il n'est plus le christ pour personne, il n'est plus Élie, il n'est plus le prophète du Renouvellement, l'auteur de l'*Apocalypse*, il n'est plus que la voix d'Isaïe, lequel, on le sait, a fini scié en deux par le roi Manassé, il ne remet plus les péchés, il n'attend plus le baptême de feu qui doit le rendre immortel. Il n'est plus que le précurseur de Jésus-homme, son cousin dans le plan de l'imposture ecclésiastique. Il n'est venu au monde que pour annoncer ce Jésus qui est censé vivant parmi les Juifs.

Or dans Mathieu Jésus avait dit, questionné par les disciples sur la venue d'Élie : « Élie est déjà venu, et si vous voulez le savoir, c'est Joannès qui est Élie » (1). Dans plusieurs autres endroits des *Evangiles* on convient que Joannès est l'équivalent d'Élie, qu'il peut passer pour avoir été Élie, bien que le Renouvellement

_____

(1) xi, 13, 14.

des choses au bénéfice des Juifs ne se soit pas accompli et qu'au contraire on ait vu la fin de Jérusalem et de la Judée. Le scribe donne donc un furieux démenti à Jésus et à tous les personnages que les trois *Synoptisés* mettent en scène. Vous croyez que cela embarrasse l'Église? Oyez Saint-Grégoire le Grand à ce propos. « Joannès était Élie par l'esprit qui l'animait, mais il n'était pas Élie en personne. Ce que le Seigneur dit de l'esprit d'Élie (Joannès est Élie), Joannès le nie de sa personne (Je ne suis point Élie). » Il s'agit en même temps d'atténuer l'effet du passage où Luc confesse que tous les Juifs se demandaient si Joannès ne serait pas le christ, et que beaucoup, même de ces saducéens qui peuplaient le Sanhédrin, venaient de Jérusalem au Jourdain pour recevoir son baptême.

Ceux-là certes savaient qui étaient Joannès, son père, sa mère, ses frères et ses sœurs, ses beaux-frères et ses belles-sœurs. Ici ils ignorent tellement l'origine davidique du Joannès (1) qu'ils envoient en Bathanée — il est à ce moment en Bathanée — pour savoir qui il est. Et afin d'être renseignés comme il plaît à l'Église, ils s'adressent à qui? au Joannès lui-même. Hanan qui était encore grand-prêtre en 777 (2) n'avait pas besoin de renseignements, il n'avait même pas à consulter les registres du sanhédrin au mot Jehoudda de Gamala, il n'avait qu'à faire appel à sa mémoire. C'est précisément ce que veut éviter l'Église.

Ce faux témoignage fait à tout le monde, à Joannès lui-même, une situation insoutenable, car si Joannès n'est pas le christ fils de David, s'il n'est pas le pro-

(1) Avouée sans aucun détour par son père dans Luc, I, 70.
(2) L'ambassade se trouve datée de 777, nous le montrerons.

phète de *l'Apocalypse*, s'il n'est même pas un équivalent d'Élie, de quel droit baptise-t-il? Comment un
individu sans famille et sans mandat a-t-il pu remettre
les péchés ? Car il remettait les péchés ! Vous ne voulez
pas me croire parce que je ne suis pas Juif, mais
Mathieu, Marc et Luc le sont, et là-dessus ils sont for-
mels.

Vous avez vu ces Juifs qui viennent de Jérusalem
pour demander au Joannès des renseignements sur
Bar-Jehoudda? Patientez, ils vont vous dire eux-mêmes
qu'ils connaissent parfaitement son père et sa mère,
ses frères et ses sœurs, qu'ils n'ignorent ni d'où il
vient, ni qui il est, ni ce qu'il est. Vous avez entendu
Joannès? Il s'engage à n'être désormais ni le prophète
de *l'Apocalypse* ni le christ, et même à ne plus baptiser,
puisque celui qu'il annonce est venu. De son côté,
Jésus veut bien se prêter à toutes les combinaisons
capables de tromper les goym, mais il veut pouvoir le
faire en toute tranquillité. Si, pendant qu'il emprunte le
corps de Joannès, celui-ci se montre en même temps
sur un autre point et baptise, c'est qu'il est à la fois et
le christ et le prophète qu'il a nié être au début de cet
Evangile. Joannès promet bien, mais il ne tient pas sa
parole, nous allons le retrouver baptisant jusque dans
la tribu de Juda ! Il a complètement oublié qu'il avait
donné sa démission !

24. [Or ceux qui avaient été envoyés étaient du nombre
des pharisiens.

25. Ils l'interrogèrent encore, et lui dirent : « Pourquoi
donc baptises-tu, si tu n'es ni le christ, ni Élie, ni le Prophète? »

26. Joannès leur répondit, disant : « Moi je baptise dans l'eau, mais il y a *au milieu de vous quelqu'un que vous ne connaissez point.*

27. C'est lui qui doit venir après moi, qui a été fait avant moi (1); je ne suis même pas digne de délier la courroie de sa chaussure. »]

Vous le voyez, Joannès a réponse à tout. Si les Juifs n'ont point connu Jésus, il l'a parfaitement connu, lui, et c'est pour le leur annoncer qu'il a baptisé en Bathanée. Ainsi s'explique qu'il ait pu sinon remettre les péchés, du moins organiser une rémission provisoire, sans être ni Élie, ni le prophète du Royaume des Juifs, ni le roi-christ de 788.

Ce n'est plus lui qui est le jésus, comme dans ses Nativités selon Mathieu et selon Luc. Comment s'appelle son père? Point de réponse. Sa mère? Point de réponse. Où et quand est-il né? Point de réponse. Son baptême, le fameux sacrement par lequel il remettait les péchés, perd toute sa signification : ce n'est plus un acte de *rémission*, c'est une mesure de *purification* préparatoire à la venue d'un autre homme qui est le Verbe fait chair, et qui a existé sous le nom de Jésus parallèlement à Joannès. Les gens qui ont réglé ce dispositif connaissent à fond les trois Synoptisés.

28. Ceci se passa en Bathanée, au-delà du Jourdain où Joannès baptisait.

On écrit « Béthanie » partout, et on lit dans la plupart des éditions, soit catholiques, soit protestantes, qu'il ne faut pas confondre cet endroit avec Béthanie-

_____

(1) Répétition du verset 15.

lez-Jérusalem. Il n'y a pas de confusion possible, en
effet. Il n'existe point, il n'a jamais existé de Béthanie
au-delà du Jourdain, mais un pays, la Bathanée, dont
la ville principale a tiré son nom de la montagne de
Basan, célèbre dans les Écritures juives. On a glissé
dans Origène, après l'agrégation de l'écrit de Cérinthe
au canon évangélique, que l'endroit désigné par cet écrit
devait être lu « Bethabara » (lieu du bac), et même on
lit ce nom dans quelques exemplaires accommodés par
l'Église à l'interprétation qu'on a mise sous le nom
d'Origène dans un but facile à comprendre. Mais outre
la précision topographique de Cérinthe : « Bathanéa,
au delà du Jourdain », qui indique assez un lieu non
riverain, Bar-Jehoudda abdique dans la province même
où il s'est fait sacrer roi-christ; telle est l'intention,
d'ailleurs dolosive, de l'évangéliste.

VI

DESCENTE DE JÉSUS SUR LE PAPIER

Joannès veut bien faire tous les faux témoignages
qu'on voudra. En l'état où il est dans le roc de Machéron, il lui est bien difficile de résister à ceux qui jonglent
avec son corps, mais puisque, de son vivant même, on
va prêter ce corps à un autre, au moins faut-il qu'il ait
connu, ne fût-ce qu'un jour, le divin Sosie qu'on lui
prête.

Pendant l'ambassade des Juifs au Jourdain, Cérinthe
déclanche le ressort qui va permettre à Jésus de se présenter dans le monde. Dans Cérinthe point de Nativité,

ni pour le Joannès ni pour Jésus. Par conséquent point de généalogies. C'est par l'allégorie que Jésus entre dans l'Écriture et par l'allégorie qu'il en sortira. Il n'est né ni du sang de David ni d'aucun autre sang. Il n'est né que sous les espèces du Joannès, par une simple opération de l'esprit, servie par un liquide noir qui s'appelle de l'encre. Le Verbe est le Dieu Créateur en forme d'homme, le Fils de l'homme. Ce Verbe, Cérinthe l'incarne dans Joannès qui était la Parole de Dieu faite homme. Il va vivre, habiter parmi les Juifs sous les traits de Joannès ; ce Joannès sera crucifié par Pilatus, ignominieusement enseveli au Guol-golta, et Jésus remontera aux cieux, tandis que le corps qu'il a pris sera enlevé par la famille et porté en Samarie où il était encore au temps de l'empereur Julien. Tel est le plan de Cérinthe.

Dans Valentin (1), avec qui Cérinthe a tant de points communs, c'est Jésus *lui-même* qui, interrogé par les disciples de Jehoudda, leur conte comment, dans les temps déjà anciens, il a envoyé en avant Joannès pour préparer ses voies. Mais s'il y a quelque part des gens en passe de devenir dupes des fables judaïques, qu'ils se détrompent !

Continuant à parler de lui à la première personne, après avoir dit comment il a engendré les sept disciples dans le ventre de leur mère, — les sept démons de Maria, — Jésus dit comment il a traversé les cieux, et pourquoi il est descendu sous la forme d'une colombe sur Joannès. Bref il donne la clef de toute l'allégorie à laquelle il est mêlé.

(1) *Première Sagesse* dans la *Pistis Sophia* de Valentin, éd. Amélineau, Paris, 1895, in-8.

Avant de venir en personne il a fait provision de sang vital — ferment du corps humain qu'il a pris — chez Barbilo la Sangsue, personnage qu'à ce nom seul on reconnaît pour être directeur du Conservatoire hémorrhagique installé au ciel par la Providence des logophanies. Là il peut puiser à volonté de la vie et des formes. Les vêtements qu'il emporte le protègent contre les manœuvres hostiles. Un ange lui passe le vêtement grâce auquel il pourra, sans rien perdre de ses pouvoirs divins, échapper aux Juifs négateurs de la résurrection et à la mort même. Ce vêtement lumineux dont il tempère l'éclat pour les besoins de la cause, nous le connaissons par l'*Apocalypse*. Il en est souvent question dans les *Sagesses* valentiniennes et dans les Évangiles, notamment celui de Marc (1). Ainsi paré, le voilà en route à travers l'espace. Pas de bagages, pas même un réticule : les publicains de Rome n'auront rien de lui et partout il circulera, exhortant son peuple à faire comme lui, à voyager sans billet. Une toute petite précaution cependant, dont son vêtement ne le dispense pas : quelques bâtons de sucre d'orge pour les prophètes du Jourdain qui jadis ont annoncé sa venue.

Il quitte son domicile sans aucun de ces tonnerres et de ces trompettes qui retentissent si désagréablement aux oreilles humaines dans l'*Apocalypse*. Quand on va en visite chez les gens, on ne leur tombe pas sur la tête. Il ne vient pas pour s'installer définitivement, mais seulement pour opérer quelques résurrections comme celle d'Eléazar, et quelques assomptions comme celles de Shehimon et de Bar-Jehoudda.

(1) Cf. *Le Roi des Juifs*, p. 337.

VII

TRANSFORMATION DU JOANNÈS EN TÉMOIN DE JÉSUS-HOMME

La franchise de Cérinthe avait quelque chose d'inconciliable avec l'établissement d'une religion. D'ailleurs, il n'était pas absolument vrai que Joannès n'eût pas vu Jésus. Il l'avait même vu sous deux formes : colombe, puis homme, dans l'*Apocalypse*. En jouant sur les mots, on pouvait trouver le moyen de tromper sans mentir. Il est bien vrai que Joannès a *vu* Jésus, et que ce Jésus avait la forme d'un homme, mais ce n'est pas sur la terre qu'il l'a vu, c'est dans le ciel. Relisez l'*Apocalypse*, si le cœur vous en dit. S'emparant de la vision apocalyptique, Cérinthe fait venir Jésus au Jourdain ; il n'oublie qu'une chose, mais par exemple il l'oublie bien, c'est de dire que Jésus descend du ciel. Toutefois il n'a pas eu l'impudence de pousser l'aventure plus loin. Il n'a pas admis que Jésus se fît baptiser par Joannès, cela lui a paru trop scandaleux, il y a apparition, pas autre chose.

On peut dire que maintenant rien ne reste plus de l'ancien dispositif de Cérinthe. Tout change en effet par la précaution que prend Joannès d'annoncer un autre personnage qui déjà est au milieu des Juifs, à leur insu, et qui arrivera le lendemain, à *pied*. Il ne faut plus qu'on entende parler de l'*Apocalypse*, de ces douze Æons, de ces vingt-quatre Vieillards, de ces cent quarante-quatre mille Anges, de ce Millénium, de ce Jardin aux douze récoltes, de ce Fils de l'homme qui devait détruire le monde païen par tiers, entre l'*Agneau* d'avril et les *Anes* de juillet, et baptiser de feu le christ qui baptisait d'eau. Puisque l'*Apocalypse* n'est plus de lui, Joannès renonce complètement à ces avantages.

VIII

PRÉSENTATION A JÉSUS DE SES FRÈRES
SELON LE MONDE

Jésus est donc en Bathanée depuis la veille ; mais comme il n'est né nulle part, personne ne le connaît. Où ira-t-il ? Dans la maison de son Joannès, chez la veuve de Jehoudda, qui est sa mère selon le monde. Et à qui se présentera-t-il tout d'abord ? A l'auteur de l'*Apocalypse*, il n'en peut être autrement, ce fut son corps sous Tibère. Seulement, il est convenu qu'on ne parlera ni du Joannès qui a fait l'*Apocalypse*, (Joannès n'est plus le prophète,) ni du Joannès qui fut christ et jésus, (Joannès n'est plus qu'un précurseur baptisant). Le christ dorénavant, ce sera Jésus, mais Joannès ne perd rien au change, puisque Jésus c'est lui-même. Sur les bords du Jourdain il faut se montrer coulant.

29. [Le jour suivant, Joannès vit Jésus venant à lui, et il dit : « Voici l'*Agneau de Dieu*, voici celui qui ôte le péché du monde (1). »

30. C'est celui de qui j'ai dit : « Après moi vient *un homme* qui a été fait avant moi, parce qu'il était avant moi (2) :

(1) Le péché du monde, c'est la génération qui conduit à la mort.
(2) Répétition du verset déjà employé deux fois.

31. *Et moi je ne le connaissais pas* (1); mais c'est pour qu'il fût manifesté en Israël, que je suis venu baptisant dans l'eau. »

32. Joannès rendit encore témoignage, disant : « J'ai vu l'Esprit descendant sur lui en forme de colombe, et il s'est reposé sur lui.

33. *Et moi je ne le connaissais pas*, mais celui qui m'a envoyé baptiser dans l'eau m'a dit : « Celui sur qui tu verras l'Esprit descendre et se reposer, c'est celui-là qui baptisera dans l'Esprit-Saint. »

34. *Et je l'ai vu*, et j'ai rendu témoignage que c'est lui qui est le Fils de Dieu. »

Jamais mensonges plus cyniques n'ont souillé la conscience humaine, mais il est convenu que nous ne nous indignons plus, nous constatons. Nous constatons que, pour arriver à ses fins, le scribe reporte sur Jésus-homme tout ce que Bar-Jehoudda s'attribuait à lui-même pour donner l'estampille céleste à ses Révélations, notamment la colombe de l'Arche solaire. Cependant, pour faire son faux témoignage, Joannès est obligé de supprimer le baptême de feu, c'est-à-dire la purification par le feu céleste que le Fils de l'homme devait apporter le 15 nisan 789 en apparaissant sur les nuées et en descendant sur la montagne de Sion avec sa milice.

Vous avez vu tout à l'heure que les Juifs du Temple ne connaissaient pas Joannès, qu'ils ignoraient son nom de circoncision et sa naissance? Joannès va plus loin, *il ne se connaissait pas lui-même*, il ne se rappelle rien de ce qu'il a été pendant sa vie, il a perdu

_____

(1) C'est exact. Jésus est une invention postérieure au Joannès, mais tirée de lui, quoi qu'en sa qualité de Verbe en forme de *fils d'homme* — voyez l'*Apocalypse* — il eût devancé Joannès dans le monde.

son corps depuis si longtemps qu'il ne le reconnait plus quand on le lui représente !

Ce jour-là, le second depuis la descente de Jésus, Joannès est avec deux de ses disciples pour recevoir le Seigneur. On a enlevé la phrase qui les concerne, mais comme le baptiseur n'eut d'autres disciples primitifs que ceux de son père dont il était lui-même le premier élève par ordre de primogéniture, nous n'avons plus qu'à chercher le nom de ces deux-là. L'un est Jacob senior, l'autre Jehoudda Toâmin. Ce n'est pas seulement par calcul que l'Église ne les nomme plus. Ils n'ont pas encore de nom au livre de vie (1) lorsque Jésus les voit.

35. Le jour suivant (*troisième*), Joannès se trouvait *de nouveau* avec deux de ses disciples,

36. Et regardant Jésus qui se promenait, il dit : « Voilà l'*Agneau* de Dieu. »

37. Les deux disciples l'entendirent parler ainsi, et ils suivirent Jésus.

Quels sont ces deux autres disciples ? Cérinthe ne le dit pas ; ce n'est pas à lui, c'est à Jésus de les *nommer*. C'est Jésus qui crée, donc c'est lui qui nomme. Ce qui n'existe pas n'a pas de nom. Le premier des nazirs nommés après Joannès, c'est et ce doit être Jacob junior dit Andréas (2), bien que Shehimon vînt avant lui dans l'ordre de géniture. Mais il est le premier martyr de la famille après son père, il a été lapidé par Saül en 787. Cérinthe se montre beaucoup plus juste que les Synop-

_____

(1) Le livre où sont inscrits les martyrs et les Zélateurs de la Loi. Cf. *Le Roi des Juifs*, p. 76.

(2) Voir au versel 41.

tisés, parce qu'il est plus historique. Andréas connaît
Jésus au ciel, il a revêtu le vêtement blanc du martyr,
il vit dans la lumière céleste depuis 787; il est tout
naturel que Jésus, pour entrer dans sa maison selon le
monde, dans la famille où il était attendu, soit guidé
par celui des sept frères qu'il a connu le premier. La
veuve de l'homme de lumière tombé au Recensement (1)
n'eût pas permis qu'il en fût autrement, sinon il n'y
aurait plus de Loi. Le quatrième disciple qui voie Jésus,
c'est Shehimon, frère cadet de Bar-Jehoudda et le
troisième martyr parmi les sept fils de Salomé, en Evangile Maria Magdaléenne.

38. Or Jésus, s'étant retourné et les voyant qui le sui-
vaient, leur dit : « Que cherchez-vous ? » Ils lui répondirent :
« Rabbi (ce qui veut dire, par interprétation, Maitre), où
demeurez-vous ? »

39. Il leur dit : « Venez et voyez. » Ils vinrent, et virent
où il demeurait, et ils restèrent avec lui ce jour-là : or, il
était environ la dixième heure (*quatre heures du matin*).

Cérinthe joue ici sur la double nature que Jésus tire
de la logophanie : Jésus est en même temps le Verbe-
lumière, et en cette qualité il se confond avec le Soleil,
et le fils aîné de Jehoudda, et à ce titre il habite la
même maison que ses six frères selon le monde. Les
deux disciples sont donc bien sûrs de le voir à son
lever, ils n'ont qu'à faire la prière du matin à la même
heure qu'autrefois avec leur aîné le Nazir, c'est-à-dire
entre la troisième et la quatrième veille de la nuit.

Je suis tout à fait affligé lorsque j'entends dire par le

(1) Jehoudda, père du christ, est toujours dit « mon homme de lumière » par sa veuve dans les *Sagesses* valentiniennes.

Saint-Siège qu'il était environ quatre heures de l'après-midi. Jamais le Juif consubstantiel au Père n'eût attendu si tard pour prier le Fils de l'homme de ne pas manquer de détruire à jour fixe tout ce qui faisait obstacle au Royaume des Juifs, surtout en cette saison où, sur le coup de quatre heures du matin, le pain du Verbe (l'orbe du soleil) commence à sortir du fournil.

Je déplore également que toute l'Église voie dans l'un de ces deux disciples un certain Jochanan évangéliste : je comprends bien qu'elle y est en quelque sorte forcée depuis qu'elle a enlevé le *Quatrième Évangile* à Cérinthe pour le donner à ce Jochanan. Si je proteste, c'est uniquement parce que Jochanan n'existe pas, et aussi parce que le prince des apôtres après Joannès le baptiseur n'a pas son compte dans cet arrangement. Car nous en avons la preuve, et Cérinthe la donne plus bas, l'un de ces disciples est Jacob junior, l'autre Shehimon. « C'est par humilité, dit le Saint-Siège, que saint Jean ne se nomme jamais par son nom ni dans son *Évangile* ni dans ses *Épîtres* et que, quand il a besoin de parler de lui, il se désigne par une périphrase ». Ce n'est pas tout à fait pour cela, c'est parce qu'il n'existe pas.

40. Or André, frère de Simon (Pierre), était un des deux qui avaient entendu de Joannès ce *témoignage*, et qui avaient suivi Jésus.

41. Or il rencontra d'abord son frère Simon, et lui dit : « Nous avons trouvé *le Messie* (ce qu'on interprète par le Christ). »

42. Et il l'amena à Jésus. Et Jésus, l'ayant regardé, dit :

« Tu es Simon, *fils de Jonas* (1); tu seras appelé *Képhas* (ce qu'on interprète par Pierre).

Voilà qui est entendu. Jésus fait la grâce à Jacob junior et à Shehimon d'accepter leur frère aîné pour Messie, cela vaut bien qu'ils renoncent à leur nom de circoncision et à celui de leur père. De Joannès Bar-Jehoudda est devenu Jésus; c'est bien le moins qu'André et Pierre, tout en restant ses frères pour les Juifs, cessent de l'être pour les goym qu'il s'agit de tromper copieusement. Ils ne peuvent qu'applaudir à ce programme, clair de lune de celui qu'ils caressaient en leur vivant. Nous ne trouvons pas cela mauvais, mais enfin nous apprenons par là qu'en leur vivant, et pour les historiens comme Josèphe, Juste de Tibériade et tous ceux qui ont parlé d'eux, Jehoudda ne s'appelait pas Jonas, Jacob junior ne s'appelait pas André, Shehimon ne s'appelait pas Pierre. C'est ce qui explique que Shehimon s'appelle Shehimon quand il est crucifié à Jérusalem, et Pierre quand il est crucifié à Rome.

Jésus rend hommage par un seul mot, mais pictural, à son père selon le monde, il l'appelle Jonas. Jehoudda n'est pas seulement le père des sept disciples, il est leur initiateur, il est leur Joannès. Le christ baptiseur n'est, au fond, que Joannès II.

Aussi avec quelle facilité André et Pierre déclarent avoir trouvé le Messie! Ils n'ont pas eu à chercher bien longtemps. Le nom de Joannès Ier, fils de David, et mari de Salomé, fille de David, a suffi pour leur rappeler que le christ selon Joannès Ier était Joannès II

(1) Ou Joannès, un des nombreux surnoms de Jehoudda, son père.

revenant dans sa maison sous la figure et sous le nom de Jésus.

Immédiatement après Jacob junior et Shehimon, Jésus voit Philippe. Cela ne veut dire d'aucune façon que Philippe ait été physiquement *martyr*, mais Philippe est le grand *témoin* dogmatique (1). C'est lui qui a recueilli l'enseignement de son père, de sa mère et de ses frères. Il a introduit les *Paroles du Rabbi* dans le monde, il est mort millénariste, dans la foi de toute sa famille, il faut donc le convertir à la thèse rétroactive qui fait de son aîné le Messie définitif. Car c'est l'esprit du prologue dont l'Église coiffe l'Évangile de Cérinthe. D'Æon qu'il était dans Cérinthe, Bar-Jehoudda est promu Verbe. Il avance de douze points, il n'était qu'un des douze Æons, le voilà au-dessus de lui-même.

43. Le lendemain, Jésus voulut aller en Galilée : il trouva Philippe et lui dit : « Suis-moi ».
44. Or Philippe était de *Bethsaïda*, de la même ville qu'André et Pierre.

Comme vous le voyez, commencées en Bathanée le premier jour, les présentations se poursuivent à Bethsaïda, c'est-à-dire au « *lieu de pêche* » qui était en Gaulanitide. Cela ne signifie nullement que la maison où est Jésus soit proprement à Bethsaïda. Le lieu de pêche, c'est Gamala, *aliàs* Nazireth, la ville de ceux que leur père a nazirééés, et où il a charpenté la barque baptismale. Le lieu de pêche, c'est tout lieu où il y a un juif, Transjordanie, Galilée, Samarie, Judée, Idumée,

---

(1) *Martyr* et *témoin* sont le même mot en grec.

Décapole, Damas, Tyr, Sidon. Comme les nazirs eux-mêmes, le pays natal a changé de nom sous l'inspiration du Verbe. En tout cas, Cérinthe, lui, ne confond point Bar-Jehoudda avec le Verbe. Le Père du Verbe, c'est Dieu; le père de Joannès II, c'est Joannès Iᵉʳ, Jehoudda de Gamala; le père de Jésus selon le monde, c'est Joseph de Nazireth, Jehoudda de Gamala (1). Évidemment Cérinthe préfère que les goym ne comprennent pas, mais enfin il avoue.

IX

NÉGOCIATIONS AVEC MÉNAHEM

Les affaires de Jésus avec toute cette famille s'arrangent vite. Il en est une néanmoins qui exige un doigté spécial, c'est celle qui regarde Ménahem. Plus heureux que son aîné, quoique moins nazir, Ménahem est entré sous les *Anes*, c'est-à-dire victorieux, dans Jérusalem, il a été couronné dans le Temple, il a été roi-christ pendant une cinquantaine de jours, il est, en somme, le seul des fils de Jehoudda qui soit arrivé à ses fins. Cela s'est passé en 819, près de trente ans après la crucifixion de celui dont on est en train de faire le

(1) Même processus dans la Nativité de Bar-Jehoudda dans Luc. Cf. *Le Charpentier*, t. 1 du *Mensonge chrétien*, p. 264.

Dans cette allégorie, il est dit fils du *Zachûri* (le *Verseau*) en tant que Joannès, et fils de Joseph de Nazireth en tant que jésus (sauveur).

Pour comprendre l'énigme, il suffit de savoir que le père et le fils sont présentés chacun sous deux noms qui répondent à deux aspects de leur individu.

Messie au mépris de ses propres Écritures, et cela démontre qu'après Shehimon et Jacob senior, crucifiés en 802, Ménahem est mort sans avoir pensé un seul instant que son aîné fût le Verbe de Dieu, le Roi des rois, consubstantiel au Père, et qu'en cette qualité il fût la Lumière qui éclaire tout homme venant au monde.

Jésus a bien arrangé son affaire avec Bar-Jehoudda en Bathanée, mais il n'entrera pas en Galilée, qui est son chemin pour monter à Jérusalem, avant d'avoir convaincu Ménahem qu'il faut se taire. C'est Philippe qui se chargera de la commission. C'est lui qui a recueilli, conservé l'enseignement de Jehoudda, et transmis l'*Apocalypse*, c'est lui qui fera entendre raison à Ménahem. Celui-ci d'ailleurs ne demande qu'à être convaincu, à la condition toutefois qu'on ne l'appelle pas par son nom de circoncision. Rien de plus facile. Puisque le Joannès s'appelle Jésus; que pour éviter l'identification des sept démons de Maria, Jacob senior et Jehoudda Toámin sont des disciples anonymes qui ne sont pas même de la famille; puisque Jacob junior ne s'appelle pas Stéphanos (1) comme dans les *Actes*, mais André comme dans les Synoptisés; puisqu'il n'est plus frère de Joannès, mais seulement de Shehimon; puisque Shehimon s'appelle Képhas ou la Pierre et qu'il n'a d'autres frères qu'André; puisque Philippe n'est plus qu'un voisin de campagne amené là par les hasards de la promenade, Ménahem sera méconnaissable sous le nom de Nathana-El (2), quoiqu'il y ait

(1) *Couronne*, sous-entendu : du martyre.
(2) Vous lirez dans presque toutes les éditions que Nathana-El n'est autre que Barthélemy, apôtre, dont il est question dans Mathieu x, 3;

équivalence entre les deux noms. Car si Ménahem veut
dire *Consolateur*, Nathana-El signifie *Donné par El ou
Eloï*, et vous savez assez que Maria Magdaléenne dans
Luc est qualifiée d'*Eloï-Schabed*, c'est-à-dire *Serment
de Dieu* (1).

45. Philippe trouva Nathanaël, et lui dit : « Nous avons
trouvé celui de qui Moïse a écrit dans la Loi et les Prophètes,
Jésus, *fils de Joseph de Nazireth.*

Joseph de Nazireth, le père des sept nazirs, voilà le
grand mot lâché !

Remarquez bien toutefois la phrase de Philippe ; elle
a passé inaperçue des exégètes, mais c'est un trait de la
lumière du Verbe. Bar-Jehoudda « est celui dont Moïse
a écrit dans la Loi et les Prophètes. » Est-ce à dire
que Moïse ait écrit l'œuvre des Prophètes ? Non certes,
et Jehoudda de Gamala connaissait trop bien sa chronologie pour avancer une telle proposition, il savait
même que le Mage n'avait laissé d'autre Loi que le
système millénariste de Joseph, fils de Jacob : le Soleil,
la Lune et les douze *signes* qui n'existent, ne marchent,
ne luisent que pour le service particulier d'Israël. C'est
de cette Loi que parle Philippe, de cette Loi gravée hié-
roglyphiquement sur la double table de pierre — d'où
le nom de *Pierre* que Jésus autorise Shehimon à porter

où il est associé à Philippe. Comme ce Barthélemy n'est autre que
Mathias-bar-Toamin, c'est-à-dire fils de Jehoudda Toámin, et qu'il
n'appartient pas à la génération du roi-christ, son oncle, il ne joue
aucun rôle dans les Synoptisés non plus que dans Cérinthe. L'Eglise
n'a rien trouvé de mieux, pour masquer la véritable identité de Nathana-El, que de confondre celui-ci avec ce Barthélemy qu'elle fait
fils d'un certain Tolmai, sur lequel on manque de lumières, quoiqu'il
soit certainement une création du Saint-Esprit.

(1) Luc, 1. Cf. *Le Charpentier*, p. 194.

dans la fable — et où se trouve résumée par signes et peut-être par lettres (de l'Aleph au Thav) toute la thèse de la prédestination juive exploitée ensuite par les Prophètes. Il est donc juste de dire, et c'était l'opinion de tous les Juifs instruits du secret sacerdotal, que le Mage a écrit sa Loi non pas seulement sur la table de pierre qu'il a laissée, mais dans les Prophètes eux-mêmes, quoique ceux-ci aient vécu deux mille ans après lui.

« Les Prophètes jusqu'à Joannès ! », il n'y a pas d'autre Loi, dit Jésus dans Mathieu (1). Quels sont ces Prophètes ? Ceux qui forment le recueil actuel ? Les douze ? Nullement, ceux-là sont les petits prophètes, les *minores*, quel que soit leur génie. Les Grands Prophètes, dont les douze petits ne sont qu'une dilution, c'est Jacob en son Testament astrologique de la *Genèse*, c'est Joseph, héritier de la formule, c'est le *Mage aux Poissons*, autrement dit *Moché-ar-Zib* (2), le premier chanteur populaire du système. La pierre de Moïse, c'est le *songe de Joseph*, gravé. Vous savez pourquoi Jehoudda s'appelle Joseph et pourquoi Shebimon s'appelle la *pierre*. Comprenez-vous maintenant pourquoi, en dépit des crimes et des faiblesses de toute cette famille, tant de juifs se sont faits christiens et jehoud-dolâtres après la chute de Jérusalem et la dispersion d'Israël ? L'*Apocalypse* fut l'espoir de la revanche dont le christ fut le porte-drapeau. Drapeau non déployé, drapeau roulé dans la gaine des Évangiles, mais drapeau quand même !

(1) Mathieu, xi. 13.
(2) Un des noms que les Égyptiens donnent à Moïse. Cf. *Le Gogotha*, p. 259.

Pour Cérinthe Jehoudda s'appelle Joseph comme pour les Synoptisés ; toutefois il n'est dit ni le Charpentier baptismal, ni le *Zachûri* ou *Verseau*, ni le *Zibdéos* ou *Faiseur de Poissons*. Alors que dans les Synoptisés Jésus monte très souvent dans la barque de Zibdéos, son père selon le monde, pas une seule fois Cérinthe ne cite le Charpentier sous son nom d'armateur. En compensation le père du prophète de l'*Apocalypse* apparaît aux Noces de Kana où il est dit l'Architrichin. L'image de son père sous de faux noms, il n'en faut pas davantage à Ménahem pour se décider ! Mais comme il figure lui-même sous un faux nom dans la mystification cérinthienne, il jouera le rôle d'un israélite redoutable par sa franchise, il fera le juif qui ne veut pas se rendre à l'évidence et qui objecte à Philippe la mauvaise renommée dont jouit leur père sous son nom historique de Jehoudda de Gamala.

46. Et Nathanaël lui demanda : « Peut-il venir de Nazireth quelque chose de bon ? » Philippe lui répondit : « Viens et vois. »

47. Jésus vit venir à lui Nathanaël, et il dit de lui : « Voici vraiment un Israélite en qui il n'y a point d'artifice. »

Rendons à Jésus ce qui est à Jésus. C'est lui, ce n'est pas un vague Ignace de Loyola qui a inventé le jésuitisme. Pour en venir à ses fins il fait semblant d'approuver Ménahem. Ménahem a dit vrai : la page sur laquelle est couchée l'histoire de Jehoudda et de ses fils est un long éclaboussement du sang de leurs meurtres, un noir saupoudrement des cendres de leurs incendies. Ce sont eux qui ont perdu la patrie par leurs ambitions mondiales, tourné toutes les nations

contre les Juifs par leurs prophéties plus exécrables
encore qu'absurdes. Les *Anes* ont coûté cher aux Juifs !
Mais tout cela est bien vieux (1), et il ne tient qu'à
Ménahem qu'on l'oublie tout à fait. La fin que se propose Cérinthe est une noble fin et conforme à l'*Apocalypse* des Joannès ; il s'agit d'affoler et de dépouiller
les goym pendant mille ans et plus. Ménahem ne peut-
il sacrifier — encore n'est-ce qu'un faux semblant —
l'honneur des siens à ce programme? Et puis n'est-ce
pas un plaisir satanique de penser que tous ces goym
dont il avait juré la perte vont placer son frère sur les
autels, dans les temples jadis consacrés à leurs dieux,
et qu'ils immoleront tout, même la nature, à la judéolâ-
trie? Jésus espère bien que Ménahem y donnera les deux
mains !

48. Nathanaël lui demanda : « D'où me connaissez-vous? »
Jésus répondit et lui dit : « Avant que Philippe t'appelât,
je t'ai vu, lorsque tu étais sous le Figuier. »

Ainsi, pour l'avoir vu sous un figuier, Jésus le connaissait avant que Philippe l'appelât. Il aurait pu en dire
autant de toute la famille, car, Joannès vient de nous le
dire, il était avant lui, c'est-à-dire avant Adam, il était
en Dieu, au commencement des choses, il a vu Nathanaël dans l'Éden sous l'Arbre de la science du bien et du
mal.

Nathanaël a été trouvé sous le figuier aux bons
fruits, le figuier de la même famille que la Vigne aux
douze récoltes. Jésus avait déjà montré tout un panier
de bonnes figues à Jérémie, à côté du panier où sont

(1) Sur les *Anes* de Ménahem, cf. *Le Gogotha*, p. 11.

les mauvaises figues hérodiennes. Ceux qui représentent les bonnes figues, « je les édifierai et ne les
détruirai point, je les planterai et je ne les arracherai
point. Je leur donnerai un cœur afin qu'ils me connaissent et qu'ils sachent que je suis le Seigneur; ils
seront mon peuple et je serai leur dieu, parce qu'ils
reviendront à moi de tout leur cœur. Et comme vous
voyez ces mauvaises figues dont on ne peut manger,
parce qu'elles ne valent rien, ainsi j'abandonnerai Sédécias, roi de Juda (Hérode), ses princes (Archelaüs, Antipas, Saül, Costobar, Agrippa), et ceux qui sont restés
de Jérusalem, qui demeurent dans cette ville ou qui
habitent dans la terre d'Égypte, (Rome et les villes de
servitude). Je ferai qu'ils soient tourmentés, qu'ils soient
affligés en tous les royaumes de la terre, et qu'ils
deviennent l'opprobre, le jouet, la fable et la malédiction des hommes dans tous les lieux où je les aurai
chassés. J'enverrai contre eux l'épée, la famine et la
peste (1) jusqu'à ce qu'ils soient exterminés de la terre
que je leur avais donnée à eux et à leurs pères (2). »

49. Nathanaël lui répondit et dit : « *Rabbi*, vous êtes le fils
de Dieu, vous êtes le roi d'Israël. »

50. Jésus répliqua et lui dit : « Parce que je t'ai dit : Je
t'ai vu sous le Figuier, tu crois; tu verras de plus grandes
choses. »

51. Et il ajouta : « En vérité, en vérité, je vous le dis,
vous verrez le ciel ouvert et les anges de Dieu montant et
descendant sur le Fils de l'homme. »

Une fois convaincu que, grâce à la supercherie pro-

(1) *Apocalypse.* Cf. *Le Roi des Juifs*, p. 8.
(2) *Jérémie*, xxiv, 6-10.

posée par Philippe, le Messie d'Israël reste dans la maison dont il est issu lui-même, Ménahem cède volontiers, et pour sa peine on lui promet qu'un de ces jours il verra le Fils de l'homme au milieu des anges — une voie montante et descendante, — car il en viendra d'en haut et d'en bas, il sera lui-même de ceux qui viennent d'en bas comme il convient à celui qui est venu compléter le sabbat de *démons* qu'El ou Eloï donna jadis à Salomé. Voilà donc les sept fils de Jehoudda dans la combinaison. Les sept démons que Jésus a tirés des entrailles de Maria Magdaléenne sont au complet : Bar-Jehoudda (Joannès), les deux disciples anonymes qui sont avec lui le second jour (Jacob senior et Jehoudda Toâmin), puis Jacob junior (André), Shehimon (la Pierre), Philippe et Ménahem.

Jésus peut maintenant monter à Jérusalem, mais auparavant il a un grand *signe* à fournir que la réunion des sept nazirs lui rend facile et agréable. Le huitième jour il est à Kana. Car Joseph et ses fils ne sont pas seulement de Nazireth et de Bethsaïda, ils sont aussi de Kana. L'esprit de justice qui nous a poussé à revendiquer pour Joannès le nom et la qualité de *jésus* nous amène également à revendiquer pour lui ce nom de *rabbi* qui était le sien de par la loi, que Philippe lui donne dans les *Paroles du Rabbi*, que Cérinthe lui donne plus loin encore, que Luc lui maintient et qu'on ne prodigue à Jésus que comme *revenant* de maître Joannès. Nous sommes affligés de voir que l'Église le lui enlève complètement, nonobstant Luc et celui qu'elle appelle Saint-Jean, pour le transporter à Jésus qui n'existe pas. « C'est, dit-elle, le titre que l'on donnait aux docteurs de la loi en Palestine, et nous voyons par S. Jean, qui répète ce titre huit fois dans son Évangile, que c'était celui que les apôtres donnaient à Jésus. S. Matthieu et S. Marc ont rarement conservé le mot sémitique *Rabbi*; et S. Luc a toujours traduit la signification de ce mot : Maître. »

Quoi donc! est-ce que le Joannès n'était pas docteur de la loi et Maître parmi les hommes, comme tout Nazir davidique? Il est vrai que Joannès n'est plus rien, ni christ, ni Élie, ni le prophète de l'*Apocalypse*, ni le remetteur de péchés, ni le Nazir, il ne peut donc prétendre à aucun titre. En moins de quatre jours il n'a plus de père, il n'a plus de mère, il n'a plus de frères, il n'a plus de sœurs, c'est lui qui a l'air d'être descendu du ciel. Car enfin comment s'appellent le père et la mère de Joannès? Dans Luc, ils s'appellent, la mère, *Eloï-Schabed* (1), et le père, *Zachûri* (2); mais pour Cérinthe qui a composé cet Évangile, comment s'appelaient-ils? Et pour les gens du Temple qui sont venus trois jours auparavant demander à Joannès qui il était et pourquoi il baptisait? Voilà ce que nous désirons savoir si par hasard Jésus n'est pas le revenant du Joannès.

X

LES DOUZE ÆONS, DIACRES OU APOTRES

L'Evangile de Cérinthe ne contient pas la constitution de douze apôtres par Jésus. Mais y est-elle sous-

---

(1) *Serment de Dieu*, le serment gravé sur la pierre du *Mage aux Poissons*.

(2) *Le Verseau*, faiseur des *Poissons* sur le Zodiaque.

entendue? La fable emportait l'obligation de le flanquer
des Douze Æons sans lesquels il ne pouvait ni tenir
debout ni réaliser le plus petit miracle. Aux sept fils de
Maria qui avaient occupé le devant de la scène jusqu'à
la chute de Jérusalem on adjoignit cinq autres Juifs
tirés de l'histoire kanaïte (1) et qui avaient mérité par
leurs exploits ou par leurs Écritures l'honneur d'être
portés sur la liste apostolique. N'était l'incertitude des
scribes sur la composition de ce gouvernement provisoire, il n'y aurait rien eu de surprenant à ce que les
douze tribus eussent élu chacune un chef pour la
révolte. Cependant il n'apparaît pas que Cérinthe ait
incarné les Douze Æons dans les douze individus qui
sont aujourd'hui nommés par les Évangiles Synoptisés. Il connait les douze Æons, sans quoi il ne serait
pas millénariste, mais en dehors de Jehoudda Is-Kérioth,
chef de l'école antidavidiste, il ne connait que sept
apôtres dont le prince est Joannès par droit de primogéniture, les sept fils de Jehoudda et de Salomé, tous
de la tribu de Juda et de celle de Lévi. Valentin qui est
antimillénariste connaît parfaitement les Douze Æons,
tout en n'admettant que sept disciples à la base de
l'histoire. Le Joannès, voilà le prince des apôtres
pour tous les Cérinthiens, pour tous les Valentiniens,
pour tous les Naziréens, pour tous les Ebionites, pour
tous les Jesséens, pour tous les Juifs initiés à la fable
évangélique.

« Le lieu où je serai, dit Jésus dans la *Sagesse* de
Valentin, mes *Douze Diacres* (2) y seront aussi ; mais

(1) L'histoire du fanatisme.
(2) Les Douze Æons dont les douze patriarches juifs furent les représentants sur la terre.

Joannès et Maria sont les premiers parmi les disciples. »
Évidemment il ne parle pas ici des douze individus que
les Synoptisés lui donnent pour compagnons, — sans
quoi Judas serait au ciel avec Jésus ! — mais des Douze
ministres millénaires que d'après l'*Apocalypse* il devait
amener avec lui.

Les douze apôtres-hommes n'entrèrent qu'assez
tard dans le cadre évangélique des Synoptisés, et
encore n'est-ce qu'à cause du plan qui consiste à faire
tenir en une seule année les événements que Cérinthe
avait disposés sur les douze dernières années de Bar-
Jehoudda, chaque année comptant pour un Æon. Cérinthe
pouvait faire accepter une descente, celle de Jésus,
jamais il n'eût fait accepter en plus celle de ses Douze
Æons. Pour la même raison, il supprime de la fable les
vingt-quatre Anciens des jours, les trente-six Décans
et les cent quarante-quatre mille Anges. Ils sont remplacés par ce que l'Évangile appelle « les foules » qui
se pressent derrière Jésus, suivi lui-même par les sept
fils de Jehoudda.

Qu'a fait Cérinthe ? Une chose très logique. Dès le
moment qu'il donnait au Joannès le rôle du Verbe qui
n'était pas venu, il fallait lui composer un cercle terrestre qui répondît mathématiquement aux Douze Æons
qu'on avait attendus. Au douzième et dernier, qui répondait au règne de Bar-Jehoudda dans le *thème du monde*,
il opposa Jehoudda Is-Kérioth, qui dans le fait avait
joué le rôle du Temps tombeur du christ, et du Serpent
vainqueur du Verbe.

Il est certain qu'en arrêtant le christ, il n'avait fait que
défendre les trois principes de liberté, d'égalité et de
fraternité outrageusement violés par le prétendu roi

des Juifs. Cependant en se plaçant au point de vue de l'*Apocalypse* et en allégorisant ce point de vue, on ne pouvait nier que Bar-Jehoudda n'eût été « trahi » par le Temps, puisqu'il avait été arrêté la veille de la grande échéance. En donnant à Is-Kérioth le rôle du Temps lui-même, du Temps qui avait trompé la prophétie, on en faisait « le traître » dont, en ce siècle déjà, aucun drame ne pouvait se passer. Cérinthe tenait donc Is-Kérioth en réserve pour le produire, au douzième et dernier mois de la douzième et dernière année, contre l'Æon-christ de Dieu. Is-Kérioth devenait ainsi le mauvais Æon, l'Æon-christ de Satan, qui avait trahi l'attente du bon Æon, l'Æon-christ de Iahvé.

L'année de Joannès crucifié, ç'avait été la *Grande Année manquée*, l'année où Jésus n'était pas venu. Au lieu du trésor, le charbon; au lieu de la Pâque de gloire et de délivrance, la Pâque de supplice et de larmes; au lieu du Millenium des *Poissons* qui devait commencer sous l'*Agneau* de 789, les jours d'affliction et de honte. « Pourquoi le christ n'a-t-il pas régné, car enfin il devait régner, vos calculs sont là? » Les christiens répondaient : « Nos calculs étaient justes. Le christ n'a pas régné parce qu'il a été trahi par le Douzième Æon. Le Douzième Æon, c'est le Douzième Mille d'années, le Mille de la grâce que nous avions promise aux élus pour leur Pâque. Il a fait défaut. Cela ne serait pas arrivé si Jehoudda Is-Kérioth n'avait pas arrêté l'Æon-christ. Nous allons lui donner le rôle du Douzième Cycle millénaire dans notre thème. Nous l'avons déjà puni en lui ouvrant le ventre, mais cela ne suffit pas. Nous voulons que sous le nom de Judas, et dans le rôle que nous écrivons pour lui après sa mort, il soit le Traître éternel. »

Et pour se disculper des charlatanismes qui avaient été si néfastes à la Judée, greffant Satan sur Is-Kérioth comme ils avaient enté Jésus sur Joannès, ils firent Judas de la même encre. Ils chargèrent ce bouc émissaire de tous leurs mensonges, de toutes leurs impostures, de tous leurs attentats, de toutes leurs faiblesses et de toutes leurs fautes, puis ils le chassèrent loin d'eux comme les criminels chassent le remords. Car Is-Kérioth, c'était la raison, la justice et la vérité! Is-Kérioth, c'était le Verbe qui avait refusé de descendre à l'appel de ces forcenés et qui avait fait manquer toute l'affaire! le Verbe qui avait refusé de détruire le vieux monde pour installer les Juifs sur ses ruines! le Verbe qui, devant le blasphème et la fourberie du baptème, avait refusé de contresigner l'*Apocalypse !*

Au commencement du troisième siècle, tout le monde savait que les douze apôtres actuels étaient une figure des Douze puissances de mille ans que Jésus renfermait en lui d'après le *thème du monde*, et dont chacune garantissait une part du Royaume aux douze tribus d'Israël. Tous savaient que cette incarnation n'était duodécimale que pour répondre à la décomposition en douze temps du mouvement directeur dont Jésus contenait en lui la cause et la somme. Étant donné le principe de l'*Apocalypse*, la volonté de mettre la Terre nouvelle en société sous le gouvernement des Juifs et de diviser le Royaume en douze parts, tous savaient pourquoi les Synoptisés en avaient été réduits à distribuer ces parts en déshérence à douze disciples groupés par l'arbitraire des scribes. Tous savaient que ce *thème de consolation* n'allait pas sans une ironique mélancolie, et qu'il n'y avait pas eu plus de sept grands disciples dans les premiers écrits de la secte.

Ni Cérinthe, dont l'Évangile est aujourd'hui dans le canon, ni Papias, évêque millénariste, donc orthodoxe, d'Hiérapolis, ni aucun des six autres évêques désignés dans l'*Apocalypse de Pathmos*, ni les Valentiniens en leurs *Sagesses* — nous en avons deux — n'ont connu plus de sept disciples. Et pourtant, les millénaristes pour admirer, les Valentiniens pour blâmer, tous ont eu entre les mains les *Paroles du Rabbi*.

Les Juifs et après eux les Gnostiques, ainsi que tous les christiens et tous les chrestiens, ne consentirent jamais à voir dans *Jésus et ses Douze* autre chose qu'une fiction dont l'interprétation leur appartenait de droit et n'était contredite par aucun événement ou témoignage de l'histoire. N'ayant jamais rencontré un seul disciple qui pût témoigner de l'existence de Jésus et des douze, ils déchiffraient l'allégorie selon la règle mathématique dans laquelle on l'avait conçue. Ils ne furent pas dupes de la fable comme plus tard les Romains, les Africains, les Germains et les Celtes. Ils étaient trop près de la Judée, ils voyaient trop de Juifs et trop de christiens, baptistes ou non, pour croire un seul instant à la réalité de Jésus. En Syrie parmi les disciples de Simon le Magicien, de Ménandre et de Saturnin, en Égypte, parmi les Samaritains et les Galiléens immigrés, dans toute cette tourbe de marchands, d'astrologues, de prophètes, personne qui pût arrêter les Gnostiques au bord de leurs interprétations et leur dire: « Attention! ne substituez pas des chiffres à des faits! Dans cette ville d'Alexandrie il y a des gens dont les pères ont connu les douze apôtres. Allez chez Basilide qui demeure près du phare, il vous dira qu'il tient de Mathias bar-Toâmin la clef du roman évangélique ! » (1).

En relevant les chiffres alors énoncés dans Cérinthe, les Valentiniens et les Gnostiques montraient qu'il n'y avait là qu'une logophanie arithmétique d'autant plus facile à éclaircir qu'elle ne dépassait pas douze unités. Ce que Cérinthe appelle Apôtres, les Juifs Valentiniens l'appelaient Æons ou Cycles de mille ans, Groupes de mille ans, Sphères de mille ans, et ils en reconnaissaient Douze. Le Renouvellement des temps n'étant point venu dans le délai imparti par le Joannès, il fallut ajouter des Æons-rallonges à son thème. Certains Gnostiques sont allés jusqu'à trente pour donner à la terre le temps de souffler. L'Église, chez le millénariste Salomon, flegmatiquement interpolé et promu Irénée, fait observer qu'au chiffre indiqué par les Évangélistes du canon il manque dix-huit Æons pour arriver à celui de trente que ces Gnostiques comptaient dans leur *thème de consommation du monde*, et elle en conclut qu'ils n'ont rien entendu à l'existence des douze apôtres-hommes. La confusion que l'Église fait ici entre les deux systèmes est volontaire et de très mauvaise foi. Du reste, comme ces systèmes sont tous deux absurdes, le faux Irénée n'a pas de peine à triompher de l'un et de l'autre. Seulement il oublie de dire que le premier est l'œuvre du Juif au nom de qui il y a des évêques à Lyon (2).

(1) Il existe, en effet, une tradition introduite dans Irénée, et d'après laquelle Mathias aurait révélé à Basilide le véritable sens de Jésus. Il se peut qu'en effet Basilide tienne cela de Mathias, mais pas oralement ni directement. Sinon il faudrait admettre que Mathias est postérieur de près d'un siècle à son père Jehoudda Toâmin.

(2) Mais il le sait, et d'autant qu'il connaît assez Luc pour le falsi-

Le cadre mathématique où les Évangélistes ont fait entrer Jésus est celui dans lequel fut constituée l'église de Manès, fondateur de la secte des Manichéens, qui ne pouvait être dupe de la fable juive, puisque dans cette mystification Jésus reprenait le rôle de Mithra parmi les Perses. A l'assemblée générale des Manichéens, le président, Manès et celui qui lui succéda, tenait le rôle que remplit Jésus. Au-dessous de lui étaient douze adjoints dénommés Chefs ou Maîtres, comme sont les Douze, transportés de l'*Apocalypse* dans les Évangiles. Au-dessous des douze étaient soixante-douze évêques dont les soixante-douze disciples de Jésus sont l'équivalent dans Luc (1). Quatre-vingt-quatre personnes composaient le chapitre manichéen (2). Si vous écoutez les exégètes jehouddolâtres ils vous diront que Manès est un vil plagiaire de leur Seigneur! (3)

fier. Il réduit à soixante-dix le nombre des disciples envoyés pour répandre la parole, en dehors des Douze Apôtres, ce qui lui fournit cet argument : « Que les Gnostiques ne parlent plus de trente Æons, mais de 82 ! » Or il y a « soixante-douze » dans Luc, ce qui porte le chiffre à 84, chiffre confirmé par les *Actes* (Cf. le *Gogotha*, p. 287), et il ne peut y avoir moins, comme nous l'avons démontré surabondamment. Cette réfection d'Irénée, juif et millénariste irréductible, est du cinquième ou du sixième siècle au moins, et Irénée est du deuxième.

(1) Luc, x, 1.
(2) Sur le *Gogotha* Paul et ses deux-cent-soixante-quinze compagnons sont primés par un chapitre invisible composé de quatre-vingt-quatre Juifs qui sont les douze et les soixante-douze apôtres ou disciples de Jésus. (Cf. le *Gogotha*, t. V du *Mensonge chrétien*, p. 287.)
(3) Cf. Mosheim, *Commentarii de rebus Christianorum ante Constantinum Magnum.*

XI

LA RÉVÉLATION AUX JUIFS ET LA FÊTE
DES TABERNACLES

Les habitudes de précision que nous avons contractées dans notre commerce avec les scribes ecclésiastiques nous induisent à dater l'an, le mois et même le jour où Jésus a fait son entrée dans l'Évangile cérinthien.

Dans le système millénaire l'année a deux commencements, le commencement sacré qui est la pâque ou équinoxe du printemps et qui marie la Judée avec le ciel, et le commencement civil qui est la fête des Tabernacles ou équinoxe d'automne et qui marie les Juifs avec la terre. C'est l'origine des deux tables écrites par Dieu lui-même sur les deux côtés, l'un face au ciel et qui comprend les six bons Cycles (de l'*Agneau* à la *Balance*), l'autre face à la terre et qui comprend les six Cycles à racheter de Satan (de la *Balance* aux *Poissons*), en tout les douze Millenia dans lesquels Dieu avait renfermé l'œuvre qu'il avait scellée des sept sceaux dont la *Vierge* de 739 avait inauguré la rupture en donnant naissance à Bar-Jehoudda. On se rappelle que l'*Agneau* jubilaire de 789 devait consommer l'œuvre en trois temps comptés jusqu'aux *Anes*, (*Agneau*, *Taureau*, *Gémeaux*). Mais ne revenons pas plus longuement sur ce thème de kabbale astrologique, nous l'avons exposé tant de fois (1) !

(1) Notamment dans *le Charpentier*, au chapitre le *Songe de Joseph* et aux trois *Nativités* de Bar-Jehoudda.

N'étant venu ni avec l'*Agneau* (équinoxe du printemps) ni avec les *Anes* (solstice d'été), comme il l'avait
dit à Bar-Jehoudda, Jésus n'entre à Kana que sous la
Balance, entendez le commencement de l'année civile
célébré dans la religion juive par la fête des Tabernacles.

Cérinthe est le seul Évangéliste qui mette en scène
la fête des Tabernacles, et il le fait à diverses reprises
avec une insistance remarquable. C'est sous l'*Agneau*
que Jésus descend du ciel dans cet Évangile, et pénètre
dans l'intimité de sa famille d'emprunt, sa famille selon
le monde, mais il n'y donne aucun *signe*. Cérinthe a
essayé par là de tourner la difficulté que présentait
l'*Apocalypse* d'après laquelle Jésus devait triompher
sous le signe des *Anes*, avec les Douze Apôtres, les
trente-six Décans et les cent quarante-quatre mille
Anges, amenant avec eux la Jérusalem céleste. Mani-
fester pendant le semestre génésique eût été pour Jésus
l'obligation de réaliser tout cela sur le papier. Cérinthe n'a pu, aucun évangéliste n'a pu. Tous ont
introduit Jésus par l'escalier dérobé qu'éclaire oblique-
ment l'étoile de la *Vierge*. Mais ce dispositif est particulièrement explicite dans Cérinthe qui, au lieu d'in-
corporer Jésus au Joannès dans le sein virginal de
Maria, ne l'a fait entrer à Kana que sous la *Balance*.

C'est là une chose indiscutable et de la plus haute
importance pour l'intelligence du prologue, surtout de
l'allégorie de Nathanaël où Ménahem, septième fils de
Jehoudda, occupe sous le figuier la place qu'y avait
Adam le septième jour, au milieu de l'Eden dont il s'est
fait chasser. C'est donc sous la *Vierge*, signe de la
grossesse de Maria, que Jésus se met en marche pour
Kana. Et comme nous ne tarderons pas à apprendre

que le christ avait trente-huit ans lors de sa première manifestation kanaïte à Jérusalem, ce chiffre trente-huit nous livre tout le plan original de Cérinthe. Bar-Jehoudda ayant été crucifié à cinquante ans, nous sommes aux Tabernacles de 777. Il nous reste onze ans et demi pour atteindre la pâque de 789, la veille de laquelle Bar-Jehoudda fut crucifié. Dans son plan Cérinthe englobe les douze signes du Zodiaque millénaire à raison d'un signe par an. Or, comme l'Église le reconnaît, il avait distribué à Bar-Jehoudda le rôle du douzième, l'Æon-christ, celui qui, pour n'être point venu, n'en est pas moins promis aux Juifs par serment de Dieu. C'est une preuve nouvelle que, loin de prendre Bar-Jehoudda pour le Verbe, il ne le considérait que comme un des douze, le dernier des douze, il est vrai, celui en qui devait se réaliser la promesse. A la différence du Verbe qui est le *premier* et le *dernier* dans toutes choses, Bar-Jehoudda disait être le dernier des douze Æons, l'Æon médiateur entre les Juifs et l'éternité. En un mot il était l'*Æon-Zib*, l'*Æon-Poisson*, celui qui, par définition, est sous l'influence de l'eau du *Zachû* (le *Verseau*) et séméiologiquement indiqué pour faire d'autres poissons par le baptême. Jamais le nom de Pêcheur d'hommes n'a trouvé de justification plus pertinente.

XII

CHAPITRE II. — LES NOCES DE KANA

Cérinthe nous a présenté les sept fils de Joseph de Nazireth, les sept démons qu'en sa qualité de Verbe

créateur Jésus a tirés du sein de Maria Magdaléenne, il
lui faut maintenant mener Jésus chez sa mère selon le
monde. Il ne saurait être question de son père. Vous
connaissez la doctrine de ce kanaïte : « N'appelez personne ici-bas votre père, car vous n'en avez qu'un et il
est là-haut. » Et puis, au moment où l'action s'engage,
son père selon le monde est mort depuis une quinzaine
d'années, rapportant à Celui qui le lui a donné le nom
de circoncision qui ne saurait trouver place dans la
fable (1). C'est chez sa veuve que Jésus pénètre ; elle a
l'avantage de n'avoir pas d'autre nom légal que celui
de son mari, et comme celui-ci l'a rendu avec l'âme,
elle est anonyme par viduité.

La maison où se passe la scène est à Kana. Elle ne
peut être ailleurs. Les membres de la famille jehouddique mêlés à l'histoire de la Judée avaient mérité le
nom de Kanaïtes et ensuite celui de Sicaires ou Assas-
sins (2). Le père de Samuel s'appelait El-Kana (3) et
Samuel a sacré David roi d'Israël. Kana veut dire zèle,
et c'est pourquoi tous, notamment Shehimon et Mé-
nahem-Nathana-El, ayant laissé une renommée excep-
tionnelle parmi les Kanaïtes, sont dits de Kana comme
leur père est dit de Nazireth, avec cette différence que
Kana existe. A l'histoire du kanaïsme tracée par les
annalistes Cérinthe oppose un petit jeu de mots ; si
quelqu'un demande en quoi consistait le zèle spécial de
ce Bar-Jehoudda qui fut jadis le roi des Kanaïtes, on
répondra qu'il consiste à avoir habité sous le nom de

(1) Quand un homme mourait, on disait qu'un nom périssait. Dans
l'Apocalypse sept mille noms tombent à Jérusalem avec Jehoudda pendant le Recensement de 761. (Cf. Le Roi des Juifs, p. 29.)
(2) Cf. Le Saint-Esprit, p. 360 et le Gogotha, p. 70.
(3) I Rois, 1, 1.

Jésus le bourg de Kana en Galilée. En choisissant Kana pour le lieu de la scène, Cérinthe donne le change sur la véritable étymologie du mot *kana*, — si compromettante! disons plus, inavouable.

1. Trois jours après (1), il se fit des noces à Kana en Galilée ; et la mère de Jésus y était.

2. Et Jésus aussi fut convié aux noces avec ses disciples.

3. Or, le vin manquant, la mère de Jésus lui dit : « Ils n'ont pas de vin. »

4. Et Jésus lui dit : « Femme, qu'y a-t-il de commun entre moi et vous? Mon heure n'est pas encore venue. »

5. Sa mère dit à ceux qui servaient : « Tout ce qu'il vous dira, faites-le. »

6. Or il y avait là six urnes de pierre préparées pour la purification des Juifs, contenant chacune deux [ou trois] *métrètes*.

7. Jésus leur dit : « Emplissez les urnes d'eau. » Et ils les emplirent jusqu'au haut.

8. Alors Jésus leur dit : « Puisez maintenant, et portez-en à l'Architriclin (maître d'hôtel.) » Et ils lui en portèrent.

9. Sitôt que le Maître d'hôtel eut goûté l'eau changée en vin (et il ne savait d'où ce vin venait, mais les serviteurs qui avaient puisé l'eau le savaient), le Maître d'hôtel donc appela l'époux.

10. Et il lui dit : « Tout homme sert d'abord le bon vin, et après qu'on a beaucoup bu, celui qui vaut moins; mais toi, tu as gardé le bon vin jusqu'à cette heure. »

11. C'est là le *commencement des signes* que fit Jésus à Kana de Galilée; et c'est ainsi qu'il manifesta sa gloire, et que ses disciples crurent en lui.

Personne, l'Église moins que toute autre, n'a jamais

(1) Trois jours après celui (le *quatrième*, celui des *Anes*) où Jésus a intimé à Ménahem l'ordre de se taire.

rien compris à ces Noces symboliques, et chacun y a vu le récit d'un mariage réel auquel un individu nommé Jésus aurait apporté le concours de facultés miraculeuses.

Ce prétendu miracle est un attrape-nigaud millénariste dans le genre de ceux que Samson nous a fournis. C'est une opération de change analogue à celle dont les philistins sont victimes avec leurs trente morts au mois, les cent cinquante torches des trois cents chacals, la mâchoire d'âne et le reste (1).

XIII

DÉCHIFFREMENT DU MIRACLE SÉMÉIOLOGIQUE DE KANA

Grosse difficulté qui revient à chaque instant et dont Jésus ne peut sortir que par des échappatoires : étant esprit, n'ayant d'autre corps que celui de Bar-Jehoudda, Jésus ne peut donner ni *signes* célestes ni *signes* terrestres. Comment suppléer à cette absence totale de *sèmeïa* pendant son passage sur la terre? Par l'expédient des *miracles.* Les miracles sont des signes paraboliques, des similitudes, des imitations de signes, des signes écrits, des signes sur le papier. L'Ombre du Verbe accomplit des ombres d'actes, comme dans Scarron!

Il ne s'agit pas de prodiges exécutés par un être vivant, mais de problèmes résolus par le scribe même qui les a posés. Je vais vous expliquer le miracle de

(1) Sur ces mythes chiffrés voyez *Le Gogotha,* p. 33.

Kana d'après l'*Apocalypse*, dont il provient ainsi que tous ceux qui vont suivre.

Jésus qui a passé quatre jours avec ses frères selon le monde n'arrive à Kana que le septième. Mais à partir du quatrième, il peut tout, convertir l'eau en vin, multiplier les pains, ressusciter Eléazar et le christ, quand il le faudra. C'est le privilège de sa constitution solaire dans la Genèse. Le soleil, lumière et chaleur du Verbe, n'a paru sur la terre que le quatrième jour.

Les Noces de Kana, ce sont, mais manquées, les *Noces de l'Agneau* qu'avait annoncées Bar-Jehoudda sur les indications de son père (1) : « Réjouissons-nous, dit-il, tressaillons d'allégresse, parce qu'elles sont venues les Noces de l'*Agneau*, et que son Épouse y est préparée. » Et Jehoudda, à qui il a été donné de revêtir le vêtement de lin blanc des assumés, lui avait dit de son côté : « Écris : Bienheureux sont ceux qui ont été appelés au souper des Noces de l'*Agneau*, » ajoutant : « Ces paroles de Dieu sont véritables. » Aussitôt, continue son fils, je tombai à ses pieds pour l'adorer; mais il me dit : « Garde-toi de le faire : je suis serviteur (de la Loi), comme toi et comme tes frères, (ses six autres fils). » Ces Noces ne s'étant point faites à la date annoncée, c'est-à-dire le 15 nisan 789, Cérinthe, évoquant le souvenir de la Grande pâque manquée, les place tout au commencement de l'action et aussi de l'année civile. C'est une des nombreuses preuves que, même allégoriquement, Jésus ne célébrait pas de pâque dans les premiers Évangiles. A supposer qu'existassent les Synoptisés, Cérinthe n'a pas voulu introduire la Cène

(1) *Apocalypse*, xix (Koph), 7-10, p. 65 du *Roi des Juifs*.

dans ses allégories, et c'est une honnêteté dont il faut
lui tenir compte ; il n'a pas voulu tendre ce piège à la
crédulité publique. Les Noces de Kana ne se trouvent
que dans Cérinthe, et c'est pourquoi il n'y a pas de
Cène, ce serait un double emploi. Ces Noces n'ayant
point été célébrées au commencement du *Cycle des
Poissons*, comme elles l'eussent été si la prophétie de
Jehoudda se fût réalisée, Jésus les célèbre au commencement d'une année civile ordinaire, la douzième
avant celle où fut crucifié Bar-Jehoudda.

Vous vous rappelez que la venue de l'Époux céleste
devait être marquée par la célébration de ses Noces
avec la Judée, sa fiancée depuis toujours. Le repas de
noces, ce devait être cette pâque de 789 dont Bar-Jehoudda fut, contre son attente, l'agneau crucifié.

N'ayant point composé de Cène pascale à la fin de son
Evangile comme ont fait ensuite les Synoptisés, Cérinthe a placé le repas des Noces tout au début de ses
allégories ; et comme lieu de réunion il a choisi Kana,
par un de ces jeux de mots familiers à l'école mytho-
graphique. Kana est *verbalement* la capitale du fanatisme religieux dont Jehoudda et ses fils ont donné les
exemples les plus remarquables. Les Noces de Kana,
ce sont les Noces promises à son fils aîné par Jehoudda
et manquées à la pâque de 789.

Quand Jésus arrive dans la maison où on l'attendait,
celle de David, nulle autre, nous sommes à la fête des
Tabernacles. Tout homme sensé qui jettera les yeux
sur l'institution des fêtes mosaïques sera obligé de convenir qu'elles répondent à l'ordre et à la marche de
l'année selon le dogme millénariste. C'est là leur sens

secret : aucune n'a de cause épisodique dans l'histoire des Juifs, ce sont des fêtes mathématiques, reposant toutes sur cette idée que Dieu a créé le monde en six jours de mille années chacun; que cette genèse a commencé sous l'*Agneau* pour finir sous la *Vierge;* que, parvenu au septième signe, la *Balance,* Dieu, satisfait de son œuvre, s'est reposé pendant mille ans dans l'Eden où il avait mis Adam l'androgyne; et que celui-ci a commis avec sa moitié, détachée de lui non pour la fornication mais pour la fraternité, le péché qui a inauguré le règne de Satan, c'est-à-dire la mort et les ténèbres dont les mois de l'automne et de l'hiver sont l'ombre portée sur la terre. C'est pourquoi le premier jour du septième mois était un sabbat commémoratif de l'œuvre de Dieu terminée sous la *Vierge,* un sabbat de reconnaissance. Le dixième jour était dit des Expiations parce qu'on y demandait pardon à Dieu de la faute d'Adam commise sous l'inspiration d'un malencontreux Décan (1) et qu'on le priait de redevenir favorable. « Tout homme qui ne sera point affligé en ce jour-là périra du milieu de son peuple. » Ce jour de repentance avait la valeur d'un sabbat, mais de deuil, à l'encontre des autres : défense de travailler sous peine de mort.

Ce n'était là que les préliminaires de la fête dite des Huttes ou Tabernacles, laquelle faisait pendant à la fête de pâque, durait sept jours comme celle-ci, et représentait l'équinoxe d'automne pendant lequel Dieu, pour punir Adam, avait permis que Satan le séparât de l'Arbre aux douze récoltes, l'Arbre de vie, et que la terre entrât dans les signes de ténèbres et d'infécon-

(1) Il y a trente-six décans à l'année.

dité dont les *Poissons* marquent le terme. « Vous cé-
lébrerez chaque année cette fête solennelle pendant sept
jours, lorsque vous aurez recueilli les fruits de votre
terre (ceux que la *Vierge* dépose dans la *Balance*). Au
premier jour vous prendrez les branches de l'arbre frui-
tier le plus beau (le palmier, par exemple, ou le figuier),
les rameaux de l'arbre le plus touffu et les saules qui
croissent le long des torrents et vous demeurerez sous
l'ombre des branches d'arbre pendant sept jours » (1).
Telle est la fête originale, et quand, immédiatement,
après cette image du Paradis perdu, vous lisez ce qui
suit : « Tout homme qui est de la race d'Israël demeurera sous les *tentes*, afin que vos descendants appren-
nent que j'ai fait demeurer *sous des tentes* les enfants
d'Israël lorsque je les ai tirés d'Égypte (2) », vous sentez
tous qu'il y a là une adultération manifeste de la pensée
primitive, et que la toile des tentes a été substituée à
l'arbre dont Adam et Eve avaient par leur faute perdu
les fruits mensuels.

C'est pour cette cause secrète qu'il y avait deux
commencements dans la même année, l'un, de source
divine, la pâque, l'autre, d'institution civile, les Tabernacles dans lesquels on enfermait l'espoir de revenir
un jour au premier commencement. La pâque avait
été le commencement des six jours de mille ans; les
Tabernacles en marquaient la fin, mais on y sous-en-
tendait l'espoir d'un retour au commencement.

La Fête des Tabernacles a été diversement inter-
prétée par les rabbins et je n'en veux point disputer
avec eux. En histoire naturelle, cette fête pourrait s'ap-

(1) *Lévitique*, xxiii, 21-42.
(2) *Lévitique*, 42, 43.

peler la fête religieuse de l'eau Édénique, et du vin à provenir de la Vigne du Seigneur, la Vigne aux douze récoltes. L'image de cette eau paradisiaque, c'était la fontaine de Siloë où, chaque année, au retour de l'automne, les prêtres allaient puiser dans des vases sacrés l'eau qu'ils répandaient ensuite, avec le vin, sur le parvis du Temple pour demander à Dieu le retour de ces deux liquides de vie. Comme cette fête se composait d'une période d'affliction à laquelle succédait une période d'allégresse débordante, l'homme qui lisait le livre saint à l'endroit de deuil, s'appelait l'*époux de la fin*, tandis que celui qui le lisait à l'endroit joyeux s'appelait l'*époux du commencement*.

Le septième jour, les vieillards, oubliant leur âge et perdant toute gravité, dansaient comme des enfants, sautaient, bondissaient, *sicut arietes et sicut agni ovium*. On revoyait l'Eden perdu et en son honneur on agitait des rameaux verdoyants ; on revoyait le premier ciel, et, pour le saluer, on allumait des myriades de lampes qui faisaient de Jérusalem comme un grand miroir étoilé.

Le huitième jour était dit le « grand jour », parce que cette Révélation divine était passée à l'état de « promesse sous serment (1). »

La fête des Tabernacles, c'est en somme la Révélation séméiologique de la prédestination des Juifs à posséder la Terre. C'est la date que Mathieu et Luc ont choisie pour l'Annonciation à Maria dans le *signe de la Vierge*. Gabriel l'avertit que les temps sont proches

---

(1) D'où le nom d'Eloï-Schabed (serment de Dieu) donné à la mère du christ dans Luc, I, 5.

où naîtra d'elle celui qui accomplira la Révélation sous-entendue dans les sept jours des Tabernacles. Cette Annonciation provient de la *Ieouschana* qu'on a traduite par *Apocalypse* dans l'adaptation grecque dite de Pathmos. Les Noces de Kana auxquelles nous allons assister sont une similitude de la *Ieouschana* du Joannès. Les six jours de la Genèse épuisés dans le prologue, Cérinthe place Jésus devant sa propre Révélation aux Juifs. Qu'il donne sur le papier une idée de ce qui aurait été fait aux Tabernacles de 789 si la Grande pâque fût venue ! Il est dans la maison où a été composée l'*Apocalypse* sur les données qu'il a lui-même fournies, il est au pied du mur, en un mot.

Mais tous les accessoires du *sèmeion* qu'on attend de lui sont à leur place. A Kana, tout vient de l'*Apocalypse*, même la table. Cette table est *double*, c'est-à-dire écrite des deux côtés, dits les deux tables du témoignage et mieux du testament. Jésus, c'est le Maître de la table, l'Époux côté ciel ; Bar-Jehoudda, c'est l'époux côté Judée, et sa mère était morte attendant toujours l'Époux côté ciel, ce fameux Fils de l'homme qui aurait dû paraître sur les nuées le 15 nisan 789, s'il avait eu conscience de la *Ieouschana*.

Et pourtant Jehoudda avait bien préparé la table ! Il avait assuré le service avec *kana*, avec zèle.

Aussi est-il dit l'Architriclin, celui qui a commandé les douze lits sur lesquels les douze Æons devaient se coucher pour prendre le repas pascal et célébrer les Noces de l'*Agneau*. Son fils, le Joannès de « Celui qui doit venir », avait invité les Juifs à se purifier, autrement dit à se laver dans son baptême, et il leur avait remis leurs péchés, étant l'époux provisoire de la Judée, en attendant la pâque de feu qui le transformerait en époux millénaire.

« Aux jours de votre délivrance et de votre salut, dit Isaïe en parlant des jours du christ, vous puiserez dans une grande joie les eaux des fontaines du Sauveur (le Silo) ». Or le Joannès avait baptisé de l'eau de la délivrance à la fontaine de Siloë. Tout est donc en règle. Il ne faut même pas s'étonner que Jehoudda soit présent, puisque Jésus le ressuscitait à sa venue. Salomé joue le rôle de la *Vierge* comme dans l'*Apocalypse*, Jehoudda celui du *Zachû*, le *Verseau*, comme dans les passages de l'Évangile où il est appelé le Zachûri ou le Zibdéos, d'où sortent les *Poissons* que zodiacalement il baptise.

Ce sont des noces auxquelles le vin manque, le vin de la Vigne du Seigneur. Le père, la mère et le marié sont assis devant six cruches que voici rangées près de la table où sont mis, quoi qu'on ne le dise pas, les douze couverts apostoliques. Ces six cruches sont préparées pour la purification des Juifs, mais comme elles sont vides, on se demande comment et avec quel liquide ils se purifieront. Les exégètes du Saint-Siège estiment que par la purification des Juifs, il faut entendre l'acte de propreté qu'ils accomplissaient en se lavant les mains avant et après le repas, et auquel les pharisiens accordaient une importance que Jésus leur reproche bien à tort dans les Évangiles synoptisés. Si les six urnes avaient été placées là pour cet objet, elles eussent été pleines d'eau.

Qui est l'Époux véritable dans ces noces symboliques ? Jésus lui-même, mais démillénarisé, et se bou-

chant les oreilles quand il entend d'en haut les tonnerres de l'*Apocalypse*.

Le marié, déjà décrit dans Isaïe, a la patte d'oie
et des rides profondes, mais l'espoir efface tout sur sa
face ravagée : « O Jérusalem! On ne te donnera plus
le nom de *Délaissée* et à ton sol celui de *Désert*, mais
on te nommera *Mon plaisir est en elle*, et ta terre *la
Mariée*, car en toi Iahvé mettra son agrément, et ta
terre aura un mari. Tout comme le jeune homme épouse
la vierge, ainsi tes fils t'épousent. De la joie qu'un
mari ressent de sa jeune femme ton Élohim se réjouira
de toi (1). » Jésus entre, jette un regard sur cette maison sans vin, sur ces six cruches vides. Salomé le reconnaît tout de suite, puisqu'on lui a donné les traits
de son fils. Une mère ne se trompe pas! Elle s'approche : « Ils n'ont pas de vin, » dit-elle. Jésus le sait
bien, puisqu'il n'est pas venu, lui, le Maître de la
Vigne. Il répond un peu durement à Salomé, mais
qu'importe, la pauvre femme n'entend plus! Et puis
sous le nom de Maria la Magdaléenne, elle n'est sa mère
que selon le monde, c'est-à-dire juste assez pour
tromper les goym. « Femme, dit-il, qu'y a-t-il de commun
entre toi et moi? Mon heure n'est pas encore venue. » En
effet, au mois de tischri 777 son heure n'est pas encore
venue, il a encore onze ans et demi devant lui pour
verser aux Juifs le vin de sa Vigne, le vin du bonheur
pour eux, le vin de la colère contre les goym. Il n'y a
de commun entre lui et sa mère que ce qu'il a plu au
Joannès d'insinuer dans son *Apocalypse*, et aux Évangélistes d'exploiter dans leur fable, à savoir qu'elle

(1) Isaïe, XLII.

était la vierge dans laquelle Jésus avait conçu le christ maître du monde.

Étant l'*Agneau* de la Grande Pâque, Jésus n'a de commun avec Salomé que le rapport allégorique établi par *l'Apocalypse* entre la *Vierge* et le Nazir de 739. Il n'a pas plus de rapports avec elle que Samson n'en a eu avec la philistine qu'il épouse dans l'énigme millénariste dont nous avons donné la clef. Il n'en est pas moins son Époux, et nous avons déjà vu Samson, un simple Nazir, épouser la *Vierge* pour mériter les grâces de Dieu. L'heure de Jésus n'étant pas venue de verser le vin des Noces, il s'ensuit que celle du Nazir n'est pas venue non plus d'en boire et qu'il doit s'en abstenir ainsi que de toute boisson fermentée, conformément à son vœu. A moins toutefois que Jésus ne suspende la Loi de naziréat par un miracle.

En dehors de cette considération, Jésus a une autre raison tirée de l'astronomie pour tenir ce langage à Salomé. Il vient de sortir de la *Vierge* lorsqu'il entre chez la mère qu'on lui donne; il n'a plus de lien avec elle, car il est dans la *Balance* au moment où le miracle commence. Toutefois la *Vierge* ne peut pas ne pas être aux Noces puisque, sur la sphère, la pointe du fléau de la *Balance* est dirigée contre elle. « Et une épée aussi traversera ton âme, dit Luc! » En revanche elle n'assistera pas à la Multiplication des pains, parce qu'alors nous touchons à la Pâque et qu'en ce mois Jésus est sous les *Poissons*, à cinq signes de distance.

Elle n'a été que trop punie de son fol orgueil! Aussi ne proteste-t-elle point. Quoique rudoyée, elle ne se fâche point, elle s'humilie davantage. Mais qu'on laisse faire celui qu'on lui donne pour fils, et son abaissement de tout à l'heure se changera en gloire. Ah! ce Fils! il peut tout! Il n'a qu'à paraître pour que les six cruches de Kana s'emplissent de vin pour la valeur de douze cruches. Bacchus, Cérès, les dieux de la vendange et les déesses de la moisson, Jésus est à lui seul tout cela : lumière et chaleur, temps et saisons. Qui le sait mieux que la *Vierge* de septembre ? C'est elle qui préside à la récolte. Se tournant vers les serviteurs de l'*Agneau*, elle leur dit : « Faites tout ce qu'il vous commandera »; et à ce moment elle sait ce qu'il commandera. Il donnera ordre au *Verseau* de faire largement sa besogne, de bien arroser les *Poissons*, partant de ne point geler les vignes en mars. Le reste le regarde. « Emplissez d'eau les six cruches, » dit-il aux serviteurs. Et quand elles sont remplies : « Puisez maintenant et portez-en à l'Architriclin. Au lieu de ce qu'y a mis le *Verseau*, il y trouvera de mon vin. » Miracle! oui, et annuel.

Clerice, éclaire-icy! Page, à la humerie! comme dit notre bon maître Rabelais.

Si quelqu'un avait vérifié le contenu des six cruches, il y aurait trouvé juste de quoi remplir les verres des douze Apôtres. Trente litres de vin par tête et un litre par jour !

Il est dit aujourd'hui que les six cruches avaient deux [ou trois] métrètes chacune, et le métrète, mesure d'Athènes, valait environ trente litres.

Or nous sommes sûr que dans Cérinthe la cruche ne contenait pas plus de deux métrètes (1), soit soixante litres, et comme il y a six cruches,

$$60 \times 6 = 360$$

nous obtenons trois cent soixante litres, c'est-à-dire

(1) On a mis *ou trois* pour égarer les recherches.

que les six cruches en valent douze pour la capacité. C'est à la fois un change et une multiplication.

Le change consiste en ce que Jésus convertit les six mauvais signes en bons signes, et cela par provision, dès l'équinoxe d'automne qui précisément ouvre la série des mauvais signes et des Cycles à racheter de Satan.

Cérinthe n'a pas eu en vue la mesure de capacité nommée par les Grecs métrète et qui contenait environ trente-neuf litres, mais tout vase contenant deux amphores, ce qui était le cas du métrète. C'est à une multiplication du métrète que nous assistons, comme plus loin à une multiplication du pain : ici le multiplicateur est *deux*. Au fond, c'est un tour de gobelets millénaires. De ces six métrètes d'eau Jésus a tiré douze amphores de vin qui sont ici :

1. La Balance. *Tabernacles (Equinoxe d'automne)*.
2. Le Scorpion.
3. Le Sagittaire.
4. Le Capricorne.
5. Le Verseau.
6. Les Poissons.
7. L'Agneau. *Pâque (Equinoxe de printemps)*.
8. Le Taureau.
9. Les Gémeaux.
10. Les Anes.
11. Le Lion.
12. La Vierge.

L'allégorie est à double et triple sens, comme toujours. Les six cruches ne représentent pas que les six mois qui séparent l'équinoxe d'automne de celui du printemps (1), elles sont avant tout les six mauvais signes que le baptême du Joannès a le pouvoir de convertir en bons signes, de telle sorte que, les six autres signes étant favorables par eux-mêmes, toute l'année, toute la vie d'un homme baptisé, présente et future, ne soit qu'une éternelle bénédiction.

Nul doute que Bar-Jehoudda ne soit en même temps l'époux de la fin et celui du commencement. Les Juifs qui ont abandonné la Loi n'ont plus de vin à boire, mais ceux qui l'ont défendue, comme Jehoudda et sa famille, ceux-là seront récompensés : ils verront la terre du Millénium, ils s'assiéront à la table du Seigneur et boiront le bon vin de sa Vigne. Ici l'allégorie est pleinement millénariste. Comme dit souvent Jésus, à la barbe des païens : « Que celui qui a des oreilles entende! »

Les serviteurs de l'*Agneau*, tous disciples de Jehoudda, espèrent bien que l'eau du baptême se changera pour eux en vin de la Vigne du Seigneur; ils ont bien compris l'apologue. Ce sont eux qui ont mis l'eau dans les cruches, ils savent où ils l'ont puisée, elle vient de l'Aïn du Jourdain, de l'Aïn de Kapharnahum, de l'Aïn de Siloé, de l'Aïn de Salem, de l'Haggan-Aïn; c'est l'eau du baptême administré par le Joannès, de 781 à 788, l'eau du salut éternel. Et celui qui l'a indiquée, c'est, dans l'ordre des signes comme dans la réalité, l'Architriclin présent aux Noces, c'est le Zibdéos, le Verseau, grand *Faiseur de Poissons*. Mort depuis le Recensement de Quirinius, il n'a point connu les grands

---

(1) Jadis le Seigneur avait eu sa vigne dans le Temple. Et chaque année, Bacchus, dans celui d'Andros, aux nones de janvier, — Janus ayant ouvert les portes de la nouvelle année, — changeait par la main de ses prêtres l'eau en vin dans *trois* cruches : symbole du solstice qu'il consentait encore une fois à ramener dans l'île.

jours du septennat baptismal. Mais sitôt qu'on l'a mis sur la voie, il s'y reconnaît tout de suite, c'est lui qui l'a tracée, ouverte ; il appelle l'époux de la fin, celui qui est son fils selon la chair. « Tout homme, dit-il, sert d'abord le bon vin, et après qu'on a beaucoup bu, celui qui vaut moins ; mais toi, tu as gardé le bon vin jusqu'à cette heure! » Propos fort énigmatique pour un goy, mais très clair pour un Juif au courant de la Loi de naziréat. Le christ est mort sans avoir bu de vin, même médiocre ; mais aujourd'hui le voilà qui, délivré de son vœu par Jésus, sort le bon vin, celui qu'il devait boire à la pâque de 789, sous un signe où il n'y a encore que le vin de l'année 777. Ce miracle est une fiche de consolation pour les Marchands de christ. L'inventeur du baptême est mort en faillite, vive le baptême au nom de Jésus! Vive la mystification juive! De l'eau vendue pour du vin, c'est le nectar, on ne trouvera jamais mieux!

Telle est l'explication du *sèmeion* de Kana et je défie qui que ce soit, — en dehors des exégètes, bien entendu, — d'en donner une autre qui n'offense pas à la fois et l'arithmétique et le sens commun. Mais savamment perfectionnée, cette machine à tromper a fini par tourner l'entendement des hommes les plus fortement organisés au point de vue de la résistance intellectuelle. « On ne voit goutte dans tous ces récits, » dit Proudhon (1). Certes cette eau et ce vin sont tous les deux fort troubles, si on les prend comme matière de récits, mais il ne s'agit point de récits, ce sont des énigmes

(1) *Les Evangiles* annotés par P.-J. Proudhon, Bruxelles, 1865, in-12, pp. 323, 324, 325.

chiffrées. Proudhon s'y est perdu, combien d'autres! Et c'est pitié de voir cette magnifique intelligence capituler par lassitude devant tant de « niaiserie, dit-il, une niaiserie qu'on peut appeler joannique! A chaque verset de cet Évangile se trahit ce gros mysticisme qui prétend à la profondeur et au mystère, et qui ne sait s'exprimer qu'en phrases triviales et tout à fait jocrisses. » Mais, génial Proudhon, les jocrisses, c'est vous, c'est nous, ce sont les gogoym qui bayent au batelage et à la parade judaïques. Il n'y a point là de mysticisme, mais de la mystification : on n'y fouille point les profondeurs, sinon celles des poches. « Cela n'a ni rime ni raison, dites-vous à chaque instant! C'est absurde! C'est ridicule! Bavardage, finasserie, amphigouri, platitude, nous ne trouvons que cela jusqu'à la fin! (1) » Tenez, Proudhon, vous n'entendez rien aux affaires!

Vous n'êtes pas content, pourquoi? Parce que vous repoussez l'exégèse du Saint-Siège. Mes lecteurs ne sont pas contents non plus, pourquoi? Parce que je ne l'ai pas encore fait intervenir, mais je la réservais pour la bonne bouche. Sachez donc tous qu' « aujourd'hui la Cana évangélique s'appelle Kafr-Kenna, sur le chemin de Nazareth à Tibériade. Les chrétiens y ont une église bâtie des débris d'une autre plus magnifique, changée plus tard en mosquée et détruite aujourd'hui. On y montre deux des hydries dans lesquelles l'eau fut changée en vin. Elles sont en calcaire compact du pays et travaillées assez grossièrement. Elles n'ont absolument aucune sculpture. Voici leurs dimensions : la

(1) *Les Evangiles* annotés par P.-J. Proudhon, pp. 323, 324, 325.

grande urne, de forme plus arrondie, a 1 mètre 20 cen-
timètres sur 80; la seconde, plus allongée, a 90 centi-
mètres sur 75. Chacune des hydries contenait, dit l'é-
vangéliste, deux ou trois métrètes; or cette mesure
vaut près de 39 litres. La capacité des urnes de l'Évangile variait donc de 78 à 117 litres. Or la plus grande
des urnes actuelles peut contenir 100 litres, et la plus
petite 60. Il y a donc complète coïncidence. Elles ont été
vues à la fin du sixième siècle par Antonin le Martyr.
On montre encore à Kenna les ruines de la maison de
l'un des douze apôtres, Simon, que plusieurs croient
être l'époux des noces de Cana. »

Oui, on montre tout cela dans Cana, et c'est bien peu
en comparaison de ce qu'on y pourrait montrer, car
réduire à deux vases les six vases indispensables à la
confection du miracle, c'est faire échec au miracle lui-
même! Ces deux vases n'ont été mis là que pour nous
changer en cruches comme Antonin le Martyr. On les a
fabriqués à la mesure actuellement indiquée par le texte,
et pour leur donner un air de contemporanéité avec le
prophète juif on les a faits sans figures, toute figure étant
interdite par la Loi. Quant à Simon, il n'est dit de Kana
dans l'Évangile que parce qu'il était Kanaïte. Ce n'est
pas lui qui était l'époux des Noces à célébrer le 15 nisan 789 ; l'époux, c'est le frère de ce Shehimon que
trois cent soixante-cinq millions d'hommes civilisés
adorent comme pape sous le nom de Pierre, car ils ont
beau s'en défendre, ils l'adorent! C'est logique d'ailleurs! Quand on prend du juif on n'en saurait trop
prendre.

La main de Shehimon n'était pas libre, à moins
toutefois que ce ne fût pour assassiner quelque pauvre

Ananias ; il était marié. Le fiancé, c'est Bar-Jehoudda, vierge par naziréat, et non un obscur habitant de Kana dont on ne voit pas la fiancée, car vous l'avez remarqué sans doute, on ne voit pas la fiancée. La fiancée, comme vous l'a dit l'auteur de l'*Apocalypse*, c'est la Judée elle-même. Nous ne ferons pas à l'Architriclin des noces l'injure de croire que, dans un égarement non moins posthume que bachique, il prend son fils cadet pour son fils aîné. Il n'est pas tellement influencé par le vin substitué à l'eau ! Nous n'affligerons pas non plus les catholiques en soutenant que le miracle de Kana est un tour d'adresse exécuté avec la complicité des domestiques, quoique cela résulte explicitement du texte et que de grands hommes l'aient dit. Mais nous nous appliquons à n'avoir point de génie.

Croyez-vous que le Saint-Siège soit embarrassé par le mot décoché à la mère de Bar-Jehoudda : « Femme, qu'y a-t-il de commun entre toi et moi ? » mot qui dans la bouche d'un fils frappe toute la scène d'inauthenticité et eût valu immédiatement des verges à qui eût osé le prononcer ? Nullement. Apprenez d'abord que « le mot *femme* ne renfermait jamais chez les Hébreux une idée de mépris comme en français. Jésus attaché à la croix s'en sert, lorsqu'il recommande, de la manière la plus tendre, sa mère à son disciple bien-aimé. Les Romains et les Grecs donnaient le titre de *femme* à des princesses et à des reines, en leur adressant la parole. »

Laissons les Grecs et les Romains qui ne sauraient nous servir d'exemple dans leurs rapports avec les princesses païennes, et restons en Judée où la Loi punissait sévèrement ceux qui manquaient de respect à leur mère.

Si Bar-Jehoudda se fût permis de parler sur ce ton à
la sienne, — et dans une noce où il eût bu du vin! — il
eût fait l'épreuve de tous les fouets disponibles dans le
pays, ce qui eût préparé sa peau royale à recevoir ceux
du sanhédrin et de Pilatus. Et lorsque, parvenu au
pied de la croix dans la mystification cérinthienne, Jésus
se retire du corps qu'on va crucifier, pour le rendre à
sa vraie mère, il a pour but, comme ici, de mettre les
initiés en garde contre les dangers de cette mystification même.

Quant au fameux : « Qu'y a-t-il entre toi et moi? »
en d'autres termes : « Est-ce que je suis ton fils? », vous
brûlez de connaître le sentiment de l'exégèse catholique. Le voici : « Plusieurs traduisent, sur le latin :
Que nous importe à l'un et à l'autre? Mais la plupart entendent ces mots autrement : *Qu'avons-nous à
faire ou à concerter ensemble? Laissez-moi la liberté
que demande mon ministère.* Ce second sens paraît
mieux en harmonie avec l'acception de ces mots dans la
Bible et avec l'esprit du *Quatrième Evangile.* Puisque
saint Jean (1) écrit pour prouver que Jésus-Christ est le
Fils de Dieu, il doit plutôt relever en lui un sentiment
qui implique la conscience de sa divinité, qu'un autre
où l'on verrait seulement un indice de sa nature
humaine. Un miracle, semble-t-il dire à sa mère, est
une œuvre toute divine : la chair et le sang n'y doivent
avoir aucune part. C'est comme homme que je suis
votre fils; c'est comme Dieu que je dois agir en ce

(1) L'Église n'a pas craint d'enlever cet Évangile à Cérinthe pour le
donner à ce prétendu Jean, lequel n'est autre que le crucifié lui-
même. Tant que cet écrit a été de Cérinthe, il a été le comble de la
malice satanique. Maintenant qu'il est de Jean, il est le comble de la
révélation divine.

moment. En parlant ainsi, Notre-Seigneur ne fait que répéter ce qu'il a déjà dit, en sortant du temple : que la volonté de son Père était la seule règle qu'il eût à suivre dans l'exercice de son ministère (1). Du reste, il n'y a dans ces paroles aucun reproche ni aucun blâme pour Marie, qui partage les sentiments de son Fils et qui entre dans sa pensée; mais pour ceux qui l'entendaient, pour les apôtres surtout, il y a une instruction importante : c'est que le Sauveur n'est pas avec sa mère dans les mêmes rapports qu'un enfant ordinaire; c'est que, dans l'exercice de leur ministère, les ministres de Dieu ne doivent avoir aucun égard aux inspirations de la chair et du sang. »

Vous voyez où l'on veut en venir. Il est prouvé d'avance par la parole de Jésus qu'un prêtre jehouddolâtre n'est point vis-à-vis de sa mère dans la position d'un fils ordinaire. Il est son juge et son sauveur. Entendez-vous, femmes ?

Non, jamais Cérinthe n'eut pareille pensée en forgeant sa *similitude !* Personne ici n'insulte grossièrement sa mère, et il n'y a pas dans tout cela l'ombre d'un fait réel où seraient intervenus Maria la Magdaléenne, bonne Juive d'un endroit inconnu nommé Nazareth, et son fils aîné nommé Jésus. Comment les experts en Dieu n'ont-ils pas vu cela ? Comment leur cœur de fils, refoulant les sentiments d'insolence et d'ingratitude qu'ils tirent de la théologie pour les prêter à Jésus, ne les a-t-il pas mis sur la voie de la vérité ? Un homme qui se prétend fils de Dieu disant à sa mère selon la chair : « *Femme, qu'y a-t-il entre toi et moi ?* » quelle

(1) Pris à l'allégorie de Luc, (ii, 49) une des preuves les plus convaincantes de l'inexistence en chair de Jésus.

honte ! Et comment les docteurs et licenciés n'ont-ils
pas vu qu'en prenant ce propos à la lettre ils diffamaient
le Juif dont ils ont fait un dieu, qu'ils le rendaient odieux
à tout homme bien né ? Quand même Pilatus ne l'aurait
crucifié que pour avoir dit cela, il aurait bien fait !

Mais Jésus n'a eu qu'un tort, c'est, après avoir substitué le vin à l'eau, d'en mesurer l'usage avec tant de
parcimonie : un litre par jour pour l'humanité tout
entière, c'est vraiment trop peu. Si frère Jean des
Entommeures avait compris la devinette de Kana,
jamais il ne serait entré dans les ordres !

XIV

CHAPITRE II *bis* (1). — JÉSUS A LA PISCINE PROBATIQUE DE JÉRUSALEM

On ne doit pas hésiter une minute à placer le miracle
de la Piscine probatique immédiatement après celui
de Kana. C'est s'écarter de la version ecclésiastique
dans laquelle il occupe le chapitre v, mais c'est se
rapprocher de la version primitive. Aucun doute que
cette séméiologie ne se plaçât ici, elle est datée de 777.
La pâque que l'Église a joint au chapitre ii étant datée,
elle aussi, et de 785 comme nous le verrons tout à l'heure,
il s'ensuit que dans l'original de Cérinthe elle venait,
avec beaucoup d'autres choses sans doute, bien après
le miracle de la Piscine probatique. Mais comme le
miracle de la Piscine avait l'inconvénient d'être emprunté

---

(1) Ch. v dans la version falsifiée par l'Église après qu'elle eut enlevé cet Évangile à Cérinthe.

à l'histoire et de donner douze ans à la carrière politique de Bar-Jehoudda que les Synoptisés réduisent à six
mois, l'Église ne pouvait souffrir une telle chronologie,
surtout après avoir privé Cérinthe de la paternité de
son Évangile pour l'attribuer à certain apôtre nommé
Jochanan, et néanmoins fils du Zibdéos, comme Joannès
le baptiseur ; elle l'a donc transporté plus loin, au chapitre v. Nous lui rendons sa place.

1. Après cela était la *fête des Juifs* et Jésus s'en alla à
Jérusalem.

2. Or il y a à Jérusalem une piscine probatique, appelée en
hébreu *Bethsaïda* et ayant cinq Portiques

3. Sous lesquels gisait une grande multitude de malades,
d'aveugles, de boiteux, de paralytiques, attendant le mouvement des eaux.

4. Car un ange du Seigneur descendait en un certain
temps dans la piscine, et l'eau s'agitait (1). Et celui qui le
premier descendait dans la piscine après le mouvement de
l'eau, était guéri de quelque maladie qu'il fût affligé.

5. Or il y avait là un homme qui était malade depuis
trente-huit ans.

Ce qui ne l'empêchait pas d'y venir tous les jours
depuis sa naissance, sa condition séméiologique lui
permettant de comprendre les mois de nourrice dans le
total. Un enfant en bonne santé n'aurait jamais pu en
faire autant, fût-il constitué comme Gargantua ! Ce
chiffre *trente-huit* est précieux par la date qu'il nous
indique, date tirée de l'âge de Bar-Jehoudda en 777.
N'ayant pu le biffer à temps, l'Eglise y a obvié, (par un
faux naturellement), dans les *Actes des Apôtres*, écrit

(1) Pour l'explication, cf. *Le Roi des Juifs*, p. 168.

inspiré de Dieu pour l'édification du très excellent Théophile. Tous ceux qui avaient en main l'original de Cérinthe savaient que l'âge de Bar-Jehoudda était dans celui du paralytique, et que ces trente-huit ans étaient comptés du jour de sa naissance. Ils savaient que dans le plan de Cérinthe cette séméiologie succédait immédiatement à celle de Kana. D'un premier coup de pouce l'Église l'a rejetée après la pâque de 785 où il est dit que Bar-Jehoudda avait alors quarante-six ans : après quoi elle a mis dans les *Actes* que le paralytique en question, un boiteux, avait plus de quarante ans lors de sa guérison. La chronologie fait crouler cette fraude sur laquelle nous ne revenons que pour justifier notre classement du *sèmeion* de la Piscine probatique.

6. Lorsque Jésus le vit couché et qu'il sut qu'il était malade depuis longtemps, il lui dit : « Veux-tu être guéri ? »

7. Le malade lui répondit : « Seigneur, je n'ai personne qui, lorsque l'eau est agitée, me jette dans la piscine : car, tandis que je viens, un autre descend avant moi. »

8. Jésus lui dit : « Lève-toi, prends ton grabat et marche. »

9. Et aussitôt cet homme fut guéri, et il prit son grabat, et il marchait. Or c'était un jour de sabbat.

Notez que Jésus ne fait rien de ce qu'attendait le malade. Celui-ci espérait que quelqu'un le jetterait dans la piscine où il serait guéri. Or il recouvre la santé sans immersion dans l'eau miraculeuse. C'est donc que Jésus dispose d'un pouvoir supérieur à celui de l'eau.

Quant à la violation du sabbat par Jésus, c'est la

négation même de la Loi juive et de l'*Apocalypse*. A l'instar de la Genèse, toute l'*Apocalypse* est fondée sur le sabbat. Qui eût violé le sabbat devant les sept fils de Jehoudda fût immédiatement tombé sous leurs siques, et cette fois ils eussent été approuvés de leurs ennemis les plus irréconciliables. Le sabbat était une institution du Verbe créateur. C'était imiter le Verbe au septième jour que de célébrer le sabbat par un repos confinant à l'immobilité. S'agiter au sabbat, c'était déranger le Père dans le repos qu'il s'était accordé, son œuvre terminée. Porter un fardeau, c'était un effort impie et ridicule, un jeu de pygmée, à la fois indécent et puéril. L'Eternel avait dit dans Jérémie : « Prenez garde à vos âmes et *ne portez aucun fardeau le jour du sabbat ;* et ne faites aucune œuvre : mais sanctifiez le jour du sabbat, comme je l'ai commandé à vos pères. Cependant ils n'ont point écouté ; ils n'ont pas incliné l'oreille ; mais ils ont roidi leur cou, pour ne point écouter et ne point recevoir l'instruction. Mais, si vous m'écoutez attentivement, dit l'Eternel, pour ne faire passer aucun fardeau par les portes de cette Ville le jour du sabbat, et pour sanctifier le jour du sabbat en ne faisant aucun travail ce jour-là, alors les rois et les princes, assis sur le trône de David, entreront par les portes de cette Ville (1). Mais si vous ne m'écoutez pas pour sanctifier le jour du sabbat et *pour ne porter aucun fardeau* et n'en point faire passer par les portes de Jérusalem le jour du sabbat, je mettrai le feu à ses portes ; il consumera les palais de Jérusalem et ne sera point éteint. » (2)

(1) Jérusalem, la Ville Sainte.
(2) *Jérémie*, xvii, 21.

Le christ avait cru que le Verbe ne pouvait rapporter
la loi qu'il avait faite. Jésus lui démontre le contraire.
Le Verbe n'est pas lié. Celui qui a fait la loi judaïque
peut la modifier ou la défaire. Jérusalem est tombée
dans un sabbat. C'est son intérêt que Jésus rapporte sa
condamnation et relève en même temps le christ de sa
faillite. Comme il le dit ailleurs et dans le même esprit,
Jésus est maître du sabbat sous toutes ses formes,
sabbat hebdomadaire, sabbat d'années, sabbat de jubilés. Le sabbat n'est qu'un expédient pour mesurer le
temps. Derrière le temps il y a le mouvement, et dans
le mouvement il y a Dieu. Son activité ne s'arrête pas
sous le prétexte que les Juifs la décomposent en heures,
en jours, en semaines, en années, en siècles, en cycles.
Jérusalem a été condamnée par le temps sous les espèces
sabbatiques. Qu'importe! si l'appel est porté devant le
juge qui ne se repose jamais? Or, le Père est si bon
qu'il ne juge pas, il aime : le Fils, voilà le juge des
vivants et des morts. En cela Joannès ne s'est pas
trompé. Pourquoi les Juifs déclineraient-ils le juge? Ils
connaissent son jugement, tout entier en leur faveur,
c'est un fils de David qui l'a rédigé!

10. Les Juifs donc disaient à celui qui avait été guéri :
« C'est un jour de sabbat : il ne t'est pas permis d'emporter
ton grabat. »

11. Il leur répondit : « Celui qui m'a guéri m'a dit lui-
même : Prends ton grabat et marche. »

12. Alors ils lui demandèrent : « Qui est cet homme qui
t'a dit : Prends ton grabat et marche? »

13. Mais celui qui avait été guéri ne savait qui il était,
car Jésus s'était retiré de la foule assemblée en ce lieu.

14. Jésus ensuite le trouva dans le Temple, et lui dit :

« Voilà que tu es guéri ; *ne pèche plus, de peur qu'il ne t'arrive quelque chose de pis* (1). »

15. Cet homme s'en alla, et annonça aux Juifs que c'était Jésus qui l'avait guéri.

16. C'est pourquoi les Juifs persécutaient Jésus, parce qu'il faisait ces choses un jour de sabbat.

Déchiffrons le miracle au point de vue séméiologique où Cérinthe s'est placé.

Il n'y a point de *piscine* à Jérusalem dans le sens où il l'entend ici. Piscine veut dire lieu des *Poissons*, et l'eau où ils s'ébattent est fournie par l'Architriclin des Noces de Kana, notre vieil ami Jehoudda dans son rôle habituel de *Verseau*. Elle est appelée *Bethsaïda*, lieu de pêche, parce qu'elle répond aux eaux de Siloé où le fils de David venait pêcher ses brebis transformées en poissons par le baptême. Lui-même est à la fois le pêcheur et le berger. C'est pourquoi la piscine est dite *probatique* (2).

Les cinq Portiques de la piscine sont les cinq Cycles presque entièrement écoulés au moment où Jésus opère :

1. *La Balance.*
2. *Le Scorpion.*
3. *Le Sagittaire.*
4. *Le Capricorne.*
5. *Le Verseau.*

Ils conduisent à un sixième Portique que Cérinthe

____

(1) On voit par là que le Juif en question n'était nullement paralytique ; mais il n'avait pas eu assez de foi dans la famille de David, ce que le scribe assimile à une maladie. Jésus l'enlève à son lit de douleur. Que le guéri charge ce fardeau et marche !

(2) De *probaton*, troupeau. (Cf. *Le Roi des Juifs*, p. 165 et suiv.).

identifiait avec celui du roi Salomon, placé à l'Orient
du Temple; et les *Actes des Apôtres* ont respecté cette
indication qu'on a, par contre, enlevée de l'Evangile.
Ce Portique est le *Cycle du Zib* dans lequel le berger
davidique devait faire entrer son troupeau le 15 nisan 789. Il est un des six vases de Kana, le sixième.

La séméiologie répond exactement à la fête des
Phurim (Sorts) qui marquait l'entrée du Seigneur dans
le *Zib*, un mois jour pour jour avant la Pâque. On sait,
nous l'avons suffisamment démontré (1), qu'aux Phurim les Juifs célébraient le renversement des *sorts* à leur
profit et s'appliquaient le bénéfice ultime du signe des
Poissons qui leur devenait favorable à l'exclusion des
Chaldéens. C'est pourquoi les Phurim sont dits *Fête
des Juifs.*

A côté de son office potentiel Jésus fait métier
d'avocat.

Il travaille à donner le change sur les motifs pour
lesquels le berger davidique a été condamné par le
sanhédrin, il prépare les goym à l'idée que le christ a
été victime non de son kanaïsme pour la Loi, mais au
contraire de ses opinions émancipatrices. Jésus n'est
pas le Verbe dans toute l'étendue du mot : comme Créateur, il ne peut rien, tout est fait ; mais il peut beaucoup
en qualité de *Jésus* (Sauveur) et il le fera bien voir. A
la vérité, il ne sauve que la face, mais cela suffit dans
le monde.

Les Juifs s'indignent-ils de ce qu'il viole le sabbat,
il a réponse toute prête.

(1) Cf. *Le Charpentier*, p. 130.

17. Mais Jésus leur répondit : « Mon Père agit sans cesse, et moi j'agis aussi. »

18. Sur quoi les Juifs cherchaient encore plus à le faire mourir ; parce que non seulement il violait le sabbat, mais qu'il disait que Dieu était son Père, se faisant ainsi égal à Dieu. Jésus répondant, leur dit :

19. « En vérité, en vérité je vous le dis, le Fils ne peut rien faire de lui-même, si ce n'est ce qu'il voit que le Père fait : car tout ce que le Père fait, le Fils le fait pareillement.

20. Car le Père aime le Fils, et lui montre tout ce qu'il fait ; et il lui montrera des œuvres encore plus grandes que celles-ci, de sorte que vous en serez vous-mêmes dans l'admiration.

21. Car, comme le Père réveille les morts et les rend à la vie, ainsi le Fils vivifie ceux qu'il veut.

22. Le Père ne juge personne, mais *il a remis tout jugement à son Fils,*

23. Afin que tous honorent le Fils comme ils honorent le Père : qui n'honore point le Fils n'honore point le Père qui l'a envoyé.

24. En vérité, en vérité je vous le dis, celui qui écoute ma parole et croit à celui qui m'a envoyé a la vie éternelle et ne vient pas en jugement ; mais il a passé de la mort à la vie.

25. En vérité, en vérité je vous le dis, vient une heure, [et elle est déjà venue] (1) où les morts entendront la voix du Fils de Dieu, et ceux qui l'auront entendue vivront.

26. Car, comme le Père a la vie en lui-même, ainsi il a donné au Fils d'avoir la vie en lui-même ;

27. Et *il lui a donné le pouvoir de juger,* parce qu'il est Fils de l'homme (2).

(1) A coup sûr, non. C'est une addition.
(2) C'est-à-dire en forme de fils d'homme dans l'*Apocalypse,* et commis à ce qui regarde l'homme.

28. Ne vous en étonnez pas, parce que vient l'heure où tous ceux qui sont dans les sépulcres entendront la voix du Fils de Dieu.

29. Et en sortiront, ceux qui auront fait le bien, pour ressusciter à la vie ; mais ceux qui auront fait le mal, pour ressusciter à leur condamnation.

30. Je ne puis rien faire de moi-même Selon que j'entends, *je juge;* et *mon jugement est juste*, parce que je ne cherche point ma volonté, mais la volonté de celui qui m'a envoyé.

A part quelques incidentes, ce discours est pleinement millénariste. Le Verbe est juge des vivants et des morts dans un Premier jugement, il ressuscite les morts dans une Première résurrection qui commençait le 15 nisan 789, l'*Apocalypse* n'avait pas dit autre chose.

Vous avez entendu Jésus, c'est à lui que le Père a remis le jugement. Vous l'entendrez de nouveau, il vous dira qu'il n'a pas besoin du témoignage des hommes pour juger. Cela se comprend, il est le Véridique ; la Vérité, c'est son essence même, elle ne peut qu'être altérée par les témoignages humains, sujets à l'erreur quand par hasard ils ne sont pas mensongers. Il vous dira dans une minute : « Je n'accepte point une gloire venant des hommes (1). » Cette théorie va droit contre le témoignage de Joannès que, mobilisés par l'Église, les gens du Temple sont allés prendre au Jourdain, et pendant une pâque ! (2) Mais si l'Eglise renonce à ce témoignage, c'en est fait d'elle. Il n'y a qu'un moyen de

(1) Au verset 41.
(2) C'est-à-dire pendant des jours où il leur est interdit de sortir de Jérusalem.

sortir de là, c'est que Jésus se mette à mentir. Joannès vient de faire un faux témoignage sur lui, à son tour de faire un faux témoignage sur Joannès. Que le Sauveur fasse son office!

31. Si je rends témoignage de moi-même, mon témoignage n'est pas vrai.

32. C'est un autre qui rend témoignage de moi, et je sais que le témoignage qu'il rend de moi est véritable.

33. Vous, vous avez envoyé vers Joannès et il a rendu témoignage à la vérité.

34. Pour moi, ce n'est pas d'un homme que je reçois témoignage; mais je dis ceci afin que vous soyez sauvés.

35. *Il était* la lampe ardente et luisante, et *un moment, vous avez voulu vous réjouir à sa lumière.*

36. Mais moi, j'ai un témoignage plus grand que celui de Joannès. Car les œuvres que mon Père m'a données à accomplir, ces œuvres que je fais moi-même, rendent témoignage de moi, que le Père m'a envoyé.

Du même coup il authentique tous les miracles! Mais il oublie totalement, et ceci est grave, qu'en 777 Joannès, dont il parle au passé comme d'un homme crucifié depuis longtemps, assiste à la fête des Sorts et n'a encore commencé ni de prêcher son *Apocalypse*, ni de baptiser, car nous savons par Luc qu'il n'a commencé qu'en la quinzième année de Tibère, soit 781. Or, en ce discours Joannès est cité comme un homme mort, et pourtant nous ne sommes encore qu'en 777! Comment l'Église fera-t-elle un jour pour lui couper la tête en 788? Je voudrais tant que les exégètes répondissent, soit les laïques, soit ceux du Saint-Siège!

37. Et mon Père qui m'a envoyé a rendu lui-même témoi-

gnage de moi ; vous n'avez jamais entendu sa voix ni vu sa figure (1) ;

38. Et vous n'avez pas sa parole demeurant en vous, parce que vous ne croyez pas à celui qu'il a envoyé.

39. Scrutez les Ecritures (2) puisque vous pensez avoir en elles la vie éternelle, car ce sont elles qui rendent témoignage de moi ;

40. Mais vous ne voulez pas venir à moi pour avoir la vie.

41. Je n'accepte point une gloire venant des hommes,

42. Mais j'ai reconnu que vous n'avez pas l'amour de Dieu en vous.

43. Je suis venu moi-même au nom de mon Père, et vous ne me recevez point ; si un autre vient en son nom, vous le recevrez.

44. Comment pouvez-vous croire, vous qui recevez la gloire l'un de l'autre, et ne cherchez point la gloire qui vient de Dieu seul ?

45. Ne pensez pas que ce soit moi qui doive vous accuser devant le Père : celui qui vous accuse, c'est Moïse, en qui vous espérez (3).

46. Car si vous croyiez à Moïse, vous croiriez sans doute à moi aussi, parce que c'est de moi qu'il a écrit.

47. Mais si vous ne croyez point à ses écrits, comment croirez-vous à mes paroles ?

Ces lamentations sont justifiées. La Judée reçoit

(1) Dans l'*Apocalypse* Joannès n'entend de voix que celle du Fils, mais il déclare avoir vu la figure du Père. Cf. *Le Roi des Juifs*, p 2.

(2) Ici le Saint-Siège doit être entendu : « Il faut, dit-il, s'aveugler volontairement, pour trouver ici un ordre donné à tous de lire les Ecritures. C'est évidemment un reproche fait aux pharisiens, de ce que, lisant les Ecritures et pensant y trouver la vie éternelle, ils ne voulaient pas reconnaître Jésus-Christ, lui à qui toutes les Ecritures rendaient témoignage, et par qui seul ils pouvaient avoir cette véritable vie. »

(3) Nous l'avons dit bien souvent, l'*Apocalypse*, c'est l'application exécutoire des deux tables de Moché-ar-Zib, *le Mage aux Poissons*.

quantité de cultes, celui de Jupiter Capitolin notamment, qui ne sont point reçus du Père. Certains Juifs, descendant plus bas encore, insinuent dans la religion le culte d'individus qui tirent leur gloire l'un de l'autre, c'est-à-dire des Ecritures qu'ils se sont faites, l'*Apocalypse* davidique, par exemple. On conçoit le chagrin de Jésus, on s'étonne même qu'il en parle avec tant d'indulgence, et que malgré sa compétence il soit si peu juge. C'est qu'il lui faudrait en même temps se faire juge du christ et de toute sa famille. Cela, il ne le veut sous aucun prétexte.

XV

CHAPITRE II *ter* (1). — L'EMPLACEMENT DE KAPHARNAHUM

Il n'y a plus d'inconvénient à suivre l'ordre établi par l'Eglise dans la succession des chapitres, quoique nous ayons la certitude qu'ils étaient plus nombreux et plus nourris de miracles, toujours les mêmes d'ailleurs, car Cérinthe se répétait, le pauvre homme ! Suivons donc Jésus à Kapharnahum d'abord, où habitait la veuve de Jehoudda avec ses fils, observation faite qu'il nous manque huit ans de miracles. En effet nous venons d'assister aux Phurim de 777 et d'un bond nous voilà portés aux environs de la Pâque de 785. Dans l'intervalle, Bar-Jehoudda a lancé son *Apocalypse*, nous le savons par Luc qui donne la date du lancement, 781. Son dernier *sabbat d'années* (2) est commencé.

(1) Suite du chapitre II dans la version de l'Église.
(2) Période comprenant sept ans.

12. Après cela il descendit à Kapharnaüm avec sa mère, ses frères (1) et ses disciples; mais ils y demeurèrent peu de temps.

13. Car la pâque des Juifs était proche et Jésus monta à Jérusalem.

Cérinthe distingue fort bien entre ses frères et les disciples. Il n'appelle pas ses frères des cousins, et tout à l'heure il a bien dit que Jésus était le fils de Joseph selon le monde. Il n'est pas homme non plus à croire que Kapharnahum soit sur la rive gauche du lac de Génézareth et il va nous le dire bientôt avec tous les habitants.

Tous les interprètes placent Kapharnahum sur la rive gauche, et M. Zadoc Kahn lui-même, sous l'influence de l'Église, finit par incliner vers eux. Il suffit de jeter les yeux sur le passage d'Isaïe (2) par lequel on essaie de justifier cette erreur topographique pour voir que ce passage la renverse irréfragablement au bénéfice de la rive droite. Car il y est question des invasions assyriennes qui ont Babylone pour point de départ forcé, et voici ce qu'en dit Isaïe : « Toutefois, l'accablement ne persistera pas là où est maintenant la détresse : naguère, la honte atteignit la terre de Zabulon et la terre de Nephtali, mais finalement, l'honneur sera rendu au pays qui s'étend vers la mer (3) ou au delà du Jourdain, au district des gentils (4). »

(1) En dehors de la résurrection d'Éléazar, Cérinthe ne lui donne jamais de sœurs, comme font les Synoptisés.

(2) Isaïe, ch. IX, 23.

(3) Le lac de Tibériade (Génézareth), dit M. Zadoc Kahn.

(4) « *Ghelil hagoyim*, la Galilée. — Espoir d'une réparation future. Ce paragraphe est obscur, dit M. Zadoc Kahn. » Il est assez clair dans cette traduction, mais que penser de celle du docteur Klein : « Car il

Rien de plus clair au point de vue topographique, quoique l'idée soit obscure. L'au delà du Jourdain relativement au point de départ de l'invasion, c'est la rive occidentale; la mer, c'est la Méditerranée; le district des Gentils, c'est la terre de Chanaan jadis occupée par les sept nations qu'Israël a remplacées, c'est le Ghelil hagogim ou Galilée transjordanique (1) jusqu'à la tribu de Zabulon dont la prophétie de Jacob dit : « Zabulon habitera sur le rivage de la mer et près du port des navires, et il s'étendra jusqu'à Sidon. » (2) Mais les évangélistes ayant donné le nom de mer au lac de Génézareth sur lequel ils lancent la barque de Jésus, les exégètes sont unanimes à penser que l'au delà du Jourdain dont parle Isaïe désigne sa rive orientale. M. Zadoc Kahn lui-même n'a pas craint d'interpréter par lac de Tibériade le mot mer employé par Isaïe pour désigner l'étendue d'eau salée qui baigne la Phénicie à l'occident.

XVI

LE CHANGE SUR LA PAQUE DE 789

Après avoir remis Kapharnahum à sa vraie place, sur la rive droite, montons avec Jésus à certaine pâque

n'y a point eu d'obscurité épaisse pour celle qui a été affligée, au temps que le premier se déchargea légèrement vers le pays de Zabulon et vers le pays de Nephtaii, et que le *dernier s'appesantit* sur le chemin de la mer, au delà du Jourdain, dans la Galilée des Gentils ? » N'ouvre-t-elle pas un vaste champ à la méditation ?

(1) Relativement à la marche du soleil.
(2) *Genèse*, XLIX, 13. C'est en vertu de cette prophétie que Bar-Jehoudda revendiquait Tyr et Sidon comme étant de son héritage. Cf. *Le Roi des Juifs*, p. 257.

dont les agneaux ne sont pas aussi réels qu'ils le paraissent.

14. Et il trouva dans le temple les vendeurs de bœufs, de brebis et de colombes, et les changeurs assis *à leurs tables.*

15. Et ayant fait comme un fouet avec des cordes il les chassa tous du Temple avec les brebis et les bœufs, répandit l'argent des changeurs, et renversa leurs tables.

16. Et à ceux qui vendaient des colombes, il dit : « Emportez cela d'ici, et ne faites pas de la maison de mon Père une maison de trafic. »

17. Or ses disciples se ressouvinrent qu'il était écrit : « Le zèle (1) de votre maison me dévore. »

Il est certain que la dispersion des animaux et des changeurs n'était ni placée à cet endroit dans le texte original ni datée de 785. Elle venait, comme dans les Synoptisés, la veille de la pâque finale, c'est-à-dire le jour où le christ fut mis en croix. C'est sa place naturelle, puisque Jésus y accomplit par signes la besogne matérielle que le christ devait accomplir le jour de la préparation à la Grande pâque, en chassant à jamais du Temple ceux qui acceptaient la monnaie à l'image de la Bête et les sacrifices offerts par les étrangers (2). Mais comme Cérinthe a le grand tort d'établir à cinq reprises que Bar-Jehoudda était en croix lorsque les Juifs ont fait la pâque que Jésus célèbre aujourd'hui dans les Synoptisés, on n'a pas cru devoir laisser cette allégorie où elle était, car il en résulte une sixième fois que Bar-Jehoudda n'a pas mangé l'agneau, comme fait Jésus dans Mathieu et autres. Il faut observer ici qu'à lui seul

(1) Le *kana.*
(2) Cf. *Le Roi des Juifs,* p. 176.

Jésus rend la pâque impossible et triomphe des vingt mille lévites qui avaient la garde du Temple. Mais les Juifs auxquels il a affaire ont accepté qu'il supprime le sabbat, comment veut-on qu'ils lui tiennent rigueur de supprimer la date de la crucifixion de l'homme dont il est le Sauveur en titre? Le Rabbi est mort à cinquante ans, dit toute la tradition d'Asie. Il n'avait pas encore cinquante ans en 787, dira dans un instant Cérinthe. Que faire pour cacher l'âge? Avancer la date de la pâque manquée. « Vous voyez, dit l'Église, le Rabbi n'avait que quarante-six ans lors de cette pâque-là, son acte a été approuvé par tous les hommes qui tenaient à ce que le Temple ne fût point une halle, c'est un zèle pieux qui l'animait et nullement l'impérieuse ambition de rétablir en lui la monarchie davidique. » Et en effet son kanaïsme est de bien médiocre qualité en comparaison de celui qui avait dévoré le christ, son père, sa mère, son oncle, ses frères, sa famille et toute celle de Jaïr.

Il caresse du bout du fouet quelques-uns de ces changeurs et de ces marchands dont les importunités excédaient les païens eux-mêmes.

C'est une peine bien légère, si l'on tient compte de celle que le roi-christ leur réservait!

Le vrai changeur ici, c'est l'Église, elle vient de faire une de ses opérations habituelles en substituant par anticipation un petit trouble fictif au « grand trouble » dont parle Josèphe. « Soyons d'habiles changeurs! avait dit en ses *Homélies* le digne pape Clément, successeur de Pierre à Rome! Donnons aux goym tous les changes dont nous sommes capables! Que toutes nos pièces soient fausses ou fourrées! Oui, c'est vrai, il y a eu du bruit la veille d'une pâque dans les derniers jours de Bar-Jehoudda, un bruit où son nom demeure attaché, mais ce n'est pas cette veille de pâque où Pilatus a massacré des Galiléens dans le Temple et crucifié leur chef avec quelques-uns de ses complices, c'est celle de 785 qui fut de peu de conséquence. Personne ne lui en sut mauvais gré, comme vous voyez. Et puis il y a trop longtemps que le Temple est détruit pour s'intéresser à la chose! »

Toutefois les millénaristes juifs sont plus difficiles à tromper. Ils savent que la Régénération par le feu devait commencer avec l'*Agneau* de 789 ; que le monde païen devait être détruit par tiers sous les trois signes correspondant aux trois premiers *jours de la Genèse* (jours de mille ans, on se le rappelle) ; que les Juifs sauvés par l'eau du baptême devaient célébrer leur triomphe sur les nations après ces trois signes — *Agneau, Taureau, Gémeaux,* — c'est-à-dire sous les *Anes*, et que le Temple terrestre devait faire place au Temple d'or et de pierreries qui descendait des cieux. Rien de tout cela n'est arrivé, bien entendu. Comment le revenant va-t-il se tirer d'affaire quand les Juifs lui demanderont des explications sur cette *Apocalypse?* De la façon la plus simple du monde ; il n'est nullement embarrassé, il sait que l'échéance de la prophétie a été remplacée par la déchéance du prophète, et qu'en fait d'*Agneau* ou d'*Anes*, le christ en est resté au dernier jour des *Poissons* dans lequel il a été crucifié ; il sait que depuis les trois jours qu'il a passés au Guol-golta, deux jours sur la croix, un jour dans le caveau provisoire, on a comparé son cas à celui du Jonas ninivite, et son enlèvement nocturne hors du tombeau à une Assomption par l'Esprit de vie dont le Verbe est le dispensateur. Il est donc armé pour la discussion.

18. Les Juifs donc, prenant la parole, lui dirent : « Par quel *signe* nous montres-tu que tu peux faire ces choses? »

19. Jésus répondit et leur dit : « Détruisez ce Temple, et je le relèverai en trois jours. »

20. Mais les Juifs repartirent : « Ce Temple bâti représente quarante-six ans; et toi, tu le relèveras en trois jours? »

21. [Mais Jésus parlait du temple de son corps.

22. Lors donc qu'il fut ressuscité d'entre les morts, ses disciples se ressouvinrent qu'il avait dit cela, et ils crurent à l'Écriture et à la parole qu'avait dite Jésus.]

Avouez qu'il est difficile de pousser plus loin l'art de la fumisterie, et que les Juifs, ces prétendus déicides, sont de merveilleux compères. Car non seulement ils tiennent Jésus quitte du *signe* sous lequel leur triomphe devait s'accomplir, mais encore ils avalisent par anticipation la *similitude* de Jonas que les mystificateurs appliquent au christ; ils apostillent le travail d'écritures auquel se sont livrés les Évangélistes, tant les synoptisés que l'insynoptisable Cérinthe; ils s'associent par leur silence à la basse fourberie dont les goym seront les seules victimes. Tout ce qu'on leur demande, c'est de se contenter des réponses de Jésus qui consistent à ne pas répondre, ou de faire semblant de ne pas comprendre. Ainsi font-ils. Si un seul d'entre eux demandait à voir les *Anes*, tout croulerait en un instant. Au fond Jésus n'est pas tranquille, il a une frayeur atroce qu'on ne crie à l'imposture !

Car on est revenu sur ce passage pour le rendre con-

forme à la prophétie que les Synoptisés prêtent au crucifié et dans laquelle il annonce qu'il ressuscitera après
trois jours. Cérinthe est tout à fait contraire à ce
dispositif : de son temps, il le dira en propres termes;
les disciples (Naziréens, Ebionites, Jesséens) ne connaissaient pas encore les passages dont on s'est servi
pour démontrer que Bar-Jehoudda devait ressusciter
des morts. On ne les avait pas encore découverts dans
les Écritures, et on n'a pu les y découvrir qu'en les
cherchant avec le ferme dessein de les utiliser pour la
mystification des goym. Nous avons déjà fourni par la
chronologie la preuve que tout le plan de Cérinthe avait
été bouleversé. Nous allons en avoir une autre aux versets suivants. Le faussaire va nous dire qu'à cette
pâque beaucoup de Juifs crurent à Jésus en voyant les
sèmeia qu'il faisait. Comme à cette pâque il n'en
fournit aucun, il ne peut être question que de celui de
la Piscine probatique. Donc celui-là au moins se plaçait
avant cette pâque dans l'original de Cérinthe.

23. Or, lorsque Jésus était à Jérusalem pendant la fête de
Pâque, beaucoup crurent en son nom, voyant les *signes*
qu'il faisait.

24. Mais Jésus ne se fiait point à eux, parce qu'il les connaissait tous

25. Et qu'il n'avait pas besoin que personne lui rendît témoignage d'aucun homme, car il savait par lui-même ce
qu'il y avait dans l'homme.

Jésus sait ce qu'il y a dans l'homme qui est venu à la
pâque de 785 pour se présenter au peuple, et il n'a pas
besoin du mauvais témoignage que les Juifs en rendent,
soit oralement, soit dans Josèphe, soit dans Juste de

Tibériade, soit dans le Talmud. Ces Juifs sont des sots, ils ne se doutent pas qu'en parlant ils ont travaillé contre eux-mêmes. Jésus qui sait tout ne parle pas. L'éloquence du Verbe, c'est le silence complet sur ce que fut l'homme en qui Cérinthe le fait revenir. Il est donc entendu qu'on en parlera le moins possible.

XVII

CHAPITRE III. — CONVERSION DU SENS DU BAPTÊME DE JOANNÈS

Comment faire accepter des Juifs restés millénaristes le mode de Régénération qu'on substitue à celui que le baptiseur avait prêché : la Régénération par l'eau venant remplacer la Régénération par le feu, la substitution d'un élément à un autre, mieux que cela d'un élément contraire à l'autre?

L'Évangéliste (ce n'est pas Cérinthe assurément) ne saurait mieux faire que de s'adresser à Cléopas, lequel en est resté sur ce point à la doctrine de son beau-frère le christ. Cléopas figurait sous le nom de Nicodème (1) dans l'Évangile de Cérinthe. On fait revenir Nicodème sous les traits d'un de ces pharisiens que leur zèle patriotique disposait en faveur de Bar-Jehoudda et de la palingénésie millénaire. Jésus lui fait la leçon sur la nécessité de se convertir au moyen nouveau. Nicodème y incline d'autant mieux qu'à l'encontre des autres

(1) Cléopas le vieux était l'oncle de Bar-Jehoudda, Cléopas le jeune était son beau-frère.

Juifs, il accepte sans discussion le remplacement des signes par des similitudes.

1. Or il y avait un homme parmi les pharisiens, nommé Nicodème, un des chefs des Juifs.

2. Cet homme vint la nuit à Jésus, et lui dit : « Maître, nous savons que vous êtes venu de Dieu pour enseigner : car nul ne pourrait faire les *sèmeia* que vous faites, si Dieu n'était avec lui. »

3. Jésus lui répondit et lui dit : « En vérité, en vérité je te le dis, si quelqu'un ne naît de nouveau, il ne peut voir le Royaume de Dieu. »

Nicodème fait une objection de pitre. Naître à nouveau, surtout pour lui qui est mort, lui semble au-dessus de la loi de nature.

4. Nicodème lui dit : « Comment un homme peut-il naître quand il est vieux? peut-il rentrer dans le sein de sa mère, et naître de nouveau? »

5. Jésus répondit : « En vérité, en vérité je te le dis, si quelqu'un ne renait de *l'eau et de l'Esprit-Saint*, il ne peut entrer dans le Royaume de Dieu.

6. Ce qui est né de la chair est chair, et ce qui est né de l'esprit est esprit.

7. Ne t'étonne point que je t'aie dit : il faut que vous naissiez de nouveau.

8. L'esprit souffle où il veut : tu entends sa voix, mais tu ne sais d'où elle vient et où elle va : ainsi en est-il de quiconque est né de l'esprit. »

Nicodème ne demande qu'à se rendre, tout en faisant des manières devant le monde; ainsi les coquettes. Il a d'ailleurs un intérêt dans la combinaison. Né de la chair comme feu le Baptiseur, si Jésus ne lui communique pas la faculté d'être réengendré dans l'Esprit, il est mort à jamais.

Il se peut fort bien que le rudiment de la conversation avec Nicodème soit de Cérinthe ; un Cléopas sous le nom de Nicodème est le premier membre de la famille qui soit venu au Guol-golta pour réclamer le corps de Bar-Jehoudda. Mais la conclusion, fameuse parmi les théologiens, surtout parce qu'il n'y ont vu goutte, n'est certainement pas de Cérinthe. Elle est de ceux qui ont essayé de le synoptiser.

L'Évangéliste a répondu de son mieux, pour un scribe bien décidé à ne pas évoquer l'*Apocalypse* du Royaume de Dieu, tel que l'entendait Joannès. Il ne s'agit plus d'être régénéré par la puissance ignée entre l'*Agneau* et l'*Ane*, mais de renaitre spirituellement par le moyen, tout humain pourtant, que le fils de David a employé pour la rémission des péchés. L'Évangéliste propose le cumul : on sera *régénéré* dans l'eau de la *rémission*. Désormais le feu cessera d'être l'Esprit-Saint, puisqu'aussi bien ce genre de baptême n'est pas venu ; ce sera l'eau, dont il y a partout en abondance et qui, spiritualisée, peut se vendre très cher. Il suffit pour cela que Nicodème se rende.

9. Nicodème répondit et lui dit : « Comment cela se peut-il faire ? »

10. Jésus répondit et lui dit : « Tu es maitre en Israël, et tu ignores ces choses ?

11. En vérité, en vérité je te le dis, *ce que nous savons, nous le disons, et ce que nous avons vu, nous l'attestons, et vous ne recevez pas notre témoignage* (1).

(1) Après avoir dit qu'il n'avait pas besoin du témoignage des Juifs en ce qui concerne l'homme dont il a assumé la défense devant eux

12. Si *je* vous dis les choses de la terre, et que vous ne croyiez point ; comment croirez-vous, si *je* vous dis les choses du ciel (1)?

13. Car personne n'est monté au ciel que celui qui est descendu du ciel, le Fils de l'homme qui est dans le ciel (2).

14. Et comme Moïse a élevé le *Serpent* dans le désert, il faut de même que le fils de l'homme (3) soit élevé (4);

15. Afin que quiconque croit en lui ne périsse point, mais qu'il ait la vie éternelle.

16. Car Dieu a tellement aimé le monde, qu'il a donné son Fils unique ; afin que quiconque croit en lui ne périsse point, mais qu'il ait la vie éternelle.

17. Car Dieu n'a pas envoyé son Fils dans le monde *pour condamner le monde, mais pour que le monde soit sauvé par* lui (5).

(II, 25). Jésus parle maintenant au nom de tous les faux témoins recrutés par l'Eglise : « Nous avons dit, nous avons vu, dit-il. » Au prologue les synoptiseurs ont dit : « Nous avons vu sa gloire. » Tout cela provient des *Lettres de Jochanan le Presbytre*, et ce Jochanan est le même que le personnage inventé par l'Eglise, après Clément de Rome, pour endosser la paternité de l'Evangile de Cérinthe.

(1) Ce n'est plus le *nous* du verset précédent. Jésus avalise les faux commis par ceux qui ont témoigné des choses de la terre, celles qui concernent l'homme dans lequel les scribes l'ont fait entrer.

(2) Voilà qui est catégorique. C'est comme s'il disait : « Je n'existe point en chair. Ceux qui déclarent m'avoir vu sont des menteurs. » Ici Cérinthe respecte Dieu.

(3) Le fils d'homme. C'est Bar-Jehoudda.

(4) A double sens et très difficile à comprendre. Le *Serpent*, promené par Moïse au bout d'une perche en forme de croix, était l'image du Temps. Selon Bar-Jehoudda le Temps devait finir ou plutôt commencer à finir le 15 nisan 789; or il continuait, tandis que le faux prophète avait fini crucifié. Or comme de ce faux prophète on retient le baptême comme une vérité sacramentelle, il faut qu'il soit élevé au ciel afin de se confondre dans le Verbe qui, de son côté, avalise le baptême. Le Verbe et Bar-Jehoudda sont de mèche!

(5) Renversement complet de l'*Apocalypse* où le Fils de l'homme a en poche la condamnation du monde païen Cf. *Le Roi des Juifs*, p. 73) et où Bar-Jehoudda exécute avec joie la condamnation. Renversement aussi de tout ce que Jésus vient de dire au chapitre II *bis* (cf le présent volume, p. 81) sur sa mission de juge des vivants et des morts.

18. *Qui croit en lui, n'est point condamné* (1), mais qui ne croit point est déjà condamné (2), parce qu'il ne croit pas au nom du Fils unique de Dieu.

19. Or cette condamnation vient de ce que la lumière a paru dans le monde, et que les hommes ont mieux aimé les ténèbres que la lumière (3), parce que leurs œuvres étaient mauvaises.

20. Car quiconque fait le mal hait la lumière, et il ne vient point à la lumière, de peur que ses œuvres ne soient découvertes ;

21. Mais celui qui accomplit la vérité vient à la lumière, afin que ses œuvres soient manifestées, parce qu'elles ont été faites en Dieu (4).

Son indifférence pour la logique interdit à Nicodème de demander à Jésus la preuve qu'il descend des cieux, démonstration qui eût plongé celui-ci dans un embarras qu'il y a lieu de qualifier de mortel.

L'indifférence qu'il professe également pour la justice lui défend de demander la moindre explication sur ce dilemme terrible : « Ou la Foi ou la Mort! » Car enfin si quelqu'un lui eût parlé comme fait Jésus, j'aime à croire qu'il aurait répondu : « Mon ami, je veux bien croire au Fils unique de Dieu, puisque c'est la condition que tu mets à la vie éternelle, mais puisque tu me demandes de croire, pour commencer, à la résurrection et

(1) Fût-il souillé de tous les vices et convaincu de tous les crimes. Telle est la morale de l'Eglise.

(2) Fût-il irréprochable par la conduite et par les mœurs. C'est complet !

(3) Application au crucifié de ce que Cérinthe applique au Verbe dans le prologue. Cf. le présent volume, p. 16.

(4) Quel changement dans la définition de la Lumière depuis le prologue ! La Lumière n'est plus dans le Verbe, elle est dans le cadavre du juif enterré à Machéron et projeté au ciel par la catapulte de l'Eglise.

à l'assomption de mon beau-frère, lequel — tu l'avoues toi-même — n'est point monté au ciel, faute d'en être descendu, souffre qu'avec toi je considère cette fable comme un attrape-nigauds. Puisque tu te fais passer comme étant à la fois Jésus descendu des cieux et Bar-Jehoudda né de la terre, et que nous sommes censés l'un et l'autre converser de ces choses en 785, quatre ans avant ton supplice, souffre que je ne te donne ma confiance qu'après t'avoir vu remonter aux lieux dont tu es descendu. Si tu m'accordes ce délai, je ne conserverai pas l'ombre d'un doute et tu auras un témoin de plus pour ton Ascension, ce qui s'accorde d'avance avec les besoins de l'Église. Tu es à Jérusalem depuis hier et tu veux que, seul de tous les habitants, je te reconnaisse pour le Fils unique de Dieu dans une séance où il n'y a pas même un Évangéliste pour recueillir nos paroles ? Laisse-moi le temps de respirer et d'attendre que de Machéron où je t'ai déposé le 18 nisan 789 tu reviennes à Jérusalem pour t'envoler devant moi sur le mont des Oliviers. » Mais Nicodème n'ignore rien des trois premiers Évangiles au moment où il converse avec Jésus : « Personne n'est monté au ciel, dit très bien Jésus. » Quand c'est lui qui le dit, on ne veut pas le croire. Quand c'est un scribe juif, tout le monde tombe à genoux. Quand c'est un français, on l'accuse d'attenter à la religion nationale.

XVIII

RENONCIATION DU BAPTISEUR A SON NOM
DE CIRCONCISION

Lorsque l'Évangéliste a voulu obtenir le faux témoignage de Joannès sur Jésus, il lui a envoyé de Jérusalem une légation composée de faux témoins comme lui ; c'est qu'à ce moment Bar-Jehoudda est au delà du Jourdain, loin de la tribu d'où il tire son nom et de la maison où Jessé, père de David, a pris naissance. Mais dans la scène qui suit, il va falloir en user d'autre sorte. Postérieurement à la pâque de 785 il a baptisé trop près de Jérusalem pour que le Temple négocie avec lui par ambassadeurs. Il est à Aïn de Salim (1), près Betléhem, avant son emprisonnement avec ses frères, par conséquent avant 787. Jésus, paraclet (2) du baptême où l'Esprit-Saint est dans l'eau, arrive en ce lieu où naturellement on ne pratique que le baptême institué par le Joannès, il se heurte aux disciples de celui-ci, Naziréens, Ébionites et Jesséens, (3) qui ne veulent pas démordre de sa doctrine : la rémission des péchés par l'eau, la Régénération future par le feu, matière de l'Esprit Saint.

Nous voyons ici que Joannès dont Jésus vient de parler comme s'il n'était plus depuis longtemps, et c'est le cas, poursuit ses baptêmes non pas seulement au

(1) *Eaux de Salomon*, près Betléhem. (Cf. *Le Roi des Juifs*, p. 185.)
(2) Avocat défenseur. Nous verrons le mot tout à l'heure dans cette acception.
(3) Le nom de ceux-ci vient de Jessé, père de David.

Jourdain, mais en Judée, autour de Jérusalem, avec le
mépris le plus parfait pour un nommé Jésus qui aurait
vécu de son temps et devant qui il aurait capitulé. Nonobstant ce qu'il a dit aux envoyés du Temple en 777, il
est toujours le christ, fils de David, le prophète de
l'*Apocalypse*, et s'il baptise dans la tribu de Juda,
c'est qu'il en a le droit. Il n'en est pas de même de cet
ignoble Ananias qui baptise en fraude aux environs de
Damas, mais on lui fera son affaire !

22. Après cela, Jésus vint avec ses disciples dans la terre
de Juda (1) et il y demeurait avec eux, et il baptisait.

23. Or Joannès, aussi, baptisait à Ainôn de Salim (2),
parce qu'il y avait là beaucoup d'eau, et on y venait, et on
y était baptisé.

24. Car Joannès n'avait pas encore été mis en prison (3).

En un mot on n'avait pas encore assassiné Ananias
et Zaphira, Jacob junior n'avait pas encore été lapidé
par Saül. Comment amener ces gens, apôtres de la
doctrine orthodoxe, au baptème contenant à la fois la
rémission et la régénération ? Le scribe ne peut pas
engager le débat entre les disciples de Jésus et ceux de
Joannès, puisqu'au fond, dans le miroir des eaux de
Salomon, ceux-ci se reconnaissent comme étant les
mêmes que ceux-là ; il l'engage donc entre les disciples
de Joannès et les Juifs, sans spécifier que par Juifs il
entend les christiens de Juda restés fidèles à la doctrine de leur Rabbi. Il donne aux goym le même change

(1) Et non dans la terre de Judée, comme il est dit dans la version
ecclésiastique.
(2) Aïn de Salim. (Cf. *Le Roi des Juifs*, p. 185.)
(3) Sauf une petite fois sans conséquence. (Cf. *Le Roi des Juifs*, p. 182.)

que Samson aux Philistins. Jésus est ici dans la tribu de Juda, disons de Jehoudda, d'où le Joannès a tiré son nom de circoncision. Va-t-il contester son droit de baptême comme ont fait au Jourdain les envoyés du Temple? Non, Bar-Jehoudda était christ, il était chez lui dans la tribu de David, il avait le droit de remettre les péchés. La contestation qui s'élève à ce propos n'est pas entre Joannès et le Verbe de Dieu, elle est entre ses disciples et les autres Juifs. Jésus ne saurait y être partie, mais comme il est le Révélé de Joannès, il tient pour son Révélateur, comme le veut la justice. Joannès en Bathanée n'a pas voulu livrer son nom de circoncision aux représentants du Temple et du Sanhédrin, Jésus ici ne le livrera pas davantage aux goym. Entre Révélateur et Révélé on ne se trahit pas.

25. Or il s'éleva une question entre les disciples de Joannès et les Juifs, touchant la purification (1).

26. Et *ceux-là* étant venus vers Joannès lui dirent : « *Maître* (2), celui qui était avec vous au-delà du Jourdain, et à qui vous avez rendu témoignage (3) baptise *maintenant*, et *tout le monde va à lui* (4). »

27. Joannès répondit et dit : « L'homme ne peut rien recevoir, s'il ne lui a été donné du ciel.

28. Vous m'êtes témoins vous-mêmes que j'ai dit : « *Ce n'est pas moi qui suis le christ*, mais j'ai été envoyé devant lui.

(1) La purification par le baptême, appelée par les Synoptisés la rémission des péchés. Le *Quatrième Évangile*, depuis son attribution au pseudo-Jochanan, évite toujours cette dernière expression qui fait Joannès maître du salut par sa propre volonté.

(2) *Rabbi*, *dominus*, qu'on a traduit par Seigneur.

(3) Le faux témoignage obtenu par le procédé narratif. On a vu par l'*Apocalypse* que celui à qui Bar-Jehoudda rendait témoignage en son vivant, c'est l'invisible mais imminent Baptiseur de feu.

(4) Le baptême dit en Jésus est, en effet, le seul qui soit demeuré, car il exempte du feu millénaire et sauve du feu éternel.

29. Celui qui a l'Épouse (1) est l'Époux; mais *l'ami de l'Époux,* (2) qui est présent et l'écoute, se réjouit de joie à cause de la voix de l'Épouse. Ma joie est donc maintenant à son comble.

30. Il faut qu'il croisse et que je diminue (3).

31. Celui qui vient d'en haut est au-dessus de tous. Celui qui est sorti de la terre est de la terre et parle de la terre (4). Ainsi celui qui vient du ciel est au-dessus de tous.

32. Et il témoigne de ce qu'il a vu et entendu, et personne ne reçoit son témoignage (5).

33. Celui qui a reçu son témoignage (6) atteste que Dieu est *véritable* (7).

34. Car celui que Dieu a envoyé ne dit que des *Paroles de Dieu,* (8) parce que Dieu ne donne pas son Esprit avec mesure (9).

(1) Nous la connaissons l'Épouse ou plutôt la fiancée, on nous l'a présentée aux Noces de Kana, c'est la Judée : mais ici, c'est la tribu de Juda, la terre aux *Anes.* Malgré ce nom d'Épouse, elle n'est toujours que la fiancée, l'éternelle fiancée dont l'Époux ne vient jamais. Jésus va nous le dire lui-même dans la séméiologie que Cérinthe nous ménage : *Jésus et la Samaritaine.*

(2) L'ami, le grand ami de l'Époux, c'est l'auteur de l'*Apocalypse,* c'est le Joannès lui-même. En récompense, il est « celui que Jésus aime », et tout à l'heure, au Banquet de rémission, nous allons le voir appuyé sur le sein de Jésus, preuve éclatante qu'il s'agit d'une amitié réciproque.

(3) Joannès ne perd rien au change. Jésus, c'est lui-même, c'est Bar-Jehoudda entré dans le commerce. Joannès souhaite que Jésus réussisse, c'est tout naturel.

(4) C'est le cas du Joannès.

(5) Il n'a pas besoin du témoignage des hommes pour être.

(6) Celui qui a reçu son témoignage (par la colombe), c'est Joannès lui-même. C'est une exception et unique.

(7) Que Dieu tiendra le serment qu'il a fait aux Juifs. Dans l'*Apocalypse* le Verbe est dit pour la même raison le Véridique. Dans Luc, Maria Magdaleenne est d'abord appelée Eloi-Schabed, parce que le serment (Schabed) de Dieu (Eloï) est en elle, dans son ventre.

(8) Les *Logia Kuriou* de Papias, les *Paroles du jésus* de Valentin.

(9) C'est tout ou rien. Joannès a eu tout. D'une façon ou de l'autre son *Apocalypse* se réalisera. Dieu est Vérité, son Verbe est véridique, ils n'ont pas trompé Joannès.

35. Le Père aime le Fils et il a mis toute chose entre ses mains.

36. Celui qui croit au Fils a la vie éternelle (1); et au contraire celui qui ne croit pas au Fils ne verra point la vie; mais la colère de Dieu demeure sur lui (2).

Cette hypocrite évocation de l'*Apocalypse* est une des choses les plus curieuses de ce morceau. Cérinthe n'abdique nullement le millénarisme, il n'empêche pas les christiens Juifs de conserver leurs ambitions. Dans le fond les païens sont damnés, qu'ils soient baptisés ou non. Le Verbe n'a pas pu se tromper, Joannès n'a pas menti. Patience donc! Tirons du goy tout ce qu'il a, c'est le salaire d'attente. Quand le Royaume viendra — et il viendra — rien n'aura changé, le goy ira toujours dans l'étang de soufre, le juif ira toujours dans l'Eden. Les disciples de Joannès auraient donc bien tort de paralyser Jésus dans son action *apud gentes*, il a besoin de toutes ses forces.

C'est d'ailleurs un assaut de politesses et de sacrifices entre Jésus et Joannès! Jésus ratifie la mission de Joannès; en échange, Joannès reconnaît, au prix du plus affreux mensonge, que Jésus est l'Époux qu'il avait annoncé à la Judée. On dirait de deux coulissiers qui, faisant un arbitrage en Bourse entre deux mauvaises valeurs, espèrent avoir mis dedans tous les tiers.

Désormais Joannès ne dira plus rien, il assistera de l'intérieur de Jésus aux succès de l'Époux dont il est l'ami, rien que l'ami, mais si intime vraiment que ses triomphes extérieurs sont les siens propres. Aussi ne le

(1) Fût-il coupable. C'est la doctrine exposée plus haut, mais sous cette forme elle vient tout droit de l'*Apocalypse*.
(2) Fût-il innocent.

reverra-t-on plus avant le Banquet de rémission et sur le sein de Jésus, quoiqu'en réalité il ait encore quatre ans devant lui pour achever sa carrière. Cependant, étant dans Jésus comme Jésus est dans le Père, c'est lui que nous allons trouver tout à l'heure en Samarie, mais combien dissemblable de ce qu'il y fut !

XIX

CHAPITRE IV. — LES CINQ MARIS DE LA SAMARITAINE

Nous avons déjà vu les pharisiens associés par l'Esprit-Saint aux témoignages de Joannès sur Jésus et de Jésus sur Joannès; ils continuent. En voici qui ont *appris* — toutefois ils ne l'ont point *vu* — que Jésus baptisait plus de monde que Joannès !

1. Jésus ayant donc *su* que les pharisiens avaient *appris* qu'il faisait plus de disciples et qu'il baptisait plus de personnes que Joannès.

2. [Quoique Jésus ne baptisât pas *lui-même*, mais ses disciples] (1).

3. Il quitta la Judée (2), et s'en alla de nouveau en Galilée.

4. Or il fallait qu'il passât par la Samarie.

5. Il vint donc dans une ville de Samarie, nommée Sichar, près de l'héritage que Jacob donna à Joseph son fils (3).

6. Là était le puits de Jacob. Ainsi Jésus, fatigué de la

(1) Les disciples de l'*Agneau* ou disciples du Verbe, le Joannès et ses frères.
(2) Dans le même sens que dessus, la terre de Juda.
(3) Pour la partie historique de la séméiologie qui se prépare, cf. *Le Roi des Juifs*, p. 188.

route, s'assit sur le bord du puits. Il était environ la sixième heure.

Soit environ midi.

7. Or une femme de Samarie vint puiser de l'eau. Jésus lui dit : « Donnez-moi à boire. »

8. (Car ses disciples étaient allés à la ville acheter de quoi manger.)

Jésus n'a besoin de rien. Cependant vu sa constitution ignée, c'est lui qui boit l'eau de la terre. Il n'a jamais plus soif qu'à midi, et c'est pourquoi il a choisi cette heure pour s'arrêter au puits de Jacob, auteur de l'horoscope qui concerne les douze tribus, notamment celui des *Anes* dont excipait Bar-Jehoudda, lorsqu'il s'est présenté aux Samaritains de 785.

9. Cette femme samaritaine lui répondit donc : « Comment toi, qui es Juif (1), me demandes-tu à boire, à moi, qui suis une femme samaritaine? (car les Juifs n'ont point de commerce avec les Samaritains.)

10. Jésus lui répondit et dit : « Si vous saviez le don de Dieu, et qui est celui qui vous dit : « Donnez-moi à boire », peut-être lui en eussiez-vous demandé vous-même, et il vous aurait donné d'une eau vive. »

C'est bien dit. Il aurait même pu la changer en vin, mais il ne semble pas qu'il soit aussi bien disposé qu'à Kana. En effet, il vous souvient qu'en 788 la Samarie n'a pas voulu donner à boire à Bar-Jehoudda.

11. La femme lui repartit : « Seigneur, tu n'as pas même avec quoi puiser, et le puits est profond : d'où aurais-tu donc de l'eau vive?

(1) Voire de la tribu de Juda.

12. Es-tu plus grand que notre père Jacob, qui nous a donné ce puits, et qui en a bu, lui, ses enfants et ses troupeaux? »

13. Jésus répliqua et lui dit : « Quiconque boit de cette eau aura encore soif; au contraire, qui boira de l'eau que je lui donnerai, n'aura jamais soif;

14. Mais l'eau que je lui donnerai deviendra une fontaine d'eau jaillissante jusque dans la vie éternelle. »

A cet étrange propos la Samaritaine ne bronche pas. Jésus est le maître de la fontaine vivifiante dont la *Genèse* constate l'existence dans l'Eden perdu, et d'où coule le fleuve vers lequel se dirige le lama de Rudyard Kipling, (1) à travers les plaines brûlées de l'Inde.

15. La femme lui dit : « Seigneur, donne-moi de cette eau, afin que je n'aie plus soif, et que je ne vienne point puiser ici. »

C'est peut-être ce qui serait arrivé en 789, si la Samaritaine avait donné à boire au roi-christ.

La mariée de Kana, la femme veuve de Kapharnahum (2), la femme adultère de Samarie, c'est toujours la même femme, c'est la Judée alternativement représentée dans trois états de sa misère.

A toutes il manque l'Epoux définitif ou l'Epoux légitime qui est le Christ d'Israël. Mais la Samarie est tombée plus bas que les autres. Elle a accepté le joug de Rome, elle vit publiquement avec les païens. Jadis le prophète Osée l'avait prise pour femme afin de donner d'elle au Seigneur des enfants légitimes. « Allez prendre pour votre femme une prostituée, avait dit le

(1) Rudyard Kipling, *Kim*.
(2) Elle a disparu, mais elle était dans Luc.

Seigneur, et ayez d'elle des enfants nés d'une prostituée (1) ». Et Osée avait épousé la Samarie. « Allez,
lui avait dit une seconde fois le Seigneur, et aimez
encore une femme adultère et qui est aimée d'un *autre
que son mari* (2). » Et Osée avait épousé la Judée.

16. Allez, lui répondit Jésus, appelez votre mari et venez
ici.

17. La femme répliqua et dit : « Je n'ai point de mari. »
Jésus ajouta : « Vous avez bien dit : Je n'ai point de mari.

18. Car vous avez eu Cinq maris, et celui que vous avez
maintenant n'est pas votre mari; en cela vous avez dit
vrai. »

Parfaitement vrai, et si la Samaritaine avait connu
les six cruches de Kana, les cinq portiques de la Piscine
de Siloé et les cinq pains du miracle dit de la Multiplication, elle se fût épargnée l'affront que Jésus lui a
fait en constatant qu'après avoir eu cinq maris elle vit
en concubinage avec un sixième individu.

Son premier mari s'appelle le Cycle de *la Balance*.
Son second mari, le Cycle du *Scorpion*.
Son troisième mari, le Cycle du *Sagittaire*.
Son quatrième mari, le Cycle du *Capricorne*.
Son cinquième mari, le Cycle du *Verseau*.
Quel aurait dû être le sixième, si la Samaritaine
n'était pas allée chercher Pilatus au mois de nisan 788?
Le Cycle du *Zib* personnifié dans le fils du Zibdéos.
Quel mari a-t-elle à présent? Un des successeurs de
Tibère. Elle est donc adultère envers la Loi.

(1) Osée, i, 2.
(2) Osée, iii, 1.

XX

CHANGEMENT DU PROGRAMME ANNONCÉ A LA SAMARIE PAR L'APOCALYPSE

Honteuse de sa dégradation, la Samaritaine montre à Jésus la montagne du Garizim sur laquelle le christ lui avait donné un rendez-vous où elle n'a pas voulu venir, sous le prétexte qu'il voulait établir le siège du Royaume des Juifs sur la montagne de Sion et non sur celle-là.

19. La femme lui dit : « Seigneur, je vois que vous êtes *vraiment* prophète.

20. Nos pères ont adoré sur cette montagne, et vous dites, vous, que Jérusalem est le lieu où il faut adorer. »

C'est en effet ce que Bar-Jehoudda disait en son *Apocalypse* et avait dit pendant toute sa campagne. C'est sur Sion que descendait le Fils de l'homme avec la milice céleste, c'est sur Sion que reposait la Ville d'or et de pierreries, c'est là que Bar-Jehoudda régnait pendant mille ans, puis éternellement, avec la Samaritaine, si elle eût voulu! Mais ce sont de vieux souvenirs que Jésus ne veut pas évoquer, ils sont trop cruels pour la mémoire du christ! Le Royaume est devenu Esprit, il s'est volatilisé.

21. Jésus lui dit : « Femme, croyez-moi, vient une heure où vous n'adorerez le Père ni sur cette montagne ni à Jérusalem.

22. [Vous adorez, vous, ce que vous ne connaissez point;

nous, nous adorons ce que nous connaissons, parce que le salut vient des Juifs.

23. Mais vient une heure, et elle est déjà venue, où les vrais adorateurs adoreront le Père en esprit et en vérité : car ce sont de tels adorateurs que le Père cherche.

24. Dieu est esprit, et ceux qui l'adorent doivent l'adorer en esprit et en vérité.]

Nous sommes à mille lieues de l'ancien programme! La Samaritaine y ramène Jésus : ce n'est pas ainsi que parlaient Bar-Jehoudda et ses frères ; ce n'est même pas ainsi que parlait Cérinthe.

25. La femme lui dit : « Je sais que le Messie (c'est-à-dire le Christ) vient; lors donc qu'il sera venu, il nous apprendra toutes choses.

26. Jésus lui dit : « Je le suis, moi qui vous parle. »

La Samaritaine n'en croit rien, mais elle se taira pour faire comme les autres.

XXI

LE PAIN DU MOISSONNEUR

La scène qui suit est imaginée pour répondre à une objection tirée des Evangiles synoptisés. On a vu les disciples, c'est-à-dire le christ et ses six frères, entrer dans une ville de Samarie contrairement aux ordonnances de Jésus dans les Synoptisés, ordonnances fabriquées après les désastreux événements de 788; il faut expliquer cela par la nécessité où ils se seraient trouvés de chercher le manger de leur maitre.

27. En même temps *ses disciples* vinrent, et ils s'étonnaient de ce qu'il parlait avec une femme; néanmoins aucun ne dit : « Que lui demandez-vous? ou pourquoi parlez-vous avec elle? » (1)

28. La femme donc laissa là sa cruche (2), s'en alla dans la ville et dit aux habitants :

29. « Venez, voyez un homme qui m'a dit tout ce que j'ai fait : n'est-ce point le Christ? »

30. Ils sortirent donc de la ville, et ils venaient à lui.

31. Cependant *ses disciples* le priaient, disant : « Maitre, mangez. »

31. Mais il leur dit : « Moi, j'ai à manger une nourriture que vous ne connaissez point. »

33. Les disciples disaient alors entre eux : « Quelqu'un lui a-t-il apporté à manger? »

34. Jésus leur dit : « Ma nourriture est de faire la volonté de celui qui m'a envoyé, et d'accomplir son œuvre. »

Jésus ne mange pas de pain terrestre, il est lui-même le pain de la vie, comme il le montrera tout à l'heure. Et puis il n'a pas de corps. Cela se trouve bien, car dans le cas contraire, il serait en opposition flagrante avec ses ordonnances dans les Synoptisés, puisque non content d'envoyer les disciples dans une ville samaritaine, il mangerait du pain de Samarie.

C'est une réflexion qu'ils se font en eux-mêmes, mais assez clairement pour que Jésus devine leur pensée. Ils en font une autre qui touche de plus près au fond de leur *Apocalypse*. Quatre ans séparent les sept nazi-

(1) Depuis la faute d'Adam le Verbe ne parle pas aux femmes. Dans l'Éden c'est Satan qui a parlé à Ève. D'autre part le frère ainé des sept nazaréens, le Nazir à la grande lettre enchainé, par son vœu, ne fréquentait pas de femmes en dehors de sa famille.

(2) Cette cruche a le numéro 6 dans l'ordre de celles de Kana.

réés de la Grande pâque où doit venir le Moissonneur de la terre, et cependant Jésus déclare à la Samaritaine qu'il ne viendra pas à l'échéance. C'est dommage évidemment, parce qu'il ouvrait aux christiens de magnifiques horizons. « Sur la nuée, dit le doux Bar-Jehoudda, était assis Quelqu'un semblable à un fils d'homme ayant sur sa tête une couronne d'or et en sa main une faux tranchante. Alors un ange lui cria d'une voix forte : « Jette ta faux et moissonne ; car est venue l'heure de moissonner, parce que la moisson de la terre est mûre (1). »

35. Ne dites-vous pas vous-mêmes : Il y a encore quatre mois et la moisson viendra.

Ici le mot « mois » est employé dans le sens d'*Agneaux*, conformément à l'*Apocalypse* où nous avons trouvé plusieurs exemples de cette équivalence (2). Ce que Jésus veut dire, c'est qu'il y a encore quatre *Agneaux*, quatre printemps, entre la pâque passée et la Grande Pâque :

Le mois de l'*Agneau* de 786,
Le mois de l'*Agneau* de 787,
Le mois de l'*Agneau* de 788,
Le mois de l'*Agneau* de 789.

On vient de voir que Bar-Jehoudda avait quarante-six ans à la pâque de 785 et on sait qu'il en avait cinquante lorsqu'il a été crucifié. Mais devenu Moissonneur financier, Jésus passe sans transition à ce nouveau mode de récolte où Bar-Jehoudda et ses frères retrouvent tous les avantages qui leur ont été enlevés par

(1) *Apocalypse*, xiv, 14, 15, dans *Le Roi des Juifs*, p. 44.
(2) Cf. *Le Roi des Juifs*, p. 26.

le Serpent-Chronos, auteur de la mort. Dans l'ancienne révélation, quand le salut n'était qu'à eux, le blé de la moisson n'était que pour eux. Aujourd'hui que le salut vient d'eux, le blé juif est à vendre si le goy en offre un prix raisonnable.

... Mais moi je vous dis *maintenant* : « Levez les yeux et voyez les champs, car ils blanchissent déjà pour la moisson.

36. Et celui qui moissonne reçoit une récompense, et recueille du fruit pour la vie éternelle, afin que celui qui sème se réjouisse aussi bien que celui qui moissonne.

37. Car, en ceci, ce qu'on dit est vrai : Autre est celui qui sème, et autre celui qui moissonne.

38. Pour moi, je vous ai envoyés moissonner où vous n'avez point travaillé ; d'autres ont travaillé, et vous, vous êtes entrés dans leurs travaux. »

C'est le cas. Bar-Jehoudda et les jehouddolâtres récoltent ce qu'ils n'ont point semé, même ils récoltent dans le champ d'autrui. Mais c'est justice, puisqu'ils sont de ces surjuifs qui échappent à la destinée commune.

39. Or beaucoup de Samaritains de cette ville crurent en lui, sur la parole de la femme qui avait rendu ce témoignage : « Il m'a dit tout ce que j'ai fait. »

40. Lors donc que les Samaritains furent venus à lui, ils le prièrent de demeurer en ce lieu, et il y demeura deux jours.

41. Et beaucoup plus crurent en lui, à cause de ses discours.

42. De sorte qu'ils disaient à la femme : « *Maintenant* ce n'est plus sur votre parole que nous croyons ; nous l'avons entendu nous-mêmes, et nous savons que c'est vraiment lui qui est le sauveur du monde. »

43. Ainsi après les deux jours il partit de là et s'en alla en Galilée.

44. Car Jésus lui-même a rendu ce témoignage qu'un prophète n'est point honoré dans sa patrie.

C'est en effet la leçon qui se dégage de l'aventure de Bar-Jehoudda. Ce prophète n'a pas été apprécié à sa juste valeur, ni ceux de ses frères qui ont suivi le même chemin. L'*Apocalypse* les a conduits au martyre, et ce qui est plus grave, elle y a conduit leur pays. On ne veut pas dire que la Samarie fût proprement la patrie de Bar-Jehoudda. Sa patrie, ce n'est point Ephraïm, c'est Juda d'où il vient être chassé.

XXII

UN CAS DE FIÈVRE QUARTE

45. Quand il fut venu en Galilée, les Galiléens l'accueillirent, parce qu'ils avaient vu tout ce qu'il avait fait à Jérusalem pendant la fête (1), car ils étaient venus, eux aussi, à la fête.

46. Il vint donc de nouveau à Kana de Galilée, où il avait changé l'eau en vin. Or il y avait un *officier du roi* dont le fils était malade à Capharnaüm.

Par roi on peut entendre deux personnes, soit celle d'Hérode Antipas qui est appelé ainsi dans Mathieu, par exemple, soit celle de l'Empereur. « Nous n'avons d'autre roi que César, diront tout à l'heure les Juifs de

---

(1) Il ne s'agit pas ici de la pâque, mais de la fête des Juifs ou Phurim. C'est encore une preuve que la pâque de la dispersion des animaux et des changeurs était postérieure à la séméiologie de la Samaritaine et à celle qui va suivre.

Jérusalem. » Je pense toutefois qu'ici l'Evangéliste veut parler d'Antipas et dissimule ainsi la haine dynastique qui eût empêché Bar-Jehoudda d'entrer chez un Hérode autrement que pour le tuer. Cette haine perce dans les Synoptisés où l'on coupe la tête du Joannès par ordre d'Hérodiade; elle sert à préparer cette décollation artificielle. Mais Cérinthe ne décapite pas Joannès, il le crucifie comme dans l'histoire, il ne fait aucune allusion à la carrière politique dont le Guol-golta marque la fin.

47. Lorsque cet officier eut appris que Jésus venait de Judée en Galilée, il alla vers lui, et le pria de venir guérir son fils qui se mourait.

48. Jésus lui dit donc : « Si vous ne voyez des *signes* et des prodiges, vous ne croyez point. »

49. L'officier lui dit : « Seigneur, venez avant que mon fils meure. »

50. Jésus lui répondit : « Va, ton fils vit. » Cet homme crut à la parole que lui dit Jésus, et s'en alla.

51. Or, comme il s'en retournait, ses serviteurs vinrent à sa rencontre, et lui annoncèrent que son fils vivait.

52. Et il leur demandait à quelle heure il s'était trouvé mieux. Et ils lui dirent : « Hier, *à la septième heure*, la fièvre l'a quitté. »

53. Le père reconnut alors que c'était l'heure à laquelle Jésus lui avait dit : « Ton fils vit », et il crut, lui et toute sa maison.

54. Ce fut là le second *sèmeion* que fit encore Jésus quand il fut revenu de Judée en Galilée.

L'heure est tout dans ce *sèmeion* miraculeux. Jésus qui a passé deux jours chez les Samaritains a passé le troisième à Kana. A six heures du soir le quatrième a commencé. Or le soleil ayant été créé ce jour-là, le Verbe fait une application presque immédiate de son pouvoir curatif en versant un peu de fraîcheur nocturne au malade de Kapharnahum dont la fièvre disparaît. Jésus a parlé à la première heure du quatrième jour (1) : à l'heure correspondante le malade était guéri, sa fièvre était *quartaine*. Jésus la lui coupe dès la première heure, il guérit au jour dit, non par ses soins, mais par sa parole. Créateur, il est le médecin de ce qu'il a créé, si par la faute de la terre ou du corps sa créature est en péril. Il est aussi le résurrecteur, il n'attend qu'une occasion de le prouver, pourvu que le mort soit de sa famille selon le monde. Éléazar la lui fournira. Que ce *sèmeion*, si faible en comparaison du premier, fût dans Cérinthe ou non, il est ancien relativement à la version qu'on en donne dans Mathieu où le père du malade est un centurion. Ici c'est simplement un serviteur du roi.

XXIII

CHAPITRE VI. — SÉMÉIOLOGIE CONNUE SOUS LE NOM DE MULTIPLICATION DES PAINS

Grâce à notre connaissance de l'écrit apocalyptique auquel Cérinthe emprunte ses allégories, nous savons qu'il y a des lacunes entre le second *sèmeion* de Kana et le chapitre qui suit. Ce chapitre succédait à une ou plusieurs scènes qui se passaient sur la rive orientale du lac de Génézareth appelé ici Tibériade. Après quoi

(1) L'heure est comptée à partir de midi, heure à laquelle Jésus s'est arrêté au puits de Jacob.

Jésus opérait la Multiplication des pains sur la rive opposée. Ces scènes intercalaires avaient l'inconvénient grave d'engager l'abominable goy sur la voie de la Gaulanitide et de la Bathanée, c'est-à-dire sur les chemins qui mènent à Gamala. On les a supprimées.

1. Après cela Jésus s'en alla de l'autre côté de la mer de Galilée, c'est-à-dire de Tibériade ;

2. Et une grande multitude le suivait, parce qu'ils voyaient les *signes* qu'il faisait sur ceux qui étaient malades.

3. Jésus monta donc sur la Montagne, et là il était assis avec ses disciples.

Cette montagne, c'est le Tabor, comme nous le montrerons tout à l'heure. Jésus est donc revenu sur la rive occidentale.

4. Cependant approchait la Pâque, jour de la fête des Juifs.

5. Jésus donc, ayant levé les yeux et vu qu'une très grande multitude était venue à lui, dit à Philippe : « Où achèterons-nous des pains, pour que ceux-ci mangent ? »

6. Or il disait cela pour l'éprouver : car pour lui il savait ce qu'il devait faire.

7. Philippe lui répondit : « Deux cents deniers de pain ne leur suffiraient pas pour que chacun d'eux en eût même un petit morceau. »

8. Un de ses disciples, André, frère de Simon-Pierre, lui dit :

9. « Il y a ici un petit enfant qui a cinq pains d'orge et deux poissons : mais qu'est-ce que cela pour tant de monde ? »

10. Jésus dit donc : « Faites asseoir ces hommes. » Or il y avait beaucoup d'herbe en ce lieu. Ces hommes s'assirent donc au nombre d'environ cinq mille.

11. Alors Jésus prit les pains, et quand il eut rendu grâces, il les distribua à ceux qui étaient assis ; et de même des poissons, autant qu'ils en voulaient.

12. Lorsqu'ils furent rassasiés, il dit à ses disciples : « Amassez les morceaux qui sont restés, pour qu'ils ne se perdent pas. »

13. Ils les amassèrent donc, et remplirent douze paniers de morceaux des cinq pains d'orge qui restèrent à ceux qui avaient mangé.

14. Or ces hommes, ayant vu le *sèmeion* que Jésus avait fait, disaient : « Celui-ci est vraiment le prophète qui doit venir dans le monde. »

Vous n'avez pas compris ? C'est votre faute. Pourquoi avez-vous du génie ? Pour comprendre, il suffit de n'avoir pas de génie. Toutefois le *sèmeion* dit Multiplication des pains est une allégorie fort difficile à saisir même pour des esprits subtils. Considéré dans ses chiffres, c'est le plus gros miracle de Jésus, celui qui étonne le plus par les proportions et par les circonstances, le seul aussi dans lequel on ne puisse flairer ni imposture, ni magie, ni tour d'adresse. Il donne vraiment l'impression de la surhumaine puissance.

Il y a deux sortes de Multiplications de pains dans les *Évangiles*. Les uns font la leur avec cinq pains, les autres avec sept.

C'est une même séméiologie, avec des chiffres variés. Dans le premier cas, celui de Cérinthe, cinq mille personnes sont nourries jusqu'au rassasiement avec cinq pains et deux petits poissons. Dans l'autre, quatre mille, sans compter les femmes et les enfants, avec sept pains. Voilà des miracles comme jamais l'intendance militaire n'en opéra tant en campagne qu'en paix.

Ces chiffres de cinq mille et de quatre mille ne sont pas jetés là au hasard. Pourquoi cinq mille ? Pourquoi quatre mille ? Croyez-vous que cinq mille personnes un jour, et quatre mille un autre, aient, pressées par la faim, suivi quelqu'un sur une haute montagne dans l'espoir d'être rassasiées avec cinq ou sept pains et deux poissons ? J'ai trop foi dans votre intelligence pour m'imaginer cela. « Mais, direz-vous, voilà des siècles qu'on interprète ainsi ces miracles. Des milliers de théologiens s'y sont escrimés, (je sens que vous allez me parler de Bossuet). » Laissez, laissez, et, comme disait feu Bar-Jehoudda, que celui qui a des oreilles entende !

Les quatre mille personnes qui suivent Jésus sont à jeun depuis trois jours : « *Il y a trois jours* qu'ils ne me quittent point, dit Jésus, ils n'ont rien à manger et je ne veux pas les renvoyer qu'ils n'aient mangé, de peur que les forces ne leur manquent en chemin (1). »

Tout est combiné pour que le ravitaillement de cette foule soit impossible en fait. Elle tourne le dos aux greniers d'abondance qui sont en Galilée, elle fuit le blé, les olives, le vin et le bétail pour suivre Jésus elle ne sait où. Dans Cérinthe les cinq mille s'embarquent sur le lac de Génésareth, à qui l'Évangéliste, tourmenté par un esprit païen, donne le nom de Tibériade qui lui eût valu un fort coup de sique dans l'abdomen s'il se fût avisé de l'employer devant les christiens de l'*Apocalypse*. Voilà cinq mille personnes lancées sur le lac : la barque, séméiologique elle aussi, n'eût évidemment pas suffi pour le transport. Mathieu et Marc ont vu

(1) Mathieu, xiv, 13. Marc, vi, 33.

l'invraisemblance : *les foules*, — si Jésus multiplie le pain, les scribes peuvent bien multiplier la foule, — suivent à pied par les bords du lac.

De même dans Luc, à ce qu'il semble.

L'endroit où Jésus les mène est désert, la montagne est haute, les ventres sont vides, les dents longues, l'heure est avancée. Aller dans les bourgades et par les champs chercher sa nourriture, il n'y faut pas songer. Jésus est ému de compassion, voyant qu'ils sont comme des brebis sans berger et sans herbe.

Il ne faut qu'un peu de bon sens pour voir qu'étant impossible en tant que phénomène alimentaire, on doit chercher l'explication du miracle hors de la condition humaine. Car dans les Synoptisés les deux Multiplications comprennent neuf mille hommes, sans compter les femmes et les enfants. Combien voulez-vous que nous comptions de ces derniers? Il y avait peu de célibataires parmi les Juifs et tous sont prolifiques. Mettons onze mille, pour ne pas exagérer l'effectif. Voilà vingt mille bouches, et affamées. Donnons-leur à chacune une livre de pain, afin de rester au plus bas. Pour transporter au haut d'une montagne peu accessible une aussi lourde provision, il eût fallu plus que la foi : cela demandait plusieurs voitures traînées par des ânes ou des mulets ou, ce qui rendait le mystère impossible, par les disciples eux-mêmes qui se fussent trouvés dans la confidence et n'eussent pu être dupes de Jésus, puisqu'ils auraient été ses compères. Quant aux poissons, ils étaient sans doute de la même taille que celui de Jonas, puisque, Jésus les ayant rompus, chacune des vingt mille personnes présentes en a un morceau. De plus il a fallu

les faire cuire quelque part, car il n'est point admissible
que Jésus les distribue crus. Ce sont là des préparatifs
considérables, pour lesquels Bar-Jehoudda et ses frères
auraient été obligés d'emprunter du matériel à Hérode
Antipas, et à Pontius Pilatus quelques-uns de ses tragi-
narii. Il ne s'agit donc ni d'événements naturels, ni
d'un prodige truqué de complicité avec les apôtres. Les
vingt mille affamés auraient vu les pains, les poissons,
les chariots, les mulets et les ânes. C'est donc bien d'une
chose surnaturelle qu'il s'agit, et, comme en matière de
nourriture il n'y a rien de métaphysique, il ne reste
plus de possible que la *similitude*, le faux semblant.

Et puis il n'y a pas Multiplication de pains. Ne nous
représentons pas Jésus multipliant des pains par un
moyen qui rappelle trop les expériences de physique
amusante dont Robert Houdin berça notre douzième
année. C'est un enfantillage substitué par l'Église à la
mystérieuse leçon que la séméiologie déguise à peine.

XXIV

LE PETIT ENFANT AUX SIGNES

Laissant de côté la version des Synoptisés, suivons
Cérinthe. Pour mener à bien le miracle il faut à Jésus
un compère millénariste. Nul ne convient mieux que
Philippe, jadis secrétaire du christ et confident de tous
ses rêves. En nommant Philippe, Cérinthe a désigné la
source à laquelle il emprunte : les *Paroles du Rabbi.*
Devant les cinq mille affamés, Philippe ne cherche pas
à dissimuler son embarras. Cet embarras, Jésus le sou-

ligne encore en disant : « Où achèterons-nous des pains
pour que tous ceux-ci mangent ? » Mais c'est pour rire,
il sait parfaitement ce qu'il a à faire. Vous vous rappelez sa mère selon le monde, aux Noces de Kana :
« Laissez-le faire, dit-elle. » Philippe assistait au repas,
il a entendu ; mais ce n'est pas à lui de dire que tous
ces *sèmeia* proviennent de l'*Apocalypse* de son frère.

Appuyant le jeu de Jésus en bon valet de comédie :
« Deux cents deniers de *pain*, dit-il, ne leur suffiraient
pas pour que chacun en ait un. » Pourquoi cela, Philippe ?
Il est très possible, au contraire, qu'avec deux cents
deniers (1) on puisse acheter assez de pain pour nourrir
cinq mille personnes, cela dépend du prix du pain. Ce
n'est donc pas de deux cents deniers-monnaie qu'il
s'agit ; mais de deux cents *dixniers* (*décans*, dizaines)
d'un *pain* unique en son genre.

$$200 \times 10 = 2.000.$$

Il est clair qu'avec deux mille pains on pourrait ras-
sasier cinq mille hommes. Cela dépend de la grosseur
des pains. Mais, s'il n'est pas question de deniers, il
n'est pas davantage question de *pain* au sens terrestre.
Ce pain n'a jamais été du pain que dans l'imagination
grossière des charlatans ecclésiastiques. Jésus lui-
même dira aux apôtres dans les Synoptisés : « N'avez-
vous pas compris qu'il ne s'agissait pas de pain ? »
Ce que recherchent avidement les cinq mille, c'est un
pain d'autre sorte, un pain qui ne se fractionne pas,
le pain Un et éternel pour chacun d'eux. Où trouver sur

(1) Cela fait environ cent cinquante francs. Observons à ce sujet
que la question d'argent n'embarrasse jamais le revenant du christ et
ses frères selon le monde. Ils étaient d'une famille où l'argent affluait.

terre, sinon la représentation, du moins l'*annonciation* d'un tel pain ?

Quelqu'un, en un temps qu'on ne dit pas, a précédé les cinq mille sur la Montagne. André qui le connait l'indique à Jésus avec qui il est en relations depuis 787, (1) puisqu'il est le premier des Sept qui porte la robe blanche et la couronne du martyr. C'est un petit enfant (2) qui tient dans ses mains cinq pains d'orge et deux petits poissons. Évidemment c'est peu pour tant de monde, et André le fait remarquer non sans mélancolie. Mais on pourrait fouiller longtemps le petit enfant sans trouver sur lui l'agneau pascal qui eût calmé le furieux appétit des cinq mille.

A l'époque où la scène est censée se passer, les Juifs sont toujours dans le *Cycle du Verseau*, les sept fils de Jehoudda attendent toujours la Grande Pâque qui doit ouvrir le *Cycle des Poissons*. C'est pourquoi le chiffre des affamés n'est pas rond, ils sont à peu près cinq mille. Les disciples de l'*Agneau* n'ont pas encore atteint le *nombre-terme* qui leur est assigné par l'*Apocalypse*. (3) Ni Jacob junior ni Eléazar ni le christ ne l'atteindront, et quand il viendra, avec l'*Agneau* de 789, on s'apercevra qu'il était erroné. Ce terme, c'est précisément la plénitude des cinq Millénia ou Cycles qui se sont écoulés depuis le second monde ou monde en cours (4), c'est l'entrée dans le *Millénium du Zib.*

(1) Date où, lapidé par le prince Saül, il a revêtu la robe décrite dans l'*Apocalypse*.

(2) *Paidarion*, dit le texte grec.

(3) Cf. *Le Roi des Juifs*, p. 9.

(4) Ne pas oublier que Jehoudda, le Joannès Ier de l'Évangile, avait appris à ses fils que le monde en cours avait été précédé d'un monde édénique.

Par quoi nous voyons que Cérinthe nous a donné le change sur la nature des cinq mille affamés comme sur la nature du pain.

Vous devinez donc ce que sont les cinq Pains d'orge. Ce sont les cinq Pains de temps, les cinq paquets de mille ans représentés par les cinq mille :

Premier pain : *La Balance.*
Second pain : *Le Scorpion.*
Troisième pain : *Le Sagittaire.*
Quatrième pain : *Le Capricorne.*
Cinquième pain : *Le Zachû* (1).

Cela ne nous dit pas qui est le petit enfant dont la main, outre les cinq pains, tient les *deux poissons;* mais comme sur le Zodiaque le *Zib* est fils du *Zachû,* peut-être en est-il de même ici.

Pourquoi les théologiens négligent-t-ils ce petit enfant? N'ont-ils pas vu que sans lui Jésus ne peut rien? Cela saute aux yeux pourtant. Nous ne sommes pas dupes des simagrées de Philippe et d'André. Ils savent bien que dans le Thème du monde c'est leur père, le Zibdéos, qui a mis les *Poissons* entre les mains de son fils aîné, lequel devait les manger comme l'*Agneau* les mange sur la sphère. Le petit enfant, c'est celui que nous avons déjà vu dans l'*Apocalypse* et qui, parvenu au 15 nisan 789, devait consommer les *Poissons* pendant mille ans; c'est Bar-Jehoudda lui-même, c'est le pêcheur d'hommes avec les attributs du baptême, c'est le christ mis en croix par Pilatus le 14 nisan 788. Il n'est petit enfant que relativement à l'âge de Jésus qui

(1) Nom chaldéen du *Verseau.* Autrement dit *Zibdéos.*

va vers sa douze millième année. C'est un de ces jeunes enfants qui approchent de la cinquantaine. Mais qu'est-ce que cela en présence de pains qui ont chacun mille ans? Non seulement il est bien jeune, mais encore il est bien petit en face de Jésus dont le dernier des anges a soixante-douze mètres de haut! (1)

Cérinthe l'a pris tel qu'il est dans l'*Apocalypse*, quand il sort du sein de la *Vierge* et que l'Aigle-Phénix l'emporte en Égypte (2). C'est pourquoi les écrivains qui n'ont pas été dupes de la mystification évangélique — citons Agapius — ont dit que Bar-Jehoudda y apparaissait tantôt sous la forme d'un enfant, tantôt, ce qui est le cas de Jésus, sous celle d'un vieillard dont la tête touchait le ciel (3).

Mais malgré sa jeunesse et sa petitesse il n'en est pas moins celui en qui le Père a mis son bon plaisir, il n'en est pas moins l'oint, le christ, le médiateur entre les Juifs et Iahvé. C'est lui que l'Église égale à Dieu. On ne conçoit donc pas le dédain des exégètes pour ce petit enfant, sans lequel le miracle est irréalisable, car s'il n'était pas né, s'il s'en allait remportant ses cinq pains et ses deux poissons, savez-vous bien que Jésus serait obligé d'abandonner la partie et que les cinq mille disciples mourraient de faim sur la Montagne?

Rien de mieux établi que cette identité de l'enfant et du christ. Il n'y a qu'un enfant en état de présenter les cinq Cycles en cours et le signe comestible dont il entend faire sa nourriture millénaire, c'est l'enfant de l'*Apoca-*

(1) Au témoignage de l'*Apocalypse.* Cf. *Le Roi des Juifs,* p. 79.
(2) Cf. *Le Charpentier.* p. 122.
(3) On trouvera ces témoignages dans le chapitre que nous consacrons aux *Paroles du Rabbi* et qui ne fait pas partie de ce volume.

lypse, celui que les Mages viennent adorer dans Mathieu, et en qui son père dans Luc salue le Libérateur d'Israël.

« Quand Dieu (1) est-il venu sur la terre pour sauver les hommes, dit le faux Origène dans son *Dialogue contre les Marcionites?* — Sous le règne de Tibère et le gouvernement de Pilatus, répond le Marcionite. — Tu vois donc bien qu'il est venu six mille ans après la création d'Adam! (2) » Ouvrez la *Lettre de Barnabé*, l'*Exhortation au martyre* de Cyprien, les *Institutions divines* de Lactance, la *Cité de Dieu* d'Augustin, vous y trouverez ce chiffre que Julius Africanus consignait également dans sa *Chronique* à la suite de celle que Phlégon avait écrite sous Hadrien. Il ne s'écoule en effet que six signes dans l'*Apocalypse* entre la conception de Bar-Jehoudda dans la *Vierge* et la venue hypothétique de l'*Agneau*.

Mais sa situation vis à vis de Jésus n'est pas sans offrir quelque embarras en cette année 787. Il a grandi: dans un an et un mois Jésus doit moissonner la terre et dissiper le dernier des cinq pains d'orge. « Il tient son van à la main, disait le christ, et il nettoiera entièrement son aire; il amassera son froment dans le grenier, mais il brûlera la paille dans un feu inextinguible (3) ». Le christ et ses frères comptaient être le froment, mais Iahvé a changé d'idée, il a résolu de ne point envoyer son Verbe faire la moisson annoncée dans l'*Apocalypse* (4). Le christ a été crucifié avant la

_____

(1) Quelle honte!
(2) L'auteur de cet écrit fait entrer dans ses calculs le Mille d'Adam que Cérinthe tient en dehors des siens.
(3) Mathieu, III, 12.
(4) Cf. *Le Roi des Juifs*, p. 44.

pâque de 789, le *Cycle du Zib* a commencé sans que le Royaume des Juifs soit venu, le Temps ne s'est pas arrêté (1), les disciples et les descendants de Jehoudda continuent à manger de l'orge. Comment se tirer de là?

« Faites asseoir les hommes sur l'herbe, dit Jésus. »

Et voici que les cinq mille se rangent devant lui en groupes de cent et de cinquante (2). Et, ce faisant, ils observent le même ordre que les troupeaux consacrés au Soleil dans l'île de Sicile et dont Circé dit, parlant à Ulysse : « Il y a sept troupeaux de bœufs, sept de moutons, chacun composé de *cinquante* bêtes qui ne meurent point ; si vous y touchez, vous périrez et le Soleil ne voudra plus éclairer que les morts (3). » Chaque troupeau de cinquante multiplié par sept, ce sont les trois cent cinquante jours de l'année héliaque en Sicile. Les disciples rangés par cinquante et cent représentent autant de siècles et de demi-siècles, c'est-à-dire de jubilés cinquantenaires et de jubilés centenaires. Ils ne sont pas moins immortels que les bœufs et les moutons de Circé, puisqu'ils sont circoncis. Qu'aucun Ulysse n'y touche, s'appelât-il Septime-Sévère, car ils sont de la bonne bergerie, la bergerie juive où il n'y a point de bêtes païennes !

Une fois les groupes assis sur la terre, Jésus prend les cinq pains et les deux poissons aux mains du petit enfant, il met devant lui les cinq pains qui sont la figure des Cinq cycles qu'il a éclairés depuis le Second monde. Prenant en outre — et surtout — les deux *Poissons* qui quelques jours plus tard se changeront en

(1) Cf. *Le Roi des Juifs*, p. 80.
(2) Marc, vi, 39, et Luc, ix, 14.
(3) *Odyssée*, livre XII.

Agneau pascal, il rend grâces, regarde le ciel, et les distribue aux cinq mille avec les Cinq Pains. « Et voici qu'ils en eurent tous autant qu'ils en voulurent, jusqu'au rassasiement complet. »

XXV

L'ART D'ACCOMMODER LE PASSIF D'UNE FAILLITE

« Ramassez les restes des cinq Pains d'orge, dit Jésus, afin que rien ne soit perdu. » Ces restes, c'est bien peu de chose, puisqu'en 739, date de la naissance de Bar-Jehoudda, il n'y avait plus que cinquante ans à faire pour en voir la fin.

Mais ce sont de précieux restes, si l'on considère que la famille du christ et le christ lui-même en font partie depuis le Jehoudda du Recensement jusqu'à Ménahem. Ce sont les restes du *Cycle du Verseau*. Fidèlement ramassés, ils vont rejoindre dans douze corbeilles l'*Agneau*, le *Taureau*, les *Gémeaux*, les *Anes*, le *Lion* et la *Vierge* qui sont les six signes du Premier monde; et le Second monde continue avec ses six mauvais signes. Jésus n'a donc rien fait de ce que le petit enfant attendait de lui, et même il a fait tout le contraire. Pour accommoder les restes du *Verseau* il y mêle les *Poissons*, ce qu'il n'a pu faire avant la pâque de 789, car le *Cycle du Zib* n'a commencé qu'avec cette année-là. En attendant l'*Agneau* du Royaume, les enfants de Dieu — les Juifs — vivent de ce qui reste des *Poissons*.

Ainsi le Renouvellement des Pains d'orge est une spéculation sur la faillite de l'*Apocalypse*. Jésus demeure le Seigneur devant qui on met chaque année les douze corbeilles ou pains de proposition qui représentent les douze étapes annuelles de son éternelle course et les Douze Cycles par où se consomme la destinée des Juifs (1). Il est le pain sans levain de la Pâque.

Le pain rompu, le *klasma* des agapes, cette eucharistie, car c'est tout un, s'entendait de la chair même du Messie attendu. Au moment où on rompait le pain, on prononçait la prière : « Vienne ton Royaume, vienne ta royauté ! » et cette prière on la retrouve à la fin de l'oraison dominicale dans Mathieu. « A toi la royauté et la puissance et la gloire à jamais ! » « De même, disait-on, que ce pain rompu (le pain de lumière) a été répandu au loin sur les montagnes et rassemblé est devenu Un, de même fais que ton Eglise (ton peuple) soit rassemblée des extrémités de la terre dans ton Royaume (2) ».

Si Jésus n'a point paru en 789, il peut venir et il viendra. Hadrien a pu supprimer l'agneau mangé à Jérusalem : reste l'agneau mangé en famille, le pain azyme mangé en commun.

Il faut attendre que le *Cycle du Zib* soit passé. Le Royaume est remis à mille ans, si d'ici-là le Rabbi disparu ne revient pas. En attendant le grenier où ils seront froment, les Juifs se contenteront d'être orge.

Et quand on lit les Évangiles comme ils doivent être

(1) Sur le sens millénariste des douze pains de proposition toujours présents sur l'autel dans le Temple, cf. *Le Charpentier*, p. 24.

(2) Ceci dans la *Didaché* (l'Enseignement) qui, au deuxième siècle, ignore complètement l'eucharistie actuelle et le prétendu sacrifice volontaire du christ sur la croix.

lus, je veux dire déchiffrés, il est clair comme Jésus en plein midi que dans les premières églises pas un évangéliste ne s'est trouvé pour insinuer qu'un tel faiseur de miracles fût né en Judée sous Auguste. Pas un non plus, pour affirmer l'existence des douze apôtres-hommes, qui dénoncent à l'observateur le moins aigu leur origine zodiacale et sont là en représentation des Douze Patriarches sidéraux, *alias* les Douze Cycles dont se compose le *thème du monde*.

Cette séméiologie est, avec des matériaux différents, construite comme celle des Noces de Kana. Les Cinq mille affamés sont les Cinq maris de la Samaritaine, le paralytique de Siloé résume en lui les cinq pains d'orge sous les Cinq Portiques de la Piscine probatique.

Cérinthe spécule alternativement sur le chiffre *douze* et sur le chiffre *onze* : douze pour les mois de l'année, onze seulement pour les Cycles. Si les signes du Zodiaque sont toujours employés au nombre de douze, quand ils représentent l'année, ils ne sont plus qu'onze, quand ils représentent les douze Cycles. Le Renouvellement du monde par l'avènement du christ ne s'étant pas produit au douzième, on laisse toujours ce dernier en dehors des calculs : c'est le Millénium manqué.

Il y a eu maldonne en 789, le coup est à recommencer. Les douze pains de proposition sont entiers après comme devant ; les douze corbeilles en sont pleines, ainsi que des *Poissons* qu'a laissés l'enfant de David, (les morceaux en sont bons, pense Cérinthe,) mais ces *Poissons* sont en cours de consommation, et — voici le miracle — ils suffisent. Les cinq mille disciples sont rassasiés avec deux petits poissons. Le miracle est donc dans la puissance extraordinaire des deux *Pois-*

sons, une fois qu'ils sont entre les mains de Jésus.

Grâce au baptême représenté par ce *sèmeion*, Jésus assure aux Juifs leur provision de vie dans le Royaume futur. Sur la date de cet avènement on n'est plus aussi affirmatif qu'autrefois, et Jésus avoue, par la plume des scribes, que cette date est à la merci du Père. On n'ose plus dire aux disciples, comme du temps de Bar-Jehoudda : « C'est pour demain, vous ne mourrez pas que vous n'ayez vu le Verbe descendant du ciel sur vous ! » On ne sait plus. Tout ce qu'on sait, c'est qu'il faut avoir avec soi le signe des *Poissons* sous la forme du baptême pour être sauvé quand viendra le Grand jour. Car les *Poissons*, c'est le salut astrologiquement figuré. Les *Poissons*, c'est l'antichambre de l'*Agneau*.

Par un enchaînement logique de l'allégorie, après que le *Verseau* a donné l'aliment aux *Poissons* baptismaux, les *Poissons* donnent la vie aux initiés. Perpétuel renouvellement par Iahvé de la traite que les Juifs ont tirée sur la bêtise humaine.

Les cinq signes écoulés escomptent les six signes de la vie à venir, éternelle celle-là. Le *Verseau* escompte les *Poissons*, les *Poissons* escomptent l'*Agneau*, le baptême escompte le salut. Jésus a prorogé les jours et les années, notifié le délai qu'il accorde à la terre en attendant l'immortalité que l'Eglise confère par le baptême.

Et qu'advient-il à cette foule affamée de vie comme les convives de Kana sont altérés de vin ? Elle est rassasiée, et jamais plus elle n'aura faim, car, par la vertu des *Poissons*, la voilà sortie des cinq Cycles où l'on n'a eu à manger que du pain d'orge, et elle verra l'Année éternelle où l'on aura le Pain de froment sans le levain terrestre, le pain Un, le pain des Anges.

C'est sans doute en ce sens que les cinq mille disciples s'écrient d'une voix unanime : « Celui-ci (non Jésus, mais l'inventeur du baptême, est véritablement le prophète qui doit venir au monde ! »

De toutes les Prorogations du monde dites Multiplications des pains, la formule de Cérinthe est incontestablement la plus ancienne. Il n'y a ni femmes ni enfants parmi les cinq mille. Tous sont du sexe masculin comme il convient à des sectaires formés par l'*Apocalypse*. Nous verrons par quels moyens l'Eglise a paré le coup dans les Synoptisés. Si ceux-ci nous avaient donné le chiffre des femmes adjointes aux cinq mille dans leur thème, nous saurions exactement à quelle distance de 789 ils ont composé les Prorogations qu'ils ont substituées à celle de Cérinthe. Car à partir de cette année-là les femmes rentraient dans les hommes, et il n'y avait plus de génération (1).

La formule de Cérinthe n'est pas seulement la plus ancienne, elle est la plus claire et la plus franche, si on ose employer de telles épithètes pour un pareil rébus.

Dans cette Prorogation Jésus semble disposé à mettre en doute l'*Apocalypse* qui instituait un troisième monde sur les ruines du second détruit par tiers à partir du 15 nisan 789. Il prépare ouvertement le lecteur à cette vérité que le christ n'a pu célébrer la Grande pâque annoncée et qu'il a été crucifié sous les Poissons. Il n'a jamais entendu parler des douze apôtres hommes que les Synoptisés substituent aux douze Æons de Cérinthe. Sur les sept fils de Jehoudda il n'a affaire ici qu'à l'aîné, parce que celui-ci est le seul qui tienne

(1) Sur cette théorie de Jehoudda voir *Le Charpentier*, p. 109.

en main de par son *Apocalypse* les six éléments du *sèmeion*, à Philippe, parce que Philippe a le premier transmis les *Paroles du Rabbi*, et à André, parce qu'André est le premier qui ait ceint la couronne du martyre.

Dans les Evangiles qu'elle a synoptisés l'Église a supprimé totalement le détenteur de pains et de poissons qui était si « petit garçon » à côté de Jésus. Là Jésus trouve les pains et les poissons entre les mains des disciples, et dans Luc il les confie aux douze apôtres pour les distribuer. Il fallut également introduire dans Mathieu et Marc une interprétation qui abolit le sens péjoratif du thème à cinq mille personnes et à cinq pains, thème que les synoptiseurs connaissaient et qu'ils visent expressément dans leur travail.

Ah! si les négociants en baptêmes n'avaient pas été obligés de remplacer les *signes* célestes par des *similitudes*, il n'y aurait pas un seul miracle dans les *Évangiles!* Jésus, devant les disciples de Jehoudda, ne fait que des parodies de miracles. « Si vous ne voyez des *signes* et des prodiges, dit-il à l'officier de Kana, vous ne croyez point. — Que voulez-vous ? eût pu répondre l'officier, vos précurseurs ne nous annoncent que cela depuis deux siècles! » Donc nulle réalité physique en Jésus, point de miracles, point de tours de gobelets, mais des symboles partout et partout des allégories. Les deux miracles de Kana, le paralytique de la piscine guéri, la Samaritaine du puits de Jacob, la vue restituée aux aveugles, la parole aux muets, l'ouïe aux sourds, autant de figures et, comme on disait en ce temps, de similitudes. Pour guérir les christiens de leur maladie des signes, Jésus n'emploie d'autre traitement que la Parole. La salive qu'il dépense et dont il frotte les yeux des aveugles est celle du Verbe lui-même, et non un onguent.

XXVI

LA MARCHE SUR LA MER... DE TIBÉRIADE

Après la Prorogation du monde, Jésus quitte la Montagne et repasse modestement la mer de Tibériade.

La Montagne sur laquelle Jésus fera un jour son Sermon, — cette *Contre-Apocalypse*, et tout entière dirigée contre le Juif consubstantiel au Père, — c'est dans Cérinthe une figure du Sion transporté sur le Tabor pour les besoins de la fable. C'est sur le Sinaï que le Verbe de Dieu dans sa gloire révéla jadis à Moïse le contenu des *tables* testamentaires, c'est-à-dire la prédestination juive : « Considérez bien tout et faites sur le modèle qui vous a été montré sur la Montagne (1). » Sur cette Montagne, transportée à Sion par le Joannès pour l'exécution du testament, Jésus devait venir en 789, et vous savez assez qu'il n'en avait rien fait. Mais en similitude ne pouvait-il venir au moins sur le Tabor ? C'est ce qu'il fait dans Cérinthe où il est encore millénariste. Le Tabor, la mer de Tibériade, voilà les lieux choisis pour les logophanies de Jésus. La Montagne, c'est là qu'il descend dans sa gloire du matin ; la Mer, c'est là qu'il se mire dans sa gloire du jour ; et c'est encore la Montagne et la Mer qui le soir voient les derniers rayons du Pain de lumière, dont sont sorties les douze heures de la journée.

(1) *Exode.*

Devant le *sèmeion* de la Prorogation les cinq mille rassasiés ont voulu proclamer Jésus roi.

Mais comme celui dont il emprunte ici les formes a eu la faiblesse de ceindre la couronne en son vivant, Jésus s'enfuit pour éviter que, hors de Judée, les goym pleins de bestialité ne le confondent avec ce roi si peu décoratif.

15. Et Jésus, ayant connu qu'ils devaient venir pour l'enlever et le faire roi, s'enfuit de nouveau sur la Montagne tout seul.

Tout seul? Nullement. Il est toujours suivi des cinq mille, nous en avons la preuve au verset qui vient. Mais en dépit de cette respectable escorte il n'en demeure pas moins seul à partir de six heures du soir, comme le veut l'antique division de la journée juive.

La première heure de la nuit étant venue, les cinq mille disciples cèdent la place aux puissances de Satan et montent dans leur barque pour s'aller poster sur la rive orientale où Jésus les retrouvera le lendemain à l'aube. La solitude ne l'effraie pas et d'ailleurs elle n'est qu'apparente, car il a l'indéfectible compagnie des douze Æons et des vingt-quatre Vieillards qui sont pleins de souvenirs et d'anecdotes (1). Les cinq mille ne peuvent pas le suivre là où il va, et lui-même subit la condition de la forme qu'il a revêtue, il est soumis à Satan pendant les heures de nuit, il est esclave de celui qu'il appellera tout à l'heure le Prince du monde. Ainsi sont les douze apôtres-hommes, à supposer que Cérinthe les sous-entende, ce que la suite donne à croire.

(1) Les vingt-quatre heures de lumière ininterrompue. Cf. *Le Roi des Juifs*, p. 2.

16. Dès que le soir fut venu, ses disciples descendirent à la mer.

17. Et quand ils furent montés dans la barque, ils vinrent de l'autre côté de la mer, vers Capharnaüm. Or les ténèbres s'étaient déjà faites, et Jésus n'était pas venu à eux.

18. Cependant, au souffle d'un grand vent, la mer s'enflait.

19. Après donc qu'ils eurent ramé environ vingt-cinq ou trente stades (1), ils virent Jésus marchant sur la mer, et s'approchant de la barque, et ils eurent peur.

20. Mais il leur dit : « C'est moi, ne craignez point. »

21. C'est pourquoi ils voulurent le prendre dans la barque, et aussitôt la barque se trouva à la terre où ils allaient.

Allant de l'occident, où a eu lieu la Prorogation du monde, à l'orient où se trouve Capharnaüm, ils l'avaient laissé seul parce qu'ils ne pouvaient pas faire autrement. L'abandonnant, ils avaient reculé dans la nuit, comme ils feront au Mont des Oliviers dans l'allégorie de la Fuite des Apôtres. C'est dans leur fonction, leur journée finie, la journée de douze heures, — la C. G. T. n'en veut plus que huit. L'obscurité s'est répandue sur la terre, et toute la nuit s'est passée, pendant laquelle les douze disciples de jour attendent le signal convenu, l'Étoile du matin, celle de Bar-Jehoudda, pour marcher de nouveau à la suite de leur maître. Ils sont sur les eaux, près du bord, il est vrai, mais incapables d'aborder si Jésus ne les tire de là en venant à eux de l'Orient et en mettant le pied dans leur barque. Pourquoi ont-ils eu peur à ce moment ? Parce que leur barque n'est aménagée que pour douze et qu'une personne de la stature de Jésus l'eût fait chavirer immédiatement. Mais Jésus, pour marcher sur les eaux, n'a pas besoin de monter

(1) Les trente jours qui vont des *Poissons* à l'*Agneau* (15 adar-15 nisan).

dans une barque construite de main d'homme. Il a son Arche à lui.

Le premier mouvement de Jésus après avoir prorogé le monde, ce devait être de marcher sur la mer. Une vieille habitude ! Tandis que Pythagore et ses disciples, instruits par les Égyptiens, enseignaient depuis des siècles, dix-sept cents ans avant les Copernic et les Galilée, que la Terre avait deux mouvements, l'un sur son axe, l'autre autour du Soleil, et qu'elle n'était nullement placée au centre de la sphère céleste (1), le Joannès avait, dans l'*Apocalypse* dont on a tiré les deux *Lettres de Pierre*, soutenu qu'elle était comme un radeau tenu en équilibre par la puissance du Verbe.

Ces Juifs qui parlent de Dieu comme s'ils l'avaient fait, qui sont allés au cieux d'où ils ont vu le monde, ont, après une longue inspection, découvert qu'à part les vagues soulevées, l'eau ne bougeait non plus que la terre. Jésus, Parole créatrice, Esprit de Dieu porté sur les eaux (2), et qui arpente quotidiennement l'Océan, peut donc se promener sur la « mer de Galilée » avec aisance.

Mais pour cela il a fallu renverser toute l'*Apocalypse :* la mer devrait avoir disparu depuis 789 ! C'est pour ne pas démentir publiquement Bar-Jehoudda qu'il fait l'expérience sur un lac préalablement baptisé mer par l'Évangéliste en violation des droits de l'eau douce.

Les Synoptisés disposent l'allégorie de façon un peu différente, et mettent en avant Shehimon dit la Pierre

(1) Plutarque, *Vie des hommes illustres*, et Rambosson, *les Astres,* ch. I, § 1.
(2) C'est sa définition dans la *Genèse.*

qui est mort dans la même erreur que son frère le christ, c'est assavoir que le Fils de l'homme supprimerait la mer. Le lendemain de la Prorogation Jésus marche sur les eaux pour aller rejoindre les disciples qui se sont embarqués les premiers. A la vue de ce fantôme, car il n'y a qu'un Esprit capable d'un pareil exploit, — et quel Esprit, celui de la Genèse! — ils sont pris de frayeur.

« Rassurez-vous, leur dit-il, c'est Moi ; n'ayez point de peur. » — Alors Pierre : « Maître, *si c'est toi,* ordonne que j'aille à ta rencontre sur les eaux. » — « Viens, dit Jésus. » Et, descendant de la barque, Pierre marche sur les eaux et va vers lui. Mais à la violence du vent il est effrayé, et comme il commence à s'enfoncer, il crie : « Maître, *sauve-moi!* » Jésus, étendant la main, le saisit et lui dit : « Homme de petite foi, pourquoi as-tu douté ? » Et quand ils sont montés dans la barque, le vent s'apaise. Alors les disciples restés à bord se prosternent devant lui en disant : « Vraiment, tu es le Fils de Dieu. »

En effet, le doute n'est pas permis, et l'évangéliste vient de rendre à l'*Apocalypse* un hommage dont Pierre sent toute la délicatesse. Allons ! il est bien vrai que tout ce qui est de la terre, (Pierre lui-même,) se tient sur la mer grâce au Verbe. Mais le Verbe peut supprimer la mer, et c'est pourquoi dans Cérinthe Shehimon va plus loin encore que dans les Synoptisés, il n'hésite pas à se jeter à l'eau (1), tant était grande sa foi dans la parole de son père, le Joannès Ier!

J'avais d'abord pensé que, spéculant sur une confusion facile entre la mer de Galilée et le lac Asphaltite,

_____

(1) Plus loin, au chapitre XXI, p. 354.

les Évangélistes avaient voulu émerveiller les bonnes d'enfants de la Sabine et les soldats de la troisième légion en leur présentant comme miracles certains phénomènes dont les naturalistes et les géographes, même anciens, donnent ouvertement la raison (1). Mais je suis revenu de cette opinion comme de beaucoup d'autres.

22. Le jour suivant, le peuple, qui se tenait de l'autre côté de la mer (2), observa qu'il n'y avait eu là qu'une seule barque, que Jésus n'était point entré avec ses disciples dans cette barque, mais que ses disciples seuls étaient partis;

23. Cependant, d'autres [barques] (3) vinrent de Tibériade, près du lieu où ils avaient mangé le pain, le Seigneur ayant rendu grâces.

24. Quand le peuple eut vu que Jésus n'était point là, ni ses disciples, il monta lui aussi dans les barques, et vint à Capharnaüm, cherchant Jésus.

Cette allégorie nous permet de fixer un point de topographie important (4), car elle place indiscutablement Kapharnaüm sur la rive orientale du lac, à l'opposite de

(1) Tout le monde sait que dans certaines parties du rivage de la mer Morte l'eau est à ce point chargée de bitume qu'elle repousse les corps malgré eux. La propriété de cette eau a été décrite par tous les voyageurs, et aujourd'hui encore on ne manque pas d'en faire l'expérience.

(2) Le côté Tabor d'où les cinq mille sont partis pour rentrer à Kapharnahum.

(3) On a ajouté le mot barque lorsqu'on eut décidé que Capharnahum serait du même côté, au nord, que Tibériade. Ce mot rend incompréhensible topographiquement cette allégorie déjà si obscure. Car il n'y a aucun moyen d'aller en barque de Tibériade près du Tabor, qui domine le Haram Mégiddo, la plaine où, selon l'*Apocalypse*, le Fils de l'homme devait prononcer le premier Jugement des vivants et des morts en 789.

(4) Pour l'intelligence de cette démonstration, cf. la carte des opérations entre Bar-Jehoudda et Pilatus dans *Le Gogotha*, p. 64.

Tibériade et au-dessous de Bethsaïda Juliade. Sans aucun argument valable, et uniquement parce qu'il plaît à leur imagination que Jésus soit homme et de la Galilée proprement dite, tous les exégètes modernes placent Kapharnaüm sur la rive occidentale, au-dessus de Magdala dont ils font la ville natale de Maria la Magdaléenne. Ils décrivent le bourg, un gros bourg qui dans cette combinaison se trouve sur la route d'Égypte en Syrie, ils y placent un bureau de publicains, et un centurion qui commande la garnison romaine, parce qu'ils trouvent le bureau de publicains dans Mathieu (1) et le centurion dans Luc (2), lequel bureau, à supposer qu'il ait existé, ce qui est douteux, se trouvait sur la rive opposée. Comme il y avait une synagogue à Kapharnaüm, on en montre les ruines à Tell Hum sur la rive occidentale. Rien n'empêcherait, si on le voulait bien, d'y montrer le bureau de publicains et le tombeau du centurion. Je signale cette lacune aux archéologues en mal de fouilles.

25. Et l'ayant trouvé de l'autre côté de la mer, (3) ils lui dirent : « Maître, comment êtes-vous venu ici ? »

26. Jésus leur répondit, et dit : « En vérité, en vérité je vous le dis, vous me cherchez, non parce que vous avez vu les *signes*, mais parce que vous avez mangé des pains et avez été rassasiés ».

La reconnaissance du ventre qu'ils se sont brossé la veille, c'est un comble! Remarquez qu'en leur distribuant les restes des cinq pains, Jésus ne leur a rien donné qu'ils n'eussent déjà en eux-mêmes, il leur a

(1) Mathieu, ix, 9.
(2) Luc, vii, 2.
(3) Le côté Capharnahum où les cinq mille sont rentrés.

donné le change comme toujours. En effet les cinq mille
ans auxquels les pains correspondent étaient dévorés
depuis longtemps lorsque Jésus descend dans cette
Écriture, il s'est abominablement moqué d'eux en leur
en distribuant les restes. Il y a des restes de *Poissons*,
— huit cents et quelques, si l'on admet que Cérinthe compose sous Marc-Aurèle, — mais depuis le 15 nisan 789
il n'y a pas un seul reste du *Verseau* qui pourtant est
le dernier des cinq pains.

XXVII

L'ARCHE D'ALLIANCE

Les disciples se gardent bien de relever ce qu'il y a
de ludificatoire dans cette plaisanterie. Ils se tiennent
pour satisfaits. En revanche ils font les étonnés sur un
autre point.

Pour retourner de l'occident sur la rive orientale du
lac ils sont montés dans une barque, tandis que Jésus
s'est trouvé tout transporté le lendemain matin sans que
personne l'ait vu emprunter ce moyen terre à terre. Et
pourtant il est dit qu'ils l'ont pris dans cette barque
unique et qu'il l'a affermie sur les eaux.

Il n'est pas surprenant que les gens de Kapharnaüm
s'assemblent pour lui demander quelques explications,
quoi qu'ils soient initiés à ce *sèmeion* depuis qu'ils sont
dans le monde avec des yeux pour voir. Jésus répond à
côté comme toujours, car où serait la mystification des
goym si Cérinthe répondait par les *Paroles du Rabbi?*

Répondons pour lui, puisque nous avons l'inappréciable
bonheur de les connaître. La barque de Jésus et la tempête qui s'élève sur la mer de Tibériade, dans les *Évangiles*, proviennent de l'*Apocalypse*. « Alors le Temple
de Dieu s'ouvrit dans le ciel, et l'on vit l'Arche de son
alliance dans son Temple, et il se fit des éclairs, des
voix, un tremblement de terre et une grosse grêle (1). »
Tel est à la lettre le *sèmeion* que Joannès avait promis aux Juifs pour leur entrée dans le *Cycle du Zib*.

Or, il fallait bien en convenir, à l'échéance on n'avait
rien vu de tout cela ; et en fait d'Arche, on n'avait vu
que les barques qui continuaient à fendre, sous l'effort
des bras, les eaux tranquilles du lac de Tibériade. Mais
l'Esprit pouvait décider que Jésus, ayant pris les traits
du christ dans la fable, emprunterait pour passer le lac
une arche spécialement taillée pour lui par Jehoudda
dans le bois léger des similitudes. Comme nous l'a-
vons dit déjà, cette barque séméiologique est la seule
que le Charpentier ait jamais fabriquée, et c'est celle
que monte Jésus le lendemain de la Prorogation. La
barque de Jésus est une invention des Évangélistes en
souvenir de l'*Apocalypse,* et quand ils en attribuent la
construction à Jehoudda, c'est un hommage délicat
qu'ils rendent au fondateur de la secte christienne.

Jésus qui, sous les traits de Bar-Jehoudda, traverse
tout l'Évangile ne peut monter dans une autre barque
que celle de son père selon le monde. Et comme le Fils
de l'homme transfigure non seulement Bar-Jehoudda,
mais la barque elle-même, nous nous permettons de
signaler aux exégètes, voire aux herméneutes, un fait

(1) *Apocalypse,* xi, 19, p. 30 du *Roi des Juifs.*

qui semble leur avoir échappé jusqu'ici : cette barque sans seconde se présente aux disciples de l'*Agneau* dans la même situation que l'Arche d'alliance; elle est sens dessus-dessous, la coque tournée vers le ciel et les bords adhérents à l'eau. Illustres exégètes, et vous, très précieux herméneutes, c'est là une chose que vous ne pouvez nier sans faire tort à l'effet optique de la voûte céleste inclinant vers l'horizon; ce que nous comparons aujourd'hui à une cloche, les Juifs, imitateurs des Égyptiens, le comparaient à une Arche où le Soleil, passager unique, escorté toutefois des douze rameurs de la journée, s'embarquait le matin à l'Orient pour débarquer le soir à l'Occident.

L'Arche est dite le marche-pied de Dieu (1). C'est pourquoi David danse de joie devant elle lorsqu'il l'a enfin recouvrée. Il recouvre en même temps les prophéties inscrites sur les deux tables qu'elle abrite, prophéties captives de la terre jusqu'à ce que Dieu leur donne la volée en lâchant sa colombe.

Il est à craindre qu'emportés par le soin de vos affaires, vous ne vous rappeliez pas très bien dans quelles circonstances Dieu a établi cette Arche. Ce fut quand le patriarche Noé, descendu de la sienne après le déluge, éprouva le besoin d'avoir un *signe* d'alliance et de protection. L'arche de Noé, comme toutes celles que nous construisons, avait la coque dans l'eau et les bords tournés vers le ciel. Dieu, étant donné l'assiette de son Temple, n'a pas pu donner à Noé de *sèmeïon* meilleur que l'Arche céleste qui, la coque en haut et les bords en bas appuyés sur les eaux, vient s'adapter

---

(1) *Paralipomènes*, I, xxviii, 2; *Psaumes*, xcviii, 5, cxxxi, 7; *Lamentations*, ii, 1.

à ceux de l'Arche terrestre et la tient en équilibre parfait. C'est mal connaître Dieu et mal entendre la Genèse que de traduire arche en ciel (1) par arc-en-ciel. L'arc-en-ciel est une petite pièce d'artifice que Dieu ne tire pas assez souvent et qui dure trop peu pour constituer un signe d'alliance éternelle. L'arche en ciel au contraire a toutes les qualités d'un traité que la tempête la plus violente, les tremblements de terre les plus désastreux n'ont jamais pu déchirer, que les nuées les plus épaisses et l'obscurité la plus profonde n'ont jamais pu effacer. C'est donc l'arche du ciel et non un arc-en-ciel que Dieu a établi pour signe.

Que les exégètes et aussi les herméneutes ne veuillent rien entendre quand c'est moi qui parle, je le comprends et ne m'en formalise point! Mais quand c'est le Juif consubstantiel au Père, mon indignation ne connaît pas de bornes.

En effet, ce Juif ne cesse de répéter aux autres Juifs qu'il traduit toujours littéralement et juxtalinéairement la Parole écrite du Père, et cette Parole est telle : « Voici le signe de l'alliance que j'établis pour jamais entre moi et vous, et tous les animaux vivants qui sont avec vous. Je mettrai mon Arche dans les nuées, afin qu'elle soit le signe de l'alliance que j'ai faite avec la Terre. Et lorsque j'aurai couvert le ciel de nuages mon Arche paraîtra dans les nuées... Mon Arche sera donc dans les nuées, et en la voyant je me souviendrai de l'alliance... que j'ai faite avec vous». Lors donc que Le Maistre de Sacy et combien d'autres! traduisent arche par arc, j'éprouve comme un serrement de cœur à la

(1) Genèse, IX, 12-17.

pensée que Dieu aurait limité sa protection à la durée
d'un arc-en-ciel, et ce n'est point le respecter que de lui
supposer une aussi mesquine intention.

S'ils ne veulent point l'écouter, qu'ils écoutent au
moins le Juif qui lui est consubstantiel! Car il n'est pas
douteux que dans son *Apocalypse* celui-ci n'ait eu en
vue l'Arche céleste et non un arc-en-ciel. Si Dieu —
non, laissons Dieu qui est une autorité surannée! — si
le Juif qui lui est consubstantiel avait voulu parler d'un
arc-en-ciel, est-ce que l'Arche révélée à Moïse renfer-
merait la double *table* du testament (1) que complètent
la table contenant les Douze pains constamment pro-
posés à la bénédiction de Dieu, et le Chandelier pla-
nétaire dont les sept branches évoquent les sept jours
de la Genèse (2)?

XXVIII

INCOHÉRENCES, FOURBERIES ET DIVAGATIONS

Poursuivant la démonstration commencée, Jésus met
les christiens juifs en garde contre la vieille théorie du
Royaume terrestre, de la Première résurrection, du Premier jugement, de la nourriture millénaire que l'Eden
leur offrait sans rien faire, de la ville tout en or et
pierreries qui descendait du ciel à l'appel de leur prophète. Voilà ce qu'ils attendent encore de lui, n'étant
point dupes des miracles chiffrés par lesquels Cérinthe

(1) Qu'il ne faut pas confondre, nous l'avons dit déjà, avec les livres
de la Loi. Les deux tables sont le témoignage des destinées d'Israël.
(*Apocalypse*).

(2) *Exode*, xxv, 10-40.

remplace les réalités annoncées par le Joannès. Jésus dit alors :

27. « Travaillez, non pas en vue de la nourriture qui périt, mais de celle qui demeure pour la vie éternelle, et que le Fils de l'homme vous donnera : car Dieu le Père l'a scellée de son sceau. » (1)

28. Ils lui demandèrent : « Que ferons-nous pour travailler aux œuvres de Dieu ? »

29. Jésus répondit et leur dit : « L'œuvre de Dieu, c'est que vous croyiez en celui qu'il a envoyé. »

30. Ils lui repartirent : « Quel *signe* donc faites-vous pour que nous voyions et que nous croyions en vous?

31. Nos pères ont mangé la manne dans le désert, comme il est écrit : Il leur a donné du pain du ciel à manger. »

O comble de l'ingratitude et de l'amnésie ! Voilà neuf mille hommes, sans compter les femmes et les enfants, qui, hier encore, affamés depuis trois jours, mettaient une telle foi en Jésus qu'à la fatigue d'un jeûne extraordinaire ils ajoutent l'ascension d'une montagne abrupte pour avoir à manger de lui ; neuf mille hommes, sans compter les femmes et les enfants, que Jésus a comblés jusqu'au rassasiement avec cinq pains et deux petits poissons ; neuf mille hommes, sans compter les femmes et les enfants, qui ont dans Kana des parents et des amis pour qui Jésus a naguère changé six cruches d'eau en six cruches de vin ! Et ils demandent un *signe* réel ? Et ils demandent à voir un *acte ?* Ils ont encore des miettes de pain et des arêtes de poisson entre les dents, et ils ne croient pas ! Qu'est-ce qu'il leur faut donc ?

(1) Voire de sept sceaux dans l'*Apocalypse*, mais ici il s'agit de la croix. Cf. *Le Roi des Juifs*, p. 88.

Ce qu'il leur faudrait à côté de ces similitudes, de ces parodies où le cerveau de l'Evangéliste s'exténue, ce serait un fait quelconque dans lequel Jésus aurait donné *signe de vie*. De ces signes-là Jésus n'en donne que sur le papier.

Moïse en avait fourni de visibles, de comestibles même : la manne au désert, par exemple. Mais lui, il en est réduit aux fumées alimentaires de l'homélie !

32. Jésus leur dit donc : « En vérité, en vérité je vous le dis, Moïse ne vous a point donné le pain du ciel, mais c'est mon Père qui vous donne le vrai pain du ciel.

33. Car le pain de Dieu est celui qui descend du ciel, et donne la vie au monde. » (1)

34. Ils lui dirent donc : « Seigneur, donnez-nous toujours ce pain. »

35. Et Jésus leur dit : « C'est moi qui suis le pain de vie : qui vient à moi n'aura pas faim, et qui croit en moi n'aura jamais soif.

36. Mais je vous l'ai dit (2), vous m'avez *vu* et vous ne croyez point.

37. Tout ce que me donne mon Père viendra à moi, et celui qui vient à moi, je ne le rejetterai pas dehors :

38. Parce que je suis descendu du ciel, non pour faire ma volonté, mais la volonté de celui qui m'a envoyé.

39. Or c'est la volonté de mon Père qui m'a envoyé, que de tout ce qu'il m'a donné, rien ne se perde, mais que *je le ressuscite au dernier jour*.

40. C'est la volonté de mon Père qui m'a envoyé, que quiconque voit le Fils et croit en lui ait la vie éternelle, et moi *je le ressusciterai au dernier jour*. »

---

(1) La chaleur et la lumière en qui est la vie du monde. Cf. la *défi-nition du Verbe*, p. 16.

(2) C'est en effet la répétition de ce qui a été dit à la Samaritaine.

41. Cependant les Juifs murmuraient contre lui, parce qu'il avait dit : « Moi je suis le pain vivant qui suis descendu du ciel. »

42. Et ils disaient : « N'est-ce pas là Jésus, *le fils de Joseph*, dont nous connaissons le père et la mère ? Comment donc dit-il : « Je suis descendu du ciel ? »

43. Mais Jésus répondit et leur dit : « Ne murmurez point entre vous.

44. Nul ne peut venir à moi, si le Père qui m'a envoyé ne l'attire ; et moi *je le ressusciterai au dernier jour.* »

« Je suis le Pain descendu du ciel », c'est la vérité même. La manne de lumière est dans l'Arche (1) et il descend de l'Arche.

La logophanie sur laquelle roule toute cette scène ne saurait en imposer aux Juifs, tous connaissent et le nom réel de l'individu dans lequel opère Jésus et le nom réel de Joseph de Nazireth et le nom réel de Maria Magdaléenne. L'objection qu'ils font sert l'allégorie, mais ils ne sont point dupes. Joannès le leur a dit tout à l'heure l'Aïn de Salomon (2) : « Celui qui est de la terre est de la terre, celui qui vient du ciel est du ciel. » Le premier, c'est Bar-Jehoudda ; le second, c'est Jésus, et il est loin d'approuver l'homme dans lequel il est.

Par trois fois il se prononce formellement contre l'Apocalypse de la Première résurrection et du Premier jugement, il n'y aura résurrection qu'au dernier jour, c'est-à-dire à la consommation totale de l'Œuvre de Dieu. Point de première résurrection à la suite d'un premier jugement, comme avait dit le christ. Ce n'est

(1) *Exode*, xvi, 36. Ainsi que les deux tables du testament, *Deutéro-nome*, x, 2, et *Rois III*, viii, 6.
(2) Voir à la page 102.

pas le Jésus de Cérinthe qui parle ici, c'est un autre, et antimillénariste. Le Jésus de Cérinthe, c'est celui qui tout à l'heure va dire à Thamar, sœur du christ et femme d'Eléazar-bar-Jaïr : « Ce n'est pas au dernier jour que je te ressusciterai ton mari, c'est aux *Anes* de 789, conformément à la doctrine de ton frère ; il sera de la Première résurrection et exonéré du Second jugement. Et pour t'en donner la preuve de ton vivant même, où est-il que je te le ressuscite après trois jours ? » Et il le ressuscitera par provision dès les *Poissons* de 788.

45. Il est écrit dans les prophètes : Ils seront tous enseignés de Dieu. Quiconque a entendu la voix du Père et a appris, vient à moi.

46. Non que personne ait vu le Père, si ce n'est celui qui est de Dieu (1) : car celui-là a vu le Père.

47. En vérité, en vérité je vous le dis : Qui croit en moi a la vie éternelle.

48. C'est moi qui suis le pain de la vie.

49. Vos pères ont mangé la manne dans le désert, et sont morts.

50. Voici le pain qui descend du ciel, afin que si quelqu'un en mange, il ne meure point.

51. Je suis le pain vivant, moi qui suis descendu du ciel.

Entendu, c'est le soleil qui est le pain de vie, et non la manne : elle n'en était même pas la mie, tous ceux qui en ont mangé sont morts. Il le dira tout à l'heure à Thamar et dans les mêmes termes : « Celui qui croit en moi a la vie éternelle. » Par conséquent, l'Eden fût-il revenu, comme on avait dit, qu'il se serait corrompu de

_____

(1) C'est-à-dire le Verbe, son Fils de toute éternité.

nouveau et que le Temps en aurait eu encore une fois raison. Le christ est mort comme son père et sa mère, ses frères et ses sœurs. Ceci ne fait point l'affaire de l'Église depuis que, par la pâque introduite dans les Synoptisés, le corps et le sang du crucifié sont devenus le pain résurrecteur. Fort heureusement Valentin qui parle ici (1) a subi le sort commun, il est mort; il n'a pas légué son corps aux Juifs, mais son texte est tombé dans le domaine ecclésiastique. On peut donc l'entrelarder de quelques fortes pensées sur les propriétés de la mystification eucharistique. Oyez.

52. Si quelqu'un mange de ce pain, il vivra éternellement; et le pain que je donnerai, c'est *ma chair* pour la vie du monde. »

53. Les Juifs donc disputaient entre eux, disant : « Comment celui-ci peut-il nous donner sa chair à manger? »

54. Et Jésus leur dit: « En vérité. en vérité je vous le dis : Si vous ne mangez la chair du fils de l'homme, et ne buvez son sang, vous n'aurez point la vie en vous.

55. Qui mange ma chair et boit mon sang a la vie éterternelle : et moi *je le ressusciterai au dernier jour.*

56. Car ma chair est vraiment nourriture, et mon sang est vraiment breuvage.

57. Qui mange ma chair et boit mon sang demeure en moi, et moi en lui.

58. Comme mon Père qui est vivant m'a envoyé, et que moi je vis par mon Père, ainsi celui qui me mange vivra aussi par moi.

59. Voici le pain qui est descendu du ciel. Ce n'est pas comme vos pères, qui ont mangé la manne et sont morts. Celui qui mangera ce pain vivra éternellement. »

(1) Le propos, nettement antimillénariste, ne saurait être de Cérinthe.

60. Il dit ces choses, enseignant dans la synagogue, à Capharnaüm.

Ce sont de perpétuelles répétitions, on divague à perte de vue et dans un tel désarroi qu'on introduit toutes ces inepties dans un Évangile où le christ est en croix avant la pâque, et où par conséquent Jésus n'institue pas d'Eucharistie !

61. Mais beaucoup de ses disciples, l'ayant entendu, dirent : « Ces paroles sont dures, et qui peut les écouter ? »

62. Or Jésus sachant en lui-même que ses disciples en murmuraient, (1) leur dit : « Cela vous scandalise ?

63. Et si vous voyiez le Fils de l'homme montant où il était auparavant ? (2)

64. C'est l'esprit qui vivifie ; la chair ne sert de rien : or les paroles que je vous ai dites, sont esprit et vie.

65. Mais il en est parmi vous quelques-uns qui ne croient point. Car Jésus savait, *dès le commencement*, qui étaient ceux qui ne croyaient pas, (3) et lequel devait le livrer (4).

66. Et il disait : « C'est pourquoi je vous ai dit que nul ne peut venir à moi, s'il ne lui est donné par mon Père. »

67. Dès lors, beaucoup de ses disciples se retirèrent et ils n'allaient plus avec lui.

C'est incontestablement ce qu'ils auraient fait si le

(1) En sa qualité de Verbe Jésus sait tout d'avance, surtout quand les hommes l'en instruisent. On lui apprend ici que les disciples de Jehoudda, Naziréens, Ebionites, Jesséens, ne veulent pas céder à l'imposture eucharistique et restent sur leurs positions millénaristes.

(2) Nous avons expliqué déjà que rien n'eût désobligé davantage des gens qui, pour commencer, espéraient vivre mille ans avec le christ.

(3) Jehoudda Is-Kérioth était de ceux-là, par conséquent il n'était pas disciple de Jehoudda et ne croyait pas que le fils du Rabbi fût le christ. Il n'était pas le seul.

(4) *Paradóson auton, le remettre aux mains* de ceux qui l'ont ensuite livré aux Romains. C'est tromper les hommes que de traduire *paradidômi* par *trahir*.

christ avait affiché un pareil programme. Non seulement il ignorait qui devait l'arrêter, mais il leur avait
annoncé la victoire pour ainsi dire sans combat. S'il en
eût été autrement, il n'aurait même pas pu compter sur
sa mère et ses frères, car où est le Royaume des Juifs
dans tout cela ?

Jésus se tourne donc vers les Douze qui simulent sa
compagnie terrestre ; ils sont toujours avec lui, quoique
Cérinthe ne nous les ait pas présentés nominalement.
Le crucifié est au premier rang, Jehoudda Is-Kérioth
est présent aussi, tenant à la main les courroies qu'il
avait à Lydda pour le conduire à Jérusalem.

68. Jésus donc dit aux douze : « Et vous, voulez-vous aussi
vous en aller ? »

69. Mais Simon-Pierre lui répondit : « Seigneur, à qui
irions-nous ? Vous avez des paroles de vie éternelle.

70. Pour nous, nous avons cru, et nous avons connu que
vous êtes [le christ], le Fils de Dieu (1).

71. Jésus leur répondit : « N'est-ce pas moi qui vous ai
choisis tous les douze ? (2) Cependant l'un de vous est un
démon. »

72. Il parlait de Judas Iscariote, fils de Simon : car c'était
lui qui devait le livrer, *quoiqu'il fût un des douze* (3).

Is-Kérioth était un démon, mais le christ en était un
autre, il était le premier et le pire des sept démons que
Jésus avait extraits des davidiques entrailles de Sa-

(1) *Le christ* est une interpolation qu'explique la fourberie ecclésiastique dont Jésus est victime en tant que Verbe.
(2) Dans les Synoptisés, oui. Dans cet Évangile, non. Cérinthe vient
de le dire : Is-Kérioth est un de ceux qui, depuis le commencement, ne
croyaient pas.
(3) Addition certaine. Cérinthe vient de dire qu'il n'était même pas
disciple de Jehoudda.

lomé. Quant à Is-Kérioth, s'il devait arrêter Bar-Jehoudda, ce n'est pas quoiqu'il fût un des douze, c'est parce qu'il est un des douze, il est engagé pour cela. C'est l'Æon contre-christ.

On ne peut douter que cette scène ne soit ajoutée. Le Joannès va nous dire lui-même, cent cinquante ans au moins après sa mort, qu'il ignorait qui le livrerait.

XXIX

CHAPITRE VII. — L'ÉQUIPÉE DES TABERNACLES DE 787

L'allégorie qui suit est de celles qui ont un fondement historique, et nous l'avons déjà étudiée à ce point de vue (1). Les Synoptisés ont supprimé l'équipée du christ à la Fête des Tabernacles, mais nous en avons un aperçu dans les *Actes des Apôtres*. C'est à cette fête qu'il fut mis en prison pour la seconde fois avec tous ses frères.

1. Après cela, Jésus parcourait la Galilée : car il ne voulait point parcourir la Judée, parce que les Juifs cherchaient à le faire mourir.

2. Or approchait la fête des Juifs, la Scénopégie (2).

3. Ses frères donc lui dirent : « Pars d'ici et va en Judée, afin que tes disciples voient, eux aussi, les œuvres que tu fais.

4. Car personne n'agit en secret, lorsqu'il cherche lui-même à paraître en public : puisque tu fais de telles choses, manifeste-toi au monde.

(1) Cf. *Le Roi des Juifs*, p. 209.
(2) C'est le nom grec.

5. [Car ses frères mêmes ne croyaient pas en lui] (1).

6. Mais Jésus leur dit : « Mon temps n'est pas encore venu, mais votre temps est toujours prêt. »

7. Le monde ne peut pas vous haïr : pour moi, il me hait, parce que je rends de lui ce témoignage que ses œuvres sont mauvaises.

8. Allez, vous, à cette fête : pour moi je n'y vais point, parce que mon temps n'est pas encore accompli. »

9. Ce qu'ayant dit, il demeura en Galilée.

10. Mais lorsque ses frères furent partis, il alla aussi lui-même à la fête, non publiquement, mais comme en cachette.

11. Les Juifs donc le cherchaient pendant la fête et disaient : « Où est-il ? »

12. Et il y avait une grande rumeur dans le peuple à son sujet. Les uns disaient : « En effet, c'est un homme de bien » ; mais d'autres disaient : « Non, car il trompe le peuple. » (2)

13. Cependant personne ne parlait de lui ouvertement par crainte des Juifs.

Dédoublé par l'allégorie, Jésus est homme de bien comme Verbe, mais imposteur comme christ. Il y eut une grande rumeur dans le peuple en 787 au sujet de Bar-Jehoudda ; mais personne n'ayant connu Jésus, personne n'en a parlé, cela fait compensation. Jésus enveloppe son Joannès d'un silence prudent, c'est le seul moyen qu'il ait de prendre un peu sa défense devant la postérité.

Cependant, vers le milieu de la fête, c'est-à-dire après

---

(1) On veut dire qu'ils ne croyaient pas que le christ dût mourir et ressusciter. Et plus loin, au chapitre xx, on confesse que les chrétiens n'avaient pas encore trouvé dans les Écritures, (les *Psaumes*), le passage qu'on lui a appliqué un siècle après la chute de Jérusalem.

(2) *Plana ton ochlon*, il l'égare par des tromperies, c'est un imposteur.

le troisième jour, il se ravise, monte au Temple et y enseigne, sans aucune crainte des Juifs qui voulaient faire mourir Bar-Jehoudda au verset 1.

14. Or, vers le milieu de la fête, Jésus monta au Temple, et il enseignait.

15. Et les Juifs s'étonnaient, disant : « Comment celui-ci sait-il les Ecritures, puisqu'il ne les a point apprises ? »

Elles sont de lui, il n'a pas eu besoin de les apprendre, comme les sept démons qu'il a extraits de Salomé. Le Temple étant le lieu de ses pieds, il y enseigne librement devant ceux qui, se croyant encore en 787, s'étaient promis de l'arrêter pour le tuer. Mais personne ne l'arrête, et personne ne le tue. Nous sommes bien certain, étant donné sa constitution, qu'il ne lui arrivera rien de ce qui est arrivé à Bar-Jehoudda.

16. Jésus leur répondit et dit : « Ma doctrine n'est pas de moi, mais de celui qui m'a envoyé.

17. Si quelqu'un veut faire sa volonté, il connaîtra, touchant ma doctrine, si elle est de lui ou si je parle moi-même.

18. *Celui qui parle de lui-même cherche sa propre gloire ;* (1) mais qui cherche la gloire de celui qui l'a envoyé, celui-là est vrai, et il n'y a point d'injustice en lui.

19. Moïse ne vous a-t-il pas donné la Loi ? Cependant nul de vous ne pratique la Loi (2).

20. Pourquoi cherchez-vous à me faire mourir ? » Le peuple répondit et dit : « Tu es possédé du démon ; qui cherche à te faire mourir ? »

21. Jésus répliqua et leur dit : « J'ai fait une seule *œuvre*, et vous êtes tous étonnés. »

(1) Ainsi avait fait l'auteur de l'*Apocalypse*.
(2) En effet, ils paient tribut et font serment à l'Empereur, plus étroitement encore que du temps de Bar-Jehoudda.

Il veut parler de la guérison du paralytique un jour de sabbat. Les Noces de Kana, la Prorogation du monde et la traversée dans l'Arche sont des choses bien plus étonnantes, mais comme ces *signes* furent extra-urbains, Jésus ne se les rappelle pas. Et d'ailleurs la Loi n'y était point offensée, ce ne sont pas des motifs de condamnation à marquer dans une sentence. Il n'en est pas de même de la guérison du paralytique un jour de sabbat. De ses cinq *sèmeia* (1), celui-là est le seul qui tombe sous le coup de la Loi, et c'est pourquoi il le rappelle comme si véritablement le christ avait été condamné pour de tels motifs.

De leur côté, les Juifs lui rendent l'éminent service d'oublier qu'à l'une des pâques précédentes il a dispersé les vendeurs d'animaux et les changeurs, sans lesquels la célébration de cette fête est impossible. C'est une preuve que cette similitude ne se plaçait point au début de l'écrit de Cérinthe mais à la fin, comme dans les Synoptisés.

22. Cependant Moïse vous a donné la circoncision (bien qu'elle ne soit pas de Moïse, mais des patriarches) ; et vous circoncisez le jour du sabbat.

23. Or, si un homme reçoit la circoncision le jour du sabbat, afin que la loi de Moïse ne soit point violée, comment vous indignez-vous contre moi, parce que j'ai rendu un homme sain tout entier un jour de sabbat ?

24. Ne jugez point sur l'apparence, mais rendez un juste jugement.

25. Quelques-uns de Jérusalem disaient donc : « N'est-ce pas là celui qu'ils cherchent à faire mourir ?

26. Et voilà qu'il parle publiquement, et ils ne lui disent

(1) En y comprenant la guérison de l'officier de Kana.

rien! Les chefs *du peuple* auraient-ils réellement reconnu que c'est lui qui est le christ?

27. Cependant, pour celui-ci, *nous savons d'où il est ; mais quand le christ viendra, personne ne saura d'où il est.*

Oh! oh! mais voici de l'abominable hérésie! Le Juif qui fut christ en son vivant n'aurait-il pas été considéré par l'unanimité de ses contemporains comme étant consubstantiel au Père? Les gens de Kapharnahum vous ont dit qu'ils connaissaient son père, sa mère et toute sa famille, laquelle vient de la terre, c'est-à-dire d'une chose qui est sous l'empire de Satan. En voici d'autres, ceux de Jérusalem, qui savent aussi d'où il est, c'est-à-dire de Gamala. Tous, selon Mathieu, reconnaissent (même Hérode!) que le christ doit naître dans la maison de David, et c'était l'opinion de celui qui a été crucifié ainsi que celle de toute sa famille. Mais quoi! voilà un scribe qui fait dire à certains Juifs cette énormité que, lorsque viendra le christ, personne ne saura d'où il est! Le crucifié n'est donc qu'un vulgaire imposteur dont le corps gît à Machéron? Mais c'est épouvantable! Voyons, exégètes, vous qui croyez à l'existence en chair de Jésus, libérez vos concitoyens de cette affreuse supposition! Ou bien expliquez-leur pourquoi des Juifs qui sont en même temps christiens refusent de s'incliner devant les titres dynastiques que Bar-Jehoudda invoquait dans son *Apocalypse !*

Car enfin ces Juifs tiennent qu'Ananias était christ sans avoir de sang royal dans les veines, et qu'il avait le droit de remettre leurs péchés à ses coreligionnaires de Damas sans que les frères de Bar-Jehoudda eussent celui de lui couper la gorge ; ils tiennent qu'Apollos

l'alexandrin était christ sans que personne eût à lui demander d'où il venait, et qu'il avait le droit de baptiser
du même baptême que Bar-Jehoudda parmi les Juifs
hellènes. Avec Jehoudda Is-Kérioth ils professent que
le christ est encore à venir et qu'il peut tout aussi bien
naître, s'il plait à Dieu, parmi les tribus dont ils sont,
que dans celle de Juda exclusivement ; ils jugent que la
prétention des fils de Jehoudda fut intolérable aux autres
tribus et attentatoire à la liberté de Dieu. Avec tous
les membres du Sanhédrin ils estiment que le christ
de 787 a été un peu vif en donnant à ses frères l'ordre
d'assassiner Ananias et Zaphira ; ils pensent que Shehimon a peut-être interprété la loi de gheoullah trop à la
lettre en fouillant d'une sique curieuse les entrailles d'Is-
Kérioth, quoique celui-ci s'y fût exposé la veille, car il
n'est pas de geste plus désobligeant que d'arrêter un
prétendant en fuite ; ils ont le mauvais goût de croire
que le même Shehimon s'est exagéré son privilège de
baptiseur en second, lorsqu'il a cherché à supprimer par
la force la concurrence d'Apollos dans Ephèse et autres
lieux. Voilà des choses sur lesquelles on serait heureux
d'avoir l'opinion, fût-elle discordante, du Saint-Siège.
On voudrait savoir aussi pourquoi Jésus connait si mal
ses Ecritures, qu'il ignore l'origine de la circoncision et
qu'il l'attribue à l'ensemble des patriarches, —les douze,
je suppose ? Nous autres, gens d'en bas, nous trouvons
dans la *Genèse* qu'elle est un don du seul Abraham, âgé
de quatre-vingt-dix-neuf ans. Serions-nous dupes de
quelque mystification ?

28. Ainsi Jésus parlait à haute voix dans le Temple, enseignant et disant : « Et vous savez qui je suis, et vous savez

d'où je suis, et je ne suis point venu de moi-même ; mais il est Vrai, celui qui m'a envoyé, et que vous ne connaissez point.

29. Moi je le connais, parce que je suis de lui, et que c'est lui qui m'a envoyé. »

30. Ils cherchaient donc à le prendre ; mais personne ne mit la main sur lui, parce que *son heure* n'était pas encore venue (1).

31. Mais beaucoup d'entre le peuple crurent en lui, et ils disaient : « Le christ, *quand il viendra*, fera-t-il plus de *signes* que celui-ci n'en fait ?

« Quand il viendra ? » Il n'est donc pas venu?

L'Église se rappelle au bon moment que Jésus fait des *sèmeia* tels qu'en effet le Fils de l'homme, quand il viendra, n'en fera guère de plus grands, quoiqu'avec un peu d'imagination il ne soit pas difficile de l'emporter sur Cérinthe. En tout cas, ils n'ont pas beaucoup frappé Jésus, qui disait il n'y a qu'un instant : « J'ai fait une seule œuvre et vous voilà tous étonnés ! »

32. Les pharisiens entendirent le peuple murmurant ainsi à son sujet ; et les princes des prêtres et les pharisiens envoyèrent des agents pour le prendre.

33. Jésus leur dit : « Je suis encore un peu de temps avec vous; et je m'en vais à celui qui m'a envoyé.

34. Vous me chercherez et ne me trouverez pas ; et où je suis, vous ne pouvez venir. »

35. Les Juifs dirent entre eux : « Où doit donc aller celui-ci, que nous ne le trouverons point? Doit-il aller dans la *dispersion des gentils* (1) et enseigner les gentils ?

(1) Certes Jésus n'a jamais été arrêté ni crucifié; mais le Joannès a été l'un et l'autre, et tout à l'heure Cérinthe nous a dit qu'il avait été mis en prison. Ce fut dans cette circonstance.

(1) Nous trouvons, — c'est la jalousie qui nous fait parler, nous

36. Quelle est cette parole qu'il a dite : « Vous me chercherez et ne me trouverez point : et où je suis vous ne
pouvez venir ? »

Evidemment il n'entend point ici parler de Machéron
où les Juifs du quatrième siècle ont bien su le trouver.
Les Juifs qui se font cette demande sont des Naziréens,
des Ebionites, des Jesséens, gardiens implacables de la
doctrine de Jehoudda si nettement formulée par Jésus
dans les Synoptisés : « N'allez pas chez les Gentils ! »
L'Evangéliste les met en scène en un temps où leur dispersion à travers les goym est un fait accompli depuis
Hadrien, mais il exprime parfaitement les sentiments
qu'ils avaient au temps du Rabbi. S'il est un endroit
où ils sont sûrs de ne pas le trouver, c'est l'endroit où
il y a des goym. Aussi feignent-ils de ne pas comprendre, et ils cherchent autre chose.

37. Le dernier jour de la fête, qui est le plus solennel,
Jésus se tenait debout et s'écriait, en disant : « Si quelqu'un
a soif, qu'il vienne à moi, et qu'il boive ! (1)
38. Celui qui croit en moi, comme dit l'Écriture, des
fleuves d'eau vive couleront de son sein. »
39. Il disait cela de l'Esprit que devaient recevoir ceux
qui croyaient en lui : car l'Esprit n'avait pas encore été
donné, *parce que Jésus n'était pas encore glorifié.*

Vous comprenez? C'est un tout autre Esprit qu'attendaient les contemporains du Rabbi, c'est l'Esprit de

l'avouons sans détour, — nous trouvons que l'Église possède un peu
trop d'Esprit-Saint lorsqu'elle traduit « *dispersion des Gentils,* par na-
tions dispersées. » Car ce que l'Évangéliste veut dire, c'est proprement
« la dispersion des Juifs parmi les goym. » Ainsi l'entendent l'auteur
de la *Première lettre de Pierre,* 1, 1, et celui de la *lettre de Jacques,* 1, 1.
(1) Nous connaissons cette antienne depuis l'allégorie du puits de
Jacob et l'homélie qui suit la Prorogation du monde.

feu qui anime son *Apocalypse* et dont il devait être baptisé le 15 nisan 789. Mais depuis que ce Juif a été glorifié, c'est-à-dire depuis qu'il a été assumé au ciel d'où il revient ici sous les espèces de Jésus, l'Esprit n'est plus le même. Ce n'est plus dans le feu qu'est l'Esprit, c'est dans l'eau du baptême. Millénariste à Kana, sur le Tabor, dans son Arche, Jésus est de plus en plus contre l'*Apocalypse*. Il ne détruira pas le monde païen pour être agréable à Jehoudda et à sa famille, voilà l'Esprit nouveau. Le Rabbi n'ayant guère été « glorifié » que sous Trajan ou sous Hadrien, cet Esprit n'a pu être donné qu'après cette formalité et la dispersion des Juifs à travers les nations. Les grandes épreuves instruisent.

Jésus a fait la *similitude* de Kana pour contenter les millénaristes, mais à cette fête il les condamne. Kana, c'est l'expédient; la Scénopégie, c'est la leçon. Il n'a pas versé de son vin; reste l'eau de la rémission, elle peut rapporter plus que n'aurait donné la Vigne. Et déjà il a remplacé la Vigne qui enivre sans nourrir par le figuier de Nathana-El qui nourrit sans enivrer. Le maître de l'Arche en est réduit à naviguer sur le lac de Génézareth. Ah! que l'Esprit a changé!

40. Parmi donc cette multitude qui avait entendu ces paroles, les uns disaient : « Celui-ci est vraiment le Prophète (1).

41. D'autres disaient : « Celui-ci est le christ (2). Mais

(1) Le prophète né pour annoncer le Renouvellement du monde. C'est en effet le cas du Joannès.

(2) Oint non seulement pour prophétiser le Renouvellement, mais pour y présider. Joannès est le christ, disaient tous les disciples de son père.

On confie aux Juifs de Jérusalem le soin de reporter sur Jésus tous

quelques-uns disaient : « Est-ce de la Galilée que vient le
christ ?

42. L'Écriture ne dit-elle pas que c'est de la race de David
et du bourg de Bethléem, où était David, que vient le
christ ? »

43. Il s'éleva donc une dissension dans le peuple à cause
de lui.

Cette dissension est une invention de l'Évangéliste.
Quoique né à Gamala, Bar-Jehoudda était dans les conditions requises ; il était de David et par son père et
par sa mère. Mais l'Évangéliste a bien compris que
s'il mettait les Juifs d'accord sur ce point-là, c'était
l'identité prouvée du christ et de l'imposteur condamné
par le Sanhédrin et par l'histoire. Comme, sous le nom
de Joannès, le héros de Cérinthe n'est plus de la maison
de David et que, sous celui de Jésus, il n'est plus rien de
ce qu'il a été en son vivant, ni ennemi des Hérodes, ni
réfractaire au tribut, ni prétendant, les Juifs lui con-
testent tous les titres dont il faisait état dans son *Apocalypse*. C'est par prudence qu'on ne tient aucun
compte de ses généalogies paternelle et maternelle, qui
pourtant étaient dans les *Paroles du Rabbi* où les
autres évangélistes les ont prises.

Mais Joannès a eu beau dire, en démissionnant :
« Je ne suis pas Élie, je ne suis pas le christ, je ne suis
pas le prophète, » voici des gens qui lui restituent ses
origines. Tous connaissent son père et sa mère, tous
savent qui il est, d'où il est ; tous savent que, s'il est de
Gamala par son père immédiat, il est de Betléhem par son

les titres que le baptiseur a déclinés au prologue où il a dit : « Je
ne suis point le prophète, je ne suis point le christ. » Ces titres, on
les restitue à son revenant.

ancêtre David. Jésus lui-même nous dit dans Mathieu :
« Il n'y eut jamais prophète plus grand que Joannès »,
et on lit dans le prologue de Luc que Joannès était de
David (1) et oint, donc christ, pour la libération d'Israël.

44. Quelques-uns d'eux voulaient le prendre, mais aucun
d'eux ne mit la main sur lui.

45. Ainsi les agents revinrent vers les pontifes et les pharisiens qui leur demandèrent : « Pourquoi ne l'avez-vous
pas amené? »

46. Les agents répondirent : « Jamais homme n'a parlé
comme cet homme. »

47. Mais les pharisiens leur répliquèrent : « Avez-vous été
égarés, vous aussi?

48. Est-il quelqu'un d'entre les chefs du peuple ou d'entre
les pharisiens, qui ait cru en lui? (2)

49. Mais cette foule, qui ne connait pas la loi, ce sont des
maudits! »

On feint que Bar-Jehoudda était lui-même ignorant
de la Loi, comme la plupart de ceux qui l'ont suivi de
confiance, alors qu'élevé dans l'observation la plus
rigoureuse de toutes ses ordonnances, il était, au contraire, la Loi vivante, l'intraitable *fils de Panthora* (3).
Pour lui ce sont les pharisiens qui étaient des maudits,
et c'est ainsi que Jésus les appelle dans les Synoptisés.

Pourtant son père était des pharisiens, et son oncle
Cléopas, qui habitait Jérusalem, était resté avec eux, à
ce qu'il semble, car Cérinthe le donnera comme n'ayant
participé ni aux desseins ni aux actes de ses neveux, ce

(1) Luc, i, 70.
(2) Pas un; il a été condamné pour trahison, à l'unanimité. Cf. *Le
Roi des Juifs*, p. 297.
(3) Cf. *Le Charpentier*, p. 187.

qui a sauvé Bar-Jehoudda de la fosse commune au Guol-
golta. Il paraît avoir été brave homme et s'être inter-
posé, quand il l'a pu sans péril pour sa sécurité, entre
ses parents de la Gaulanitide et les autorités de Jérusalem. C'est pourquoi Cérinthe le fait intervenir auprès
des magistrats et des pharisiens (hérodiens) dans cette
affaire des Tabernacles où le christ fut arrêté et fouetté
avec ses frères.

50. Nicodème leur dit (c'était celui qui était venu de nuit
à Jésus, et qui était l'un d'entre eux) :

51. « Est-ce que notre loi condamne un homme sans
qu'auparavant on l'ait entendu, et sans qu'on sache ce qu'il
a fait ? »

52. Ils répondirent, et lui dirent : « Est-ce que tu es aussi
Galiléen ? Lis avec soin les Écritures (1), et vois : De la
Galilée prophète ne surgit. »

53. Et ils s'en retournaient chacun en sa maison.

Toutefois ils ne rentrent pas chez eux sans avoir
appuyé le système de Cérinthe : étant donné par lui
comme n'ayant opéré qu'en Bathanée et Judée, le Joannès n'a plus aucune attache avec Gamala, qui est de Gaulanitide, et c'est pourquoi Kapharnahum, qui en est
aussi, a été transporté sur la rive opposée. Les interlocuteurs de Nicodème achèvent de lui enlever tous ses
titres dynastiques et prophétiques. Bien fin celui qui
retrouvera le fils de David par Jehoudda et Salomé, le
Ben-Sotada du *Talmud*, dans le Jésus de Cérinthe! Et
pourtant la vérité est plus forte que ces ruses, car
puisque Jésus est le Verbe, et qu'à l'en croire dans son

_____

(1) Écritures imaginaires, au moins dans le sens qu'on leur donne
ici.

acte d'abdication, Joannès n'est pas le prophète, comment
s'appelle donc le prophète de Galilée dont il est question ici ? Et comment est intitulée sa Révélation ? Tandis
qu'il nous égare sur ces pistes, Cérinthe escamote l'emprisonnement du Joannès dont il a parlé plus haut (1)
et la condamnation au fouet qui s'en est suivie, et il se
prépare à nous cacher sinon la sentence de mort rendue
contre lui et contre Éléazar, — il est, au contraire, le
seul évangéliste qui l'avoue, — du moins les motifs qui
la justifient.

XXX

CHAPITRE VIII. — JÉSUS DANS LA COUR DES FEMMES

Où va Jésus pendant que les habitants de Jérusalem
rentrent dans leurs maisons ? Dans la sienne, dans sa
maison d'Occident ; il les oblige à allumer leurs lampes,
jusqu'à ce qu'il revienne, comme il a obligé les gens de
Kapharnaüm à traverser le lac de Tibériade dans leurs
barques jusqu'à ce qu'il remonte le lendemain dans la
sienne. Comme il n'a pas besoin de barque pour se
trouver le matin au Mont des Oliviers, il y est dès la
pointe du jour, et il pénètre dans le Temple sans
attendre l'ouverture des portes. Il est le seul qui entre
dans le Temple par les fenêtres. Il a passé la nuit tout
seul, les douze l'ont abandonné comme ils le feront un
jour dans les trois *Synoptisés*.

(1) Cf. le présent volume, p. 100.

1. Mais Jésus s'en alla à la montagne des Oliviers ;

2. Et dès le point du jour il revint dans le Temple, et tout le peuple vint à lui ; et, s'étant assis, il les enseignait.

Le prince Saül et les magistrats de Jérusalem ne cherchent pas à l'arrêter pour le faire mourir, comme ils ont fait mourir Jacob junior ; on n'arrête pas Jésus. Au contraire, on est trop heureux quand il s'arrête un peu lui-même, et on s'assemble autour de lui, car c'est de lui que vient toute lumière. Cérinthe vous l'a dit assez dans son prologue.

Jésus enseignait ainsi, parlant dans le Trésor (1), lequel était dans la Cour des femmes où treize troncs, semblables à des pavillons de trompes, tendaient une gueule avide à l'argent des fidèles. On se tient certainement devant la chambre du Naziréat (2) où tous les fils de Jehoudda étaient en quelque sorte chez eux. Quant à lui, il est chez lui, il se tient devant le septième tronc qui, vu son caractère sabbatique, était consacré au sanctuaire.

C'est une chose remarquable que Jésus n'enseigne jamais dans le sanctuaire. Le sanctuaire, c'est le lieu de ses pieds, comme disent les Écritures. Les évangélistes, dans leurs inventions les plus extraordinaires, ne vont jamais contre certains principes. Si Jésus avait parlé dans le sanctuaire même, c'est qu'il serait venu au jour dit par l'*Apocalypse*, et en ce cas il ne serait rien resté du Temple qui n'eût été purifié par le feu et remplacé par le Temple céleste. Même dans ses plus

(1) Voir plus loin. verset 20.

(2) Une des quatre chambres occupant les quatre angles de la Cour des femmes qui formait croix par cette disposition. Elle était au nord-est.

grands *sèmeia* il est toujours le Jésus qui n'est pas venu, qui n'existe que sous les espèces corporelles de son prophète. Aux initiés de comprendre. A eux aussi de comprendre pour quelles raisons le Grand-juge qu'il est choisit la Cour des femmes pour y dresser son tribunal. Car c'est en qualité de Juge des morts qu'il siège dans cette Cour. On a une espèce fort délicate à lui faire trancher, un point de droit qui pèse lourdement sur la mémoire du roi des Juifs.

XXXI

BEN-SOTADA ET SON AIEULE

Pour l'intelligence de cette scène il est indispensable de rappeler que Bar-Jehoudda descendait de David par l'adultère de Bethsabée, femme d'Uri, ainsi qu'il appert de sa Généalogie (1). C'est pour cette raison, vous vous en souvenez, que le Talmud l'appelle à bon droit Ben-Sotada, fils de l'adultère ancestral (2).

3. Cependant les Scribes et les pharisiens lui amenèrent une femme surprise en adultère, et la placèrent au milieu.

4. Puis ils dirent à Jésus : « Maître, cette femme vient d'être surprise en adultère.

5. Or Moïse, dans la loi (3), nous a ordonné de lapider de telles femmes. Toi donc, que dis-tu ? »

6. Or ils disaient cela, le tentant, afin de pouvoir *l'accuser...*

(1) Cf. *Le Charpentier*, t. 1 du *Mensonge chrétien*, p. 51.
(2) Cf. *Le Charpentier*, p. 176.
(3) *Lévitique*, xx, 10, *Deutéronome*, xx, 22, 24.

L'accuser de quoi? Est-ce lui qui introduit cette adultère dans la Cour des femmes? Les coupables sont ceux qui introduisent une telle femme dans une Cour interdite aux plus irréprochables quand elles sont affligées de leur incommodité mensuelle. Au crime de la malheureuse ils ajoutent leur propre sacrilège. Ce n'est pas Jésus qui va être accusé, ce sont eux au contraire qui vont être condamnés. D'où vient donc l'embarras qui se lit sur sa figure? Car il eût préféré, cela est évident, qu'on ne lui amenât point cette adultère.

... Mais Jésus, se baissant, écrivait du doigt sur la terre.

7. Et comme ils continuaient à l'interroger, il se releva et leur dit : « Que celui de vous qui est sans péché jette le premier une pierre contre elle. »

8. Et se baissant de nouveau, il écrivait sur la terre.

9. Mais, entendant cela, ils sortaient l'un après l'autre, à commencer par les vieillards. Et Jésus demeura seul avec la femme, qui était au milieu.

10. Alors Jésus, se relevant, lui dit : « Femme, où sont ceux qui vous accusaient? Personne ne vous a condamnée? »

11. Elle répondit : « Personne, Seigneur. » Et Jésus lui dit : « Ni moi, je ne vous condamnerai pas : allez, et ne péchez plus. »

Cette scène est l'une des plus fortes inventions de Cérinthe. Savez-vous quelle femme on amène à Jésus pour la juger? Bethsabée elle-même, avec laquelle David a consommé l'adultère dont est issu après mille ans Bar-Jehoudda, et à cause de laquelle il a été dit Ben-Sotada. Mais ce n'est pas à Bethsabée que Jésus, souverain Juge des vivants et des morts, remet son péché, c'est à l'individu dont il est le revenant. Verbe d'où est venue la Loi, il ne peut condamner la Loi, elle est de lui ; mais il est antérieur à la Loi, et sans l'abroger, il en suspend l'application en l'espèce. En faisant grâce à Bethsabée, il excuse Bar-Jehoudda d'avoir remis les péchés au nom du Verbe, lui qui était, mais involontairement, sous le coup de la Loi. Inexpiable dans la maison d'un Hérode, l'adultère est excusable dans celle d'un David. Les fils d'Hérode n'avaient pas la grâce, ceux de Jehoudda lient et délient. Du même coup, et c'est le véritable but de cette comparution ancestrale, Jésus raye Ben-Sotada de l'histoire.

Le Rabbi intraitable sur la Loi, consacré à la Loi, kanaïte de la Loi, sicaire de la Loi, disparaît effacé par Jésus. Son affaire est rayée du rôle. D'ailleurs il y a chose jugée à son profit par les anciens. Ont-ils condamné Bethsabée ? Non. Alors de quel droit les modernes lui feraient-ils son procès ? Elle a produit Salomon, et Bar-Jehoudda descend de Salomon par son père. Il est vrai que par sa mère il est un fruit de harem, car David eut beaucoup plus de femmes qu'Hérode, avec cette indéniable supériorité qu'il les avait toutes à la fois ; mais toute l'eau du *Zibdéos* (*Verseau*) a passé sur ces choses. Les vieillards sont partis les premiers, puis les hommes mûrs, puis les jeunes gens ; ils sont morts au fur et à mesure des temps, et comme il ne plaît point à Jésus de les ressusciter, (on ne ressuscite pas ses adversaires), ils ne reviendront pas. Où sont ceux qui accusaient Bethsabée ? Et où est Bethsabée elle-même ? Où sont David et Uri ? Il y a prescription millénaire.

XXXII

OU JÉSUS DONNE SA DÉMISSION DE JUGE

12. Jésus leur parla de nouveau, disant : « C'est moi qui suis la lumière du monde ; qui me suit ne marche pas dans les ténèbres, mais il aura la lumière de la vie. »

13. Alors les pharisiens lui dirent : « C'est toi qui rends témoignage de toi-même ; ton témoignage n'est pas vrai. »

14. Jésus répondit, et leur dit : « Bien que je rende témoignage de moi-même, mon témoignage est vrai ; parce que je sais d'où je viens et où je vais, mais vous, vous ne savez ni d'où je viens ni où je vais.

15. Vous, *vous jugez selon la chair ;* (1) moi je ne juge personne ;

16. Et si je juge, mon jugement est vrai, parce que je ne suis pas seul ; mais moi et mon Père qui m'a envoyé.

17. Or dans votre loi il est écrit que le témoignage de deux hommes est vrai.

18. C'est moi qui rends témoignage de moi-même ; mais il rend aussi témoignage de moi, mon Père qui m'a envoyé.

19. Ils lui disaient donc : « Où est ton Père? » Jésus répondit : « Vous ne connaissez ni moi, ni mon Père : si vous me connaissiez, vous connaîtriez sans doute aussi mon Père. »

20. Jésus dit ces paroles, enseignant dans le Temple, au lieu où est le Trésor ; et personne ne se saisit de lui, parce que son heure n'était pas encore venue.

Sans doute, et il est bien entendu qu'Is-Kérioth n'empoignera pas le roi-prophète avant le 13 nisan,

(1) Et jugeant ainsi ils condamnent l'homme dont Jésus est le revenant.

mais cela ne doit pas nous empêcher de trouver que la demande des Juifs est absolument légitime. Il n'apparaît point que Dieu ait un Fils. Les Juifs aimeraient le lui entendre dire à lui-même. Puisque Jésus invoque son témoignage, où est ce témoin? Philippe ira plus loin tout à l'heure : « Montre-le nous et cela nous suffit. » Le beau, c'est que, grâce au tour de plume, les Juifs ont l'air de ne pas connaitre le Père, alors qu'au contraire ils nient le Fils qui ne peut fournir la moindre preuve de son existence et ne se tire d'affaire que par un misérable sophisme théologique. En outre, la façon dont il juge l'adultère, selon que le crime a été commis par une reine ou par une femme du peuple, ne les encourage guères à croire que ce Fils soit au courant des principes du droit commun. De pareils juges sont révoqués par Dieu, ou condamnés par les cours de justice quand elles font leur devoir. Jésus s'évade en disant qu'il ne juge personne. Alors il est démissionnaire? car tout à l'heure il se disait investi par le Père du droit de juger! Joannès ne déclarait-il pas que le Verbe jugerait les vivants et les morts?

Quel système commode que celui de Jésus! « Avant tout, je fais les volontés de mon Père. Il m'a délégué le jugement, c'est vrai, mais s'il ne me commande pas de juger, je ne juge pas. S'agit-il des Juifs et des païens qui ne croient pas à la consubstantialité de Bar-Jehoudda avec mon Père? Je les condamne d'avance. S'agit-il de l'adultère de sa grande aïeule Bethsabée? Je l'absous, et d'ailleurs il y a prescription. Des crimes pour lesquels Bar-Jehoudda est qualifié de pécheur par les hommes? Je me récuse, mon Père ne me commande pas de juger! »

21. Jésus leur dit encore : « Je m'en vais et vous me chercherez, et vous mourrez dans votre péché. Mais où je vais
vous ne pouvez venir. »

22. Les Juifs disaient donc : « Se tuera-t-il lui-même,
puisqu'il dit : Où je vais vous ne pouvez venir ? »

Le suicide dans un endroit mystérieux, c'est en effet
le seul moyen qu'aurait eu Bar-Jehoudda de s'en aller
sans laisser de témoin de sa déconfiture. Mais en fait
il est parti de tout autre manière, et ceux-là seuls ne
l'ont pas vue qui ne sont pas allés au Guol-golta. Voilà
pour lui. Quant à Jésus, il est bien vrai que les Juifs
ne peuvent pas le suivre là où il va remonter tout à
l'heure. Mais le christ et ses six frères sont dans le
même cas, Jésus ne craint pas de le leur dire à plusieurs
reprises.

23. Il leur disait aussi : « Vous, vous êtes d'en bas, moi
je suis d'en haut. Vous êtes de ce monde, moi je ne suis pas
de ce monde.

24. Je vous ai donc dit que vous mourriez dans vos péchés:
car si vous ne me croyez pas ce que je suis, vous mourrez
dans votre péché. »

25. Ils lui dirent donc: « Qui es-tu? » Jésus leur dit :
« Le principe, moi-même qui vous parle. »

C'est entendu, mon brave, tu plagies Cérinthe, (*In
principio erat Verbum*), lequel Cérinthe plagie le
Joannès, lequel Joannès plagie Hermès. Tu n'es pas de
ce monde, ni ton Royaume non plus, mais il y a environ
deux siècles tu disais tout le contraire à ton prophète.
C'est ce que les Juifs t'objecteraient, s'ils n'étaient pas
disciples de Bar-Jehoudda quant au Royaume.

26. J'ai beaucoup de choses à dire de vous, et à con-

damner en vous ; mais celui qui m'a envoyé est vrai, et moi, ce que j'ai entendu de lui, je le dis au monde. »

27. Et ils ne comprirent pas qu'il disait que Dieu était son son père.

28. Jésus leur dit donc : « *Quand vous aurez élevé le fils de l'homme*, c'est alors que vous connaîtrez ce que je suis (1), et que je ne fais rien de moi-même, mais que je parle comme mon Père m'a enseigné ;

29. Et celui qui m'a envoyé est avec moi, et il ne m'a pas laissé seul, parce que pour moi je fais toujours ce qui lui plaît. »

30. Comme il disait ces choses, beaucoup crurent en lui.

31. Jésus disait donc à ceux des Juifs qui croyaient en lui : « Pour vous, si vous demeurez dans ma parole, vous serez vraiment mes disciples ;

32. Et vous connaîtrez la vérité, et la vérité vous rendra libres. »

33. Ils lui répondirent : « Nous sommes la race d'Abraham, et nous n'avons jamais été esclaves de personne ; comment dis-tu, toi : Vous serez libres ? »

Les Juifs osent tenir un pareil langage devant la lumière du monde ! Quelle ignorance de leur histoire ! Depuis leur arrivée en Palestine leur vie n'a été qu'un esclavage coupé de rares périodes d'indépendance. Esclaves en Égypte, c'est pour rompre leurs chaînes qu'ils ont passé la Mer rouge. Esclaves à Babylone, c'est pour redevenir libres qu'ils ont imploré le clémence de Cyrus. Esclaves de Pompée, esclaves de Varus, esclaves de Vespasien, esclaves de Titus, esclaves d'Hadrien, ils ne sont célèbres que par la succession

(1) Quand vous aurez crucifié le fils de l'homme que je ressuscite à la fin de certains Evangiles, vous saurez qui je suis, vous connaîtrez mon pouvoir.

de leurs servitudes. La *Lettre aux Galates* le leur démontre avec cruauté. Ils ne l'ignorent pas, et celui auquel ils s'adressent l'ignore encore moins, il a éclairé ce spectacle pendant des siècles ! Mais le but de l'Évangéliste est d'amener la question sur un autre terrain que l'histoire, car devant qu'Abraham fût, il était, comme il le dit très bien. Il était même avant Adam, et c'est de la liberté d'avant Adam qu'il va parler.

34. Jésus leur repartit : « En vérité, en vérité, je vous le dis, quiconque commet le péché est esclave du péché :

35. Or l'esclave ne demeure point toujours dans la maison (1) : mais le fils y demeure toujours.

36. Si donc le Fils vous met en liberté, vous serez vraiment libres.

37. Je sais que vous êtes fils d'Abraham ; mais vous cherchez à me faire mourir, parce que ma parole ne prend pas en vous.

38. Pour moi, ce que j'ai vu en mon Père, je le dis ; et vous, ce que vous avez vu en votre père (2) vous le faites.

39. Ils répliquèrent et lui dirent : Notre père est Abraham. Jésus leur dit : « Si vous êtes fils d'Abraham, faites les œuvres d'Abraham.

40. Mais loin de là, vous cherchez à me faire mourir, moi, *homme qui vous ai dit la vérité que j'ai entendue de Dieu* (3) ; c'est ce qu'Abraham n'a pas fait.

41. Vous faites les œuvres de votre père. » Ils lui répli-

(1) Il peut reprendre sa liberté tous les sept ans, aux termes de la loi sabbatique, tandis que le fils, lui, reste toujours dans la famille. Même absent, il est toujours de la maison.

(2) Leur père est le même que celui du christ, c'est Satan par qui le péché (la génération) et conséquemment la mort sont entrés dans le monde.

(3) L'*Apocalypse* toujours ! Mais alors pourquoi Joannès en Bathanée a-t-il dit qu'il n'était pas le prophète ? Jésus ici avalise toutes ses révélations !

quèrent donc : « Nous ne sommes pas nés de la fornication,
(1) *nous n'avons qu'un Père, Dieu.* »

Nous retrouvons ici la théorie de Jehoudda sur la divinité de la race juive : « N'appelez personne sur la
terre votre père et votre Maître, car vous n'avez qu'un
Père qui est au ciel et vous êtes tous frères. » Les Juifs
se l'approprient, et cela flatte Jésus, puisqu'il l'a révélée
à Jehoudda et à son fils. Ils se disent antérieurs à
Abraham, quoi qu'ils l'appellent leur père, mais cet
Abraham n'est que leur père politique, leur père civil :
leur père originel, c'est Dieu, père du Verbe. Abraham
n'a pas révélé aux Juifs leur substance divine, c'est une
lacune dans son enseignement. Au contraire, les deux
Joannès de la famille de David, Jehoudda et Bar-
Jehoudda, ont laissé l'*Apocalypse* qui est la genèse
préadamique et par conséquent préabrahamique des
Juifs ; la parole de ces deux hommes est celle du Verbe
lui-même, elle est donc antérieure et supérieure à la
promesse politique d'Abraham. Abraham ne leur a
promis que Canaan ; le prophète du Royaume d'Israël
leur a promis la Terre. Voilà pourquoi, malgré ses
crimes, ils ont eu tort de le faire mourir, et comment,
malgré l'adultère de David et de Bethsabée, ils ont eu
tort de le traiter de Ben-Sotada. Comprenne qui pourra
comment il se fait que pour Jésus tous les Juifs aient
Satan pour père, et que pour l'Église Bar-Jehoudda,
fils adultérin de Bethsabée, soit fils légitime de Dieu !

42. Mais Jésus leur repartit : « Si Dieu était votre Père,
certes vous m'aimeriez : car c'est de Dieu que je suis sorti

_____

(1) Ils sont avant Adam qui n'est que du sixième jour.

et que je suis venu ; ainsi je ne suis point venu de moi-même, mais c'est lui qui m'a envoyé.

43. Pourquoi ne connaissez-vous point mon langage? Parce que vous ne pouvez pas écouter ma parole.

44. Vous avez le Diable pour père, et vous voulez accomplir les désirs de votre père. Il a été *homicide dès le commencement*, et il n'est pas demeuré dans la vérité, parce qu'il n'y a pas de vérité en lui ; lorsqu'il parle mensonge, il parle de son propre fonds, parce qu'il est Menteur et le Père du mensonge.

C'est la définition de l'Ancien Serpent, promoteur de la génération, par opposition au Verbe de la vérité. Et cette vérité, c'est la non-œuvre de chair. Le Diable a été homicide dès le principe : Adam et Ève sont morts de lui, ils seraient encore dans l'Éden s'ils ne l'avaient pas écouté !

45. Pour moi, si je dis la vérité, vous ne me croyez point.

46. Qui de vous me convaincra de péché? Si je vous dis la vérité, pourquoi ne me croyez-vous point?

47. Celui qui est de Dieu écoute les paroles de Dieu. Et si vous ne les écoutez point, c'est parce que vous n'êtes point de Dieu.

48. Mais les Juifs répondirent et lui dirent : « Ne disons-nous pas avec raison que tu es un Samaritain, et qu'un démon est en toi? »

On se rappelle en effet que le prétendant était, comme son père surnommé Baal-Zib-Baal, accusé d'avoir le démon ; qu'il avait, après avoir aidé les Arabes à envahir la Pérée, essayé de lancer les Samaritains contre le Temple, et qu'il était dit le Samaritain pour avoir été battu en Samarie, peut-être même parce qu'on savait qu'il y avait été enterré, — tombeau digne de lui, pensaient les Juifs !

Mais ce démon, c'est Jésus qui l'avait mis en lui dès le ventre de sa mère, et il en avait mis un autre dans chacun de ses six frères, jusqu'à ce qu'ils composassent ce magnifique sabbat de démons dont Maria la Magdaléenne est si fière dans Marc.

Qu'aux yeux de ses contemporains le fils de l'adultère se soit conduit comme un Samaritain et qu'il ait eu le démon, c'est possible, mais son *Apocalypse* était de Dieu. Il ne s'est trompé que quant à l'échéance, Jésus l'affirme aux Juifs, christiens ou non.

Et quant au Jugement, il n'y aura pas de Jugement du Fils en attendant celui du Père, il n'y en aura qu'un où le Père siégera avec le Fils. Ce sont là des modifications essentielles qu'il faut porter à la connaissance des Naziréens eux-mêmes, mais ce n'est pas une raison pour déshonorer devant les goym l'homme à qui on doit l'*Apocalypse*. Une erreur de calcul n'infirme pas le principe.

49. Jésus repartit : « Il n'y a pas de démon en moi ; mais j'honore mon Père, et vous, vous me déshonorez.

50. Pour moi, je ne cherche point ma gloire, il est Quelqu'un qui la cherchera et qui jugera (1).

51. En vérité, en vérité je vous le dis : « Si quelqu'un garde ma parole, il ne verra jamais la mort ».

52. Mais les Juifs lui dirent : « Maintenant nous connaissons qu'il y a un démon en toi. Abraham est mort et les prophètes aussi (2), et tu dis : Si quelqu'un garde ma parole, il ne goûtera jamais de la mort.

(1) Ce Quelqu'un, c'est le Père, ainsi désigné dans l'*Apocalypse* même, IV, 2. Cf. *Le Roi des Juifs*, p. 2.
(2) Celui de l'*Apocalypse* comme les autres.

53. Es-tu plus grand que notre père Abraham qui est mort? Et les prophètes sont morts aussi. Qui prétends-tu être? »

54. Jésus répondit : « Si je me glorifie moi-même, ma gloire n'est rien; c'est mon Père qui me glorifie, lui dont vous dites qu'il est votre Dieu.

55. Et vous ne l'avez pas connu; mais moi je le connais, et si je disais que je ne le connais point, je serais semblable à vous, menteur. Mais je le connais et je garde sa parole.

56. [Abraham, votre père, a tressailli pour voir mon jour; il l'a *vu*, et il s'est réjoui] (1).

XXXIII

L'AGE DE BAR-JEHOUDDA UN AN AVANT SA MORT

57. Mais les Juifs lui répliquèrent : « *Tu n'as pas encore cinquante ans*, et tu as vu Abraham? »

58. Jésus leur dit : « En vérité, en vérité, avant qu'Abraham eût été fait, je le suis. »

59. Ils prirent donc des pierres pour les lui jeter; mais Jésus se cacha, et sortit du Temple.

Dans le Temple ou hors du Temple, Jésus est invulnérable avant que son heure soit venue d'être crucifié en effigie bar-jehouddique. Tuer le prophète, voilà tout ce que les Juifs ont pu faire! Mais tuer son Verbe, voilà qui est au-dessus de leurs forces, et même contraire à

(1) Addition certaine, du même genre que celles du prologue où il est dit que les Juifs du temps de Tibère l'ont vu en chair dans sa gloire et dans sa grâce. On ne pouvait laisser Cérinthe dire que le père politique des Juifs avait désiré voir le Grand jour — le triomphe d'Israël — et que ses enfants ne l'avaient pas vu en Jésus.

leurs intérêts, car ils sont faits pour régner par lui et
ils régneront sous le nom de christiens !

Le Saint-Siège néglige totalement le passage où Cérinthe donne pour la troisième fois à Jésus l'âge suc-
cessif de son prophète. Pourquoi cette négligence? Elle
est impardonnable. Tout ce qui concerne l'existence du
Juif consubstantiel au Père devrait avoir le don d'émou-
voir le cœur des fidèles. Bar-Jehoudda touchait à sa
cinquantième année lorsqu'approchait l'heure du
Royaume. Trente-huit ans en 777, quarante-six ans en
784, près de cinquante en 787, il lui est bien difficile
d'être mort, ressuscité, et d'avoir été enlevé au ciel à
trente-trois ans, comme le Saint-Esprit l'a décidé! Il en
avait cinquante. Cérinthe, Papias, Irénée, toute la
tradition d'Asie le constatent, d'après l'autobiographie
apocalyptique de l'intéressé et les écrits de Philippe, de
Toâmin et de Mathias bar-Toâmin. Le Saint-Siège lui
retranche donc dix-sept ans de consubstantialité avec le
Père.

En revanche, et c'est ce qui montre l'utilité de l'Esprit-Saint, il dirige la pieuse attention du lecteur sur le
passage où Jésus affirme que devant qu'Abraham fût fait,
il l'était. « La traduction ordinaire : *Avant qu'Abraham
fût*, est, selon la remarque judicieuse de Bossuet, tout à
fait inexacte, *puisque l'être d'Abraham et celui de
Jésus-Christ n'étaient ni les mêmes en soi ni expli-
qués par le même mot*. Ajoutons que le grec, comme
la Vulgate, emploie pour Abraham le verbe *être fait*,
et pour Jésus-Christ, *être, exister*. »

Il est parfaitement exact que le Verbe était avant
Abraham, puisqu'il a fait Adam du limon de la terre.
Les Juifs ne contestaient pas cela, c'est dans leur

Genèse. Ce qu'ils contestaient, c'est que le ben-Sotada condamné pour trahison et autres crimes fût consubstantiel au Père. C'est mal à eux, je le sais, mais le fait est là dans toute sa tristesse.

XXXIV

CHAPITRE IX. — SÉMÉIOLOGIE DE L'AVEUGLE-NÉ

En passant sous le Portique de Salomon, — nous en sommes sûr, bien qu'il ne soit pas nommé, — Jésus rencontre un aveugle-né qui mendie de la lumière.

L'aveugle-né est de la même famille que le paralytique-né. Tous deux souffrent du péché originel pour lequel leurs parents ont été chassés de l'Éden. L'un est privé du jour de vingt-quatre heures, image de la lumière continue; l'autre est privé de la chaleur d'où naît le mouvement éternel. Ni l'aveugle-né ni ses parents immédiats n'ont péché par eux-mêmes; mais par Adam ils sont sous le péché. Jésus fera tout ce qu'il pourra pour cet infirme,..... il lui donnera le change.

1. Et comme il passait, Jésus vit un homme aveugle de naissance.

2. Et ses disciples l'interrogèrent : « Maître, qui a péché, celui-ci ou ses parents, pour qu'il soit né aveugle? »

3. Jésus répondit : « Ni celui-ci n'a péché, ni ses parents, mais c'est pour que les œuvres de Dieu soient manifestées en lui ».

4. Il faut que j'opère les œuvres de celui qui m'a envoyé,

tandis qu'il est jour ; *la nuit vient, pendant laquelle personne ne peut agir* (1).

5. Tant que je suis dans le monde, je suis la lumière du monde ».

6. Lorsqu'il eut dit cela, il cracha à terre, fit de la boue avec sa salive, et frotta de cette boue les yeux de l'aveugle.

Nous l'en aurons entendu parler de cette lumière du jour pendant laquelle il opère avec ou sans les douze, et de ces ténèbres de la nuit pendant lesquelles il marche sans pouvoir agir ! Mais jusqu'à présent nous ne l'avions pas vu employer la boue. Cependant, si vous voulez bien vous reporter à la *Genèse*, vous y retrouverez cette boue sous le nom de limon dans la formation de l'homme. Jésus refait pour un instant la boue dont il s'est servi jadis pour faire le premier père de Bar-Jehoudda. La salive du Verbe ! Pourtant elle contient un élément mortel, la terre dont elle est mêlée. Comment faire disparaître cet élément ? Par l'eau. L'aveugle-né ne l'ignore pas, c'est un compère.

7. Et il lui dit : « Va, lave-toi dans la piscine de Siloé, (ce qu'on interprète par Envoyé) ». Il s'en alla donc, se lava, et revint voyant clair.

8. De sorte que ses voisins et ceux qui l'avaient vu auparavant mendier, disaient : « N'est-ce pas celui-là qui était assis et mendiait ? » D'autres disaient : « C'est lui ».

9. Et d'autres : « Point du tout, seulement il lui ressemble ». Mais lui disait : « C'est moi ».

10. Ils lui demandaient donc : « Comment tes yeux ont-ils été ouverts ? »

11. Il répondit : « Cet homme qu'on appelle Jésus a fait

(1) Nous allons retrouver cette image dans son discours préparatoire de la résurrection d'Éléazar,

de la boue, il a frotté mes yeux, et m'a dit : « Va à la piscine de Siloé, et lave-toi ». J'y suis allé, je me suis lavé, et je vois ».

12. Ils lui demandèrent : « Où est-il ? » Il répondit : « Je ne sais ».

13. Alors ils amenèrent aux pharisiens celui qui avait été aveugle.

14. Or c'était un jour de sabbat que Jésus fit de la boue et ouvrit ses yeux.

XXXV

CHANGE DONNÉ SUR LES MOTIFS DE LA CONDAMNATION DU RABBI

Le fils aîné de Jehoudda et de Salomé, le prisonnier de la Loi et du système exploité dans l'*Apocalypse*, n'eût pas manqué au sabbat pour tout l'or de sa capitale millénaire. Sa mère a failli le laisser éternellement au Guol-golta plutôt que de violer le sabbat qui interdisait de faire plus de deux mille pas ce jour-là, de porter un fardeau, et par conséquent d'opérer l'enlèvement d'un cadavre. Mais pour Jésus qui est le maître du temps et le créateur de l'homme, pour Jésus qui écrit ce qu'il veut sur la terre où vécut Bethsabée, et qui est la lumière du monde, qu'est-ce qu'un sabbat ? Un jour comme un autre, un lendemain de celui où il a créé Adam avec un peu de boue et d'eau. Comment celui qui a fait le sabbat serait-il lié par la religion des Juifs ? N'est-ce pas lui qui liait et déliait avant que le Joannès s'attribuât ce pouvoir en administrant le baptême ? Mais les pharisiens de 788 ne peuvent rien comprendre à ce que dit l'aveugle guéri. Jésus a disparu pour éviter le juste châtiment qu'un homme eût mérité pour avoir violé le sabbat et que les sicaires du christ lui eussent appliqué sur l'heure. Auparavant il indique à tous la bonne adresse pour être sauvé : cette adresse, c'est la piscine baptismale où doit se laver le troupeau dont David est le berger. L'eau de David, le baptême juif, voilà ce qui enlève le limon dont Jésus a dû se servir pour créer l'homme, et ici pour respecter le texte de la *Genèse*.

15. Les pharisiens lui demandèrent donc aussi comment il avait vu. Et il leur dit : « Il m'a mis de la boue sur les yeux ; je me suis lavé (1) et je vois. »

16. Alors quelques-uns d'entre les pharisiens disaient : « Cet homme n'est point de Dieu, puisqu'il ne garde point le sabbat. » Mais d'autres disaient : « Comment un *pécheur* (2) peut-il faire de tels *sèmeia ?* » Et il y avait division entre eux.

17. Ils dirent donc encore à l'aveugle : « Et toi, que dis-tu de celui qui t'a ouvert les yeux ? » Il répondit : « C'est un prophète. » (3)

18. Mais les Juifs ne crurent point de lui qu'il eût été aveugle et qu'il eût recouvré la vue, jusqu'à ce qu'ils eussent appelé les parents de celui qui avait recouvré la vue.

19. Et ils les interrogèrent, disant : « Est-ce là votre fils, que vous dites être né aveugle ? Comment donc voit-il maintenant ? »

20. Ses parents leur répondirent et dirent : « Nous savons que c'est notre fils et qu'il est né aveugle.

21. Mais comment il voit maintenant, nous ne le savons pas ; ou qui lui a ouvert les yeux, nous ne le savons pas ;

---

(1) Non pas seulement les yeux, mais tout le corps. En un mot il s'est baptisé.

(2) Renommée laissée par le christ dans les milieux renseignés.

(3) Circonstance atténuante invoquée en faveur du crucifié, et conservatrice du baptême.

interrogez-le ; il a de l'âge, qu'il parle pour lui-même! »

22. Ses parents dirent cela, parce qu'ils craignaient les Juifs : car *déjà les Juifs étaient convenus ensemble que si quelqu'un confessait que Jésus était le christ, il serait chassé de la synagogue.*

23. C'est pourquoi ses parents dirent : « Il a de l'âge, interrogez-le lui-même. »

Et surtout interrogez-le de manière qu'il ne dise rien ! Mais il ne dira rien, on peut être tranquille, car il a de l'âge, un âge qu'on ne peut guère évaluer à moins de cent cinquante ans. Il se gardera donc bien de dire que l'homme qu'il déclare prophète est celui dont parlent les Juifs comme étant le christ sous le nom de Jésus et qui baptisait sous le nom de Joannès. Tous les Synoptisés n'avouent-ils pas que le christ, c'était le baptiseur lui-même ? Est-ce que l'Eglise n'a pas été obligée de forger les ouvrages de Clément pour effacer cette vérité, tout en y laissant qu'au troisième siècle il y avait encore des Juifs, les Naziréens, qui tenaient le christ comme plus grand sous le nom de Joannès que sous celui de Jésus, c'est-à-dire étaient demeurés dans le millénarisme étroit de leur prophète et ne croyaient qu'en son baptême ? (1)

24. Ils appelèrent donc de nouveau l'homme qui avait été aveugle, et lui dirent : « Rends gloire à Dieu ; pour nous, nous savons que cet homme est un *pécheur.* »

25. Mais il leur dit : « S'il est pécheur, je ne sais ; je sais une seule chose, c'est que j'étais aveugle, et qu'à présent je vois. »

(1) Sur l'imposture de Clément le romain, cf. *Le Gogotha*, p. 332. et le présent volume, p. 256.

26. Ils lui répliquèrent donc : « Que t'a-t-il fait ? Comment t'a-t-il ouvert les yeux ? »

27. Il leur répondit : « Je vous l'ai déjà dit, et vous l'avez entendu, pourquoi voulez-vous l'entendre encore ? Est-ce que, vous aussi, vous voulez devenir ses disciples ? »

Il n'y a pas de danger ! Ils connaissent trop bien son dossier pour cela, quoique Ménahem ait brûlé tous les registres du sanhédrin en 819 (1). Ils savent bien qu'ils ont payé sa prophétie de leur ruine. Pécheur, s'ils y tiennent absolument, en tout cas prophète de la divinité des Juifs, voilà sur le christ l'opinion d'un de ses disciples au second siècle.

L'Evangéliste équivoque sur le mot sabbat comme il a équivoqué sur les deux noms de Bar-Jehoudda : Joannès et Jésus. Le christ ayant été condamné en une année sabbatique et pour avoir prêché l'Année de grâce par les moyens que l'on sait, on veut faire croire que c'est pour avoir violé à plusieurs reprises le sabbat qu'il fut traité en pécheur par les Juifs. Mais comme il est qualifié de scélérat par des païens à qui la violation de la loi juive n'importe guère, c'est qu'il y eut des motifs de condamnation étrangers à ceux qu'on invoque dans ce *sèmeion* apologétique.

Toutes ces niaiseries, c'est un roulement de toph (2) pour l'invention du baptiseur. Qu'importe maintenant que l'inventeur ait été condamné pour crimes publics ? Il faut sauver le baptême ! Et voilà pourquoi Cérinthe raconte aux dupes que c'est pour avoir péché contre le sabbat (encore était-ce pour le bien d'un particulier)

(1) Cf. *Le Gogotha*, p. 55.
(2) Tambour.

que le Baptiseur a été puni de mort par ses contemporains. On n'avoue pas une seule des causes pour lesquelles il a été condamné et que les Synoptisés, notamment Luc, laissent transpirer dans leur version. Voyez
quels monstres étaient ceux qui ont fait mourir un
homme si bienfaisant qu'il manquait à la Loi écrite pour
donner ses soins au paralytique et à l'aveugle !

XXXVI

MALÉDICTION DU RABBI ET DE SON DISCIPLE
PAR LES JUIFS

Tel est l'entêtement des Juifs qu'ils se laissent aller
à maudire le disciple de leur christ, de leur roi, de leur
jésus ! Mais dans le disciple, c'est le maître qu'ils visent.
Après plus d'un siècle de malheur et de dispersion, ils
ne voient pas que leur salut est dans le rétablissement
de la bergerie dont David est le pasteur et ils maudis-
sent le Naziréen qui avoue le Rabbi pour son sauveur !

28. Ils le maudirent donc, et dirent : « Sois son disciple,
toi ; mais nous, nous sommes disciples de Moïse.

29. Nous savons que Dieu a parlé à Moïse ; mais celui-ci,
nous ne savons d'où il est (1). »

30. Cet homme reprit et leur dit : « Mais il y a en cela une
chose étonnante, c'est que vous ne sachiez d'où il est ! Et il
a ouvert mes yeux !

31. Cependant nous savons que Dieu n'écoute point les

(1) Ce serait un peu fort tout de même, s'il n'était vrai au fond
qu'ils n'ont jamais vu ni connu Jésus.

pécheurs ; mais si quelqu'un honore Dieu et fait sa volonté, c'est celui-là qu'il exauce.

32. Jamais on n'a ouï dire que quelqu'un ait ouvert les yeux d'un aveugle-né.

33. Si celui-ci n'était pas de Dieu, il ne pourrait rien faire. »

34. Ils répliquèrent et lui dirent : « Tu es né tout entier dans le péché, et tu nous enseignes ? » Et ils le jetèrent dehors.

En effet, il enseigne au nom d'un homme né lui-même tout entier dans le péché originel, à quoi Bethsabée apporte encore le complément de l'adultère, ce dont au moins la pauvre Ève fut innocente !

Mais vous voyez combien, sous couleur de malédiction, les Juifs sont gentils dans le fond. Quoiqu'ils aient cent raisons pour traiter de pécheur le prophète dont le Naziréen exploite le baptême, et aussi pour repousser ce prophète né tout entier dans le péché, ils feignent de ne savoir ni comment s'appelle cet imposteur dans le monde de la circoncision ni d'où il est. L'aveugle-né ne peut s'empêcher de relever cette contradiction. Quant à Jésus, insensible à tout ce qui n'est pas la cause juive, il persiste à penser qu'après lui, c'est un pécheur qui est le plus consubstantiel au Père.

35. Jésus apprit qu'ils l'avaient jeté dehors ; et l'ayant rencontré, il lui demanda : « Crois-tu au Fils de Dieu ? »

36. Celui-ci répondit et dit : « Qui est-il, Seigneur, afin que je croie en lui ? »

37. Et Jésus lui dit : « Mais tu l'as vu, et c'est lui-même qui te parle. »

38. Et celui-ci reprit : « Je crois, Seigneur ; et se prosternant, il l'adora. »

39. Alors Jésus dit : « C'est en jugement que je suis venu dans ce monde, afin que ceux qui ne voient pas, voient, et que ceux qui voient, deviennent aveugles (1) ».

40. Or quelques-uns d'entre les pharisiens, qui étaient avec lui, l'entendirent et lui demandèrent : « Est ce que nous sommes aveugles, nous aussi ? »

41. Jésus leur répondit : « Si vous étiez aveugles, vous n'auriez point de péché. Mais vous dites au contraire : Nous voyons. Ainsi, votre péché subsiste. »

Si c'est en jugement, c'est-à-dire pour faire l'épreuve de la justice de son pays, que Bar-Jehoudda est venu dans le monde, évidemment il n'a pas été heureux, car il a été condamné. Ses compatriotes ne l'ont pas entendu, pas compris, et ils ont été à leur tour punis pour s'être tournés en toute occasion contre la famille de leurs monarques légitimes, depuis le Recensement de Quirinius jusqu'au supplice de Ménahem. Ils continuent à être aveugles, qu'ils le restent !

XXXVII

CHAPITRE X. — LE TROUPEAU DE DAVID

Les Juifs sont dispersés et ceux qui restent au pays sont sujets de Rome. Le berger qui les conduit depuis les Ménahem et les Éléazar est-il entré dans la bergerie par la porte ou par la brèche ? Qu'ils se servent de leurs yeux et leurs yeux répondront ! Par les deux *similitudes* qui se sont passées à la fontaine probatique nous sommes déjà préparés à la parabole qui suit :

(1) Quel programme !

1. En vérité, en vérité je vous le dis : « Celui qui n'entre point par la porte dans le bercail des brebis, mais y monte par ailleurs, est un voleur et un larron.

2. Mais celui qui entre par la porte est le pasteur des brebis.

3. C'est à celui-ci que le portier ouvre, et les brebis entendent sa voix, et il appelle ses propres brebis par leur nom, et les fait sortir.

4. Et lorsqu'il a fait sortir ses propres brebis, il marche devant elles, et les brebis le suivent, parce qu'elles connaissent sa voix.

5. Elles ne suivent point un étranger, mais elles le fuient, parce qu'elles ne connaissent point la voix des étrangers. »

6. Jésus leur dit cette parabole. Mais ils ne comprirent pas ce qu'il leur disait.

C'est pourtant bien clair! Celui qui commande aux Juifs doit être un homme de leur nation, et non un étranger, c'est dans la Loi, c'est dans l'*Apocalypse*, c'est dans les Généalogies de Bar-Jehoudda. Il n'est pas de principe plus juste, à la condition toutefois que ce conducteur s'impose par ses qualités personnelles ; et si Bar-Jehoudda n'avait point voulu étendre sa domination à toute la terre, peut-être aurait-il, avec un peu moins d'impostures et un peu plus de valeur militaire, renversé Antipas, tétrarque de Galilée.

7. Jésus leur dit donc encore : « En vérité je vous le dis, c'est moi qui suis la porte des brebis.

8. Tous ceux qui sont venus sont des voleurs et des larrons, et les brebis ne les ont point écoutés.

9. C'est moi qui suis la porte. Si c'est par moi que quelqu'un entre, il sera sauvé ; et il entrera, et il sortira, et il trouvera des pâturages.

10. Le voleur ne vient que pour voler, égorger et détruire. Moi je suis venu pour qu'elles aient la vie, et qu'elles l'aient plus abondamment.

11. Moi je suis le bon pasteur. Le bon pasteur donne sa vie pour ses brebis.

12. Mais le mercenaire, et celui qui n'est point pasteur, dont les brebis ne sont pas le bien propre, voyant le loup venir, laisse là les brebis et s'enfuit ; et le loup ravit et disperse les brebis.

13. Or le mercenaire s'enfuit, parce qu'il est mercenaire, et qu'il n'a point de souci des brebis.

14. Moi, je suis le bon pasteur ; et je connais mes brebis, et mes brebis me connaissent,

15. Comme mon Père me connaît, et que moi-même je connais mon Père ; et je donne ma vie pour mes brebis.

Dans ces homélies d'ailleurs dolosives en ce qu'elles tendent à faire croire qu'il va mourir sur la croix, ce qu'il dément lui-même plus loin, il est particulièrement dur pour les rois-christs tels que Bar-Jehoudda et Ménahem ; mais le Sermon sur la Montagne l'est encore plus.

Naturellement Jésus vise par-dessus tout les fils de la louve romaine. Comme nous sommes censés en 788, Jésus peut dire qu'il compte toujours sur les brebis de Cyrène et sur toutes celles qui devaient rallier Jérusalem à l'appel de Bar-Jehoudda. Même après Hadrien l'*Apocalypse* conserve toute sa vertu sur les brebis dispersées parmi les goym ; elles reviendront au bercail un jour, Jésus leur en donne l'assurance.

16. « Mais j'ai d'autres brebis qui ne sont point de cette bergerie : et il faut que je les amène ; et elles entendront ma voix, et il n'y aura qu'un bercail et qu'un pasteur.

17. Et si mon Père m'aime, c'est parce que je quitte ma vie pour la reprendre.

18. Personne ne me la ravit : mais je la donne de moi-même ; j'ai le pouvoir de la donner, et j'ai le pouvoir de la reprendre : c'est le commandement que j'ai reçu de mon Père. »

19. Une dissension s'éleva de nouveau parmi les Juifs à cause de ces paroles.

20. Beaucoup d'entre eux disaient : « Il a en lui un démon, et il a perdu le sens ; pourquoi l'écoutez-vous ? »

21. D'autres disaient : « Ces paroles ne sont pas d'un homme qui a un démon en lui ; est-ce qu'un démon peut ouvrir les yeux des aveugles ? »

Il n'en a guéri qu'un, que pourtant on compte au pluriel ! C'est qu'il vient également d'ouvrir les yeux même aux Juifs qui font semblant de ne pas voir : ils font les aveugles parce qu'il y a des romains entre Jésus et eux.

XXXVIII

DILEMME DE LA DIVINITÉ DES JUIFS

22. Or on faisait à Jérusalem la Dédicace ; et c'était l'hiver.

23. Et Jésus se promenait dans le Temple, sous le portique de Salomon.

24. Les Juifs donc l'entourèrent et lui dirent : « Jusqu'à quand tiendras-tu notre esprit en suspens ? Si tu es le christ, dis-le nous ouvertement. »

Notons qu'à l'inverse de Bar-Jehoudda qui a quitté Jérusalem en 787 après s'être évadé du Hanoth (1),

(1) La prison du Sanhédrin.

Jésus reste dans la Ville jusqu'à la fête de la Dédicace. Cette fête répond au solstice d'hiver, date à laquelle était né le prétendant, comme vous pouvez le voir dans l'*Apocalypse* et dans les deux Nativités évangéliques où il dispute à l'Empire romain le signe du *Capricorne* en l'honneur duquel Auguste avait fait frapper sa médaille d'horoscope (1). Les Juifs qui s'adressent à Jésus font semblant de ne rien savoir de cette particularité.

Pour sa part, toutes les fois qu'on prononce le mot « christ », Jésus fait la grimace. Il ne lui convient pas du tout d'être confondu avec cet imposteur, à moins toutefois que ce ne soit pour amener les goym au baptême. On lui a déjà sauvé la mise tout à l'heure en faisant dire par les pharisiens qu'il n'est pas de la maison de David, ce qui est vrai, et par Nicodème qu'il est un Galiléen sans attaches avec Betléhem, ce qui est faux ; mais il aimerait autant qu'on laissât ces questions de côté, quand elles ne sont pas absolument indispensables à la mystification des goym. Il a une façon de répondre qui consiste à n'avoir pas entendu. Car si Bar-Jehoudda disait être christ, l'événement a bien prouvé qu'il ne l'était point. Jésus qui a donné sa démission de Juge ne se soucie pas de rentrer en fonctions à ce propos.

Le mot christ ne convenant qu'au Joannès, fils de David dans la Nativité selon Luc, Jésus y répugne ; il est le Verbe, reprenant le rôle du christ de 788 avec les moyens supérieurs que lui confère sa divinité. Aussi ne répond-il jamais que par des *sèmeia*, des homélies ou des paraboles. Et pour n'être point accusé par les goym de partager la xénophobie kanaïte, il affecte de se pro-

(1) Cf. *Le Roi des Juifs*, p. 31, et *Le Gogotha*, p. 84.

mener sous la galerie de Salomon qui leur était ouverte dans le Temple détruit.

25. Jésus leur répondit : « Je vous parle et vous ne croyez point. Les œuvres que je fais au nom du Père rendent témoignage de moi ;

26. Mais vous ne croyez point, parce que vous n'êtes point de mes brebis.

27. Mes brebis écoutent ma voix ; moi je les connais, et elles me suivent ;

28. Et je leur donne la vie éternelle ; et elles ne périront jamais, et nul ne les ravira de ma main.

29. Quant à mon Père, ce qu'il m'a donné est plus grand que toutes choses, et personne ne le peut ravir de la main de mon Père.

30. Moi et mon Père nous sommes une seule chose. »

Il n'aurait pas été bon d'avancer une pareille proposition devant Bar-Jehoudda. Il aurait fait ce que font les Juifs, il aurait pris des pierres pour lapider cet hérétique.

31. Alors les Juifs prirent des pierres pour le lapider.

32. Jésus leur dit : « J'ai fait devant vous beaucoup d'œuvres excellentes par la vertu de mon Père ; pour laquelle de ces œuvres me lapidez-vous ? »

33. Les Juifs lui répondirent : « Ce n'est pas pour une bonne œuvre que nous te lapidons, mais c'est pour un blasphème ; et parce que toi, étant homme, tu te fais Dieu. »

La thèse des Juifs est irréfutable. C'est nier le Père que d'annoncer qu'on vivra mille ans sans lui. Aussi est-ce justement que Dieu a arrêté ce blasphémateur, par la main d'Is-Kérioth. Cependant si les Juifs nient eux-mêmes être de sang divin, comment le salut par le baptême pourra-t-il venir de l'un d'entre eux ? S'il n'y a pas de différence entre un Juif et les autres hommes, le baptême ne vaudra pas plus que s'il venait d'un goy.

34. Jésus leur repartit : : « N'est-il pas écrit dans votre Loi : « Je l'ai dit : Vous êtes des dieux ? »

35. Quand elle appelle dieux ceux à qui la parole de Dieu a été adressée, et que l'Écriture ne peut être détruite,

36. Vous me dites, à moi que le Père a sanctifié, et envoyé dans le monde : « Tu blasphèmes ; parce que j'ai dit : Je suis le Fils de Dieu ? »

37. Si je ne fais pas les œuvres de mon Père, ne me croyez point.

38. Mais si je les fais, quand bien même vous ne voudriez pas me croire, croyez aux œuvres, afin que vous connaissiez et croyiez que mon Père est en moi, et moi dans mon Père. »

39. Ils cherchaient donc à le prendre, mais il s'échappa de leurs mains.

Non seulement il échappe de leurs mains, mais encore la faillite du christ devient leur propre faillite s'ils ne l'en relèvent pas. Ils s'y condamnent eux-mêmes, ils avouent être de la semence de bétail, ils *détruisent* toutes leurs Écritures : Moïse s'est trompé, le salut n'est pas en eux, ne vient pas d'eux, et en ce cas, adieu la recette ! Ils sont donc intéressés à ce que Bar-Jehoudda soit fait petit à petit consubstantiel au Père, en dépit de l'infamie dont ils l'ont noté dans un mouvement d'humeur un peu trop hâtif.

13

XXXIX

CHAPITRE XI. — (XII DES ÉDITIONS ECCLÉSIASTIQUES)
LA DATE DU SACRE DE BAR-JEHOUDDA

Bar-Jehoudda étant retourné en Bathanée après l'emprisonnement annoncé, mais dont on se garde bien de nous entretenir, Jésus l'y suit. Or nous sommes en 788, à la veille du sacre, et nous n'apprenons pas qu'Hérodiade lui ait fait couper la tête en 782, comme le veut l'Église dans les Synoptisés. On ne nous parle même pas du mariage de cette princesse avec Antipas, tétrarque de Galilée : mariage qui aurait été cause de la décapitation du sauveur. Cérinthe semble même ignorer l'existence de la famille hérodienne. Il néglige de nous dire que l'année précédente Saül a préludé par le supplice de Jacob junior aux persécutions dont il accable la famille de Jehoudda. Jésus ne demande pas ce qu'est devenu Joannès ; il ne l'a pas revu depuis 777, et quoique quelques millimètres à peine les séparassent lorsqu'ils baptisaient ensemble à Aïn de Salem, il n'a pas cherché à le revoir : il lui a suffi que des disciples lui annonçassent officiellement son abdication. Je vous ai donné la raison de cette indifférence : s'il rencontre Joannès, ce sera pour apprendre qu'il n'a pas été décapité en 782, mais crucifié en 788 ; il est bien inutile vraiment d'entrer dans ce détail.

40. Et il s'en alla de nouveau au-delà du Jourdain, dans le lieu où Joannès baptisait d'abord ; et il y demeura.

41. Et beaucoup de personnes vinrent à lui, et ils disaient : « Joannès n'a fait aucun *signe*,

42. Mais tout ce que Joannès a dit de celui-ci était vrai. » Et beaucoup crurent en lui.

Ce n'est pas qu'il fasse rien de ce que Joannès avait dit de lui! Mais Cérinthe lui prête assez de *similitudes* pour que ces témoins puissent dire : « Ma foi! sans précisément remplir le programme, il y rentre! » On n'envoie pas Jésus dans les endroits où le Joannès baptisait au moment de son emprisonnement, c'est-à-dire dans les lieux qui avoisinent Jérusalem, Betléhem et le Garizim, ils sont bien trop près du Sôrtaba et de Lydda! Il *revient* au-delà du Jourdain où il baptisait au début de son apostolat, c'est-à-dire en Gaulanitide et Bathanée, qui sont les lieux où il est censé avoir abdiqué en faveur de Jésus avant sa proclamation comme roi-christ. Comme dans les Synoptisés, ce sont les *similitudes* seules qui convertissent les gens à reconnaître Jésus comme *revenant* du Joannès ressuscité après trois jours, tel le Jonas ninivite.

Mais il est un personnage qui prime Bar-Jehoudda dans l'ordre des résurrections, c'est Éléazar bar-Jaïr, frère aîné de celui qui fut lieutenant de Ménahem et se livra au feu dans Massada. La scène du sacre, qui a été reportée après la mort d'Éléazar, doit donc être placée avant la résurrection de ce beau-frère du christ. Ce n'est pas seulement le bon sens, c'est la chronologie qui en décide ainsi.

1. Jésus donc, [six jours avant la Pâque], vint à Béthanie, [où était mort Lazare, qu'avait ressuscité Jésus] (1).

(1) Les passages entre crochets sont des interpolations nécessitées

2 On lui prépara là un souper; Marthe servait, et Lazare
était un de ceux qui étaient à table avec lui.

C'est, en effet, chez Éléazar qu'avait eu lieu le
sacre, cinquante jours avant la pâque jubilaire de 789.
Éléazar y assistait, et c'est pour avoir été le complice de
Bar-Jehoudda qu'il avait été condamné à mort avec lui.
Après avoir rapproché de Jérusalem le lieu du sacre,
et de la pâque la date de la cérémonie, on a déplacé
le chapitre de Cérinthe.

3. Or Marie prit *une livre* de parfum d'un nard pur de
grand prix; elle en oignit *les pieds* de Jésus, et les essuya
avec ses cheveux, et la maison fut remplie de l'odeur du
parfum.

La Maria qui entre en scène n'est pas Maria Cléopas,
sœur de Bar-Jehoudda, c'est Maria la Magdaléenne.
Je me suis trompé dans le *Roi des Juifs* en attribuant
à la sœur le rôle de la mère (1). En une circonstance où
il s'agissait de réaliser la prophétie et le programme
de Jehoudda, jamais sa veuve n'eût cédé la place à l'une
de ses filles. La pauvre femme est dans un tel trouble
depuis la triste fin de son fils au Guol-golta qu'elle met
aujourd'hui sur les pieds ce qu'elle a mis ce jour-là
sur la tête. N'ayant point été à l'honneur le 15 nisan (2),
les cheveux du Nazir sont remplacés par ceux de sa
mère qui ont été à la peine. Ah! le Serpent-Chronos,
Satan, la vieille idole de Moïse et de Dan, a encore une
fois retardé le Royaume! Pauvre mère! que n'a-t-elle

par la transposition du sacre après la mort d'Éléazar et par la transla-
tion de Bathanéa trans Jordanem à Béthanie-lez-Jérusalem.
(1) Tout le reste (histoire des vases du Garizim) demeure.
(2) Sur ces cheveux consacrés à Dieu, cf. *Le Charpentier*, p. 93.

gardé le parfum du sacre pour l'embaumement du roi?

On a trouvé beaucoup de vases à parfum dans les tombeaux, notamment à Sidon, mais tous contiennent plus d'*une livre*. Le vase de Maria est l'un des douze vases de l'année, qui contiennent chacun une livre : il y a douze livres dans le vase à parfums qui brûle au ciel devant le Père. Vous avez déjà vu les six vases de Kana (1), ils sont millénarisés dans cette séméiologie; mais ici ce n'est même pas le vase de l'année, c'est celui du mois fatidique dans lequel la mère a oint son fils pour la royauté universelle. Dans sa capacité réduite, — une livre au lieu de douze mille, — c'est celui que vous avez vu sur la tête de la Samaritaine au puits de Jacob, avec cette différence qu'ici il recèle une allusion historique et détermine un point de chronologie. La valeur du parfum, estimée en deniers par Jehoudda Is-Kérioth, répond mathématiquement au nombre de jours écoulés depuis le commencement de l'année. C'est un change que les Juifs donnent aux goym.

Or les douze livres de l'année sont :

Première livre, *Agneau*	. . .	Nisan.
Seconde livre, *Taureau*	. . .	Ijar.
Troisième livre, *Gémeaux*	. . .	Sivan.
Quatrième livre, *Anes*	. . . .	Tammouz.
Cinquième livre, *Lion*	. . .	Ab.
Sixième livre, *Vierge*	. . . .	Elul.
Septième livre, *Balance*	. . .	Tischri.
Huitième livre, *Scorpion*	. . .	Marchesvan.
Neuvième livre, *Sagittaire*	. .	Kisleu.
Dixième livre, *Capricorne*	. .	Tebeth.

(1) Cf. le présent volume, p. 54.

Onzième livre, *Verseau* . . . Schebat.
Douzième livre, *Poissons*. . . Adar.

La livre-vase de Maria est la onzième de l'année 788, c'est celle du *Verseau*, le *Zachû* dont les Évangélistes ont fait Zachûri, père du Joannès dans Luc, ou Zibdéos qui est la traduction de *Zachû*, (le *Verseau*, faiseur des *Poissons*). La veuve de Jehoudda a exécuté ponctuellement le testament prophétique de son mari; c'est le vingt-cinq shebat (février) qu'elle a oint son fils aîné, laissant un intervalle de sept semaines entre le sacre et la pâque, et plaçant ainsi l'entreprise sous la protection d'un chiffre jubilaire.

La date du sacre est dans la valeur du parfum dont Cérinthe confie l'évaluation à Jehoudda Is-Kérioth qui n'a pas vu le vase, n'ayant point assisté au sacre, mais qui s'y connaît, ayant arrêté le roi des Juifs une cinquantaine de jours après. Ici Is-Kérioth ne reçoit pas trente deniers pour livrer le christ, comme dans les Synoptisés qui placent le sacre à Béthanie-lez-Jérusalem, la veille de la pâque : si on le payait selon les deniers qu'il représente, il faudrait lui en compter cinquante, mais il n'a encore rien gagné, puisqu'il n'est entré en scène que le 13 nisan, avant-veille de la pâque. Is-Kérioth était disciple de l'*Agneau*, c'est-à-dire millénariste. C'est une secte dans laquelle on sait compter. Et puis, même en similitude, les salaires chez les Juifs ne se paient pas d'avance.

4. Alors un de ses disciples, Judas Iscariote, qui devait le livrer (1), dit :

(1) Et non « trahir » comme on lit dans la plupart des traductions. Ce sont les *traduttori* qui sont les *traditori*.

5. « Pourquoi ce parfum n'a-t-il pas été vendu trois cents deniers, et n'a-t-il pas été donné aux pauvres? »

6. [Or il dit cela, non qu'il se souciât des pauvres, mais parce qu'il était voleur, et qu'ayant la bourse, il portait ce qu'on y mettait.] (1)

7. Jésus dit donc : « Laissez-la réserver ce parfum pour le jour de ma sépulture.

8. Car, les pauvres, vous les avez toujours avec vous; mais moi, vous ne m'avez pas toujours. »

Que les pauvres eussent besoin, il n'importait ! L'essentiel, c'était de rétablir le royaume de David, et d'entrer sous le sixième Portique où pendent les *Poissons* pour enseigne. Quand on en serait là, il n'y aurait plus de pauvres. On aurait le Roi à qui Dieu donne le monde pour apanage. L'or ! on marcherait dessus. Is-Kérioth seul, au fond de sa tribu, avait des doutes et pensait aux pauvres. L'Église l'a calomnié pour les besoins de son commerce. Jésus va le réhabiliter tout à l'heure en l'invitant à dîner et en le plaçant à sa gauche, la droite étant réservée par les *Psaumes* au christ lui-même.

9. Une grande multitude de Juifs sut qu'il était là ; et ils y vinrent. [Non à cause de Jésus seulement, mais pour voir Lazare, qu'il avait ressuscité d'entre les morts.]

10. Les princes des prêtres songèrent donc à faire mourir Lazare lui-même,

11. Parce que beaucoup d'entre les Juifs se retiraient d'eux à cause de lui, et croyaient en Jésus.

Cérinthe est le seul évangéliste qui avoue le sacre de Bar-Jehoudda en Bathanée, et qui explique historiquement le titre de roi des Juifs que Pilatus inscrivit sur la

(1) Interpolation qui saute aux yeux.

croix. Il est le seul aussi qui avoue la part d'Eléazar bar-Jaïr dans la tentative de restauration davidique. Il est le seul qui fixe la date de ces événements. Il est le seul qui donne la clef des trente deniers séméiologiques employés par les autres scribes et d'où il résulte, avec l'invincible clarté des chiffres, que le bon Is-Kérioth n'était en aucune façon disciple de Bar-Jehoudda, quoiqu'il le fût de l'*Agneau*. C'est pour toutes ces raisons que, sitôt maîtresse du texte de Cérinthe, l'Eglise a déplacé le sacre pour le reporter après la résurrection, c'est-à-dire la mort, d'Eléazar-bar-Jaïr. Seul enfin Cérinthe reconnaît que la condamnation de Bar-Jehoudda et de son beau-frère remonte au mois de février. Il ne manque qu'une chose à cette série d'aveux, les motifs de la condamnation ; mais on ne peut lui reprocher de les avoir passés sous silence, puisque dans son système logophanique Jésus est l'innocence en personne.

XL

CHAPITRE XII (XI DES ÉDITIONS ECCLÉSIASTIQUES). — MORT D'ÉLÉAZAR ET DÉMANGEAISON DE CROIX CHEZ TOAMIN

1. Or il y avait un certain malade, Lazare, de Bathanée, du bourg où demeuraient Maria, et Marthe, [sa sœur.]

2. (Maria était celle qui oignit le Seigneur de parfum, et lui essuya les pieds avec ses cheveux ; et Lazare, alors malade, était son frère.)

Les personnages en présence sont Salomé, mère de

Bar-Jehoudda, Thamar, sa fille, et Eléazar, son gendre.
Le passage a été remanié lorsque l'Eglise a décidé d'enlever le surnom de Maria Magdaléenne à Salomé, et de
faire qu'Eléazar ne fût plus que le frère de Thamar. Au
surplus, dans le système de Jehoudda, un mari doit
être dit frère de sa femme, puisque c'est Dieu qui est
leur père à tous deux (1). Dans les *Lettres de Paul aux
Corinthiens* les femmes des frères du christ sont dites
leurs sœurs, et après la conversion de Saül en jehouddolâtre sous le nom de Paul sa femme fut dite sa sœur
en vertu du même principe. Si la Maria nommée ici
était Maria Cléopas, sœur de Thamar, Cérinthe ne
dirait pas « sa sœur » en parlant d'elle et de son
frère, il dirait « ses sœurs. »

Ses sœurs, les voici à leur tour.

3. Ses sœurs donc envoyèrent dire à Jésus : « Seigneur,
voilà que celui que vous aimez est malade. »

4. Ce qu'entendant, Jésus leur dit : « Cette maladie ne
va pas à la mort, mais elle est pour la gloire de Dieu, afin
que le Fils de Dieu en soit glorifié. »

5. Or Jésus aimait Marthe, et sa sœur Maria, et Lazare.

6. Ayant donc entendu dire qu'il était malade, il demeura
toutefois deux jours encore au lieu où il était (2) ;

7. Et après cela, il dit à ses disciples : « Retournons en
Judée. »

8. Les disciples lui dirent : « Maître, tout à l'heure les
Juifs cherchaient à vous lapider (3), et vous retournez là ? »

8 *bis.* Sur quoi *Toâmin*, qui est appelé *Didumos*, dit aux

(1) Sur le système de Jehoudda, cf. *Le Charpentier*, p. 111.
(2) Comme il a fait avant d'aller guérir l'officier de Kana, cf. le
présent volume, p. 114.
(3) Ils venaient de lapider Jacob junior, (Stéphanos dans les *Actes
des Apôtres*, André dans les *Evangiles.*)

autres disciples : « Allons, nous aussi, afin que nous mourions avec lui. »

Jésus entend la demande des disciples et la proposition de Jehoudda Toâmin, jumeau de nom du christ,
mais il ne trouve point opportun de s'engager dans la
voie des aveux, il détourne la conversation. Et puis il
y a une question de salaire apocalyptique (1) à trancher
en faveur d'Eléazar qui est mort avant Bar-Jehoudda.

9. Jésus répondit : « N'y a-t-il pas douze heures dans le
jour ? Si quelqu'un marche pendant le jour, il ne se heurte
point, parce qu'il voit la lumière de ce monde.

10. Mais s'il marche pendant la nuit, il se heurte, parce
qu'il n'a point la lumière. »

Puisqu'il a pris le corps d'un homme qui a vécu, il
parle en homme. Mais il agit en Dieu. C'est pour Bar-
Jehoudda et pour ses pareils qu'il y avait douze heures
au jour et douze heures à la nuit, on le leur a fait bien
voir, notamment le jour du Sôrtaba et la nuit de la préparation à la pâque ; Jésus dans sa barque et sur les
montagnes, que ce soit le Tabor ou Sion, le leur fait bien
sentir. Mais pour lui, qui est la Lumière du monde, le
Jour de vingt-quatre heures et le Jour de mille ans, il
n'y a pas de nuit. Jehoudda Toâmin le sait mieux que
personne, lui qui avec son frère Philippe a copié et re-
copié les *Paroles du Rabbi*. Tout le chapitre a subi
des modifications profondes lorsque l'Église a dépouillé
Cérinthe, et tiré Jochanan Evangéliste de la côte du
Joannès baptiseur.

Sans aucun respect pour le caractère intangible des

(1) La résurrection est un salaire dans l'*Apocalypse*. Cf. *Le Roi des
Juifs*, p. 9.

Ecritures, nous n'avons pas hésité à remettre à sa vraie place la phrase dans laquelle Jehoudda Toâmin, avec une jactance qui étonne, déclare vouloir monter à Jérusalem pour mourir avec son frère aîné. Toâmin, nous l'avons dit, était *didumos* de Bar-Jehoudda, il était son jumeau de nom, son homonyme. Loin de mourir avec Bar-Jehoudda, Jehoudda Toâmin fut de ceux qui rebroussèrent chemin au Sôrtaba et remontèrent jusqu'à Damas, pendant que son *didumos* allait se faire arrêter dans Lydda. Mais cette circonstance n'était pas exploitable contre Toâmin, tandis que, la crucifixion d'un Jehoudda étant dans Josèphe et sous ce nom, il y avait intérêt à jouer de l'homonymie des deux frères. A qui viendrait dire : « Le crucifié de Pilatus était fils de Jehoudda le Gaulonite, » on répondrait : « Il est possible qu'un des fils de Jehoudda ait été mis en croix à la suite du massacre des Galiléens dans le Temple, les exécutions furent nombreuses, mais c'était Jehoudda Toâmin, frère jumeau d'on ne sait lequel. » Et comme, sous le nom de Jésus, l'aîné avait fini par devenir fils unique d'un nommé Joseph de Nazireth qui lui-même avait rétrocédé sa paternité à Dieu, les goym n'avaient plus qu'à rentrer sous terre avec leurs calomnies. Rapproché de ce nom de Jehoudda, celui de Lydda où il avait été arrêté pouvait encore servir à ces méchants : on déclara que c'était celui de la sœur dont Toâmin était le jumeau, une certaine Lydda ou Lydia !(1)

_____

(1) La tradition ecclésiastique porte que Toâmin, lequel sous ce nom a cessé d'être Jehoudda junior, cité dans les Synoptisés comme étant l'un des frères du christ, avait une sœur jumelle nommée Lydia. Si vous en doutez, car l'esprit de doute a tout envahi, vous pouvez consulter la note sur le verset 16 du chapitre xi dans l'édition du Saint-Siège.

11. Il leur parla ainsi, et ensuite il leur dit : « Lazare, notre ami, dort ; mais je vais le tirer de son sommeil. »

12. Or ses disciples lui dirent : « Seigneur, s'il dort, il guérira. »

13. Jésus avait parlé de sa mort, mais eux crurent qu'il parlait de l'assoupissement du sommeil.

14. Alors Jésus leur dit clairement : « Lazare est mort :

15. Et je me réjouis à cause de vous, de ce que je n'étais pas là, afin que vous croyiez ; mais allons à lui. »

16. [Sur quoi Toâmin, qui est appelé Didyme, dit aux autres disciples : Allons, nous aussi, afin que nous mourions avec lui.]

La phrase n'a plus aucun sens, placée ici. Elle couvre tout ce monde du ridicule le plus épais, Toâmin surtout qui parle d'aller mourir avec un homme dont Jésus annonce la résurrection pour le lendemain. On ne comprend rien à cet imbécile qui prend au tragique une chose qui est un sujet de joie pour Jésus et d'édification pour toute la secte. La résurrection d'Eléazar est statutaire, comme celle de Bar-Jehoudda dans les Synoptisés : Toâmin a fait ses exercices de scribe là-dessus, ce n'est pas à lui qu'on peut en remontrer. C'est pour lui faire plaisir que Jésus ne se met en route que dans la nuit du troisième au quatrième jour, son jour de *Genèse* (1). Aucun des fils de Jehoudda n'est avec lui, il est seul quand il part et seul quand il arrive. Mais quoi ! comme pendant la nuit de la traversée en barque, n'a-t-il pas vu clair la nuit ? Comment Toâmin pourrait-il douter de cela, lui qui a copié l'*Apocalypse* dans laquelle son père et son oncle sont ressuscités au matin du quatrième

(1) Ayez toujours présent à l'esprit que le soleil, Verbe lumineux de Dieu, n'est parvenu à la terre que le quatrième jour de mille ans.

jour? Il sait d'avance que son beau-frère sera debout
dès l'aurore.

XLI

LA RÉSURRECTION D'ÉLÉAZAR BAR-JAÏR

17. Jésus vint donc, et il le trouva mis dans le sépulcre
depuis quatre jours.

18. [Or Béthanie était près de Jérusalem, à environ quinze
stades (1).]

19. Cependant beaucoup de Juifs étaient venus près de
Marthe et de Maria, pour les consoler de la mort de leur
frère.

20. Marthe donc, dès qu'elle eut appris que Jésus venait,
alla au-devant de lui ; mais Maria se tenait dans sa maison.

21. Et Marthe dit donc à Jésus : « Seigneur, si vous eussiez été ici, mon frère ne serait pas mort ;

22. Cependant, maintenant même, je sais que tout ce que
vous demanderez à Dieu, Dieu vous le donnera. »

23. Jésus lui répondit : « Votre frère ressuscitera. »

24. Marthe lui dit : « Je sais qu'il ressuscitera à la résurrection, *au dernier jour.* »

Devant le monde Thamar ose une restriction que
l'avenir justifiera ou non, mais c'est pour rire. Car le
christ est là, revenant dans le Verbe lui-même, et
Jehoudda Toâmin parle bien de mourir avec lui, mais
à la condition, lui aussi, de ressusciter à la pâque pro-
chaine. Jésus se montrera tel qu'il est dans l'*Apocalypse*, il rétablira le dogme tel qu'il l'a révélé aux
frères de Thamar, femme d'Éléazar.

(1) Fraude manifeste.

25. Jésus lui dit : « C'est moi qui suis la résurrection et la vie ; celui qui croit en moi, quand même il serait mort, vivra ;

26. Et quiconque vit et croit en moi, ne mourra jamais. Croyez-vous cela ? »

27. Elle lui répondit : « Oui, Seigneur, je crois que vous êtes [le christ,] (1) le Fils du Dieu vivant, qui êtes venu en ce monde. »

Voilà enfin la question bien posée. Thamar a compris. Son mari ne ressuscitera pas à la résurrection au dernier jour, il sera de la *première résurrection*, celle qui aura lieu sous le quatrième signe, les *Anes*, et qui n'est que retardée.

28. Après qu'elle eut dit cela, elle s'en alla, et appela Maria, sa sœur, en secret, disant : « Le Maître est là, et il t'appelle. »

29 Ce que celle-ci, ayant entendu, elle se leva promptement, et vint à lui :

30. Car Jésus n'était point encore entré dans le bourg, mais il était dans le lieu où Marthe l'avait rencontré (2).

31. Cependant les Juifs qui étaient dans la maison avec Marie, et la consolaient lorsqu'ils la virent se lever si promptement et sortir, la suivirent, disant : « Elle va au sépulcre pour y pleurer. »

Je vous ai dit pourquoi Jésus, qui peut entrer dans le bourg et même dans la maison, n'entre ni dans l'un ni dans l'autre. C'est qu'il joue le rôle du Nazir. Les Juifs qui sont dans la maison avec Thamar et Maria

(1) Fraude évidente.
(2) Sur les raisons de naziréat pour lesquelles, en 788, Bar-Jehoudda ne put entrer dans la maison du mort ni assister à son enterrement, voir le *Roi des Juifs*, p. 310.

Cléopas sont des kanaïtes. Ils n'admettraient pas que, même allégorisé, transfiguré, le Nazir eût manqué à la Loi d'une manière si invraisemblable ; il aurait perdu tous ses droits à la résurrection dont il sera l'objet lorsque son tour de martyre sera venu, et ce tour approche.

32. Et quand Maria fut venue où était Jésus, le voyant, elle tomba à ses pieds, et lui dit : « Seigneur, si vous eussiez été ici, mon frère ne serait pas mort (1). »

33. Mais lorsque Jésus la vit pleurant, et les Juifs qui étaient venus avec elle pleurant aussi, il frémit en son esprit, et se troubla lui-même.

34. Et il dit : « Où l'avez-vous mis ? » Ils lui répondirent : « Seigneur, venez et voyez. »

35. Et Jésus pleura (2).

36. Et les Juifs dirent : « Voyez comme il l'aimait ! »

37. Mais quelques-uns d'eux dirent : « Ne pouvait-il pas, lui qui a ouvert les yeux d'un aveugle-né, faire que celui-ci ne mourût point ? »

38. Jésus donc, frémissant de nouveau en lui-même, vint au sépulcre : c'était une grotte, et une pierre était posée dessus.

39. Jésus dit : « Otez la pierre. » Marthe, la sœur de celui qui était mort, lui dit : « Seigneur, il sent déjà mauvais, car il est de quatre jours. »

« Tant mieux, morbleu ! tant mieux, c'est ce que je demande ! » Eléazar est mûr pour la résurrection. La

----

(1) Si, il serait mort tout de même, mais pour très peu de temps.

(2) Jésus pleure avec la plus grande facilité, notamment dans Luc, au rebours de Bar-Jehoudda qui ne voit que lui, ne pense qu'à lui et au Royaume, et dit de ceux qui veulent enterrer leurs pères morts de lui : « Laissez les morts enterrer leurs morts. » (Cf. *Le Roi des Juifs*, P. 316.) Ah ! il était beau, le Juif consubstantiel au Père !

veille, c'eût été trop tôt, Jésus n'aurait pas pu! Il n'aurait même pas pu le guérir d'une fièvre quartaine! Aussi personne parmi les fils de Jehoudda ne l'a pressé de partir avant la nuit du troisième au quatrième jour ; lui-même, lorsqu'il a été créé solairement, n'est arrivé à destination de la terre que le quatrième jour.

40. Jésus lui répondit : « Ne vous ai-je pas dit que, si vous croyiez, vous verriez la gloire de Dieu ? »

41. Ils ôtèrent donc la pierre ; alors Jésus, levant les yeux en haut, dit : « Mon Père, je vous rends grâces de ce que vous m'avez écouté.

42. Pour moi, je savais que vous m'écoutiez toujours ; mais c'est à cause de ce peuple qui m'environne que j'ai *parlé* (1), afin qu'ils croient que c'est vous qui m'avez envoyé. »

43. Ayant dit cela, il cria d'une voix forte : « Lazare, sors ! »

44. Et aussitôt sortit celui qui avait été mort, lié aux pieds et aux mains de bandelettes, et le visage enveloppé d'un suaire. Jésus leur dit : « Déliez-le, et laissez-le aller. »

Cérinthe ne dit pas où Eléazar est allé, mais nous le savons. Il a « suivi » Jésus, comme l'a déjà suivi dans Luc Jacob junior, devenu « fils unique de la veuve de Kapharnaüm » (2), comme le suivront tour à tour dans l'ordre de leur martyre, Shehimon, Jacob senior et Ménahem, et Bar-Jehoudda lui-même, le cinquième dans l'ordre des martyrs antérieurs à 789, le dernier dans l'ordre des *Assomptions*. Si Jacob junior et Eléazar étaient restés sur la terre après leur résurrection, ils seraient avec le Nazir au Sôrtaba. Mais la leçon de

(1) Dans les *Paroles du Rabbi*.
(2) Cf. *Le Roi des Juifs*, p. 227.

signes que donne Jésus n'est que pour la famille de son Joannès : seule elle croyait cela, seule elle verra cela, avec les quelques Juifs de Bathanée qu'elle avait ensorcelés.

De même qu'on montre à Betléhem la grotte où naquit Jésus, — cette grotte a d'abord été une maison (Mathieu), puis une hôtellerie (Luc), — à Nazareth la maison de Joseph, à Kana les cruches des Noces, à Ramlé la maison de Joseph d'Arimathie, à Machœrous la prison du Joannès baptiseur, de même on montre... à Béthanie-lez-Jérusalem le tombeau où Éléazar avait été mis ! « C'était une grotte, dit le Saint-Siège. Le tombeau de Saint-Lazare fut vénéré dès les premiers temps du christianisme. La petite porte du tombeau regarde le nord. L'entrée est obscure et difficile. On y descend par vingt-trois marches toutes usées. Le tombeau est une grotte souterraine pratiquée dans le rocher, mais ce rocher est dissous depuis longtemps, de sorte qu'on le prendrait facilement pour de la terre argileuse, excepté la partie avoisinant l'entrée où il a conservé toute sa dureté primitive. Ce changement est cause que nous trouvons aujourd'hui ce monument revêtu d'une maçonnerie dont la voûte est en ogive. Il se compose de deux chambres carrées, presque de même grandeur, d'à peu près trois mètres de long sur autant de large, et revêtues d'une maçonnerie assez grossière. La première est la chambre où se trouvait Notre-Seigneur quand il ressuscita Lazare. Du côté de l'est, on remarque une porte cintrée qui est murée depuis des siècles. Cette porte est précisément à l'entrée primitive du tombeau. Par une ouverture qui se trouve dans la paroi nord, on peut regarder dans le sépulcre propre-

14

ment dit. De cette chambre on descend par un escalier bas et étroit de trois marches dans la chambre sépulcrale. La voûte en est légèrement ogivale. Quant à la couche funèbre de saint Lazare, nous ne savons plus si elle avait la forme de four à cercueil, d'auge ou de banc ; mais si l'on considère la forme carrée de la chambre, il paraît probable que cette couche était un banc surmonté d'un arceau. Cette chambre était disposée pour en contenir encore deux autres, ainsi qu'on en voit ailleurs en grand nombre, chacune des trois parois ayant son banc, tandis que celle où se trouve la porte d'entrée reste libre.

Selon l'usage, une pierre fermait l'entrée de la grotte ; mais le corps de Lazare était au fond de la grotte, dans une chambre sépulcrale. Une pierre recouvrait la tombe proprement dite creusée dans le roc, où était le corps de Lazare. Il y avait donc deux pierres à ôter : l'une qui permettait d'entrer dans la grotte, dans le monument ; l'autre, la véritable pierre tombale, dont l'encastrement dans le roc vif se voit encore. Ce fut celle-ci que Jésus ordonna de lever et qui laissa voir Lazare les pieds et les mains enveloppés de ses suaires. L'évangéliste n'a mentionné naturellement que la pierre tombale qui recouvrait Lazare. Jésus avait dû descendre d'abord dans le monument par un escalier profond taillé dans le roc, puis de là descendre dans la chambre sépulcrale, où Lazare avait été mis. »

Telles sont, mon cher Cérinthe, les combinaisons éminemment ogivales que tes *similitudes* ont inspirées aux jehouddolâtres.

XLII

CONDAMNATION DE BAR-JEHOUDDA
ET D'ÉLÉAZAR BAR-JAIR.

Jusqu'ici, Cérinthe n'a guère attribué qu'aux *sèmeia* fournis par Jésus pendant les sabbats la haine dont les pharisiens de Jérusalem poursuivent Bar-Jehoudda. Ces *sèmeia* étant anti-légaux, les Juifs de Jérusalem ont tous l'air de défendre la Loi contre l'homme qui a été crucifié, alors qu'au contraire les Kanaïtes, les Zélateurs de la Loi, ce furent les fils de Jehoudda, patron de la secte contre laquelle le Temple eut à lutter. Fidèle à son plan, Cérinthe va nous dire : « Ce n'est pas pour avoir *suscité* Éléazar que son beau-frère a été condamné à mort en même temps que lui, c'est pour l'avoir *ressuscité*. » Voilà le but de l'intervention de Jésus dans la fable. Il interpose l'Esprit entre le fils de David et ses adversaires. De cette façon, non seulement on cesse d'avoir condamné un criminel, mais on a privé le pays d'un bienfaiteur. Cependant, quand on y regarde d'un peu près, on voit que ce bienfaiteur n'opère que dans une seule famille et dans une seule secte, celles de feu Jehoudda, l'homme du Recensement de Quirinius. C'est un résurrecteur à rayon limité.

45. Beaucoup d'entre les Juifs qui étaient venus près de Maria et de Marthe, et qui avaient vu ce que fit Jésus, crurent en lui.

46. Mais quelques-uns d'entre eux allèrent vers les pharisiens, et leur dirent ce qu'avait fait Jésus.

47. Les pontifes donc et les pharisiens assemblèrent le conseil, et ils disaient : « Que faisons-nous, car cet homme fournit beaucoup de *signes?*

48. Si nous le laissons ainsi, tous croiront en lui, et les Romains viendront et ruineront notre pays et notre nation. »

Il est clair que si, au lieu de se borner à la famille de Jehoudda, Jésus eût ressuscité tous les Juifs morts depuis l'entrée d'Abraham dans la terre de Chanaan, il eût pu devenir un danger pour les Romains eux-mêmes.

49. Mais l'un d'eux, nommé Caïphe, qui était le Pontife de cette année-là, leur dit : « Vous n'y entendez rien,

50. Et vous ne pensez pas qu'il vous est avantageux qu'un seul homme meure pour le peuple, et non pas que toute la nation périsse.

51. Or il ne dit pas cela de lui-même ; mais étant le pontife de cette année-là, il *prophétisa que Jésus devait mourir pour la nation ;*

52. Et non pas pour la nation seulement, mais encore pour rassembler en un les enfants de Dieu qui étaient dispersés. »

53. Dès ce jour donc ils pensèrent à le faire mourir.

54. C'est pourquoi Jésus ne se montrait plus en public parmi les Juifs (1).

55. Mais il s'en alla dans une contrée près du désert, en une ville qui est appelée Éphrem, et il y demeurait avec ses disciples.

Le désert de Judée commence à Gaza. Lorsqu'on eut transporté Bathanéa trans Jordanem à trois kilomètres de Jérusalem par une des opérations du Saint-

_____

(1) De Judée, les Juifs de sa propre tribu, celle de Juda.

Esprit les plus connues, — le transfert des montagnes
par la foi, — il fallut expliquer pourquoi, malgré leur
dessein de faire mourir Jésus à cause de ses *signes*,
les Juifs du Temple n'avaient pas profité de son séjour
à Béthanie pour l'arrêter. Il est clair en effet que, si
au lieu d'avoir été prononcée contre Bar-Jehoudda et
son beau-frère quand ils s'agitaient au delà du Jourdain,
leur condamnation l'eût été contre des gaillards qui auraient habité à trois kilomètres de Jérusalem, il n'aurait fallu qu'une demi-heure à Saül pour s'emparer
d'eux et exécuter la sentence. C'est pour remédier à
cette objection que l'Église a inventé cette retraite au
sud de Jérusalem (1), au delà de l'hérodienne Idumée.

Il n'est pas difficile de voir que dans le plan de
Cérinthe Jésus est innocent de tout crime. Et de quoi
pourrait-il être coupable? Dès l'origine il n'a d'humain
que la forme de Bar-Jehoudda dont il veut ignorer toute
la carrière politique, car si le Verbe sait tout et peut
tout, il a par cela même le droit d'oublier ce qu'il sait.
Il ne lui convient pas de laisser passer le plus petit
bout de l'oreille jehouddique, comme dans Luc. Le
corps de Bar-Jehoudda n'est pas le sien, c'est un corps
emprunté, il le rendra tout à l'heure à la femme qui l'a
fait, ils se débrouilleront avec le sanhédrin et avec l'histoire. Pour lui, il est évident qu'il n'a jamais empêché
de porter les vases à la piscine de Siloé (2), qu'il ne
s'est jamais sacré roi-christ et qu'il n'a jamais débauché
les soldats d'Antipas. De tout cela il résulte qu'on ne

(1) Personne ne sait où placer Ephrem. Le Saint-Siège opine que ce
lieu, également inconnu des anciens et des modernes, était situé au
nord de Jérusalem.

(2) Cf. *Le Roi des Juifs*, p. 213.

comprend absolument rien à la réunion du sanhédrin, à la sentence de condamnation, et au discours où Kaiaphas se montre prophète beaucoup plus perspicace que le Joannès, car il annonce en 788 ce qui est advenu en 823, la chute de Jérusalem pour cause d'*Apocalypse* rentrée.

D'abord, pourquoi le sanhédrin se réunit-il? Parce qu'Éléazar a été ressuscité par Jésus. Jésus est donc une menace pour la tranquillité publique? Il semble qu'au contraire les membres du Conseil devraient se réjouir de voir rappelé à la vie un homme qui, avant de mourir, n'avait commis d'autre mauvaise action que d'être malade. Mais puisque la prophétie de Kaiaphas les condamne au déicide, ils s'assembleront quand même. Où cela? Dans la salle du Hanoth où ils délibéraient d'ordinaire? Non, mais dans le lieu prédestiné à la confection des déicides. « Suivant une ancienne tradition, le Conseil fut assemblé à la maison de campagne de Caïphe, située sur le mont du Mauvais Conseil, qui a tiré de là son nom. Ce mont est à l'ouest de Jérusalem, et forme la limite méridionale de la vallée de Ben-Hinnom. » Ainsi parle le Saint-Siège.

Est-ce à des hommes comme vous et moi qu'il appartient de dire quelle misérable politique le sanhédrin a faite ce jour-là? Certes nous le pourrions, usant de nos droits de citoyen, mais quand le génie s'est prononcé, notre devoir est de lui laisser la parole, surtout quand il s'appelle Bossuet.

Oyons cet aigle : « Les Romains viendront, avaient dit les magistrats, et ils détruiront notre ville, notre temple et toute notre nation !

« C'est le prétexte dont ils couvraient leur intérêt caché

et leur ambition. Le bien public impose aux hommes, et peut-être que les pontifes et les pharisiens en étaient véritablement touchés, car la politique mal entendue est le moyen le plus sûr pour jeter les hommes dans l'aveuglement et les faire résister à Dieu. On voit ici tous les caractères de la fausse politique et une imitation de la bonne, mais à contre-sens. La véritable politique est prévoyante et par là se montre sage. Ceux-ci font aussi les sages et les prévoyants : *Les Romains viendront.* Ils viendront, il est vrai, non pas comme vous le pensez, parce qu'on aura reconnu le Sauveur; mais au contraire, parce qu'on aura manqué de le reconnaître. *La nation périra ;* vous l'avez bien prévu; elle périra en effet, mais ce sera par les moyens dont vous prétendiez vous servir pour la sauver, tant est aveugle votre politique et votre prévoyance. La politique est habile et capable : ceux-ci font les capables. Voyez avec quel air de capacité Caïphe disait : *Vous n'y entendez rien;* il n'y entendait rien lui-même. *Il faut qu'un homme meure pour le peuple :* il disait vrai, mais c'était d'une autre façon qu'il ne l'entendait. La politique sacrifie le bien particulier au bien public, et cela est juste jusqu'à un certain point. *Il faut qu'un homme meure pour le peuple :* il entendait qu'on pouvait condamner un innocent au dernier supplice, sous prétexte du bien public, ce qui n'est jamais permis, car au contraire le sang innocent crie vengeance contre ceux qui le répandent. La grande habileté des politiques, c'est de donner de beaux prétextes à leurs mauvais desseins. Il n'y a point de prétexte plus spécieux que le bien public, que les pontifes et leurs adhérents font semblant de se proposer. Mais Dieu les confondit, et leur politique ruina le temple, la ville, la nation, qu'ils faisaient semblant de vouloir sauver ».

Aurions-nous trouvé cela ? Je ne le crois pas. De même, aurions-nous trouvé ceci, à propos de la prophétie au passé par laquelle Kaiaphas prédit la chute de Jérusalem ? Jamais, le Saint-Esprit n'étant pas avec nous ! Au moins ne nous reprochera-t-on pas de ne point l'aller chercher là où il est, c'est-à-dire dans l'édition du Saint-Siège :

« Que signifient ces mots de saint Jean (1) sur Caïphe : *Il était le pontife de cette année-là ?* Les interprètes se divisent dans l'explication de ce passage. Suivant un certain nombre, par ces mots, répétés encore plus loin, saint Jean voudrait indiquer que c'était la première année du pontificat de Caïphe, le saducéen (2). Suivant d'autres, son intention serait de faire sentir l'avilissement du pontificat juif, sujet à passer presque chaque année d'une personne à une autre, au gré des gouverneurs romains, et perdant à la fois l'inamovibilité, la considération et la sainteté. Plusieurs croient qu'il signale cette année entre les autres, parce qu'elle a été marquée par des évènements d'une suprême importance, surtout par la substitution du sacerdoce de Jésus-Christ à celui d'Aaron. Toutes ces interprétations sont plausibles à quelque degré. Mais il ne paraît pas qu'on puisse supposer qu'Anne et Caïphe exerçaient alternativement le pontificat d'année en année. On n'a aucun exemple d'un pareil fait. S'il est dit dans les *Actes* qu'Anne était prince des prêtres, cela signifie

---

(1) Nous n'aurions jamais songé non plus à appeler Cérinthe Saint-Jean.

(2) C'était la neuvième.

seulement qu'il était à la tête d'une famille sacerdotale :
car saint Luc distingue parfaitement en cet endroit le
grand-prêtre des princes des prêtres. Quant à la liaison
qu'établit saint Jean entre la prophétie de Caïphe et
son titre de grand-prêtre : *étant pontife de cette année-
là il prophétisa*, il ne pouvait en être assuré que par
révélation. C'était bien l'usage de recourir aux grands-
prêtres dans les cas difficiles pour connaître la volonté
de Dieu, et l'Écriture en certains endroits semble leur
attribuer des lumières surnaturelles. Mais rien n'autorise à dire que le don de prophétie fût une de leurs attri-
butions. D'ailleurs ce mot de saint Jean, *il prophétisa*,
ne doit pas se prendre à la lettre, dit saint Thomas. Ce
qui résulte des paroles de l'évangéliste, c'est que l'im-
molation du Sauveur a été décidée par celui qui avait
charge d'offrir chaque année le sacrifice d'expiation pour
le peuple. Le grand-prêtre désigne bien ici et immole en
quelque façon la victime divine qui va satisfaire pour les
péchés du monde entier. En cela, il est, sans le savoir,
l'instrument du ciel et l'organe de l'esprit de Dieu. »

Si Kaiaphas avait prophétisé cela, c'eût été le seul
homme inspiré qu'il y eût au temps du Joannès ! Car il
aurait prédit plus d'un siècle à l'avance le parti que les
Synoptisés devaient tirer de leur propre fable en faisant
passer la crucifixion de Bar-Jehoudda pour un sacrifice
volontaire. Il serait le fondateur de l'Église, le précurseur de toute la jehouddolâtrie. Mais le propos que
Cérinthe met dans sa bouche pontificale a un tout
autre sens : c'est une allusion au sacrifice qu'avaient
pratiqué les Juifs quand ils immolaient leurs premiers
nés, les nazirs, à Moloch. Cérinthe accuse Kaiaphas
d'avoir renouvelé sur le premier-né de Jehoudda et de

Salomé, sur le Nazir par excellence, un sacrifice tombé en désuétude depuis plusieurs siècles. Cette accusation étant fort voilée et, d'autre part, portée contre une famille sacerdotale éteinte, personne ne s'est rencontré pour faire observer à Cérinthe qu'elle tombait avant tout sur les ancêtres de Bar-Jehoudda, ces rois de la maison de David qui, pour frapper leurs enfants, n'attendaient pas qu'ils fussent, comme celui-ci, en âge de trahir leur patrie. « Moloch était le dieu du grand-prêtre qui a fait condamner le Nazir ; Amalécites sont ceux qui, comme le prince Saül, stratège du Temple, furent commis à l'exécution de la sentence », voilà ce que pense Cérinthe.

Loin de donner à entendre que le christ s'est immolé volontairement, Cérinthe dit que, par politique hérodienne, le Sanhédrin a rétabli le sacrifice molochiste contre l'homme oint de Dieu pour l'établissement du Royaume d'Israël sur toute la terre. Crime inexpiable, qui exclut précisément l'assentiment du sacrifié. On lui a fait violence, ainsi qu'à Dieu dont il était le porte-parole dans son *Apocalypse*. Tous les Juifs appelés au Royaume, tous les enfants de Dieu en un mot — il n'en est d'autres — ont été sacrifiés avec lui. Il n'a pas plus été consentant que l'agneau de la pâque, quand on l'égorge et qu'on le met en croix pour le rôtir. En fuyant il n'avait d'autre but que de se conserver pour le troupeau dont il avait la garde. Si les Juifs du Temple ne l'eussent livré à Pilatus, il eût, nonobstant sa condamnation, rassemblé les croyants, massacré les étrangers et régné sur la terre pendant mille ans, car telle était la promesse que le Verbe lui avait faite, et le Verbe est véridique !

XLIII

LA PURIFICATION AVANT LA PAQUE DE 789

Pour être digne de manger l'agneau et le pain azyme on suivait un régime de purification, de manière que le jour de la Préparation, autrement appelé la veille, on fût en état de célébrer la pâque. Jérusalem est donc pleine de *revenants* qui comptaient assister à l'entrée de Bar-Jehoudda dans la Ville Sainte libérée. Les voici à la veille de la cérémonie, et Bar-Jehoudda n'est pas venu ! En effet, Dieu ne l'a pas jugé digne d'être admis à la Grande-Pâque, et toute sa génération en a pâti.

56. Or la Pâque des Juifs était proche, et beaucoup d'entre eux montèrent de cette contrée (1) à Jérusalem, avant la Pâque. pour se purifier.

57. Ils cherchaient donc Jésus, et se disaient les uns aux autres, étant dans le Temple : « Que pensez-vous de ce qu'*il n'est point venu pour la fête ?* » Or les pontifes et les pharisiens avaient donné ordre que si quelqu'un savait où il était, il le déclarât afin de le prendre.

Les Juifs de Bathanée, voire ceux de Galilée que Pilatus a massacrés dans le Temple sur leurs agneaux le 14 nisan 788, constatent que Bar-Jehoudda n'est point venu pour la fête, et tout à l'heure ceux de Jérusalem, chargés de le mener au prétoire, confirment qu'il était prisonnier depuis le jour de la préparation. Le coup a

(1) La Bathanée et la Galilée.

été manqué, non pas seulement celui-là, mais tous les autres, sauf celui de Ménahem.

XLIV

CHAPITRE XII DES ÉDITIONS ECCLÉSIASTIQUES (*suite*). L'ANE DE JUDA

Nous sommes ici en pleine logophanie, et dirigée contre les faits. Bar-Jehoudda est entré à Jérusalem par l'Occident et prisonnier ; Jésus n'y peut entrer que par l'Orient, et libre, jusqu'à ce que son jour d'être arrêté équinoxialement soit venu. Mais comme l'histoire mentionnait un sacre célébré, et le titre de roi des Juifs usurpé par Bar-Jehoudda, il fallait les expliquer en les transfigurant, ou pour mieux dire en les défigurant. Ce qui suit est le récit de l'Entrée qui n'a pas eu lieu, une Entrée au pis-aller, où l'on ne retrouve rien de ce qu'eût été celle de Bar-Jehoudda dans sa gloire de feu. C'est comme nous l'avons dit celle de Ménahem (1) sous les *Anes* de 819, et rabattue sur les événements advenus sous les *Poissons* de 788.

12. Le lendemain, une foule nombreuse qui était venue pour la fête, ayant appris que Jésus venait à Jérusalem,

13. Prit des rameaux de palmiers, et alla au-devant de lui, criant : « Hosanna, béni celui qui vient au nom du Seigneur, comme roi d'Israël ! »

14. Et Jésus trouva un ânon, et s'assit dessus, comme il est écrit :

15. « Ne craignez point, filles de Sion : voici votre roi qui vient, assis sur le petit d'une ânesse. »

(1) Cf. *Le Gogotha*, p. 73.

16. Ses disciples ne comprirent point ceci d'abord ; mais quand Jésus fut entré dans sa gloire, alors ils se souvinrent que ces choses étaient écrites de lui, et qu'*ils les lui avaient appliquées.*

Le scribe ne cache point son procédé : on a fait entrer Bar-Jehoudda dans la gloire en le ressuscitant, on a cherché dans les Écritures les passages qui pouvaient s'appliquer tant bien que mal aux *Anes*, sans nommer la prophétie de Jacob à Juda, on en a trouvé quelques-uns auxquels personne en son temps n'avait songé, ni son père, ni sa mère, ni lui-même, et on lui en a fait l'application, à la fois pour calmer l'impatience des millénaristes et pour se jouer de la crédulité des goym.

Cérinthe, si c'est lui qui parle, n'a pas voulu asseoir le Verbe sur les deux *Anes* ; Jésus ne les envoie pas chercher par les disciples comme dans certains Synoptisés, il ne trouve qu'un ânon, — le demi-signe, — que le Père lui a envoyé sans fournir d'explication, ce qui est préférable, les explications menant trop loin.

Maintenant pour quelle raison les gens de Jérusalem acclament-ils un homme qui dans l'allégorie de la Prorogation du monde s'est enfui sur le Tabor pour éviter d'être fait roi, et qui, dans la réalité, s'est enfui du Sôrtaba pour éviter la mort sur le champ de bataille ? Voici :

17. [Or c'est ainsi que rendait témoignage la multitude qui était avec lui, lorsqu'il appela Lazare du tombeau et le ressuscita d'entre les morts] (1).

18. C'est pour cela aussi que la foule vint au-devant de

(1) Addition certaine. C'est à cause de l'*Ane* qu'on l'acclame.

lui, parce qu'ils avaient appris qu'il avait fourni ce *signe* (1).

19. Les pharisiens se dirent donc entre eux : « Voyez-vous que nous ne gagnons rien ? voilà que tout le monde court après lui. »

Comment n'aurait-il pas de succès ? Il fournit sous les *Poissons* le signe de gloire promis à la Ville de David et que Bar-Jehoudda, s'il y fût entré vainqueur, n'aurait pu fournir que trois mois après ! Mais hélas ! c'est encore une simple *similitude*.

XLV

APPEL A LA BOURSE DES GOYM

Jusqu'ici, tout s'est passé entre Juifs qui ne s'entendent pas sur l'efficacité du baptême. Or le baptême, c'est l'article à vendre. Certains n'en veulent point, parce qu'ils sont renseignés sur ses origines, et que celui qui avait le plus besoin de rémission, c'est le *pécheur* (2) qui l'avait inventée. Mais les goym sont crédules, et bayent aux Écritures juives. La plupart ignorent que sous Jésus il y a Joannès, et sous Joannès cet exécrable Bar-Jehoudda dont l'*Apocalypse* les voue tous à la destruction. Jésus a bien pris soin de ne rien dire publiquement contre eux, si ce n'est dans des paraboles très voilées, comme celle de la bergerie où est entré le fils de la Louve. Il n'a pas défendu à ses dis-

---

(1) Et non « fait ce miracle », comme on le lit dans la plupart des traductions. *Sèmeion*, le signe, il a fourni le signe de l'avènement du Messie, l'*Ane*.

(2) Voir plus haut, ch. IX, p. 186.

ciples d'aller chez les goym, comme il le fait dans d'autres *Évangiles*, il n'a pas menacé des peines éternelles les Juifs qui pactisent avec eux, il leur a ménagé une entrée payante dans la bergerie chrétienne. Le tout est de faire accepter cela par les scribes qui ont transmis l'enseignement, les *Paroles du Rabbi*. Ils sont irréductibles sur le chapitre des nations, et au seul mot de goym vous avez vu tous les Naziréens, disciples authentiques de Jehoudda, se ruer sur Paul comme sur un maudit, pour le mettre en pièces (1). Il convient de montrer, par un exemple personnel, que Bar-Jehoudda ne professait point ces idées d'excommunication, et par une démarche collective, que les goym eux-mêmes penchaient secrètement vers lui. Toutefois, on n'ose pas les mettre en présence du christ lui-même. Ce serait d'ailleurs difficile, puisqu'il est sur la route de Lydda où Is-Kérioth est en train de lui mettre la main au collet. On fait revenir Philippe pour leur servir de truchement, et comme il n'est pas mauvais d'établir en passant que ce n'est pas André qui dans les *Actes* est lapidé sous le nom de Stéphanos, on fait revenir également André pour servir de témoin deutéronomique à Philippe. A la condition que les goym reconnaissent sa supériorité originelle en l'appelant Seigneur, comme fait Cornélius parlant à Pierre, Philippe daignera peut-être s'interposer entre son frère et eux : il a été son secrétaire. On pourrait aussi faire revenir Jehoudda Toâmin dans le même but, mais Philippe a le pas sur lui, il est l'aîné. Quant à Mathias bar-Toâmin, il n'est point encore en âge de figurer dans ces négociations. Il

---

(1) Cf. *Le Gogotha*, t. V du *Mensonge chrétien*, p. 167.

en est ainsi de Jehoudda, surnommé Joannès-Marcos dans les *Actes*, fils de Shehimon dit la Pierre. Certes ils ne tettent plus, mais ils n'écrivent pas encore.

20. Or, il y avait quelques gentils, de ceux qui étaient venus adorer à la fête.

21. Ceux-ci s'approchèrent de Philippe, qui était de Bethsaïda en Galilée, (1) et ils le priaient, disant : « *Seigneur*, nous voudrions voir Jésus. »

22. Philippe vint, et le dit à André ; puis André et Philippe le dirent à Jésus.

XLVI

RÉPONSE DES JUIFS PAR LA BOUCHE DE JÉSUS

La réponse de Jésus est sibylline, mais d'une diplomatie raffinée. Il ne s'étonne pas que les goym présents à la pâque de 789 aient voulu faire la connaissance de Bar-Jehoudda avant son plongeon du Guol-golta. Rien de plus naturel, au contraire ! On n'a pas tous les jours l'occasion d'être présenté à un criminel juif qui a été déclaré consubstantiel au Père. Mais ce Juif n'est devenu criminel qu'à raison des résistances injustifiables qu'il a rencontrées autour de lui. Il était le Prince du monde, entendez-vous ! Son Royaume, c'était le monde ! Les nations sont passées à côté de ce bonheur divin : être sous le talon des Juifs !

23. Et Jésus leur répondit, disant : « L'heure est venue que le fils de l'homme (1) doit être glorifié.

(1) Bethsaïda n'était pas en Galilée, mais en Gaulanitide : c'est, avons-nous dit, le nom allégorique de Gamala, bourg natal de Jehoudda.

(1) Le fils de l'homme qui s'appelait Jehoudda.

24. En vérité, en vérité je vous le dis, si le grain de froment, tombant sur la terre, ne meurt pas,

25. Il reste seul; mais s'il meurt, il porte beaucoup de fruits. Celui qui aime son âme (1) la perdra; et celui qui hait son âme en ce monde, la conserve pour la vie éternelle.

26. Si quelqu'un me sert, qu'il me suive; et *où je suis* (2), *là sera aussi mon serviteur.* Si quelqu'un me sert, mon Père l'honorera.

27. Maintenant mon âme est troublée. Et que dirai-je? Mon Père, délivrez-moi de cette heure. Mais c'est pour cela que je suis venu en cette heure.

28. Mon Père, glorifiez votre nom. » Vint donc une voix du ciel : « Et je l'ai glorifié, et je le glorifierai encore (3). »

29. Or, la foule qui était là, et qui avait entendu, disait : « C'est le tonnerre (4). » D'autres disaient : « Un ange lui a parlé (5). »

30. Jésus répondit et dit : « Ce n'est pas pour moi que cette voix est venue, mais pour vous.

31. C'est maintenant le Jugement du monde, maintenant le Prince de ce monde sera jeté dehors (6).

32. Et moi, quand j'aurai été élevé de la terre, j'attirerai tout à moi. »

(1) Il ne faut point entendre le mot comme on le fait aujourd'hui. L'âme, au contraire, c'est la vie du corps.

(2) C'est le Verbe qui parle. Il a la possession d'état, le ciel est sa demeure de toute éternité, avant la création. Même esprit que le prologue.

(3) A double sens. Chaque année à la Pâque Dieu glorifie son Verbe solaire. Jadis au Jourdain il avait révélé le baptême de rémission à Bar-Jehoudda, et sous la forme de la colombe il lui avait dit : « Tu es mon fils, je t'ai engendré aujourd'hui. » Cf. *Le Charpentier*, p. 340.

(4) Il faut savoir que dans l'*Apocalypse* la Parole de Dieu est un tonnerre dont les sept fils de Jehoudda, les sept Boanerguès (fils du tonnerre) des *Evangiles*, sont comme le roulement parvenu à la terre. Cf. *Le Roi des Juifs*, p. 20.

(5) L'ange qui, dans l'*Apocalypse* parle à Bar-Jehoudda pour lui expliquer les mystères du ciel, c'est Jehoudda son père. Cf. *Le Roi des Juifs*, p. 21.

(6) Hors de la ville, au Guol-golta.

33. (Or, il disait cela, pour marquer de quelle mort il devait mourir.)

Voilà donc comment a jugé le monde en 788 ! Mais la façon dont il a jugé, le juge lui-même ! En rejetant son prince, il s'est condamné ! Car ce n'est pas seulement leur prince que les nations représentées par Rome ont crucifié, c'est leur juge. Voyez, goym qui priez Philippe d'intervenir auprès de lui, dans quelle situation vos pères vous ont mis ! Unis aux Juifs, ils ont tué le fils de Dieu ! O déplorable aveuglement ! Et comment l'expierez-vous jamais ? Seule l'Église, héritière du droit de juger que possédait Bar-Jehoudda, peut vous remettre ce péché qui est comme une récidive du péché originel. Mais à supposer qu'il ait été condamné par le Sanhédrin, composé de soixante-dix membres siégeant au criminel, est-ce que sa seule qualité de Juif n'aurait pas dû montrer à Pilatus qu'il était né pour le jugement des nations ? Sur ce, gogoym, vile semence de bétail, rentrez dans vos maisons et supputez vos ressources en numéraire, car ce n'est point par de vaines larmes qu'on se lave d'un déicide !

On rencontre, il est vrai, des Juifs qui contredisent à la résurrection et à l'ascension de Bar-Jehoudda, mais Jésus va leur river leur clou avec un de ceux qui ont servi à la crucifixion.

34. Le peuple lui répondit : « Nous avons appris *par la loi* (1) que le christ demeure éternellement ; et comment dis-tu, toi : « Il faut que le fils de l'homme soit élevé ? Qui est ce fils de l'homme ? »

(1) Ils citent la loi, puisqu'il est entendu que l'*Apocalypse* n'est plus l'œuvre du crucifié. Au surplus, l'*Apocalypse* n'est elle-même que l'interprétation de la Loi.

35. Jésus leur dit donc : « C'est pour un peu de temps encore que la lumière est au milieu de vous. Marchez pendant que vous avez la lumière, de peur que les ténèbres ne vous surprennent ; celui qui marche dans les ténèbres ne sait où il va (1).

36. Pendant que vous avez la lumière, croyez en la lumière, afin que vous soyez des enfants de lumière. » Jésus dit ces choses ; puis il s'en alla, et se cacha d'eux.

Il se cache d'eux au moment où ils ont le plus besoin de lumière ! Excusez-le, il n'en a lui-même que pour douze heures au jour, et sous les espèces humaines il est esclave de la nuit. Cérinthe fait jouer au Verbe un rôle en opposition avec sa nature. Mais Jésus aime mieux se cacher que de répondre au désir exprimé par les honnêtes païens venus pour adorer le dieu des Juifs, adoration qui d'ailleurs leur était interdite à ce point par les disciples de Jehoudda, qu'il fallut leur tirer Saül des mains en 819, lorsqu'il introduisit Tyrannus et Néapolitanus dans la Cour du Temple (2).

Au fond, tout est changé, tout le programme de l'*Apocalypse* est renversé. Le Prince du monde, ce Satan qui devait être précipité du ciel le 15 nisan 789 pour livrer passage au Fils de l'homme, et être enchaîné pour mille ans, c'est-à-dire pendant tout le règne personnel de Bar-Jehoudda ; le Jugement qui devait anéantir les païens par le feu et glorifier par la transfiguration les Zélateurs de la Loi, qu'est-ce que cela ici ? Qu'est-ce désormais que la défaite de Satan ? Et le Jugement ? La résurrection du Juif sur le papier, voilà toute la

_____

(1) Répétition sous une autre forme de ce qu'il a dit au christ et à ses frères avant d'aller ressusciter Eléazar.

(2) Cf. *Le Gogotha*, p. 45.

condamnation de Satan et tout le Jugement. Plus d'É-
den, plus de Millénium; le Royaume d'Israël, c'est Bar-
Jehoudda montant au ciel derrière Jésus et attirant à
lui, dans la lumière du Royaume qui n'est pas de ce
monde, les victimes et les dupes de sa Révélation.
Nous ne reconnaissons plus le millénariste Cérinthe,
nous sommes en pleine Écriture valentinienne.

37. Mais quoiqu'il eût fait de si grands *sèmeia* devant
eux, ils ne croyaient pas en lui ;

38. Afin que fût accomplie la parole que le prophète Isaïe,
a dite : « Seigneur, qui a cru à ce qu'il a entendu de nous ?
Et le bras du Seigneur, à qui a-t-il été révélé. »

39. C'est pourquoi ils ne pouvaient croire ; et parce que
Isaïe a dit encore :

40. « Il a aveuglé leurs yeux et endurci leurs cœurs, pour
qu'ils ne voient des yeux, et ne comprennent du cœur, et
qu'ils ne se convertissent, et que je ne les guérisse. »

41. *Isaïe a dit ces choses quand il a vu sa gloire et qu'il a
parlé de lui.*

Ce n'est pas la première fois que les scribes avouent
leur procédé de composition. C'est longtemps après les
circonstances et leur dénaturation qu'ils y ont adapté
les passages tirés soit d'Isaïe soit des autres prophètes.
La grosse affaire a été pour eux de faire semblant
d'ignorer l'*Apocalypse*. Nous l'avons déjà remarqué au
sujet des *Anes*. Ici voyez comment on opère avec
Isaïe : on lui présente le ressuscité, il *voit* sa gloire, et
alors il *parle* de lui ; mais alors seulement. Auparavant
il n'en parlait pas. Nous aurons un exemple beaucoup
plus éclatant de cette méthode à propos de la résurrection de Bar-Jehoudda, quand on la présentera comme

une auto-résurrection : il faudra la faire prédire par le revenant lui-même !

XLVII

RÉSISTANCE DES CHRISTIENS PURS A JÉSUS NON-ROI ET NON-JUGE

42. Cependant, même parmi les chefs du peuple, beaucoup crurent en lui ; mais à cause des pharisiens, ils ne le confessaient point, de peur d'être rejetés de la synagogue :

43. Car ils aimèrent la gloire des hommes plus que la gloire de Dieu.

Josèphe en effet constate que beaucoup parmi les grands allèrent avec Jehoudda, ses fils, particulièrement Ménahem, et ceux de Jaïr, particulièrement Éléazar. Ceux-là, comme le dit l'Évangéliste, ont préféré la gloire des hommes à celle de Dieu. C'est qu'il n'était nullement question de Dieu dans tout cela, mais d'hommes-dieux comme Bar-Jehoudda et ses frères, ivres d'ambitions temporelles. Quand on a de ces ambitions-là, il faut être Alexandre ou César. Encore Dieu y demeure-t-il toujours étranger. Ce sont les descendants de ceux-là, les Jesséens surtout, qui refusèrent d'accepter le Jésus jésuitique proposé par les *Évangiles*, le Jésus non-roi et non-juge sur terre, en un mot, le Verbe Juif déchu (1).

Impuissant à dissiper les illusions davidiques, Jésus éprouve le besoin de regagner les hauteurs où il habite.

(1) Les Jesséens (de Jessé, père de David) avaient conservé la pure tradition christienne.

Pour cela il lui faut donner officiellement sa démission de juge, il serait obligé de condamner, et qui? Bar-Jehoudda, toute sa famille et tous leurs disciples. Il aime mieux s'en aller que de prononcer la sentence devant les goym qui sont là, conversant avec Philippe et André, car il lui faudrait indiquer ses motifs, lesquels seraient, malgré tous ses détours, les mêmes que ceux du Sanhédrin.

44. Mais Jésus s'écria et dit : « Qui croit en moi ne croit pas en moi, mais en celui qui m'a envoyé.

45. Et qui me voit, voit celui qui m'a envoyé.

46. Moi, la lumière, je suis venu dans le monde ; afin que quiconque croit en moi, ne demeure point dans les ténèbres.

47. Et si quelqu'un entend mes paroles, et ne les garde point, je ne le juge pas, moi ; car je ne suis pas venu pour juger le monde, mais pour sauver le monde.

48. Celui qui me méprise, et ne reçoit pas mes paroles, a qui le juge : la parole que j'ai annoncée sera elle-même son juge au dernier jour.

49. Parce que je n'ai point parlé de moi-même ; mais mon Père, qui m'a envoyé lui-même, m'a prescrit ce que je dois dire et ce dont je dois parler.

50. Et je sais que son commandement est la vie éternelle. Ainsi ce que je dis, je le dis comme mon Père me l'a ordonné. »

Mais ce Jésus-là n'est pas sûr, il s'éloigne trop de l'ancien type. On voudrait des garanties, et il n'en offre pas; il est dans les nuages, bien qu'il prétende être la lumière, et puis vraiment il ment trop !

XLVIII

CHAPITRE XIII. — LE BANQUET DE RÉMISSION

Les revenants de la Préparation viennent de nous dire que Bar-Jehoudda n'est point venu à la pâque de 789, nous le savions déjà par l'histoire : ils ajoutent même qu'au moment où Jésus prononce tous ces beaux discours à Jérusalem, les prêtres ont donné ordre d'arrêter Bar-Jehoudda là où il serait trouvé. Cérinthe va nous le dire une seconde fois, une troisième, une quatrième, une cinquième enfin, confessant que l'arrestation est opérée au moment où Jésus préside le Banquet du 14 nisan, veille de la pâque. Et comme si ces cinq indications ne suffisaient pas, il en ajoutera une sixième dans son Epilogue qui est une allégorie sur la pâque non célébrée et le *Cycle du Zib* manqué. A ce Banquet, point d'agneau, comme dans les Synoptisés. Du pain seulement et un seul, celui qui a déjà servi dans la Prorogation du monde. Douze fractions, trois cent cinquante-neuf bouchées, car nous ne sommes encore que le 14 nisan, veille du jour où il y en a trois cent soixante. Jésus a en main la trois cent soixantième.

La première chose dont il s'inquiète en ce jour, c'est de savoir si Jehoudda Is-Kérioth est arrivé. Le 14 nisan 788, à pareille heure, arrêté à Lydda par Is-Kérioth, Bar-Jehoudda s'acheminait vers Jérusalem, les mains liées derrière le dos, en costume royal. Un peu plus tard il était déposé dans la cour de Kaiaphas, et le matin on trouvait Is-Kérioth étendu à la Poterie, le ventre ouvert par Shehimon. Mais ce sont de vieilles choses sur lesquelles Jésus veut passer l'éponge de la rémission.

1. *Avant la fête de la Pâque*, Jésus, sachant que son heure était venue de passer de ce monde à son Père, comme il avait aimé les siens, qui étaient dans le monde, il les aima jusqu'à la fin.

2. Et le souper fini, lorsque déjà le Diable avait mis dans le cœur de Judas, fils de Simon Iscariote, de le livrer ;

3. Sachant que son Père lui avait remis toutes choses entre les mains, et qu'il était sorti de Dieu et retournait à Dieu,

4. Il se leva de table, et posa ses *vêtements* (1) ; et ayant pris une serviette de lin, il s'en ceignit.

5. Ensuite il versa de l'eau dans un bassin, et commença à laver les pieds de ses disciples, et à les essuyer avec le lin dont il était ceint.

L'ingénieux Cérinthe lui fait déposer ses vêtements avant de commencer. Certes! Toutefois le Verbe n'est jamais nu, c'est ce qui le distingue des Juifs avant qu'il ne leur ait donné les vêtements blancs de l'assumé. Ce que Jésus dépose surtout, c'est le manteau décrit dans l'*Apocalypse*. Si le christ le voyait dans ce manteau, il reprendrait la fuite avec la même célérité qu'au Sôr-taba! Quant au fin lin dont s'entoure Jésus, il est également apocalyptique, mais taillé dans la robe d'un simple martyr, de telle sorte qu'au moment de commencer il ne lui reste plus rien de ses vêtements lumineux. Cela se conçoit. S'il en gardait un seul, l'eau du bassin s'évaporerait en un instant.

(1) *Tithèsi ta imatia.*

Quant à la cérémonie elle-même, c'est la purification avant la pâque, avec cette différence que cette fois elle est administrée par le Verbe lui-même à tous les disciples de l'*Agneau*. Il ne peut les assumer avant de leur avoir lavé au moins les pieds, le reste est censé avoir été lavé dans l'eau selon la formule du Joannès. On ne dit pas par qui il a commencé, mais nous le savons, c'est par cet imposteur.

Jésus donne une leçon cruelle au malheureux Ben-Sotada qui, dans son égarement, a commis la faute de séparer les deux hypostases divines au point de croire que le Fils pourrait régner sans le Père pendant mille ans. Il a invité au banquet Jehoudda Is-Kérioth qui a combattu ce blasphème et arrêté le blasphémateur !

Ce qui étonne le plus dans ces fables, c'est le cas extraordinaire que Jésus fait de Jehoudda Is-Kérioth, le rôle éminent qu'il lui assigne de sa pleine science et volonté, jusqu'à le faire asseoir à *côté de lui*, à tremper dans le même plat, comme dit Marc. Revenu sur la terre en la personne de Jésus, Bar-Jehoudda est forcé de reconnaître qu'il s'est trompé en détachant le Fils du Père pendant le Règne de Mille ans, et qu'Is-Kérioth avait raison contre toute la maison de David. Le Verbe vient dire : « Politiquement Is-Kérioth a eu tort de t'arrêter, car tu aurais peut-être échappé ; mais théologiquement il était dans la vérité, je ne fais qu'un avec mon Père, je ne régnerai pas sans lui. » Is-Kérioth est le seul théologien un peu sérieux qu'il y ait eu dans l'apostolat de l'*Agneau*. Jésus le couvre de son autorité.

XLIX

RÉHABILITATION D'IS-KÉRIOTH ET EXÉCUTION
DE SHEHIMON

Shehimon qui conjuguait le verbe gésir depuis tantôt
cent ans, avec tout son bloc de crimes comme pierre
tombale, avait grand besoin que le Verbe nouveau style
— non juge, mais sauveur, — le lavât extérieurement
et le purifiât *en similitude* dans un Évangile honnête
et doux. A sa grande stupéfaction, le Verbe, ôtant son
manteau de pourpre et jetant son épée, se ceignant la
taille d'un linge blanc, très blanc, après avoir versé de
l'eau, beaucoup d'eau, dans un bassin, un très grand
bassin, large au moins comme le lac de Génézareth, se
met en devoir de laver les pieds de ses disciples, afin
qu'ils puissent se présenter convenablement devant le
monde païen où les aigrefins juifs désiraient les introduire. Et déjà il leur a lavé les pieds à tous, lorsqu'il
arrive devant Shehimon. A sa vue, le vieux sicaire ne
peut réprimer un mouvement non de honte et de
remords, (il en est incapable), mais de frayeur ; il vient
d'apercevoir au fond de leur trou les cadavres d'Ananias et de Zaphira, et dans la Poterie celui d'Is-Kérioth
crevé par le milieu. Il prévoit qu'il n'y aura pas assez
d'eau pour lui dans le bassin du Verbe, et que le linge
qui a pu suffire aux autres ne sera pas assez grand.

6. Il vint à Simon Pierre. Et Pierre lui dit : « Vous, Seigneur, vous me lavez les pieds ? »

7. Jésus répondit, et lui dit : « Tu ne sais pas maintenant ce que je fais ; mais tu le sauras plus tard. »

8. Pierre lui dit : « Jamais vous ne me laverez les pieds ! » Jésus lui répondit : « Si je ne te lave, tu n'auras point de part avec moi ! »

9. Simon Pierre lui dit : « Seigneur, non seulement les *pieds*, mais encore *les mains et la tête.* »

10. Jésus lui dit : « Celui qui a été lavé n'a besoin que de laver ses pieds, et il est entièrement pur. Vous aussi, vous êtes purs, mais non pas tous.

11. Car il savait celui qui le livrerait ; c'est pourquoi il dit : Vous n'êtes pas tous purs.

Il est évident qu'à l'heure où Cérinthe a placé son allégorie, Shehimon, porte-parole de ses six frères, ne peut absolument rien comprendre à une mesure de purification qui vise en partie des péchés et des crimes à commettre dans l'avenir. Cependant il en a déjà assez commis à la date du 14 nisan 788 pour juger préférable de ne pas demander d'explications. Il les a lui-même prévenues en désignant les parties de son individu, les mains, les pieds et la tête, qui lui semblent les plus dignes d'exercer la patience d'un purificateur, il juge également inutile de dire que cette purification, obtenue ici par le moyen tout terrestre de l'eau baptismale, devait se faire par le moyen du feu céleste. S'il relève cette substitution anticipée d'un élément à un autre, il va livrer aux goym le sens intime de l'allégorie cérinthienne. Il se tait donc. Mais dans le fond, il se rend justice avec une franchise qui l'honore : toute l'eau du bassin ne suffira pas à le laver des pieds à la tête, si Jésus n'y ajoute la grâce !

Le lavement des pieds n'est, cela saute aux yeux les

moins clairs, qu'une formule de rémission empruntée au baptême. Jésus utilise le moyen légué par le Joannès, il remet aux disciples de l'*Agneau* les crimes qu'ils ont commis, mortels chez tous, car ils avaient tué, et la Loi était : « Tu ne tueras pas. » Cérinthe ne pouvait placer cette scène qu'avant l'arrestation du christ baptiseur. L'Église en a conclu que le triple reniement de Shehimon dans la Cour de Kaiaphas lui était remis par anticipation. Pour cela il lui a fallu toucher au texte de Cérinthe et corriger l'aveu trop spontané de Pierre par cette subtilité qui couvre tous les apôtres : « Celui qui est baigné a seulement besoin qu'on lui lave les pieds ; pour tout le reste il est propre. (Pierre a reconnu le contraire en ce qui le touche). Vous êtes purs, vous, mais non pas tous. » Il savait, en effet, qui le livrerait, c'est pourquoi il dit : Vous n'êtes pas tous purs. » Cette réponse et cette explication n'ont pas le sens commun, car Is-Kérioth est présent ; Jésus lui a lavé les pieds comme aux autres, et les pieds seulement : c'est donc qu'il considère le reste — et quel reste ! les mains et la tête ! — comme plus propres que ceux de Pierre.

Ainsi le corps d'Is-Kérioth avait moins besoin d'eau que celui de Pierre ! La tête qui aurait conçu la trahison, les mains qui auraient palpé les trente deniers seraient encore plus pures que celles de Pierre ! Seul son ventre a besoin d'être lavé, mais c'est par le fait de Pierre ! Ah ! Jésus est terrible pour toi, Shehimon, lorsqu'il veut te tirer d'infamie ! Il ne peut le faire qu'en mettant Is-Kérioth sur de meilleurs pieds que toi !

C'est la réhabilitation d'Is-Kérioth et la condamnation de Shehimon.

L

EXHORTATIONS AU SILENCE

12. Après donc qu'il leur eut lavé les pieds, et qu'il eut repris ses vêtements (1), s'étant remis à table, il leur dit : « Savez-vous ce que je viens de vous faire?

13. Vous m'appelez vous-mêmes Maître et Seigneur ; et vous dites bien, car je le suis. »

Et s'il n'ajoute pas : « N'appelez personne sur la terre votre maître et votre père, » c'est pour que, Josèphe en main, les goym ne puissent pas voir qu'ils sont en face de la secte fondée par Jehoudda de Gamala. Autant vaudrait prendre une étiquette sur laquelle il y aurait : « *Kanaïtes et Sicaires* », et la coller sur le front des sept démons de Maria. C'est peut-être ce qu'il ferait s'il exerçait ses fonctions de juge, mais il les a résignées pour ne pas être obligé d'abord de prendre celles de greffier du Sanhédrin. Quand on grácie, c'est qu'on oublie.

14. Si donc je vous ai lavé les pieds, moi votre Maître et votre Seigneur, vous devez, vous aussi, vous laver les pieds les uns aux autres.

15. Car je vous ai donné l'exemple, afin que, comme je vous ai fait, vous fassiez aussi vous-mêmes.

16. En vérité, en vérité, je vous le dis, le serviteur n'est pas plus grand que son maître, ni l'apôtre plus grand que celui qui l'a envoyé.

(1) Il n'y a plus d'eau dans le bassin.

17. Si vous savez ces choses, vous serez heureux, pourvu que vous les pratiquiez.

18. Je ne dis pas ceci de vous tous ; je sais bien ceux que j'ai choisis (1); mais c'est pour que s'accomplisse l'Écriture : « Celui qui mange le pain avec moi, lèvera contre moi son pied. »

19. Je vous le dis à présent, avant que cela arrive, afin que lorsque ce sera arrivé, vous me croyiez ce que je suis.

20. En vérité, en vérité, je vous le dis : Qui reçoit celui que j'aurai envoyé, me reçoit ; et qui me reçoit, reçoit celui qui m'a envoyé.

En effet, lui seul, en sa qualité de revenant et de pré-destinateur, sait qui le livrera. Le plus inquiet de tous, ce n'est pas du tout Is-Kérioth, comme on pourrait le croire d'après la fable, c'est le franc-fileur du Sôrtaba et de Lydda, c'est le Joannès lui-même, l'auteur de cette belle *Apocalypse* qu'il a si bien prêchée et si mal défendue. Vient ensuite Shehimon à qui ses pieds ont été si utiles dans la Cour de Kaiaphas et ailleurs. Il n'est pas rassuré. Le seul qui soit à peu près tranquille, c'est Ménahem, le roi-christ de 819 : lui au moins a montré les *Anes* aux habitants de Jérusalem. En tout cas, qu'ils pratiquent tous une savante humilité ! Ils ne valent pas mieux les uns que les autres, Juda ne vaut pas plus que Dan, le christ qu'Is-Kérioth !

(1 La justice, le mérite ne sont d'aucun poids pour lui. Sa maison selon le monde, c'est celle de David: sa tribu, celle des *Anes.*

LI

LA RÉMISSION DANS LES ÉVANGILES VALENTINIENS

Jésus les traite beaucoup plus durement encore dans les Évangiles valentiniens ou *Sagesses* (1). Et pourtant Valentin est un juif patriote, un christien davidiste. Mais l'ombre de Jehoudda ayant présidé à toutes les révoltes, à tous les refus de serment et de tribut, conseillé la malédiction, la calomnie, le meurtre et le reste, inspiré les soulèvements de Cyrène sous Vespasien, de Chypre et de Cyrénaïque sous Trajan, et de Judée sous Hadrien, Valentin n'a pas voulu que Jésus menât rétrospectivement l'instruction de ces affaires où on s'embarlificotait dans les cadavres d'Ananias, de Zaphira, de Jehoudda Is-Kérioth, et des principaux membres de la famille de Hanan et de Kaiaphas. Il dit donc toutes choses à mots couverts. Aussi l'obscurité des *Sagesses* les a-t-elle protégées contre la destruction totale, mais toutes les fois qu'il y est question des crimes et des péchés apostoliques, la dissimulation de l'Église se réveille : ses ciseaux fonctionnent avec la même rigueur dans le texte de Valentin que dans celui de Cérinthe.

Dans Valentin, c'est la mère du christ, alternativement désignée sous son nom de Salomé et sous celui de Maria Magdaléenne (2), qui questionne le Verbe sur le

---

(1) *Pistis Sophia*, éd. Amélineau. Paris, 1895, in-8.

(2) Le doute n'est pas permis un seul instant, notamment en cet endroit de la page 177. « Lorsque Salomé eut dit ces paroles, la vertu lumineuse qui était en Maria la Magdaléenne (sœur de Moïse et d'Aaron) bouillonna en elle. Elle dit à Jésus : « Mon seigneur, or-

châtiment réservé à ceux qui ont *maudit, calomnié et tué* (1), ce qui était le cas de toute la famille.

Après elle, son fils aîné, le plus souvent désigné sous le nom de Joannès le Vierge, est commis, avec Pierre, Jacob, Toâmin, Andréas, Philippe, Mathias, Thamar et Salomé junior, à l'explication des thèmes que le premier Mystère, (le Baptême, personnifié sans doute par Jehoudda), assis sur la Montagne des Oliviers, propose à la sagacité des initiés.

Maria peut répondre à chaque question, éclaircir chaque allégorie. « Mon esprit, dit-elle, est intelligent en tout temps, mais je crains Pierre parce qu'il m'a menacée et qu'il hait notre sexe. » Ses deux filles n'expriment pas la même crainte; toutefois elles ne parlent qu'autorisées par son exemple. En principe, sauf la grande Magdaléenne, les femmes n'ont pas la parole, car c'est par elles que la mort est entrée dans le monde.

En menaçant sa mère, dont il déteste le sexe, Pierre est conséquent avec la doctrine paternelle dans les

---

donne-moi de parler avec ma sœur Salomé pour lui dire l'explication de la parole qu'elle a dite. » Pourquoi dit-elle que Salomé est sa sœur, alors que ce fut sa propre chair en ce monde ? Parce que, n'ayant d'autre Époux que Jésus qui lui a fait sept démons dans la fable, elle ne peut donner le nom de mari à Jehoudda, surnommé Panthora ou le nouveau Moïse. Sous le nom de Maria Magdaléenne, Salomé, jadis femme de Jehoudda, n'est plus que sa sœur en millénarisme. Jésus qui comprend très bien et qui reconnaît là un des dogmes de Jehoudda ordonne immédiatement à Maria d'expliquer les paroles de Salomé. Sur quoi elle s'élance vers Salomé, l'embrasse jusqu'à se confondre avec elle et répond pour elle avec l'autorisation du Verbe qui fait les noms juifs... et les défait pour la plus grande confusion des goym.

(1) *Seconde Sagesse*, p. 197. Huit feuillets ont été enlevés juste à cet endroit dans le manuscrit copte d'après lequel M. Amélineau a donné son édition.

Paroles du Rabbi. Au Grand jour du Seigneur, la femme ne peut être sauvée qu'en revenant à l'homme bisexuel dont elle est sortie. De cette manière, ne pouvant plus pécher, c'est-à-dire produire, elle ne sera plus une cause de mort pour personne (1).

Mais la grande curiosité des *Sagesses*, c'est la purification des disciples, l'absolution que Jésus leur donne, car, ayant commis tous les péchés au sujet desquels ils l'interrogent, ils tremblent à la pensée des châtiments qui les attendent. « Aie pitié de nous ! Aie pitié de nous ! s'écrient-ils en pleurant... Sois miséricordieux pour nous, afin que nous soyons sauvés de ces châtiments et de ces jugements, car nous aussi nous avons péché !... »

Pressé de donner à ces pécheurs un signe de purification, Jésus n'en trouve qu'un qui leur convienne : il consent à leur donner *le baptême qui confère la rémission des péchés* (2). Sur quoi l'Église arrive avec ses grands ciseaux et lui coupe carrément son effet. Qu'y avait-il en cet endroit ? La seule scène qui pût calmer les remords de ces criminels, étouffer les lamentations de ces damnés. C'est la réduction de cette scène qu'on retrouve aujourd'hui, effacée, dissimulée presque, dans la pénombre du *Quatrième Évangile*. Pour tout dire, Jésus consentait à leur laver les pieds.

Tous ont poussé le zèle de David jusqu'au crime et jusqu'à la folie. Il leur doit remise de peine à proportion de leur passion dynastique. « Il te sera beaucoup

(1) Sur ce dogme à la fois stupide et lâche, cf. *Le Charpentier*, p. 149.
(2) Ici nouvelle ablation de feuillets. La méthode est d'une simplicité remarquable. Les deux *Sagesses* ont été revues et corrigées en un temps où l'Église avait déjà décidé que les apôtres-hommes de son invention ont évangélisé le monde.

pardonné, dit-il à Maria, parce que tu as beaucoup aimé. » Qui ? Israël, l'unique objet de tout ce kanaïsme jaloux (1). Ces forfaits anciens, qui se les rappelle positivement ? L'histoire. Mais qu'est-ce que l'histoire ? Une vieille aveugle qui tâte le temps avec son bâton.

Il en faut user d'autre sorte si on veut que la Judée revive. L'heure est à la prudence, à la patience, au calcul, et la Revanche viendra. Voici justement Sophia, la Sagesse, l'héroïne de Valentin. Elle commencera l'éducation des chrisliens de l'ancienne génération, elle leur inspirera des sentiments modelés sur une situation qui a changé, elle les guidera à travers les *Psaumes de David*, qu'ils ont négligés pour des Révélations plus orgueilleuses. Ils s'en étaient si peu occupés qu'il faudra les faire épeler !

LII

LES DOUZE REPENTANCES DU CHRIST, DE SA MÈRE, DE SES SIX FRÈRES, ET DE SES DEUX SŒURS

Le plan de Valentin ne se dessine qu'à la longue. Corriger le fanatisme de l'Homme de lumière (2), de sa femme et de leurs fils, « ouvrir leur intelligence par la lecture des *Psaumes*, comme dit Luc », réformer leurs

(1) L'Église a donné le sens érotique à cette parole où vient sombrer tout l'honneur conjugal de Maria-Magdaléenne. C'est de la diffamation par inintelligence. Salomé, avons-nous dit, fut une épouse et une mère irréprochables. Cf. *Le Charpentier*, p. 175.

(2) Le nom que Salomé donne à son mari dans les *Sagesses*, nom tiré de l'*Apocalypse* où Jehoudda monte au ciel devant tous ses ennemis en 761. Cf. *Le Charpentier*, p. 258.

disciples par des révélations nouvelles, tel est le but
de Jésus dans les *Sagesses*. Il ne faut plus que les vio-
lents s'emparent du Royaume, — ils ont échoué, — mais
les habiles. Pour cela, qu'ils deviennent *pneumatiques*
adroits (1), « spirituels » par opposition à leur grossier
millénarisme. Après qu'il aura refait leur éducation,
Jésus les remplira de toute la lumière et de toute la
vertu de l'Esprit-Saint qui leur a manqué pendant leur
vie.

Sophia, l'héroïne de Valentin, c'est la Judée repen-
tante, implorant son pardon, redemandant la liberté à
Dieu contre Jupiter Capitolin. C'est Jérusalem après
Hadrien, peut-être même après Commode. C'est la Loi
humiliée, vaincue, mais pleine d'espoir dans le Verbe
d'Israël. Elle supplie Jésus de venger la chute du sanctuaire.

Sa Repentance comprend douze Lamentations : autant que de tribus. Maria parle la première. Elle dit
son affliction dans les termes où la dit David (2) :

« O Dieu d'Israël, c'est à cause de toi que j'ai sup-
porté l'opprobre, que la honte a couvert mon visage,
que je suis devenu étranger à mes frères, étranger aux
fils de ma mère, *car le zèle de ta maison m'a dévoré!*... (3) Sauve-moi de mes ennemis!... Ils m'ont
donné l'amertume pour nourriture (le fiel de la Passion),
ils m'ont fait boire du vinaigre (le vinaigre de la Passion)... Courbe leur dos en tout temps, foule-les aux

(1) *Pistis Sophia*, p. 44.
(2) *Psaume soixante-huitième*. Tous les détails de la Passion en
viennent.
(3) Mots appliqués au revenant du christ par Cérinthe. Cf. le présent
volume, p. 88.

pieds en ta colère! Que leur habitation devienne déserte, que personne n'habite en leur domaine (1)! Ne permets pas qu'ils soient comptés parmi les justes! Le Seigneur a entendu les pauvres et il ne méprise pas ceux qui sont dans les liens d'airain... » Dieu conservera Sion et l'on rebâtira les villes de la Judée afin que les christiens dispersés y rentrent et qu'ils y trouvent leur héritage. « La race de ses serviteurs en sera maitresse, et ceux qui aiment son nom y vivront. »

Jésus félicite Maria de s'être initiée si vite : elle a parfaitement compris ce qu'est Sophia, ce qu'il est lui-même. Le plus ardent judaïsme l'anime : tous les malheurs de Sophia sont les siens ; il pleure avec elle, il répand autour de lui les mêmes malédictions contre l'arrogant Jupiter à qui Hadrien a bâti un temple dans Sion, contre la Bête à face de lion qui déchire la Judée. Perdue au milieu des Dieux étrangers, après sa première épreuve (2), c'est vainement qu'elle a cherché des yeux son Époux pour voir s'il ne viendrait pas et ne combattrait pas pour elle, il n'est point venu! La voilà pour la seconde fois retombée au pouvoir de ces démons. Dieu fasse qu'elle soit délivrée !

Jaloux des compliments que Jésus fait à Maria, Pierre s'élance : « Mon Seigneur, nous ne pouvons souffrir que *cette femme* (il ne l'appelle pas sa mère, ce serait dénoncer son père!) nous enlève la place et ne nous laisse point parler ! » Et Pierre, au nom de tous,

(1) L'auteur des *Actes des Apôtres* a bien connu la *Sagesse* de Valentin. Il lui emprunte cette citation qu'il applique à Is-Kérioth, (cf. *Les Marchands de Christ*, p. 377) après l'avoir accommodée à l'imposture ecclésiastique.

(2) La destruction du Temple par Titus en 823. Cf. *Le Gogotha*, p. 112.

explique la seconde lamentation de Sophia (1). Jésus l'en félicite sincèrement : « Je vous donnerai tous mes mystères, dit-il, afin que celui que vous introduirez sur terre (par le baptême), on l'introduise dans la lumière d'en haut, et que celui que vous rejetterez sur terre, on le rejette du royaume de mon Père qui est dans les cieux. » (On voit que Pierre, dans les anciens thèmes, n'avait nullement la primauté plus tard usurpée en son nom par l'Église de Rome.)

C'est Thamar (2) qui explique la troisième lamentation, après avoir demandé pardon de ses fautes. Joannès explique la quatrième (3), après avoir adoré la poitrine de Jésus. C'est Philippe qui explique la cinquième lamentation. Pour la seconde fois, nombreux comme l'eau, les Romains ont pris Sophia. En vain elle a appelé Jésus : « Les Sauveurs qui doivent venir par ton ordre (les douze Apôtres, les trente-six Décans et les cent quarante-quatre mille Anges), est-ce qu'ils ne se lèveront pas ? » et ils ne se sont pas levés. C'est André qui explique la sixième lamentation.

Toâmin explique la septième (4). Il laisse ses frères parler avant lui, bien qu'il ait tout compris comme eux. Tous sont dans la même situation que Sophia, tous ont souffert, tous ont péché, mais tous trouvent espoir et réconfort dans les *Psaumes de David*, tous demandent pardon. Le cri de Toâmin résume tous les

---

(1) Par le *Psaume soixante-dix*. Dans Luc, le revenant du christ en recommande la lecture aux apôtres. Il a profité des leçons de Valentin.

(2) On a dérangé l'ordre des interlocuteurs. C'est un des sept fils de Salomé qui prenait la parole ici, et non une de ses filles.

(3) Celle qui répond au quatrième signe, *les Ancs*.

(4) Après le passage où la suprématie et l'antériorité de Philippe comme scribe sont reconnues.

autres cris : « Que Dieu sauve Israël de ses tribulations ! »

Pendant un assez long intervalle, de Vespasien à Trajan, soit quarante-cinq années, Sophia respira un peu plus à l'aise. Elle vécut en un lieu où elle ne fut pas pressurée (l'Asie, je crois) (1) et elle put croire qu'elle sortirait du chaos païen pour revenir à la lumière juive. Il semble même qu'elle se fût enhardie jusqu'à reprendre les sacrifices (2) dans un sanctuaire rebâti avec les restes de l'édifice hérodien (3). Mais la voyant s'agiter pour sa liberté (révoltes sous Trajan), l'arrogant Capitolin l'enserra plus étroitement. C'est, avec la propagande en faveur de la circoncision (4), ce qui porta l'Empereur Hadrien à renouveler contre la croisade juive les mesures que Trajan avait édictées.

Et ce fut alors que la Galilée se leva sous l'effort de Bar-Kocheba, le dernier des christs davidiques.

« *Elle ne savait pas*, dit Jésus, que c'est moi qui la secourais et *elle ne me connaissait pas du tout* (5) : elle continuait de chanter un hymne à la Lumière du Trésor (le Verbe qui avait promis la Jérusalem d'or et de pierreries) qu'elle avait *vue autrefois et en laquelle elle avait cru*, et elle pensait que c'était la Lumière elle-même qui la secourait. »

(1) Où les derniers descendants de Jehoudda se sont éteints, y portant la Sagesse sous la forme des *Paroles du Rabbi.*
(2) Josèphe, *Contre Apion.*
(3) Jean Chrysostome le dit très clairement.
(4) Spartien prétend qu'on défendit la Circoncision aux Juifs eux-mêmes, cela n'est pas vraisemblable.
(5) En effet, le Jésus de Valentin condamne le millénarisme des générations apostoliques qui se sont succédé jusqu'à Bar-Kocheba. Dans le prologue de Cérinthe Joannès dit à plusieurs reprises qu'*il ne connaissait pas* ce Jésus démillénarisé. Cf. le présent volume, p. 28.

Mais cette fois encore l'Époux ne vint pas.

Telle est la huitième Repentance, et Mathias l'explique si congrûment que, sur une intervention de Maria, Jésus lui promet une place dans le Royaume. Vis-à-vis de tous, Jésus tiendra, mais dans le Royaume céleste, la parole qu'il leur a donnée dans l'*Apocalyse ;* il leur promet qu'ils mangeront, qu'ils boiront à sa table et qu'assis sur douze trônes, ils jugeront les douze tribus d'Israël. Cela viendra, mais seulement quand sera atteint le nombre que Dieu s'est fixé lui-même pour la consommation de la matière dont est fait le monde.

Jacob senior explique la neuvième lamentation, relative au changement du nom de Jérusalem en Hélia Capitolina, et par cela même une des plus curieuses. Non content de ravir sa puissance à Sophia, fille du Soleil, Hadrien lui a pris la sainte lumière de son nom pour lui substituer les rayons tout païens d'Hélia (Ælius prénom d'Hadrien) Capitolina (surnom du Jupiter romain). Parodie cruelle, vengeance d'une ironie féroce ! « Ils ont ouvert leur bouche contre moi, me parlant avec ruse, et furieux parce que j'ai cru à la Lumière qui est dans les hauteurs. Ils ont dit : « Oui, nous enlèverons sa lumière ! » Jacob, après avoir baisé la poitrine de Jésus, (1) — il est le seul avec Joannès — implore de lui l'épée que David demande à Dieu dans les *Psaumes* pour délivrer Jérusalem.

Comme il a bien compris la Repentance ! Et comme Maria est fière ! Lequel préférer des sept fils que Jésus lui a donnés ? Avec sa permission, elle déclare que par

---

(1) *Pistis Sophia*, p. 49.

la parole : « Les premiers seront les derniers, et les derniers seront les premiers », il faut entendre qu'ils primeront là-haut (1) tous les dieux et les anges de la Première Création. Simplement !

Cette perspective les console un peu des malheurs de Sophia, lesquels ne sont point finis avec le siècle d'épreuves que couronne la grande dispersion après Hadrien. Sophia retombe dans le chaos où quatre émanations de Jupiter la tourmentent principalement : l'émanation à la face de Lion, (le procurateur d'Hadrien), le grand Serpent (le général Severus), un Serpent-Basilic (celui de l'*Apocalypse*), ayant sept têtes (Rome et ses sept collines) et un dragon (Titus Annius Rufus). Adamas le Tyran « qui a renversé Sophia par terre dans une grande ruine » c'est certainement Adrien, et les beaux jours où elle a foulé aux pieds le serpent et le basilic à sept têtes, le lion et le dragon, sont bien les jours de victoire qu'a connus Bar-Kocheba. La ruine qui s'en est suivie n'est qu'une purification de plus pour le lieu saint.

A Pierre appartient l'explication de la dixième lamentation où Sophia raconte que, pendant ses épreuves, elle a été secourue en secret par Jésus, car elle n'a pas été dupe de la ressemblance de l'Hélia romaine avec la

(1) On voit que Valentin ne connaissait pas deux sortes de Jacques descendant de deux pères différents. comme le veut aujourd'hui l'Église. mais une seule sorte de Jacques, l'un Jacob senior, l'autre Jacob junior dit Andréas, ayant tous deux le même père, Zibdéos dans la fable évangélique. Papias, lui non plus. ne connaissait pas deux sortes de Jacques. On sait aussi que les *Actes des Apôtres* font ce Jacques frère du Joannès. De même, les Valentiniens n'ont point connu deux Philippe, dont l'un aurait été apôtre et l'autre diacre, et deux Mathias, dont l'un aurait été apôtre avant la mort du christ et l'autre élu en remplacement d'Is-Kérioth.

juive ; elle n'est pas tombée dans le piège que cache le jeu de mots d'Hadrien, elle est restée fidèle au Verbe d'Israël. A Salomé (1), la onzième lamentation où Sophia dit que la nouvelle victoire de Jupiter et de la langue perfide (la langue latine) ne l'a point ébranlée. A André, la douzième où elle appelle le châtiment sur tous les apostats (Saül est certainement de ceux-là !) et la miséricorde sur tous les dispersés. A Thamar une treizième et dernière lamentation où Sophia demande le baptème à Jésus, soit la rémission de ses péchés avant de pénétrer dans la lumière du troisième ciel.

Ayant accompli la Repentance dont les douze voix correspondent aux douze Æons, patriarches des tribus, voilà Sophia revenue à son point de départ, après des épreuves dans lesquelles, malgré ses erreurs, elle n'a cessé de chanter l'hymne christienne (2). « Que Jésus la reçoive ! Que par d'épaisses ténèbres, il arrète Jupiter dans sa poursuite ! »

A Salomé (3), l'explication, prise à Salomon, des paroles de Sophia revenue dans la lumière natale. « Que ceux qui poursuivent Sophia tombent et ne la voient point ! Qu'un nuage de fumée couvre leurs yeux et qu'une tempète de vent les aveugle ! Que ce qu'ils ont comploté contre moi tombe sur eux ! Des puissants (les Parthes) les ont vaincus et ce qu'ils avaient préparé méchamment est tombé sur eux ! » Nous voilà sous

---

(1) La jeune, en Évangile Maria Cléopas.

(2) Il est à remarquer que Valentin ne peut commettre que *sept* disciples-hommes à l'explication des Douze lamentations. Encore a-t-on été obligé de remplacer Ménabem par Mathias.

(3) En Évangile Maria-Magdaléenne, la mère des deux disciples-femmes dont est la Salomé que les *Évangiles* surnomment Maria Cléopas.

Marc-Aurèle, et peut-être plus avant dans l'histoire, à quelque tournant difficile des expéditions parthiques.

Valentin termine par une description de la Terre de lumière et des hiérarchies auxquelles préside l'Ineffable ; Jésus fait l'éducation des disciples là-dessus. Il les pneumatise, les rend sensibles aux choses de l'Esprit. Mais ils tombent dans le plus profond abattement et désespèrent de comprendre. D'ailleurs ce n'était pas nécessaire, l'Église les en a dispensés, comme elle en a dispensé ses ouailles.

LIII

LE PRINCE DES APOTRES AU TEMPS DE CÉRINTHE, ET LE PSEUDO-PAPE CLÉMENT, SUCCESSEUR DE PIERRE

Nous avons quitté le Jésus de Cérinthe au moment où il exhorte les disciples de l'*Agneau* à se taire dans l'intérêt de la spéculation fondée sur le baptême.

21. Lorsqu'il eut dit ces choses, Jésus fut troublé en son esprit, puis il parla ouvertement et dit : « En vérité, en vérité, je vous le dis, un de vous me livrera. »

22. Les disciples donc se regardaient l'un l'autre, incertains de qui il parlait.

23. Or un des disciples de Jésus, que Jésus aimait, reposait sur son sein.

Dans le texte primitif il y avait : « Celui que Jésus aimait plus que les autres (1) », en un mot, le prince

(1) Nous le prouvons plus loin, p. 252.

des apôtres, plus haut nommé le Prince du monde.

Ce disciple, vous le savez déjà, c'est Bar-Jehoudda lui-même, le christ baptiseur.

En tant que martyr, il est dans le sein de Jésus avec son père, son oncle, son frère Jacob junior, et Eléazar, son beau-frère, qui l'y ont précédé avant sa crucifixion. Mais en tant que roi, à la date du 14 nisan, il est enfermé dans la cour de Kaiaphas. Tant que le *Quatrième Évangile* a été connu pour être de Cérinthe, c'est-à-dire tant que Jésus a été pour tout le monde un être sans consistance physique, on a convenu que ce disciple, en apparence privilégié, n'était en somme que le cinquième des assumés, voire le sixième, si l'on compte sa belle-sœur, la fille de Jaïr. Il vous souvient qu'Hyménée et Philète sont vivement repris dans la *Lettre à Timothée* pour avoir rendu hommage à cette vérité (1). Vérité si éclatante que l'Église elle-même s'est trouvé obligée d'y opposer le faux témoignage de Clément, pseudo-pape et pseudo-successeur du pseudo-Pierre à Rome. Dans les *Constitutions apostoliques*, cet imposteur, sur lequel repose toute la papauté de Pierre et par conséquent toute l'Église romaine, se donne carrément comme ayant assisté à la fois à la Cène selon Cérinthe et à la pâque selon les trois Synoptisés, c'est-à-dire aux Banquets fictifs des 14 et 15 nisan. Son récit prouve irréfragablement qu'au troisième ou au quatrième siècle (il ne peut être antérieur) le *Quatrième Évangile* n'était déjà plus de Cérinthe, et qu'un imposteur audacieux pouvait s'attribuer le mérite d'avoir appuyé sa tête sur le sein de Jésus pendant le

(1) Cf. *Le Gogotha*, p. 327.

banquet de rémission sans risquer d'être immédiatement confondu.

Clément s'attribue complètement le rôle du disciple
que Jésus aimait par dessus tous. De plus il a sous les
yeux les trois Synoptisés.

Vous avez vu que de tous les Évangélistes Cérinthe
est le seul qui place franchement sa Cène avant la pâque
et qui, à plusieurs reprises, découvre le fond de son
allégorie en identifiant le Joannès avec Jésus, sauf dans
les parties où celui-ci sort du christ pour reprendre son
rôle de Verbe immortel. Le Repas de rémission et l'é-
pisode dans lequel Jésus, parlant à sa mère selon le
monde, lui rend au pied de la croix son fils selon le
sang, voilà les deux épisodes dans lesquels Cérinthe
dénonce le plus clairement le procédé de composition
non seulement de son Évangile, mais des trois autres.
C'était, en quelque sorte, une clef qu'il tendait. Clément
la prit, la fourra dans sa poche épiscopale et vint dire :
« Le disciple bien-aimé, c'est moi ! Ceux-là sont des
méchants qui osent identifier le christ avec le Joannès
baptiseur, et dire que Jésus, c'est l'image du Verbe
dans le corps du Joannès, fils aîné de Maria Magdaléenne, et pseudonyme apocalyptique de Bar-Jehoudda,
fils aîné de Jehoudda le Gaulonite.

« J'étais l'un des Douze, dit Clément, et *il m'aimait
plus que les autres !* (1) »

Donc plus que Pierre lui-même ! Plus que Jacob senior, plus que Jacob junior, plus que Jehoudda Toâmin,
plus que Philippe et plus que Ménahem ! Le prince des
apôtres, c'est celui qui, dans Cérinthe, repose sur le

----

(1) *Constitutions apostoliques*, l. V, ch. XIV.

sein de Jésus. Voilà l'aveu et signé de qui ? De Clément, successeur de Pierre !

LIV

LE VRAI TRAÎTRE

Pierre connaît trop la Loi et l'histoire pour ne pas donner la parole à son aîné. C'est à lui qu'il demande quel est celui dont parle Jésus comme ayant *trahi* le Verbe.

24. Simon Pierre lui fit donc signe et lui dit : « Qui est celui dont il parle ? »

25. C'est pourquoi ce disciple s'étant penché sur le sein de Jésus, lui dit : « Seigneur, qui est-ce ? »

Pourvu que ce ne soit pas lui ! Il en a la langue toute sèche. Si Jésus lui-même ne vient à son secours par un *change*, il est perdu, c'est lui que l'histoire va nommer, et par son nom de circoncision ! Ainsi, le 14 nisan 788, veille de la grande Pâque manquée, le christ ignorait encore et qu'il serait arrêté et par qui il le serait. Aucun Is-Kérioth n'avait assisté à son sacre, aucun ne tenait la bourse pour le rétablissement de la dynastie davidique, aucun n'avait critiqué l'emploi des parfums contenus dans le vase, aucun n'en avait estimé le prix, aucun n'était voleur. Celui qui avait trahi le Verbe, après avoir trahi Hérode Antipas (1), c'est Bar-Jehoudda lui-même !

Si Jésus, avec sa connaissance de l'histoire et son

(1) Cf. *Le Roi des Juifs*, p. 251.

pouvoir de prescience, n'élit pas un autre traitre, le Joannès est dans le lac de Génézareth, où d'ailleurs il serait aussi bien qu'à Machéron. Mais comme les cadavres ont promis de ne pas réclamer, il est parfaitement tranquille.

Is-Kérioth n'est traître que dans le sens de *tradere*, livrer. C'est lui qui a livré Bar-Jehoudda. Mais qui a *trahi* réellement le Verbe? Qui a fui le champ de bataille de toute la vitesse de ses jambes? Qui a abandonné au fer de Pilatus les disciples de l'*Agneau*? Qui, après de si grandes prophéties, a été si petit devant le danger? Qui Is-Kérioth a-t-il trouvé aux environs de Lydda, se dirigeant vers Joppé dans ses vêtements de pourpre? Le Verbe pourrait le dire ; mais son silence est d'or, comme devait être Jérusalem après les *Anes* de 789. Il préfère donner le change aux goym par le moyen que voici.

LV

IS-KÉRIOTH DANS LE ROLE DU SERPENT-CHRONOS (1)

26. Jésus répondit : « C'est celui à qui je présenterai du pain trempé. » Et ayant trempé du pain, il le donna à Judas Iscariote, fils de Simon.

27. Or *après une bouchée*, Satan entra en lui et Jésus lui dit : « Ce que tu fais, fais-le vite ».

28. Mais aucun de ceux qui étaient à table ne sut pourquoi il lui dit cela.

(1) Le Serpent que le Verbe devait précipiter du ciel et enfermer pour mille ans en 789. Cf. *Le Roi des Juifs*, p. 31.

29. Car quelques-uns pensaient que comme Judas avait la bourse, Jésus lui avait dit : « *Achète ce dont nous avons besoin pour la fête* (1), ou donne quelque chose aux pauvres ».

30. Judas, ayant donc pris cette *bouchée*, sortit aussitôt. Or il était nuit.

Où Jésus a-t-il trempé le pain ? Ce n'est certainement pas dans le bassin où il a lavé les pieds à ses invités. C'est dans une cruche que nous ne voyons pas ici; mais que les Synoptisés nous montreront sur la tête du Zibdéos dans leur allégorie pascale (2).

Aucun des convives n'y comprend rien, excepté Cérinthe qui a dressé la table et disposé la fatale bouchée, la trois cent soixantième et dernière bouchée de l'année 788, la bouchée que Jésus — il nous a assez dit qu'il était le Pain du ciel ! — réservait à Is-Kérioth. Aussi n'a-t-elle guère profité à celui-ci. Shehimon lui a fait passer le goût du pain avant que l'Étoile du matin n'annonçât l'aurore du 14 nisan. Lorsque le soleil s'est levé sur cette lugubre journée, il a vu Is-Kérioth, à la Poterie, crevé par le milieu.

L'Évangéliste a encore une fois donné le change aux goym. Cependant ceux-là ne sont pas dupes « qui timent Judæos et dona ferentes ». Jésus a trempé la bouchée dans la cruche du *Zibdéos* ou *Verseau*, laquelle cruche est sous une autre forme le cinquième des pains que l'enfant-christ tient dans sa main sur le Tabor. Dans ces conditions on peut être certain que cette bouchée ne réussira pas à celui qui l'a prise. Jésus le guette

(1) C'est la troisième fois, et ce n'est pas la dernière, que Cérinthe date le Banquet de rémission.

(2) Marc, xiv, 13, 14 ; Luc, xxii, 10.

depuis le 25 février, date à laquelle il y a encore cinquante bouchées à tremper dans la cruche qui a fini avec le 14 nisan 788 (1). En effet il vous souvient qu'Is-Kérioth lui-même a estimé trois cents deniers celles que le Serpent-Chronos avait déjà consommées à la date du sacre. Jésus est dans Bar-Jehoudda depuis 777, date de sa descente; mais Satan n'est entré dans Is-Kérioth qu'au dernier jour de 788, qui a été le premier de sa « trahison » et le dernier de sa vie.

LVI

LE PAPE CLÉMENT DANS LE ROLE DU CHRIST

Il fallait que quelqu'un se dévouât pour remplacer le christ sur le sein de Jésus. Il fallait que, confondant le Banquet du 14 avec celui des Synoptisés qui se passe le 15, quelqu'un témoignât que c'était une seule et même chose, une pâque, à laquelle il avait assisté et où il avait constaté la présence en chair de Jésus.

« Penché sur sa poitrine, dit Clément (2), je le priais de dire qui le livrerait (3). Le bon Maître (4) ne nous dit pas le nom de celui-là, mais il le désigna de deux

(1) Vous priverai-je de l'interprétation du Saint-Siège? A Dieu ne plaise! La voici : « Les Orientaux mangent sans cuillers et sans fourchettes. Le pain leur tient lieu de cuiller pour prendre la sauce ou les légumes que tous les convives puisent directement pour chaque bouchée dans le plat. Jésus trempa un morceau de pain de cette manière dans le plat et l'offrit à Judas. »

(2) *Constitutiones apostolic.*, l. V, ch. 14.

(3) *Quatrième Évangile* seulement, XIII, 15.

(4) « Pourquoi m'appelles-tu bon maître? Il n'y a que Dieu qui soit bon », dit Jésus dans Luc.

manières : celui qui met la main au plat avec moi (1) et celui à qui je tiendrai le morceau trempé (2). Judas ayant demandé : « Est-ce moi, Seigneur? » le Maître ne répondit pas : « Vraiment », mais « Tu l'as dit (3) », et dans le désir de le frapper de crainte à ce sujet, il ajouta : « Malheur à celui qui livrera le fils de l'homme; mieux vaudrait pour lui qu'il ne fût point né (4). » A ces paroles Judas se leva et s'en alla vers les prêtres dont il reçut trente pièces d'argent (5). Et le cinquième jour de la fête (6), comme nous mangions la Pâque (7) avec le Seigneur, Judas s'en étant allé dans la nuit, après avoir et mis la main au plat et accepté la bouchée (8), le Seigneur nous dit : « Voici l'heure où vous vous disperserez, me laissant seul. » Chacun affirma qu'il ne l'abandonnerait point. Pour moi, je déclarai à Pierre que j'étais prêt à mourir avec lui. A quoi le Seigneur répondit : « En vérité, je te le dis, avant que le coq chante, tu nieras trois fois que je sois connu de toi. » Après avoir transmis l'ébauche du mystère de l'Eucharistie, — Judas n'était pas avec nous (9), — il se transporta au Mont des Oliviers, près du torrent des Cèdres, où était le jardin;

---

(1) Marc, xiv, 20, et Mathieu, xxvi, 23.

(2) *Quatrième Evangile* seulement, xiii, 26.

(3) Mathieu seulement, xxvi, 25.

(4) Marc, xiv, 21, et Mathieu, xxvi, 24.

(5) Version des Synoptisés en opposition avec le *Quatrième Evangile*.

(6) Dans le *Quatrième Evangile* refait par l'Eglise Bar-Jehoudda est représenté comme étant à Béthanie de Jérusalem six jours avant la pâque.

(7) Le repas allégorique du *Quatrième Evangile* se place la veille de la pâque. Le transformer en une pâque qui se serait célébrée le cinquième jour de la fête, (le 20 nisan!) c'est de la folie pure!

(8) *Quatrième Evangile*, xiii, 30.

(9) Judas y est si bien que la première bouchée est pour lui et que sans lui l'allégorie est impossible.

nous étions avec lui et nous chantâmes l'hymne selon notre habitude (1). » Et Clément continue ainsi sur le mode oculaire jusqu'à la résurrection, pillant à son profit les Évangiles.

C'est donc l'Église de Rome qui a introduit dans Cérinthe la fameuse phrase dont l'auteur déclare avoir été témoin de tout ce qu'il raconte (2).

Clément s'est dévoué, il a menti avec l'approbation de toute l'Église, il a été le premier bénéficiaire de son imposture. Si on la lui a commandée, il a dû la vendre cher, et pour tout dire il n'y a qu'un pape, le premier, pour avoir osé cela. Un homme qui fait une pareille piperie n'en partage les fruits avec personne au-dessus de lui.

Celui qui a fait le faux, c'est celui qui a inventé Pierre pape. Celui qui a inventé Pierre pape, c'est le prince anonyme des évêques de Rome, et on peut juger de sa piété, de son honnêteté, de sa bonne foi, quand on réfléchit que pour réussir il n'a pas hésité à s'attribuer dans l'Église le rôle du Juif consubstantiel au Père !

LVII

INVENTION DE JOCHANAN ÉVANGÉLISTE

Quand on eut mis la main sur le texte de Cérinthe, on put se passer du faux témoignage de Clément. Clément s'était illustré, il avait menti dans l'intérêt de la recette, mais maintenant il tenait trop de place, il jouait

(1) N'est pas dans le *Quatrième Évangile*.
(2) Voir plus loin, p. 364.

le rôle du premier-né de Maria, du prince des Sept.
Comme personne ne niait que le bien-aimé de Jésus
ne fût le christ lui-même dans sa fonction de Joannès,
il n'y avait qu'un moyen, c'était de faire que ce Joannès
ne fût plus le Baptiseur. Rien de plus facile, il n'y avait
qu'à le dédoubler. On déclara donc que celui qui reposait sur le sein de Jésus était un second Joannès, non
baptiseur, et fils d'un nommé Zébédée sur lequel on ne
savait rien de certain, quoique les dédoubleurs sussent
pertinemment que ce Zébédée, c'était le Zibdéos, le
père des sept pêcheurs d'hommes dont le Baptiseur
était l'aîné. Jochanan Evangéliste n'existe donc que
depuis la destitution de Clément comme apôtre. Mais
qu'importe à Clément, puisque d'autre part on le conserve comme pape et successeur de Pierre ? C'est encore
un beau poste ! Que les gogoym soient mystifiés d'une
façon ou de l'autre, qu'importe, s'ils le sont irrémédia-
blement ? Clément y gagne, puisque, si on identifie
l'individu qui repose allégoriquement sur le sein de
Jésus, il n'y a plus d'Église, partant plus de papes !

Cette invention devait coûter du à l'honneur Verbe le
même prix que celle des sept démons de Maria à l'honneur de la Vierge-Marie : Jésus, qui n'existe pas, est
soupçonné de mauvaises mœurs, la mère du christ réel a
été accusée d'adultère par les Juifs ignorants et par
les libres-penseurs, et aujourd'hui encore elle l'est de
sept sortes de vices par l'Église ! Pour fortifier l'invention de Jochanan Évangéliste, substituée au faux témoignage de Clément, l'Église a été forcée de dire — nous
empruntons la phrase à l'édition du Saint-Siège — que
« les Juifs alors se mettaient à table couchés sur des lits, et
placés les uns au-dessous des autres, en sorte que saint

Jean, *le disciple que Jésus aimait*, placé au-dessous de Jésus-Christ, devait avoir la tête sur le sein du Sauveur ».

Ayant le respect de votre pudeur, je n'ose rapporter les exégèses dont cet *incubitus* a été l'objet. Cependant, comme il faut montrer à quel point l'imposture ecclésiastique a été dommageable à celui dont elle fait un dieu, je transcris l'interprétation de Proudhon, un des esprits les plus graves qui se soient exercés sur cette matière. « L'auteur, dit Proudhon (1), revient sur cet amour de prédilection de Jésus pour le jeune saint Jean. Quelques critiques ont à ce sujet, et fort mal à propos, élevé des doutes sur l'honnêteté de cet amour de Jésus pour son jeune disciple. Pour moi, ce passage et celui du chapitre XXI me donnent une nouvelle preuve que l'Évangile attribué à Jean est l'œuvre d'un Juif converti qui *hellénisait*, et qui trouva d'autant plus beau de prêter à Jésus un de ces amours, d'ailleurs très chastes, comme en eurent presque tous les grands hommes de la Grèce, Socrate pour Alcibiade, Epaminondas pour Micythus, Alexandre pour Ephestion. Dans les idées grecques, ces sortes d'amours, en tant du moins qu'ils n'allaient pas jusqu'à l'union contre nature, étaient la forme sous laquelle ils concevaient l'amour pur, et ceux qui le cultivaient s'en honoraient. Mais il ne me paraît pas que de telles mœurs aient été comprises ni reçues chez les Juifs : les Juifs étaient lascifs, mais non *pédérastes* (2). On comprend, d'après cette

---

(1) *Les Evangiles annotés*, Bruxelles, 1866, in-12, p. 382, note *h*.

(2) Ce certificat tombe à faux. Certes il ne serait pas juste de dire que les Juifs tiennent absolument la corde dans ce genre d'aberration sexuelle, mais depuis Sodome jusqu'aux Galiléens obsidionaux (Cf. *Le Gogotha*, p. 109) ils comptent plus d'une page bien remplie dans ses

histoire de l'amour de Jésus pour Jean, comment celui-ci est devenu l'apôtre de la charité ; Jean est l'Antinoüs du christ et le Cupidon de la religion nouvelle, dont la Vierge est la Vénus ».

Lorsqu'on lit de telles choses (et signées Proudhon), on ne peut s'empêcher de reconnaître que les Juifs ont gagné leur pari de donner aux goym des yeux pour ne pas voir et des oreilles pour ne pas entendre !

LVIII

COMMANDEMENTS ANTI-JEHOUDDIQUES

31. Lorsqu'il fut sorti, Jésus dit : « Maintenant le fils de l'homme a été glorifié, et Dieu a été glorifié en lui (1).

32. Si Dieu a été glorifié en lui, Dieu aussi le glorifiera en lui-même, et c'est bientôt qu'il le glorifiera.

33. Mes petits enfants, je ne suis que pour peu de temps encore avec vous. Vous me chercherez, et comme j'ai dit aux Juifs : « Où je vais, vous ne pouvez venir ; je vous le dis aussi à vous maintenant ».

34. *Je vous donne un commandement nouveau : c'est que vous vous aimiez les uns les autres ;* mais que vous vous aimiez les uns les autres comme je vous ai aimés.

annales. Par ses révélations contre nature et par son absurde anathématisation de la femme, le christ, personnellement vierge, est responsable de la recrudescence d'homœosexualité qui a marqué les derniers siècles du paganisme. Cf. le christ à tête d'âne vu de dos dans le *Gogotha*, p. 79.

(1) Texte modifié, comme il appert du verset suivant. Le fils d'homme qui fut crucifié dans l'après-midi du 14 ne peut pas encore être glorifié, il vient à peine d'être arrêté. Il ne sera glorifié que le 18, lorsque, sur le papier, Jésus l'enlèvera du tombeau, mais nous n'en sommes pas encore là.

35. C'est en cela que tous connaîtront que vous êtes mes disciples, si vous avez de l'amour les uns pour les autres.

« Aimez-vous les uns les autres. » Voilà un commandement fort ancien, mais tout nouveau, en ce sens que Jehoudda et ses fils n'y avaient point songé, quoiqu'il fût dans la Loi avec les autres articles. Jésus ne peut se flatter qu'il aurait été compris. Si c'est le chemin du ciel, aucune de ses ouailles ne connaît ce chemin-là. Comme celles de 788, elles attendent encore le Royaume de la haine. Après tout ce qui s'est passé depuis, s'il va falloir s'aimer, ce sera dur !

Ceci nous vaut un discours de Jésus que Cérinthe ne reproduit pas :

« Dans les desseins que je vous ai révélés lorsque nous étions tous millénaristes, je vous ai dit que je baptiserais de feu Bar-Jehoudda pour le rendre semblable à moi-même, et je n'en ai rien fait. Je vous ai dit que je vous montrerais mon Père après mille ans, et je ne vous l'ai pas plus montré que moi-même. J'ai été vaincu, persécuté, crucifié, dispersé en vos personnes, et celui qui est venu, ce n'est pas moi, c'est l'Antéchrist sous le nom de Tibère et de Caligula, de Claude et de Néron, de Vespasien et de Titus, de Domitien et de Nerva, de Trajan, d'Hadrien et du divus Antoninus sous lequel nous sommes en ce moment. Je prends la parole pour vous dire qu'après mûre réflexion je ne viendrai pas autrement que sur le papier. Jehoudda Is-Kérioth s'en est bien douté qui jadis a suivi le parti le plus raisonnable. Vous lui avez attribué l'échec de vos prophéties et de vos espérances. Vous l'avez assassiné, et dans le fond je suis loin de vous en faire un reproche, puisque je vous ai lavé et la tête qui a conçu le projet et les mains qui l'ont exécuté. Mais l'état du christianisme n'est pas si florissant que vous puissiez vous entredéchirer de secte à secte, et donner tout l'avantage à nos détracteurs par vos sanglantes querelles. Aucun de vous n'est exempt de fautes graves, je dirais de crimes abominables, si, en ma qualité de Jésus, je n'étais pas encore plus juif que vous.

« Je vous avertis donc que je ne viendrai pas régner sur vous comme je vous en avais d'abord exprimé la résolution consignée dans toutes vos *Apocalypses*. Vous ne me semblez pas suffisamment préparés à mon Royaume par votre éducation et par vos mœurs. Je retourne au ciel d'où jadis vous m'avez tous vu prêt à descendre. Vous accusez Is-Kérioth d'avoir trahi, mais le vrai traître, après Bar-Jehoudda toutefois, c'est moi, qui ai si catégoriquement refusé de descendre dans la chair triomphante du Fils de l'homme. Le Baptiseur à qui vos scribes ont donné mon nom, — ce qui, soit dit en passant, ressemble fort à une usurpation, — le Baptiseur a été puni de son outrecuidance et de ses crimes par mon Père aidé de Pilatus. Toi, Jacob, toi, Shehimon, toi, Ménahem, et tant d'autres que je vois rassemblés en ce champ de supplice, vous avez été punis de même. Maintenant que je vous ai lavés tous en commençant par les pieds, — ablution qui m'a sali sans vous blanchir, — je retourne vers mon Père, il m'attend avec une impatience qui n'est peut-être pas sans inquiétude, quand il considère vos mains tachées de sang et vos yeux pleins d'atroces désirs » !

LIX

DOMINE, QUO VADIS?

Shehimon envisage ce départ avec inquiétude. Ce Verbe qui devait régner mille ans, incarné dans son christ, et qui parle maintenant de s'en aller comme il est venu ! Shehimon a beau avoir les pieds propres, il a toujours la tête pleine de l'*Apocalypse* de son frère, il est désorienté.

Ce n'est pas à Rome, dans l'imposture ecclésiastique du cinquième siècle, que Pierre dit son fameux : « *Domine, quò vadis ?* », c'est à Jérusalem, dans l'allégorie valentinienne par où on essaie de le convertir au Royaume spirituel : « Seigneur, où vas-tu? demande Pierre. — Là où je vais, tu ne peux *maintenant* me suivre, répond Jésus, mais tu m'y accompagneras plus tard, » c'est-à-dire au dernier jour seulement. Perspective sans charme et pour laquelle il faut sacrifier tout le programme du Royaume des Juifs, du Premier Jugement et de la Première Résurrection, en un mot tout ce qui faisait le christianisme de Bar-Jehoudda. Au surplus Shehimon demande une chose impossible. A la date du 14 nisan 788 il n'est pas encore mort. Jésus, quoiqu'il soit en tournée de résurrection, ne peut encore faire avec lui comme avec Eléazar. Pour la même raison il est obligé d'attendre encore quatre jours pour pouvoir ressusciter Bar-Jehoudda. Eléazar a de la chance, il est mort, lui !

Du reste, si le dialogue est valentinien, comme il y

a apparence, Jésus ne prendra livraison de Shehimon qu'après trente Æons, trente Cycles de mille ans à compter du commencement des choses, et il n'y en a encore qu'onze d'accomplis. Le douzième va commencer le lendemain, à six heures du soir, et Bar-Jehoudda le passera tout entier dans la mort, après l'avoir inauguré sur la croix. C'est là un dispositif dont Shehimon n'a aucune connaissance le 14 nisan.

36. Simon Pierre lui dit : « Seigneur, où allez-vous ? » Jésus répondit : « Où je vais, tu ne peux me suivre à présent ; mais tu me suivras plus tard. »

37. Pierre lui dit : « Pourquoi ne puis-je vous suivre à présent ? Je donnerai ma vie (1) pour vous. »

38. Jésus lui répondit : « Tu donneras ta vie pour moi ? En vérité, en vérité, je te le dis, un coq ne chantera pas que tu ne m'aies renié trois fois. »

Un coq, un certain coq dont le cri fut lugubre !

Il faut en effet que Shehimon passe par l'épreuve d'un triple reniement avant de pouvoir suivre Jésus là où il va, où il retourne plutôt. Et puis, malgré toute sa puissance, Jésus ne peut guère assumer le 14 nisan 788 un homme qui n'a été crucifié qu'en 802. C'est pourquoi il ne répond pas, car ce n'est pas répondre. D'ailleurs il n'a pas très bien entendu, car Shehimon parle la bouche pleine. Shehimon, lui aussi, a sa bouchée, et elle est amère !

---

(1) On lit « mon âme » dans la traduction du Saint-Siège. Il ne s'agit pas de l'âme de Shehimon qui devait être une chose assez vague, mais du sang qu'il a versé, de la vie qu'il a donnée en 802 (avec une bonne grâce contestable, dit Cérinthe dans son *Epilogue*).

LX

CHAPITRE XIV. — L'ESPRIT NOUVEAU

A part le lavement des pieds où il occupe une place qui n'est que trop en vue, Pierre cède à Toâmin et à Philippe l'honneur des derniers entretiens avec Jésus avant son retour au ciel. André s'efface, il n'avait point écrit. Mathias n'apparaît point, il n'est point de la même génération que ses oncles. Mais le disciple à qui vont tous les discours de Jésus, c'est celui des sept qui était sur son sein pendant le repas, c'est l'auteur de l'*Apocalypse* et du code millénariste. Or ses deux interprètes, Philippe et Toâmin, qui ont transmis les *Paroles du Rabbi*, ignorent tout du chemin qu'il faut suivre pour aller avec Jésus dans son Royaume céleste. Nouveau Verbe, nouveau chemin, nouveau Royaume.

« Shehimon, dit alors Jésus en un discours qu'on retrouvera quelque jour dans les villes mortes d'Egypte, tu me demandes où je vais, que t'importe? Je ne t'emmène pas, tu n'es pas en état de me suivre, ni toi ni les tiens, car vous vouliez être Rois du monde, et moi, je suis Jésus-sans-Terre.

Toi aussi, Toâmin, tu voudrais bien savoir où je vais? Si je te le dis, tu n'en seras guère plus avancé, car tu croyais que mon Père viendrait me rejoindre au bout de mille ans, et c'est, tout au contraire, moi qui suis obligé de retourner à lui, en vous faussant compagnie; tu n'as donc pas connu la bonne voie.

Toi non plus, Philippe. Tu me demandes de te montrer le Père, et ce avec une insistance assez déplaisante. Comme tous tes frères, tu as cru que je viendrais d'abord, et qu'au bout de mille ans je te le ferais voir. Il n'y a ni intervalle ni différence entre le Père et moi, Is-Kérioth l'avait bien dit. Le Père et moi ne faisons qu'un, nous sommes l'un dans l'autre depuis le commencement, et quand tu m'auras vu, tu nous auras vus tous les deux. D'ailleurs ne me questionnez pas plus longtemps sur moi-même, car si j'allais répondre sur vous par inadvertance, le monde en apprendrait de telles que vous ne sauriez où vous cacher ! Et ce serait fâcheux, car précisément je retourne là-haut pour vous préparer un endroit dans la maison de mon Père, beaucoup plus compliquée que vous ne l'imaginiez, quand vous pensiez la voir descendre sur la terre. Des nombreuses demeures (les sphères) dont elle se compose vous avez bien connu la mienne (le second ciel), et vous l'avez pompeusement décrite dans l'*Apocalypse*, mais comme je ne l'ai point amenée et ne l'amènerai point, il faut que je trouve où vous y loger près de moi. Lorsque j'aurai trouvé, je reviendrai vous prendre, mais en un temps que je ne fixe pas, car je vous ai déjà fourrés dedans une première fois et je ne veux pas recommencer (1). Qu'est-ce que tu dis, toi, Jehoudda, fils de Jehoudda de Gamala ? Je sais bien ! Tu m'attendais demain soir, comme ta mère, tes frères et tes sœurs, tes oncles et tes tantes, tes cousins et tes cousines. Et tu t'étonnes quand, au lieu de venir pour renouveler le monde en faveur des Juifs, je dis que je reviendrai seulement pour te prendre et t'emmener, toi

---

(1) Jésus demande un supplément de dix-huit Æons, soit dix-huit mille ans.

et les tiens. Tu fais observer que ces *Paroles* ne sont
plus du tout les *Paroles du Rabbi.* C'est vrai, mais
que veux-tu ? il faudra t'en contènter, comme les cama-
rades. Vous serez logés à la même enseigne dans le
ciel, on n'y est pas si mal ! »

1. Que votre cœur ne se trouble point. Vous croyez en
Dieu, croyez aussi en moi.

2. Il y a beaucoup de demeures dans la maison de mon
Père ; sinon, je vous l'aurais dit, car je vais vous préparer
un lieu.

3. Et quand je m'en serai allé, et que je vous aurai préparé un lieu, je reviendrai, et je vous prendrai avec moi,
afin que là où je suis, vous soyez aussi.

4. Or où moi je vais, vous le savez, et vous en savez la
voie.

Ici Jésus ment comme un homme d'Eglise, car ses
auditeurs ignorent absolument la voie qui va de la
terre au ciel. Dans leur école, c'est le ciel qui venait à
eux, qui se dérangeait. Il n'était nullement question
de ces diverses chambres habitables pour des hommes.
Du reste, l'Evangéliste va faire comparaître les trois
grands scribes de la secte par ordre d'ancienneté en
allant du plus jeune au plus vieux selon l'usage :
Toâmin, Philippe et le Joannès lui-même, celui-ci *sous
son nom de circoncision.*

Toâmin d'abord, dans lequel on enferme son fils Mathias Bar-Toâmin, et c'est pourquoi on ne nomme pas
celui-ci, comme fait Valentin dans sa *Sagesse.*

5. Toâmin lui dit : « Seigneur, nous ne savons où vous
allez ; et comment pouvons-nous en savoir la voie ? »

6. Jésus lui répondit : « Moi je suis la voie, la vérité et la vie (1). Personne ne vient à mon Père que par moi.

7. Si vous m'eussiez connu, vous auriez donc connu mon Père; mais bientôt vous le connaîtrez, et vous l'avez déjà vu! »

Jésus veut dire qu'en le voyant, ils ont vu son Père, mais ce n'est pas du tout l'avis de Toâmin qui, pareil à son aîné, met l'intervalle d'un Millénium, le *Millénium du Zib*, entre la venue du Fils de l'homme et celle du Père. Toâmin comptait bien qu'au bout de mille ans d'Éden son frère le christ lui présenterait le Père du Verbe. Il veut bien se taire ; d'ailleurs Philippe est son aîné, c'est à lui d'interpeller Jésus.

8. Philippe lui dit : « Seigneur, montrez-nous votre Père, et il nous suffit. »

9. Jésus lui répondit : « Il y a si longtemps que je suis avec vous (2), et vous ne me connaissez pas? Philippe, qui

(1) « Comment Notre-Seigneur est-il *la voie, la vérité et la vie*? se demande le Saint-Siège. Étant homme et Dieu tout ensemble, Notre-Seigneur est à la fois médiateur et fin. Il possède tout ce qui nous manque, la gloire comme la grâce : mais son office propre est de nous mettre en possession de tous les biens. Ainsi il est : 1° *La voie* ; puisqu'il nous offre le moyen de parvenir au ciel, soit en nous dirigeant par sa doctrine et ses exemples, soit en nous attirant par sa grâce, soit en nous y introduisant par ses mérites. 2° *La vérité*. Vérité absolue comme Verbe, il est devenu pour nous, comme Verbe incarné, la vérité révélée, la lumière de la foi. C'est lui seul qui connait le Père, qui le fait connaître et qui peut mener à lui. 3° *La vie*. Vie essentielle et infinie, comme Dieu. il est notre vie surnaturelle, comme Homme-Dieu ; car il possède en son humanité la plénitude de la vie divine, et son but en venant parmi nous est de nous y associer, par sa grâce d'abord et par la gloire ensuite. Tous les biens sont donc réunis en sa personne et il n'y a rien à chercher hors de lui. Quand on le possède, on échappe à tous les périls, aux précipices, aux ténèbres, à la mort. Qu'on juge quelle grâce c'est de le bien connaître et pourquoi l'Apôtre ne voulait pas d'autre science! »

(2) Douze ans au compte de Cérinthe, six mois seulement au compte des Synoptisés !

me voit voit aussi mon Père? Comment dis-tu, toi : Montrez-
nous votre Père?

10. Ne croyez-vous point que je suis en mon Père, et que
mon Père est en moi? Les paroles que je vous dis, je ne les
dis pas de moi-même. Mais mon Père, qui demeure en moi,
fait lui-même les œuvres (1).

11. Ne croyez-vous point que je suis dans mon Père, et
que mon Père est en moi?

12. Croyez-le au moins à cause de mes œuvres. En vérité,
en vérité, je vous le dis, celui qui croit en moi fera aussi
lui-même les œuvres que je fais, et il en fera de plus
grandes encore, parce que je m'en vais à mon Père.

13. Et quelque chose que vous demandiez à mon Père en
mon nom, je le ferai, afin que le Père soit glorifié dans le
Fils. »

Ni Toàmin ni Philippe n'ont connu ce Verbe-là. C'est
Sérapis qui parle sous le pseudonyme de Jésus. Ils ont
attendu le Fils de l'homme sur le Basan, sur le Tabor,
sur le Garizim et sur Sion, et maintenant qu'ils sont
en terre leurs corps ne connaîtront jamais la voie qui
conduit au ciel. Les malheureux! Malgré toutes leurs
prophéties, ils connaîtront la corruption, à moins
toutefois que l'Église ne prie pour eux.

14. Si vous me demandez quelque chose en mon nom, je
le ferai.

15. Si vous m'aimez, gardez mes commandements.

16. Et moi je prierai mon Père, et il vous donnera *un autre
Paraclet* (2), pour qu'il demeure éternellement avec vous (3),

1) Le Verbe n'est créateur que parce que le Père est en lui.

(2) Verbe défenseur, avocat. Ce ne sera plus celui de l'*Apocalypse*, le
Verbe-lettre, le Verbe-loi, ce sera le Verbe-Esprit avec lequel on
pourra composer.

(3) « Cela prouve, dit le Saint-Siège, que l'Esprit-Saint a été promis

17. L'Esprit de vérité que le monde ne peut recevoir, parce qu'il ne le voit pas et ne le connait pas; mais vous, vous le connaîtrez, parce qu'il demeurera au milieu de vous, et qu'il sera en vous.

18. Je ne vous laisserai point orphelins; je viendrai à vous.

19. Encore un peu de temps, et le monde ne me verra plus. Mais vous, vous me verrez, parce que je vis, et vous vivrez aussi.

20. En ce jour-là, vous connaîtrez que je suis en mon Père, et vous en moi, et moi en vous.

21. Celui qui a mes commandements et les garde, c'est celui-là qui m'aime. Or celui qui m'aime sera aimé de mon Père, et moi je l'aimerai, et je me manifesterai à lui. »

Va pour ce Paraclet nouveau! Mais qu'est-ce donc que le Paraclet ancien, celui dont on parle comme d'une chose à cacher? L'*Apocalypse* elle-même.

Maintenant qu'on l'a enlevée à son auteur, personne ne sait plus ce qu'annonçait le christ, ce qu'il voulait, ce qu'il disait. Mahomet le savait, lui! Pourquoi proclame-t-il l'*Evangile* un livre divin? Parce qu'on y annonce Mahomet. « Jésus, fils de Marie, disait à son peuple : « O enfants d'Israël, je suis l'apôtre de Dieu, envoyé vers vous pour confirmer le *Pentateuque* qui vous a été donné avant moi, et pour vous annoncer la venue d'un Envoyé après moi, dont le nom sera Ahmed, Mohammed, le Glorifié (1). » Et les Mahométans lettrés disent que là où on lit *Paracletos*, il faut lire *Periclytos*, le Glorieux, Mahomet lui-même.

non seulement aux apôtres, mais encore à leurs successeurs dans la suite des générations. » Jésus dit tout le contraire. Sur sa prière Dieu leur donnera un autre Paraclet que le Verbe apocalyptique, celui auquel ils avaient cru. Aucun d'eux n'eut l'Esprit de vérité.

(1) Le Coran, LXI, 6.

LXI

INTERVENTION DU CHRIST SOUS SON NOM DE CIRCONCISION

Jésus a beau s'épuiser en promesses privilégiées, ce n'est pas cela du tout, ce n'est pas l'enseignement, ce n'est pas le dogme, c'est de la monnaie de singe! Quoi! la famille de Jehoudda n'aurait eu que le sens du monde, le monde imperméable par nature à l'Esprit de vérité (1)? Philippe est furieux, mais s'il éclate, c'est le déshonneur pour tous, c'est le voile levé sur son père, sur sa mère, sur tous ses parents. Bar-Jehoudda le sent bien.

Il assiste à la démolition de toute son *Apocalypse*, il est atterré, c'est sur lui que frappe le Verbe impitoyable. Jésus le laisse reposer sur son sein dans les allégories, mais en attendant il est dans le rocher de Machéron, où il craint d'être oublié, au dernier jour, tant on a bien caché sa sépulture! Jésus ne parle plus de livrer le monde aux Juifs, il parle d'assumer chacun individuellement et dans un temps indéterminé. Que devient la Jérusalem pavée d'or, le paradis des marchands de diamant? Bar-Jehoudda n'en entend plus parler. On lui récite du Valentin tout pur; il éprouve le besoin, en résumant le débat, d'obtenir quelques garanties pour lui et pour les siens.

22. Jehoudda — non pas celui de Kérioth! — lui dit: « Seigneur, d'où vient que vous vous découvrirez à nous et non pas au monde? »

(1) C'est l'idée énoncée au prologue dans la définition du Verbe.

Allons bon! Voilà maintenant que Cérinthe désigne le prince des apôtres par son nom de circoncision! Il ne manquait plus que cela! Toutefois l'Église a laissé le nom, moitié par ignorance moitié parce que, dit-elle, cet apôtre « est communément appelé Jehoudda, précisément pour qu'on ne le confonde pas avec l'Iscariote » (1). Non, non, ce n'est pas pour cette raison qu'on l'appelle Jehoudda, c'est parce qu'il s'appelait ainsi, et quand on veut distinguer de lui son frère Jehoudda le jeune, on appelle celui-ci Toâmin.

La question de Jehoudda senior, de Jehoudda le christ, embarrasse Jésus, qui parle depuis longtemps sur le mode valentinien. Dans sa réponse, il donne un coup d'aile vers l'ancien programme, il fait espérer au christ que sous le nouveau régime spirituel il y aura quelque privilège temporel pour sa famille et pour lui. Son Père et lui se déplaceront spécialement pour venir à eux. C'est au Père et au Fils de se déranger, ils ne peuvent demander à des descendants de David de faire les premiers pas!

23. Jésus répondit et lui dit : « Si quelqu'un m'aime, il gardera ma parole, et mon Père l'aimera, et nous viendrons vers lui, et chez lui-même nous établirons notre demeure (2):

24. Celui qui ne m'aime point ne garde pas mes paroles. Or la parole que vous avez entendue n'est pas de moi, mais de mon Père, qui m'a envoyé.

25. *Je vous ai dit ces choses, demeurant encore avec vous.* »

« Vous avez bien compris, n'est-ce pas ? Telles sont

(1) Notez qu'on ne s'y prendrait pas autrement si on voulait créer et entretenir la confusion.

(2) Dans la traduction du Saint-Siège on lit : « Nous viendrons à lui, nous ferons notre demeure *en lui.* »

les choses que je suis censé vous avoir dites en 788 dans le corps de Bar-Jehoudda. Si vous feignez de les avoir entendues, je me tairai, de mon côté, sur vos faits et gestes, et l'Eglise née de vous pourra détrousser les païens grâce à notre mutuelle duplicité. Cette perspective doit suffire à vos âmes assoiffées d'idéal.

« Les hommes justes et raisonnables font à la résurrection de Bar-Jehoudda le reproche de n'avoir d'autres témoins que moi-même et quelques membres de sa famille. C'est vrai, je ne me suis manifesté qu'à eux et non au monde, mais voilà précisément l'avantage d'être Juif et fils de David ; ne détruisez pas l'œuvre des mystificateurs par une sotte pudeur de conscience. D'ailleurs un Esprit nouveau que je vous enverrai vous soutiendra dans cette entreprise. Je ne puis pas vous le donner tout de suite, car cet Esprit est un attribut spécial du Père. Mais comme je retourne auprès de lui après le baisser du rideau, nous nous entendrons pour vous souffler tous les mensonges dont sont capables la Vérité, la Voie et la Vie. Nous avons mille tours dans notre sac. Je reviendrai à vous sous la forme de l'Esprit ; apprenez à me reconnaître quand j'emprunterai le corps de votre frère aîné. »

Malgré leurs erreurs, malgré l'Esprit de mensonge qui les animait, malgré les crimes qui eussent perdu des païens, Jésus leur affirme qu'ils vivront avec lui, mais pas tout de suite comme ils se l'imaginaient. C'est que Jésus retourne en un lieu où les Juifs ne peuvent le suivre, ni *quant à présent* les christiens. Ceux-ci ne revivront qu'au jour du jugement final, dans dix-neuf cycles de mille ans. Mais n'est-ce pas déjà beaucoup d'en être sûr ? Ce jour-là Jésus les présentera au Père.

26. Mais le Paraclet, l'Esprit-Saint que mon Père enverra en mon nom, vous enseignera toutes choses, et vous rappellera tout ce que je vous ai dit.

27. Je vous laisse la paix, je vous donne ma paix ; mais ce n'est pas comme le monde la donne que je vous la donne moi-même. Que votre cœur ne soit pas troublé, et qu'il ne s'effraie point.

28. Vous avez entendu que je vous ai dit moi-même : « Je m'en vais, et je reviens à vous. » Si vous m'aimiez, vous vous réjouiriez de ce que je vais à mon Père, parce que mon Père est plus grand que moi.

Ah ! voilà une vilaine parole. Il déraisonne : « Il est, dit-il, moins grand que son Père. » Comme Verbe, oui, mais comme revenant de Bar-Jehoudda ? Quoi ! entre Dieu et un Juif il y aurait une différence de degré au désavantage du Juif ? A cette idée le Saint-Siège s'émeut : « Jésus-Christ est inférieur à son Père ; mais il lui est égal en tant que Dieu (1). » Très supérieur, au contraire, comme créateur de la recette ! Car que reste-t-il de Dieu depuis que l'Église l'a chassé du ciel pour mettre à sa place un imposteur juif et sa famille ?

29. Et maintenant je vous le dis avant que cela arrive, afin que, quand ce sera arrivé, vous croyiez.

30. Je ne vous parlerai plus guère ; car le Prince de ce monde vient, et il n'a rien en moi.

31. Mais afin que le monde connaisse que j'aime mon Père, et que comme mon Père m'a commandé, ainsi je fais : « Levez-vous, sortons d'ici. »

(1) Note sur le verset 28 de ce chapitre.

LXII

CHAPITRE XV. — LE MAUVAIS PRINCE DU MONDE

La séance est levée. Le Verbe va rejoindre le corps de Bar-Jehoudda, et sous cette forme il va se heurter à Is-Kérioth dans le rôle du Prince du monde, *aliàs* le Serpent-Chronos, image du Temps et ici d'une portion de temps qui a été fatale au christ. Mais Jésus fait observer qu'il n'a en lui rien de cette puissance temporelle ; le Verbe est en dehors et au-dessus. Toutefois il oublie de nous dire que sous sa forme première Satan occupe toujours le premier ciel. Quant à Is-Kérioth, depuis le début il joue le rôle du Serpent qui devait être précipité sur terre le 15 nisan. Il était déjà dans le rôle par sa naissance au milieu de la tribu de Dan, adoratrice du Serpent d'airain élevé par Moïse et dont Bar-Jehoudda fut la victime en 788. Où va la compagnie après le Banquet de rémission ? Voilà ce qu'on ne dit plus. Il est clair toutefois qu'on ne va nulle part et que Jésus parle du haut des cieux, non plus aux contemporains de Bar-Jehoudda, mais à tous les Juifs dispersés depuis Hadrien. Il est sur son tribunal, mais comme il a déclaré ne vouloir juger, il n'y a pas d'inconvénient. Tout ce qui suit est valentinien, mais comme Valentin professait l'inexistence en chair de Jésus, l'Eglise n'accepte pas cette innocente spéculation. Pour le Saint-Siège « cette expression : *levez-vous, sortons d'ici*, ferait croire, et cela très vraisemblablement, que le reste du discours de Jésus a été tenu en chemin depuis la maison où se fit la Cène jusqu'à Gethsémané. La distance est de plus d'un kilomètre, le chemin très abrupt. »

Dans les Synoptisés la maison où Jésus célèbre la pâque est à Jérusalem, derrière la porte des *Poissons*. Mais celle-ci ?

LXIII

HOMÉLIES VALENTINIENNES. — LA VIGNE ET LE VIGNERON

Le christ a-t-il attaché les *Anes* à la Vigne du Seigneur ? A-t-il été le Vendangeur qui foule les païens dans sa cuve ? Hélas non ! Tout ce qu'on a pu faire pour lui, c'est de disposer l'âne et l'ânon à l'état figuré, du côté du Pressoir d'huile. L'huile des extrêmes onctions au lieu du vin de la vie millénaire, quelle déception ! La vraie Vigne, c'est le Créateur, et non celle de l'Eden. Le vrai Vigneron, c'est le Père, et non Juda, fils d'Israël, sous les espèces de Bar-Jehoudda. Jacob s'est trompé dans son horoscope.

1. Moi je suis la vraie Vigne, et mon Père est le Vigneron.

2. Tous les sarments qui ne portent pas de fruit en moi, il les retranchera ; et tous ceux qui portent du fruit, il les émondera, pour qu'ils portent plus de fruit encore.

3. Vous êtes déjà purs, vous, à cause des paroles que je vous ai dites.

4. Demeurez en moi, et moi en vous. Comme le sarment ne peut porter de fruit par lui-même, s'il ne demeure uni à la vigne ; ainsi vous non plus, si vous ne demeurez en moi.

5. Moi, je suis la vigne, et vous, les sarments. Celui qui demeure en moi et moi en lui portera beaucoup de fruit ; parce que sans moi vous ne pouvez rien faire.

6. Si quelqu'un ne demeure pas en moi, il sera jeté dehors comme le sarment, et il séchera ; et on le ramassera, et on le jettera au feu, et il brûlera.

7. Si vous demeurez en moi, et que mes paroles demeurent en vous, vous demanderez tout ce que vous voudrez, et il vous sera fait.

8. C'est la gloire de mon Père que vous portiez beaucoup de fruit, et que vous deveniez mes disciples.

LXIV

COMMANDEMENTS INCONNUS DU CHRIST ET DE SES FRÈRES

9. Comme mon Père m'a aimé, moi je vous ai aimés. Demeurez dans mon amour.

10. Si vous gardez mes commandements, vous demeurerez dans mon amour ; comme moi-même j'ai gardé les commandements de mon Père et je demeure dans son amour.

11. Je vous ai dit ces choses, afin que ma joie soit en vous, et que votre joie soit complète.

12. Voici mon commandement, c'est que vous vous aimiez les uns les autres comme je vous ai aimés.

13. Personne n'a un plus grand amour que celui qui donne sa vie pour ses amis.

14. Vous êtes mes amis, et vous faites ce que je vous commande.

Ces commandements, ils étaient dans la Loi, et Jehoudda ne les y avait pas vus ! Il n'y avait vu que ce qu'il y a de bête et de méchant. Mais que d'amis et que d'amour! On en est envahi, inondé. Y en avait-il donc tant, avant la chute de Jérusalem, entre les divers partis qui se disputaient la Judée et s'adjugeaient le reste de la terre? Le Verbe a-t-il eu des amis, ou seulement des serviteurs qui attendaient leur salaire, comme il est dit dans l'*Apocalypse?* (1). En dehors des incendies, des assassinats et des pillages dans lesquels ils étaient passés maîtres, ont-ils été autre chose que de malheureux esclaves courbés sous la verge de Moïse et sous le fer de Jehoudda ?

15. Je ne vous appellerai plus serviteurs, parce que le serviteur ne sait pas ce que fait son maître. Mais je vous ai appelés mes amis, parce que tout ce que j'ai entendu de mon Père, je vous l'ai fait connaître.

16. Ce n'est pas vous qui m'avez choisi (2), mais c'est moi qui vous ai choisis et vous ai établis, pour que vous alliez, et rapportiez du fruit, et que votre fruit demeure, afin que tout ce que vous demanderez à mon Père en mon nom il vous le donne.

17. Ce que je vous commande, c'est que vous vous aimiez les uns les autres.

18. Si le monde vous hait, sachez qu'il m'a eu en haine avant vous.

19. Si vous aviez été du monde, le monde aimerait ce qui est à lui; mais parce que vous n'êtes point du monde, et que je vous ai choisis du milieu du monde, c'est pour cela que le monde vous hait.

20. Souvenez-vous de la parole que je vous ai dite : « Le serviteur n'est pas plus grand que son maître. S'ils m'ont

___

(1) Cf. *Le Roi des Juifs*, p. 9.
(2) Certes non ! Et il aurait été bien reçu s'il s'était présenté au christ avec un pareil programme !

persécuté, ils vous persécuteront aussi; s'ils ont gardé ma parole, ils garderont aussi la vôtre. »

21. Mais ils vous feront toutes ces choses à cause de mon nom; parce qu'ils ne connaissent point celui qui m'a envoyé.

22. Si je n'étais pas venu, et que je ne leur eusse point parlé, ils n'auraient point de péché; mais maintenant ils n'ont point d'excuse de leur péché.

23. Qui me hait, hait aussi mon Père.

24. Si je n'avais fait parmi eux les œuvres que nul autre n'a faites, ils n'auraient point de péchés; mais maintenant, et ils les ont vues, et ils ont haï et moi et mon Père.

25. Mais c'est afin que s'accomplisse la parole qui est écrite dans *leur Loi*: « Ils m'ont haï gratuitement. »

26. Mais lorsque sera venu le Paraclet que je vous enverrai du Père, l'Esprit de vérité qui procède du Père, il rendra témoignage de moi.

27. Et vous aussi vous rendrez témoignage, parce que, dès le commencement, vous êtes avec moi.

Tout cela est parfaitement inepte, mais encore plus contradictoire, notamment en ce qui touche le Paraclet. Dans les divagations du chapitre précédent Jésus avait dit : « Le Paraclet, l'Esprit-Saint que mon père enverra en mon nom (le nom du Verbe) vous enseignera toutes choses » (1). Ici c'est Jésus qui enverra ce Paraclet, c'est-à-dire l'Esprit de vérité qui procède du Père. L'émetteur hier, c'était le Père; aujourd'hui, c'est le Fils. Pourquoi? Parce que dans l'intervalle on a fabriqué les Évangiles synoptisés, notamment celui de Luc, où Jésus annonce qu'il enverra l'Esprit-Saint, et aussi les *Actes* dans lesquels on voit arriver l'Esprit-Saint en

(1) Ch. xiv, 26.

exécution de cette promesse. On enleva donc cet attribut au Père pour le transporter au Juif consubstantiel
et coéternel. De sorte que non seulement le Père est
inférieur au Verbe, mais il est dépouillé de l'Esprit par
l'horrible Juif dont on a fait son fils... C'est l'expro-
priation totale. Pauvre vieux !

LXV

CHAPITRE XVI. — SUITE DES HOMÉLIES VALENTINIENNES

1. Je vous ai dit ces choses, afin que vous ne soyez point
scandalisés.

2. Ils vous chasseront des synagogues ; et vient l'heure où
quiconque vous fera mourir croira rendre hommage à Dieu.

3. Et ils vous feront ainsi, parce qu'ils ne connaissent ni
mon Père ni moi.

4. Or je vous ai dit ces choses, afin que lorsqu'en sera
venue l'heure, vous vous souveniez que je vous les ai dites.

5. Mais je ne vous les ai pas dites dès le commencement,
parce que j'étais encore avec vous. Et maintenant je m'en
vais à celui qui m'a envoyé, et *personne de vous ne me demande :* « Où allez-vous ? »

C'est un peu fort ! Ils ne font que cela ! « Où va-
t-il ? » demandent les Juifs d'abord au chapitre XII (1).
« Où vas-tu ? » lui demande Pierre au chapitre XIII (2).
Mais quand on lui demande où il va, il répond ou qu'on
le sait bien (3) ou qu'on ne le sait pas (4), ou qu'on ne

(1) Cf. le présent volume, p. 171.
(2) Verset 36.
(3) A Toàmin et autres, verset 4 du ch. XIV.
(4) Aux Juifs, ch. XIII, 33, p. 269.

peut pas le suivre du tout ou bien qu'on ne le peut pas tout de suite (1). Il prétend qu'il ne leur a rien dit de tout cela, parce qu'il était encore avec eux, et d'ailleurs il est bien vrai que Bar-Jehoudda dans le corps duquel il est va mourir sans en avoir rien su. Mais alors il ne fallait pas lui faire dire une minute auparavant : « Je vous ai dit ces choses, pendant que je demeurais encore avec vous (2). »

6. Parce que je vous ai dit ces choses, la tristesse a rempli votre cœur.

7. Cependant moi je vous dis la vérité ; il vous est avantageux que moi je m'en aille, car si je ne m'en vais point, le Paraclet ne viendra pas à vous ; mais si je m'en vais, je vous l'enverrai.

8. Et lorsqu'il sera venu, il convaincra le monde en ce qui touche le péché (3) et la justice (4) et le jugement (5).

9. Le péché, parce qu'ils n'ont pas cru en moi ;

10. La justice, parce que je vais à mon Père, et que vous ne me verrez plus ;

11. Et le jugement, parce que le prince de ce monde est déjà jugé.]

Rien de plus attristant que le langage de ce scribe qui taxe tous ses compatriotes de pécheurs parce qu'ils n'ont pas cru à l'abominable charlatan dont ils ont été victimes. Ce sont eux qui ont payé pour lui. Quant à lui, il est doublement sous le péché, sous celui d'Adam d'abord, et sous celui pour lequel ils l'ont condamné.

(1) A Pierre, ch. XIII, 37.
(2) XIV, 25.
(3) Le péché originel dont le Verbe juif devait racheter son peuple.
(4) La justice selon l'*Apocalypse*, c'est-à-dire la prise de possession par les Juifs de la terre des goym.
(5) La condamnation des païens et l'édénisation des Juifs.

12. J'ai encore beaucoup de choses à vous dire, mais vous ne les pouvez porter à présent.

13. Quand cet Esprit de vérité sera venu, il vous enseignera toute vérité ; car il ne parlera point de lui-même, mais tout ce qu'il aura entendu, il le dira, et ce qui doit arriver, il vous l'annoncera.

14. Il me glorifiera, parce qu'il recevra de ce qui est à moi, et il vous l'annoncera.

15. Tout ce qu'a mon Père est à moi ; c'est pourquoi j'ai dit qu'il recevra ce qui est à moi, et vous l'annoncera.

16. Encore un peu de temps, et vous ne me verrez plus ; et encore un peu de temps, et vous me verrez, parce que je vais à mon Père.

17. Alors plusieurs de ses disciples se dirent l'un à l'autre : « Qu'est-ce qu'il nous dit : Encore un peu de temps et vous ne me verrez plus ; et encore un peu de temps, et vous me verrez, parce que je vais à mon Père ? »

18. Ils disaient donc : « Qu'est-ce qu'il dit : « Encore un peu de temps ? Nous ne savons ce qu'il veut dire. »

19. Or Jésus connut qu'ils voulaient l'interroger, et il leur dit : « Vous vous demandez les uns aux autres ce que j'ai dit : Encore un peu de temps et vous ne me verrez plus ; et encore un peu de temps et vous me verrez. »

20. En vérité, en vérité, je vous le dis, vous gémirez et vous pleurerez, vous, mais le monde se réjouira (1) ; vous serez tristes, mais votre tristesse se changera en joie.

21. La femme, lorsqu'elle enfante, a de la tristesse, parce qu'est venue son heure ; mais lorsqu'elle a mis l'enfant au jour, elle ne se souvient plus de sa souffrance, à cause de sa joie, de ce qu'un homme est né au monde.

22. Vous donc aussi, vous avez maintenant de la tris-

---

(1) La chute de Jérusalem a été vue avec plaisir par toutes les nations voisines, c'est là un fait indiscutable. Cf. *Le Gogotha*, p. 64.

tesse ; mais je vous reverrai, et votre cœur se réjouira, et personne ne vous ravira votre joie. »

23. Et en ce jour-là vous ne m'interrogerez plus sur rien.

Ils seront avec lui, dans la lumière, et ils sauront tout. Ils auront même la satisfaction de voir qu'après les temps qui ont affligé la Judée sous les empereurs-Antéchrists, les Barbares annoncés sont en marche pour réaliser l'*Apocalypse*, venger les Juifs sur la Babylone d'Occident et ouvrir les voies romaines au commerce baptismal.

... En vérité, en vérité, je vous le dis : Si vous demandez quelque chose à mon Père en mon nom, il vous le donnera.

24. Jusqu'ici vous n'avez rien demandé en mon nom : Demandez et vous recevrez, afin que votre joie soit complète.

25. Je vous ai dit ces choses en paraboles. Vient l'heure où je ne vous parlerai plus en paraboles, mais où je vous parlerai ouvertement de mon Père ;

26. En ce jour-là vous demanderez en mon nom : et je ne vous dis pas que je prierai mon Père pour vous :

27. Car mon Père lui-même vous aime, parce que vous m'avez aimé, et que vous avez cru que c'est de Dieu que je suis sorti.

28. Je suis sorti de mon Père, et je suis venu dans le monde ; je quitte de nouveau le monde, et je vais à mon Père. »

29. Ses disciples lui dirent : « Voilà que maintenant vous parlez ouvertement, et vous n'employez aucune parabole ;

30. Maintenant nous voyons que vous savez toutes choses, et que vous n'avez pas besoin que l'on vous interroge ; en cela nous croyons que c'est de Dieu que vous êtes sorti. »

31. Jésus leur répondit : « Vous croyez maintenant ?

32. Voici que vient une heure, et déjà elle est venue, où vous serez dispersés, chacun de son côté, et me laisserez seul ; cependant je ne suis pas seul, parce que mon Père est avec moi.

33. Je vous ai dit ces choses, afin qu'en moi vous ayez la paix. Dans le monde vous aurez des tribulations, mais ayez confiance, j'ai vaincu le monde. »

Ces paroles sont vraies. Le Verbe juif a vaincu la raison, tué Dieu, réduit l'homme à la plus basse des servitudes.

LXVI

CHAPITRE XVII. — FIN DES HOMÉLIES VALENTINIENNES

1. Jésus parla ainsi : puis, levant les yeux au ciel, il dit : « Mon Père, elle est venue, l'heure ; glorifiez votre fils, afin que votre Fils vous glorifie ;

2. Puisque vous lui avez donné puissance sur toute chair, afin que, quant à tous ceux que vous lui avez donnés, il leur donne la vie éternelle.

3. Or, la vie éternelle, c'est qu'ils vous connaissent, vous seul vrai Dieu, et celui que vous avez envoyé, *Jésus-Christ* (1).

4. Moi, je vous ai glorifié sur la terre ; j'ai consommé l'œuvre que vous m'avez donnée à faire ;

5. Et maintenant vous, mon Père, glorifiez-moi en vous-même de la gloire que j'ai eue avant que le monde fût.

C'est, en effet, lui qui a créé le monde, inspiré la *Genèse*, l'*Apocalypse*, le prologue de Cérinthe qui vient

(1) Jésus-Christ, c'est la formule chimique. La composition, c'est le scribe qui fait parler Jésus, et Bar-Jehoudda jadis christ : en somme, un juif divinisant un autre juif.

de ces deux sources. Si le prophète des Juifs rois de la terre est emporté dans la lumière, confondu avec Jésus, que ne pourra-t-il là-haut pour les martyrs de la Loi ? C'est une même apothéose pour tous. Malgré tous leurs crimes, Jésus prie pour eux. Leurs crimes, qui en parle encore ? Ne les a-t-il pas lavés tout à l'heure en lavant les pieds de leurs auteurs ?

6. J'ai manifesté votre nom aux hommes que vous m'avez donnés ; ils étaient à vous, vous me les avez donnés, et ils ont gardé votre parole.

7. Maintenant ils ont connu que tout ce que vous m'avez donné vient de vous ;

8. Parce que je leur donné les paroles que vous m'avez données ; et ils les ont reçues, et ils ont connu véritablement que c'est de vous que je suis sorti, et ils ont cru que c'est vous qui m'avez envoyé.

9. Moi, je prie pour eux ; je ne prie point pour le monde, mais pour ceux que vous m'avez donnés, parce qu'ils sont à vous ;

10. Car tout ce qui est à moi est à vous, et tout ce qui est à vous est à moi ; et j'ai été glorifié en eux.

11. Et déjà je ne suis plus dans le monde, et eux sont dans le monde, et moi je viens à vous. Père saint, conservez en votre nom ceux que vous m'avez donnés, afin qu'ils soient une seule chose, comme nous.

12. Quand j'étais avec eux, je les conservais en votre nom. Ceux que vous m'avez donnés, je les ai gardés, et pas un d'eux n'a péri, hors le fils de la perdition, afin que l'Écriture fût accomplie (1).

13. Mais maintenant je viens à vous ; et je dis ces choses dans le monde, pour qu'ils aient en eux ma joie complète.

_____

(1) Il a péri en effet, mais assassiné par Shehimon. On le ménagerait davantage s'il était présent comme au Banquet de rémission.

14. Moi, je leur ai donné votre parole, et le monde les a eus en haine, parce qu'ils ne sont point du monde, comme moi-même je ne suis pas du monde (1).

15. Je ne demande point que vous les ôtiez du monde, mais que vous les gardiez du mal.

16. Ils ne sont point du monde, comme moi-même je ne suis pas du monde.

17. Sanctifiez-les dans la vérité. Votre parole est vérité.

18. Comme vous m'avez envoyé dans le monde, moi aussi, je les ai envoyés dans le monde.

19. Et pour eux je me sanctifie moi-même, afin qu'eux aussi soient sanctifiés en vérité.

20. Je ne prie pas pour eux seulement, mais encore pour ceux qui, par leur parole, croiront en moi;

21. Afin qu'ils soient tous une seule chose, comme vous, mon Père, êtes en moi, et moi en vous; qu'ils soient de même une seule chose en nous, et qu'ainsi le monde croie que c'est vous qui m'avez envoyé.

22. Pour moi, je leur ai donné la gloire que vous m'avez donnée, afin qu'ils soient une seule chose, comme nous sommes une seule chose.

23. Je suis en eux et vous en moi, afin qu'ils soient consommés dans l'unité, et que le monde connaisse que c'est vous qui m'avez envoyé, et que vous les avez aimés comme vous m'avez aimé.

24. Mon Père, je veux que là où je suis, ceux que vous m'avez donnés soient aussi avec moi; afin qu'ils voient la gloire que vous m'avez donnée; parce que vous m'avez aimé avant la fondation du monde.

(1) Les Juifs sont au-dessus du monde en cours, ce second monde qui devait disparaitre à leur bénéfice après le 15 nisan 789. Ce n'était pas seulement l'opinion de Bar-Jehoudda, c'est celle de Valentin nettement exprimée, et à plusieurs reprises, dans les deux *Sagesses*. Dans la première, les Juifs, tout au moins ceux qui descendent de David, sont au-dessus des dieux et des anges de la Première Création. Cf. le présent volume, p. 248.

25. Père juste, le monde ne vous a point connu : mais moi je vous ai connu, et ceux-ci ont connu que c'est vous qui m'avez envoyé.

26. Je leur ai fait connaître votre nom, et je le leur ferai connaître encore, afin que l'amour dont vous m'avez aimé soit en eux, et moi en eux (1). »

LXVII

CHAPITRE XVIII. — TRANSFIGURATION DE L'ARRESTATION DE BAR-JEHOUDDA

1. Lorsqu'il eut dit ces choses, Jésus s'en alla avec ses disciples au-delà du torrent de Cédron, où il y avait un Jardin dans lequel il entra, lui et ses disciples.

Ce Jardin, c'est celui de l'*Apocalypse*, c'est le Jannatu l'Adn de Rudyard Kipling, mais réduit à sa plus simple expression terrestre. Toutefois, c'est encore l'Eden en comparaison du Jardin d'Hinnom, où Bar-Jehoudda fut crucifié en ce même jour dont Jésus célèbre l'anniversaire à sa façon. Is-Kérioth, à qui sa dernière bouchée n'a pas réussi, a été ramassé le matin du 14 à la Poterie

---

(1) « Les discours contenus dans les chapitres xiv-xvii comptent parmi les plus beaux morceaux de l'Évangile, dit le Saint-Siège. » C'est parce qu'ils sont d'un hérétique. « Il y a, dit aussi La Harpe, un sermon de la Cène qui me paraît contenir toute notre religion, où chaque parole est un oracle du ciel ; je ne l'ai jamais lu sans une émotion singulière, et que de fois je me suis dit ce que disait aux Pharisiens cet agent de la Synagogue, en s'excusant de n'avoir pas fait arrêter Jésus-Christ (*Jean*, vii, 46) : *Que voulez-vous ? jamais homme n'a parlé comme cet homme !* et c'est un Juif qui disait cela. Quel terrible arrêt contre les chrétiens infidèles ! Il m'est impossible, à chaque verset de ce sermon, de ne pas entendre un Dieu, et j'en suis aussi sûr que si je l'avais entendu en personne. » Cet abbé n'est pas difficile.

en l'état que vous savez. Mais comme il est de l'allégorie, — le crucifié en est bien! — le voici qui arrive. Jésus, par ce seul fait qu'il joue le rôle de Bar-Jehoudda, a transporté la scène à l'Orient : pour une nuit, la plaine de Lydda est devenue le Mont des Oliviers. Is-Kérioth qui est la dernière bouchée non seulement de l'année 788, mais de tout le *Cycle du Verseau*, (c'est ce *Cycle* qui a fourni la cruche dans laquelle Jésus a trempé son pain), Is-Kérioth connaissait parfaitement le Mont des Oliviers, et Gethsémané qui fournissait l'huile sainte au Temple. De son côté, Jésus y était venu souvent sous la forme humaine de Bar-Jehoudda, et il y venait tous les jours sous les espèces de la lumière matinale.

2. Or Judas, qui le livrait, connaissait aussi ce lieu, parce que Jésus y était venu souvent avec ses disciples.

3. Judas ayant donc pris une compagnie de soldats (1) et de gens que lui donnèrent les princes des prêtres et les pharisiens, vint là avec des lanternes, des torches et des armes.

4. Mais Jésus, sachant tout ce qui devait lui arriver, s'avança et leur demanda : « Qui cherchez-vous? »

5. Ils lui répondirent : « Jésus de Nazareth. » Jésus leur

(1) En traduisant par cohorte on insinue qu'il y aurait eu des soldats romains mêlés à la police du Temple lors de l'arrestation de Bar-Jehoudda. C'est pourquoi le Saint-Siège dit : « La cohorte romaine était composée de six cent vingt-cinq hommes. Le procurateur romain conduisait tous les ans à Jérusalem une cohorte à l'époque de la fête de Pâques pour maintenir l'ordre au milieu de la multitude qu'attirait cette solennité. Les soldats romains étaient logés dans la forteresse Antonia au nord-ouest du temple. » Le Saint-Siège met également des archers là où l'on n'a vu jusqu'à présent que de vagues agents. Il est clair que si Bar-Jehoudda avait été arrêté par les Romains, y en eût-il eu seulement deux, ce n'est pas au grand-prêtre qu'ils l'auraient conduit, mais à leur centurion qui l'eût remis ensuite à son tribun, lequel l'eût remis à Pilatus.

dit : « C'est moi. » Or, avec eux se trouvait aussi Judas, qui le livrait.

6. Mais dès qu'il leur eut dit : « C'est moi », ils furent renversés, et tombèrent par terre.

Ce renversement est statutaire, et même ils n'auraient jamais dû s'en relever ni les uns ni les autres. On ne peut pas voir Dieu sans mourir. Mais puisque, par une convention acceptée de tous, Jésus veut bien reprendre à l'Orient le rôle peu reluisant que son Joannès a créé le 14 à l'Occident, les choses se passent selon les apparences solaires. Car il est celui dont Zacharie a dit : « Voilà l'homme qui a nom l'Orient » (1) et que Bar-Jehoudda avait cru être (2).

7. Il leur demanda donc de nouveau : « Qui cherchez-vous? » Ils répondirent : « Jésus de Nazareth. »

8. Jésus reprit : « Je vous ai dit que c'est moi. Mais si c'est moi que vous cherchez, laissez aller ceux-ci. »

9. Afin que fût accomplie la parole qu'il avait dite : « Je n'ai perdu aucun de ceux que vous m'avez donnés. »

Ceci pour escamoter l'histoire. Le scribe y supplée par une prophétie qui est de lui, faute d'autres Écritures. Il est bien vrai que tous se sont sauvés à l'exemple de leur roi, mais ce fut sans la permission du Verbe. Ce n'est pas le moment de nous présenter le tableau de ces pieds crottés par la fuite à travers champs. Jésus vient de les laver, on peut maintenant les donner à baiser aux goym.

(1 Zacharie, vi, 12.
(2) « Ce soleil levant est venu d'en haut nous visiter, dit Luc. » (I, 78).

LXVIII

L'HOMME A L'OREILLE COUPÉE (1)

10. Alors Simon Pierre, qui avait une épée, la tira, et frappant le serviteur du grand-prètre, il lui coupa l'oreille droite. Or, le nom de ce serviteur était Amalech (Malchus).

11. Mais Jésus dit à Pierre : « Remets ton épée dans le fourreau. *Et le calice que mon Père m'a donné*, ne le boirai-je donc point ? »

C'est la première fois qu'il est question de ce calice dans le *Quatrième Évangile*. Mais dans les Synoptisés Jésus en parle plusieurs fois aux trois fils du Zibdéos qui ont été crucifiés les premiers, Bar-Jehoudda, Shehimon et Jacob senior. Ce Calice, c'est l'hémisphère boréal dans lequel le Soleil passe le 15 nisan. C'est ce qu'Hermès appelle le Cratère. « L'Ouvrier a fait le monde, dit Hermès (2), non de ses mains, mais de son Verbe. Il n'a pas distribué l'Intelligence à tous (aurait-il excepté les exégètes ?), il en a rempli un grand cratère et l'a fait porter par le Messager (3), lui ordonnant de crier ceci au cœur des hommes : « Baptisez-vous, si vous le pouvez, dans le cratère, vous qui croyez que vous retournerez à celui qui l'a envoyé, vous qui savez

(1) Cérinthe, c'est le seul, dit très clairement que la troupe qui poursuivait Bar-Jehoudda était commandée par le prince Saül, alors stratège du Temple.

(2) Hermès Trismégiste. *Le Cratère ou la Monade*, trad. L. Ménard (Paris, 1867, in-12, pp. 30 et suiv.)

(3) M. Ménard traduit par « un Messager »; il s'agit certainement du Verbe, messager de l'Ouvrier par excellence.

pourquoi vous êtes nés. » Les autres s'y baignent, lui seul y boit.

C'est la première fois également — et ce sera la seule — que, sous le nom d'Amalech (l'Amalécite ennemi d'Israël), le prince Saül apparaît dans les Évangiles. Serviteur du grand-prêtre en tant que stratège du Temple, Saül était commis à la police du sanctuaire et à la poursuite des crimes ou délits commis contre la loi. L'année précédente, il avait lapidé Jacob junior, un des coupables du meurtre d'Ananias et de Zaphira. L'épisode dans lequel Shehimon lui coupa l'oreille droite a été rapproché du *passage de l'Agneau* (pâque) « qui enlève les péchés du monde, comme dit Cérinthe » (1), de manière à entrer dans le cadre allégorique où Jésus *passe* sur tout, lave tout, *remet* tout — jusqu'à remettre l'oreille de Saül, dans Luc (2), — faisant autour de lui, malgré sa définition, beaucoup plus d'ombre historique que de lumière héliaque.

12. Alors, la troupe en cercle (3), le chiliarque (4) et les agents (5) des Juifs se saisirent de Jésus et le lièrent.

13. Puis ils l'emmenèrent d'abord chez Hanan, parce qu'il était le beau-père de Caïphe, qui était le pontife de cette année-là (6).

14. Or, Caïphe était celui qui avait donné ce conseil aux

(1) Cf. le présent volume, p. 27.
(2) Luc., xxii, 51.
(3) *Speira*, que le Saint-Siège traduit tendancieusement par *cohorte* pour entretenir cette idée qu'il y aurait eu des Romains dans l'arrestation.
(4) *Chiliarchos*, que le Saint-Siège traduit par *tribun*, contre toute raison.
(5) ·*Upèretai*, que le Saint-Siège traduit par *archers*, contre toute étymologie.
(6) La Grande Année manquée.

Juifs : « Il est avantageux qu'un *seul* homme meure pour le peuple. » (1)

LXIX

LES TROIS RENIEMENTS DE SHEHIMON
DANS LA COUR DE KAIAPHAS

La scène qui suit a, malheureusement pour Shehimon, un fondement dans l'histoire (2). Le premier reniement marque la *première veille* (9 heures) de la nuit du 14 (3).

15. Cependant Simon Pierre suivait Jésus et aussi un autre disciple (4). Or, comme ce disciple était connu du pontife, il entra avec Jésus dans la cour du pontife.

16. Mais Pierre se tenait dehors à la porte. C'est pourquoi l'autre disciple, qui était connu du pontife, sortit, et parla à la portière, et elle fit entrer Pierre.

17. Alors cette servante, qui gardait la porte, demanda à Pierre : « Et toi, n'es-tu pas aussi des disciples de cet homme ? » Il lui répondit : « Je n'en suis point. »

Le second reniement marque la seconde veille, minuit.

18. Or, les serviteurs et les agents se tenaient auprès du

---

(1) Faux à tous les points de vue. Eléazar avait été condamné en même temps que Bar-Jehoudda, et ce ne fut pas la seule victime de l'*Apocalypse*, car, outre les malheureux qui furent massacrés par Pilatus dans le Temple, il y eut ceux qui furent mis en croix avec leur roi.

(2) Cf. *Le Roi des Juifs*, p. 372.

(3) La nuit était divisée en quatre veilles : neuf heures, minuit, trois heures, six heures.

(4) Le Saint-Siège traduit par « l'autre disciple », de manière à diriger l'attention sur le disciple de son invention, le Jochanan qui aurait ensuite rédigé cet Évangile.

feu, et se chauffaient, parce qu'il faisait froid ; et Pierre était aussi avec eux debout et se chauffant.

19. Cependant le pontife interrogea Jésus touchant ses disciples et sa doctrine.

20. Jésus lui répondit : « J'ai parlé publiquement au monde ; j'ai toujours enseigné dans la synagogue et dans le Temple, où tous les Juifs s'assemblent, et je n'ai rien dit en secret.

21. Pourquoi m'interroges-tu ? Interroge ceux qui ont entendu ce que je leur ai dit; voilà ceux qui savent ce que j'ai enseigné. »

22. Après qu'il eut dit cela, un des agents là présents donna un soufflet à Jésus, disant : « Est-ce ainsi que tu réponds au pontife? »

23. Jésus lui répondit : « Si j'ai mal parlé, rends témoignage du mal ; mais si j'ai bien parlé, pourquoi me frappes-tu ? »

24. Et Hanan l'envoya lié à Caïphe, le grand prêtre.

25. Cependant Simon Pierre était là debout et se chauffant. Ils lui dirent donc : « Et toi n'es-tu pas aussi de ses disciples ? » Il le nia et dit : « Je n'en suis point. »

Le troisième reniement marque la troisième veille, trois heures.

26. Un des serviteurs du pontife, parent (1) de celui à qui Pierre avait coupé l'oreille, lui dit : « Ne t'ai-je pas vu dans le Jardin avec lui? »

27. Et Pierre le nia de nouveau ; et aussitôt un coq chanta.

Le coq qui après la troisième veille annonça le lever de l'Étoile du matin entérine pour ainsi dire le triple reniement de Shehimon dans la nuit du 14.

---

(1) Sans doute Costobar, frère de Saül, qui fut lui aussi stratège du Temple. Cf. *Le Gogotha*, p. 60.

Il est clair que Shehimon fut accusé d'avoir abandonné son frère au Sôrtaba le 11 et de l'avoir renié trois fois dans la nuit du 14 pour sauver sa peau de baptiseur en second. C'est lui qui fut tenu pour responsable de la défaite commune. On n'en comprend que mieux l'obligation où il s'est trouvé de faire disparaître la preuve de sa couardise en enlevant le corps de son frère au Guol-golta, et la macabre comédie où il a été acculé ensuite lorsqu'il a prétendu, devant ses partisans, que celui-ci vivait encore, au moins pour sa famille, ayant échappé aux exécutions de Pilatus. S'il a soutenu cela, c'est pour défendre son droit de succession au trône millénaire. Nulle piété, ni fraternelle ni autre, hypocrisie dynastique.

LXX

DEVANT LE PRÉTOIRE

28. Ils amenèrent donc Jésus de chez Caïphe dans le prétoire. Or c'était le matin, et eux n'entrèrent point dans le prétoire, *afin de ne point se souiller et de pouvoir manger la pâque* (1).

29. Pilate donc vint à eux dehors et dit : « Quelle accusation portez-vous contre cet homme? »

30. Ils répondirent et lui dirent : « *Si ce n'était pas un malfaiteur, nous ne vous l'aurions pas livré* (2). »

(1) Pour la quatrième fois Cérinthe constate que Bar-Jehoudda fut arrêté avant la pâque.

(2) Voilà un trait de vérité perçant. C'est un malfaiteur condamné depuis quarante jours qui a été remis à Pilatus. « Un pécheur », est-il dit plus haut, p. 186.

31. Alors Pilate leur dit : « Prenez-le vous-même, et le jugez selon votre loi. » Mais les Juifs lui répondirent : « Il ne nous est pas permis de mettre personne à mort (1). »

32. C'était afin que fût accomplie la parole que Jésus avait dite, montrant de quelle mort il devait mourir.

C'est pour obtempérer à la prophétie de Cérinthe, et non pour cause criminelle, que Jésus va être crucifié, si toutefois il se laisse faire. Pilatus ignore pourquoi on le lui amène et il est offusqué du bruit que font les Juifs autour de lui, car n'ayant rien à lui reprocher et les Juifs n'articulant aucun fait, c'est une erreur judiciaire qui se prépare, ou bien il se produit un événement inconnu dans l'histoire de sa procurature.

Transfiguré à l'Orient sous les traits de Jésus, l'homme arrêté n'a rien fait de ce qu'on reprochait en 788 à Bar-Jehoudda. Pilatus ne veut même pas prendre livraison de cet innocent, et c'est la preuve qu'il n'y avait pas de soldats romains parmi ceux qui avaient amené Bar-Jehoudda au prétoire. Sinon, à l'aspect seul du tribun et de ses soldats, Pilatus aurait bien vu que l'affaire le regardait et ne regardait plus le Temple.

Mais autour de l'homme qu'on lui amène il ne voit que des Juifs hérodiens. Que ceux-ci l'exécutent, si c'est, comme ils le disent, un malfaiteur ! Ils ont une loi, qu'ils l'appliquent !

De leur côté, les Juifs répondent qu'ils ne peuvent exécuter une sentence de mort ; ils sous-entendent « ce

---

(1) Même un condamné, à cause de la pâque qui avait lieu le soir. Ils se seraient encore bien plus souillés qu'en pénétrant chez un païen. Cf. *Le Roi des Juifs*, p. 395. Pour la cinquième fois Cérinthe reconnaît que nous sommes la veille de la pâque.

jour-là », et c'est pour la même raison qu'ils ont refusé d'entrer dans le prétoire. Une exécution avant de manger la pâque serait une souillure légale encore plus grande que la vue des enseignes à l'image de Tibère.

En effet, tout le monde savait par avance qu'on allait conduire le pseudo-christ au lieu où était le plus impur de tous les cimetières, celui des criminels.

Or il était dit (1) : « Que les enfants d'Israël fassent la pâque au temps prescrit, le quatorzième jour du premier mois (nisan), sur le soir, selon toutes les cérémonies et les ordonnances marquées. » Et ils la firent au temps qui avait été prescrit, le quatorzième jour de ce mois, au soir. Or il arriva que quelques-uns qui étaient devenus impurs pour s'être approchés (soit involontairement, soit par devoir) d'un corps mort et qui ne pouvaient, pour cette raison, faire la pâque ce jour-là, vinrent trouver Aaron et Moïse et leur dirent : « Nous sommes devenus impurs parce que nous nous sommes approchés d'un corps mort; est-ce une raison pour que nous soyons privés d'offrir en son temps l'oblation de l'agneau au Seigneur, comme tout le reste des enfants d'Israël ? » Moïse leur répondit : « Attendez que je consulte le Seigneur pour savoir ce qu'il ordonnera de vous. » En effet, c'était un cas grave. Le Seigneur le trancha par la voix de Moïse en ordonnant que l'individu ainsi souillé ne pourrait faire la pâque que le quatorzième jour du second mois (ijar). Encore devait-il, pour s'écarter le moins possible de la première *maison du Seigneur*, avoir fini de manger son agneau avant l'aurore qui se levait sur le *Taureau*. Par conséquent,

(1) *Nombres*, IX, 1-14.

si les Juifs avaient choisi le jour de la préparation pour exécuter la sentence prononcée par le Sanhédrin contre le prisonnier, non seulement ils se seraient souillés en approchant des morts ensevelis au Guol-golta, mais ce qui est pis, ils en auraient fait un de leurs propres mains, ce qui eût retardé d'un mois la pâque à laquelle ils s'étaient préparés par les purifications dont Cérinthe nous a déjà entretenus.

Ce n'est pas le sens, dit le Saint-Siège. Les Juifs parlent ainsi parce que les Romains leur avaient ôté le pouvoir de vie et de mort et se l'étaient réservé. Proposition démentie par tous les faits de l'histoire et par les Écritures canoniques elles-mêmes : dans l'*Apocalypse* où nous voyons Jehoudda et Zadoc, tués par les Juifs en 761 ; dans les *Actes des Apôtres*, où nous voyons Stéphanos lapidé par Saül en exécution d'une sentence du Sanhédrin ; dans les *Evangiles* où nous voyons Bar-Jehoudda fuyant la Judée pour éviter d'être lapidé par les Juifs ; le même Bar-Jehoudda condamné à mort avec Eléazar quarante jours avant la pâque, « et livré en sentence de mort par nos magistrats, dit Cléopas dans Luc. »

N'avons-nous pas vu dans les *Actes* Jacob senior, décapité — faussement d'ailleurs — par Agrippa Ier, roi de Judée, sur la demande des Juifs, et Shehimon condamné à mort par le même Agrippa sur les mêmes prières ? Ne savons-nous pas qu'en réalité ils ont été crucifiés tous les deux par le Juif Tibère Alexandre ? Si les Juifs n'avaient pas le droit d'exécuter une sentence de mort, d'où vient donc celui que l'Église s'est arrogé dans les Synoptisés de faire décapiter Jean-Baptiste par Antipas, tétrarque de Galilée, et dans Josèphe de faire lapider Jacques, frère du christ, par le Sanhédrin à la requête du grand-prêtre Ananias? Ce sont des faux, dira-t-on. Sans doute, mais l'Église, au temps où elle les a faits, savait donc que les Juifs avaient le droit de mettre à mort ceux qui étaient coupables selon leur loi?

LXXI

DANS LE PRÉTOIRE

Ainsi, pas de témoins juifs de ce qui s'est passé dans le prétoire, mais des témoins étrangers, notamment les égyptiens qui, trois ans après, ont joué la parodie du sacre à Alexandrie (1). Les Juifs partis, et par surcroit morts avec les temps qui les ont vus naître, Pilatus rentre dans le prétoire où Bar-Jehoudda fut remis à ses soldats dans la matinée du 14 nisan. Là, seul avec lui, peut-être que Jésus voudra bien dire qui il est, car il est clair qu'en l'état où ils sont, les Juifs ne peuvent plus déposer.

33. Pilate rentra donc dans le prétoire, appela Jésus, et lui dit : « Es-tu le roi des Juifs? »

34. Jésus répondit : « Dis-tu cela de toi-même, ou d'autres te l'ont-ils dit de moi? »

35. Pilate reprit : « Est-ce que je suis Juif, moi? Ta nation et les pontifes t'ont livré à moi; qu'as-tu fait? »

« Es-tu l'individu qui s'est fait roi des Juifs en 788? dont le Royaume était tellement de ce monde qu'il devait me supprimer moi-même? contre lequel j'ai marché

(1) Cf. *Les Marchands de Christ*, p. 109.

à la requête des Samaritains et des Jérusalémites ? qui
assiégeait le Sòrtaba lorsque mes cavaliers ont dispersé
sa bande ? qui a été arrêté en pleine fuite à Lydda ? qui
m'a été amené la veille de la pâque de 789 et que j'ai
crucifié, exécutant ainsi la sentence de mort déja prononcée contre lui par le Sanhédrin ? » Vous avez assez
l'habitude des réponses de Jésus pour deviner ce qu'il
répondra : « Moi, roi des Juifs en 788 ! Non certes,
mais leur Roi dans un sens plus élevé. » Comment pourrait-il en disconvenir ? C'est écrit sur sa cuisse ! (1)

36. Jésus répondit : « Mon royaume n'est pas de ce
monde ; si mon royaume était de ce monde, *mes serviteurs* (2)
combattraient certainement pour que je ne fusse point livré
aux Juifs ; mais *maintenant* mon royaume n'est pas d'ici. »

37. C'est pourquoi Pilate lui repartit : « Tu es donc Roi ? »
Jésus répondit : « Tu le dis, je suis Roi. [Si je suis *né* et] si je
suis venu dans le monde, c'est pour rendre témoignage à la
vérité ; quiconque est de la vérité, écoute ma voix. »

Pilatus se laisse faire très gentiment. C'est un précieux compère. D'ailleurs Jésus l'a rassuré. *Maintenant*
(ce n'est plus comme au temps de Bar-Jehoudda !) son
Royaume n'est pas de ce monde, ou pour mieux dire il
n'en en est plus. Il l'a déclaré aux disciples dans les
Actes avant de retourner au ciel : ni maintenant ni plus
tard il ne rétablira le royaume d'Israël, et ce n'était
ni à Jehoudda, ni à Salomé, ni à leurs fils, d'empiéter
sur les prérogatives de son Père en annonçant le
Royaume à date fixe (3). Ce « maintenant », ce « pour le

(1) *Apocalypse*, Cf. *Le Roi des Juifs*, p. 68.
(2) Il vient de dire qu'il n'en a plus, il n'a plus que des amis !
(3) Cf. *Les Marchands de Christ*, p. 337.

moment » a toujours été entendu ainsi par les millénaristes, et le mot ne peut s'entendre autrement. Mais, dit le Saint-Siège, c'est pour confirmer leur erreur qu'ils l'ont entendu ainsi. Dans le désir de redresser cette erreur, l'Église traduit « maintenant » par : « Je l'assure » en vertu de la méthode qui permet de traduire frères par cousins, sœurs par cousines, Bathanée par Béthanie, précipité par pendu, Éloï par Élie, Zibdéos ou Faïseur de poissons par Zébédée, l'Haramathas par d'Arimathie, et autres de même farine. « Je l'assure est le vrai sens, dit le Saint-Siège, Jésus-Christ était vraiment roi; mais il n'avait pas reçu son pouvoir des hommes. C'est pourquoi, remarque saint Augustin, il ne dit pas ici : Mon royaume n'est pas *en ce monde*, mais n'est pas *de ce monde;* idée que rend parfaitement saint Chrysostome, quand il dit : Il s'exprime ainsi, parce qu'il ne tient pas le royaume, comme le tiennent ici-bas les rois de la terre, et qu'il a reçu d'en haut sa principauté qui n'est pas humaine, mais qui est bien plus grande et plus illustre. »

« Tarabin, Tarabas. — N'emboursez rien, je vous prie », dit notre bon maître Rabelais.

LXXII

QU'EST-CE QUE LA VÉRITÉ ? RÉPONSE : BAR-ABBAS, ROI DES VOLEURS

38. Pilate lui demanda : « Qu'est-ce que la vérité? »

« Oui, qu'est-ce que cela peut bien être, la vérité? C'est ce que nous faisons ici, n'est-ce pas, mon

vieux Jésus ? Tu peux compter sur moi, ce n'est pas
moi qui trahirai le Verbe juif. Dès l'instant que tu
mens, c'est que je dois mentir. Va, je te dispense d'une
réponse. L'homme que j'ai mis en croix le 14 nisan 788
était absolument innocent. J'en suis bien sûr, il me
l'a dit ! » Pour avoir une raison de le crucifier de nouveau, Pilatus est obligé d'aller aux renseignements et
de sortir hors du prétoire.

... Et ayant dit cela, il alla de nouveau vers les Juifs, et
leur dit : « Je ne trouve en lui *aucune cause.*

On ajoute généralement *de mort*. Mais ce n'est pas
de cela qu'il s'agit. Ce qu'on fait dire au revenant de
Pilatus, c'est qu'il n'a trouvé dans l'individu arrêté aucune cause qui l'ait rendu justiciable de la loi romaine.
Ce n'est pas une question de peine qui se pose, c'est
une question de droit. Il vient de se mettre d'accord avec
le Verbe juif : il n'y a en Jésus aucune des causes
pour lesquelles le condamné du Sanhédrin a été mis en
croix par le procurateur de Rome. Voilà la vérité, telle
que Pilatus et Jésus en sont convenus. Cette vérité
est un mensonge, — côté Pilatus ; — ce mensonge est
une vérité, — côté Jésus. Dans ces conditions on peut
plumer le goy.

39. Mais c'est la coutume parmi vous que je vous délivre
un criminel à la Pâque ; voulez-vous donc que je vous délivre le roi des Juifs ? »
40. Alors ils crièrent tous de nouveau, disant : « Non pas
celui-ci, mais *Bar-Abbas !* » Or Bar-Abbas était un voleur.

Hé ! quoi ? il y eut le même jour, la même année, un
voleur arrêté sous le nom de Bar-Abbas, *fils du Père?*

O la singulière rencontre de noms, de date et d'épithète! Bar-Jehoudda, lui aussi, disait être Bar-Abbas, et dans tous les écrits qui ne sont pas les *Évangiles* il est qualifié de *latro*, de *lestès*, de *scelestus*, de *roi des voleurs?* (1) Il y a identité entre Bar-Jehoudda et Bar-Abbas. La vérité, la voilà! Mais est-elle applicable à Jésus? Est-ce que Jésus a volé? Est-ce qu'il a levé des voleurs? Est-ce qu'il a fait assassiner Ananias et Zaphira par Shehimon? Est-ce qu'il a pris des villes? Est-ce qu'il a mis le feu en Samarie? Depuis douze ans que Jésus se promène dans cette Écriture, est-ce qu'il ressemble en quoi que ce soit à ce Bar-Abbas qui a été crucifié pour ses brigandages et qu'on a joué publiquement sous ce même nom dans Alexandrie, en l'appelant Maran (2)?

Ce qui était vrai du Bar-Abbas de 788 l'est-il encore de Jésus? Non, n'est-ce pas? Alors, le revenant de Pontius Pilatus n'a rien à dire, et en effet il ne dit rien. On lui donne le change et le plus avantageux, puisqu'au lieu du roi des voleurs on le met en face du Créateur du monde!

Le Juif qui a fabriqué cette Écriture a parfaitement compris qu'il ne ferait pas avaler le christ aux Romains s'il le donnait comme ayant été condamné pour crime contre la loi Julia par un procurateur de Rome. S'il l'a été, c'est par la loi juive, et encore est-ce pour l'avoir violée libéralement, généreusement, courageusement, en faveur de malades et d'infirmes parmi lesquels on mettra un jour des centurions! En un tour de main, voilà le bon Jésus substitué à Bar-Abbas. Qu'a fait le

(1) Sur ces épithètes, cent fois méritées, cf. *Le Roi des Juifs*, p. 334.
(2) Seigneur. Cf. *Les Marchands de Christ*, p. 110.

Juif auteur de ce beau coup ? Mon Dieu ! ce qu'a fait le
Juif qui dans les Synoptisés substitue deux mille porcs
aux deux mille soldats hérodiens noyés dans le lac de
Génézareth par la trahison de ce même Bar-Abbas. Il
a fait du change comme on en faisait avec le bouc émissaire sur le dos duquel on mettait de temps en temps
les péchés d'Israël. En mettant ceux du crucifié sur le
dos de Bar-Abbas, on en exonère l'homme dont Jésus
est le revenant. Est-ce mal? Nullement, puisque Pilatus
lui-même convient que Jésus n'est pas coupable. Et il
y a des gens sérieux pour dire qu'Ignace de Loyola est
l'inventeur du jésuitisme !

LXXIII

CHAPITRE XIX. — BÁR-ABBAS FOUETTÉ, PUIS EXPOSÉ PUBLIQUEMENT

Le récit du supplice de Bar-Jehoudda, qui tient lieu
de Passion à Jésus, est, avec celui de Luc, le plus ancien et le seul digne d'un peu de foi. Je crois qu'il faisait partie des écrits laissés par les scribes de la
bande christienne dont étaient Jehoudda dit le Joannès-
Marcos, fils de Shehimon, Mathias Bar-Toámin dont
on a fait à la fois Mathieu et Barthélemi, et les gendres
de Philippe qui, d'après une tradition d'ailleurs incon-
trôlable, n'aurait laissé que des filles.

Il y a des traces d'histoire dans ce récit, car rentré
dans le prétoire, Pilatus retrouve le roi des voleurs,
et changeant immédiatement d'attitude, il se conduit
avec lui comme il s'est conduit avec Bar-Abbas en 788.

Il est impossible de cacher cela, c'est dans Philon.
Mais on peut ruser, on peut faire croire aux goym qu'il
ne portait pas la pourpre royale et qu'il en a été vêtu
par les Romains en manière de raillerie. Ce sera toujours un ridicule de moins.

1. Alors donc Pilate prit Jésus et le fit flageller.

2. Et les soldats, ayant tressé une couronne d'épines, la
mirent sur sa tête, et le couvrirent d'un vêtement de
pourpre.

3. Et ils venaient à lui et disaient : « Salut, roi des Juifs ; »
et ils lui donnaient des soufflets.

Nous apprenons ensuite que Pilatus l'a exposé publiquement avant de le conduire au supplice. C'est un
détail qui n'est nulle part ailleurs.

4. Pilate sortit donc de nouveau, et leur dit : « Voici que
je vous l'amène dehors, afin que vous sachiez que je ne
trouve en lui aucune cause » (1).

5. (Ainsi Jésus sortit, portant la couronne d'épines et le
vêtement de pourpre.) Et Pilate leur dit : « Voilà l'homme ».

6. Quand les pontifes et leurs suppôts (2) l'eurent vu, ils
criaient, disant : « Crucifiez-le, crucifiez-le ! » Pilate leur
dit : « Prenez-le vous-mêmes, et le crucifiez, car moi je ne
trouve pas en lui de cause (3).

7. Les Juifs lui répondirent : « Nous, nous avons une loi,
et, selon cette loi, il doit mourir, parce qu'il s'est fait Fils de
Dieu. »

8. Lors donc que Pilate eut entendu cette parole, il crai-
gnit davantage.

(1) Aucune de celles pour lesquelles il l'a crucifié.
(2) Archers, dans la traduction du Saint-Siège.
(3) Pas la moindre, en effet.

20

Au fond les Juifs ne mentent pas. Le principe, c'est que Bar-Jehoudda s'était dit Bar-Abbas dans la proportion d'un douzième perpétuellement renouvelable. Mais c'est pour les conséquences politiques de ce principe qu'il avait été condamné par le Sanhédrin. Ce n'est pas pour ses baptêmes, c'est pour ses crimes, trahison et le reste. Cette cause, on n'en parle pas, Pilatus n'ayant point eu à en connaître. Mais on sait par Luc que Bar-Abbas s'était fait roi, qu'il avait ordonné de refuser le tribut et envahi la Samarie. Voilà la cause dont Pilatus eut à connaître, mais comme il n'en parle pas, pourquoi Cérinthe en parlerait-il ? En accusant Jésus des crimes commis par le crucifié il n'aurait pas l'Esprit qu'il faut avoir, l'Esprit paraclétique, et il insulterait son Créateur.

Aussi Pilatus rentre-t-il au prétoire avec Jésus, résolus, Pilatus à ne pas dire pourquoi il a crucifié le roi-christ, Jésus à ne dire ni pourquoi Bar-Abbas avait été condamné par le Sanhédrin, ni d'où il était ni qui il était. Les Juifs le savent. A eux de parler, s'il leur convient de trahir le prophète qui leur a promis le monde !

9. Et, rentrant dans le prétoire, il dit à Jésus : « D'où es-tu ? » Mais Jésus ne lui fit point de réponse.

10. Pilate lui dit donc : « Tu ne me parles pas? (1) Ignores-tu que j'ai le pouvoir de te crucifier, et le pouvoir de te délivrer ? »

11. Jésus répondit : « Tu n'aurais sur moi aucun pouvoir, s'il ne t'avait été donné d'en haut. C'est pourquoi celui qui m'a livré à toi a un plus grand péché. »

(1) Bar-Jehoudda n'avait parlé qu'aux Juifs. Il avait même défendu de parler aux goym.

Jésus le dit bien nettement. Si Bar-Abbas n'avait pas été livré par le Temple, il aurait échappé comme il l'avait fait tant de fois. Le pouvoir qui a inspiré Is-Kérioth et que celui-ci a transmis par Saül à Pilatus, c'est le Serpent-Chronos, c'est la circonstance, le hasard, non le destin ! Le Verbe de Dieu n'y est pour rien, il vengera son prophète. Gare à l'*Apocalypse !* Pilatus a eu peur quand les Juifs lui en ont parlé hors du prétoire. C'est pourquoi, s'il juge Bar-Abbas coupable quand il l'expose publiquement, Pilatus trouve Jésus innocent quand il est seul avec lui dans le prétoire.

12. Et, dès ce moment, Pilate cherchait à le délivrer. Mais les Juifs criaient, disant : « Si vous le délivrez, vous n'êtes pas ami de César ; car quiconque se fait roi, se déclare contre César. »

13. Or Pilate ayant entendu ces paroles, fit amener Jésus dehors, et il s'assit sur son tribunal, au lieu qui est appelé Lithostrotos (1), et en hébreu Gabbatha.

Les Juifs se sont familiarisés avec le prétoire et les enseignes de Tibère. Tout à l'heure ils ne voulaient point entrer de peur de se souiller et pour pouvoir manger la pâque le soir ; les voici maintenant qui font l'office de ministère public et requièrent l'application de la loi Julia, au point que sans eux Pilatus va être obligé de relaxer Jésus. Car il faiblit, cela est évident.

14. *C'était la préparation de la pâque*, vers la sixième heure, et Pilate dit aux Juifs : « Voilà votre roi. »

15. Mais eux criaient : « Ôtez-le, ôtez-le du monde, cru-

(1) Pavé de pierres disposées en mosaïque.

cifiez-le ! » Pilate leur demanda : « Crucifierai-je votre roi ? » Les Pontifes répondirent : « Nous n'avons de roi que César. »

Au milieu de ces roueries judaïques, constatons que pour la cinquième fois Cérinthe nous donne la date de l'arrestation et de la crucifixion de Bar-Jehoudda : 14 nisan, veille de la pâque : « le vendredi, dit le Saint-Siège... la pâque tombait le *samedi*. » Disons, nous, avec la Vérité telle que l'entend le Verbe gaulois : « le mercredi... la pâque tombait le jeudi » (1).

Non seulement les Juifs ici ont fini par entrer dans le prétoire et par contempler les enseignes de Tibère, image de la Bête, sans aucune crainte de se souiller, mais encore ce sont les *pontifes* qui emmènent Bar-Jehoudda au lieu du supplice et le mettent en croix avec les autres, sans le moindre souci de la Loi derrière laquelle ils se retranchaient tout à l'heure afin de pouvoir manger la pâque.

LXXIV

LA MISE EN CROIX

16. Alors il le leur livra pour être crucifié. Ils prirent donc Jésus et l'emmenèrent.

17. Ainsi, portant sa croix, il alla au lieu qui est appelé des Crânes, et en hébreu Guol-golta,

18. Où ils le crucifièrent, et avec lui deux autres, l'un d'un côté, l'autre de l'autre, et Jésus au milieu.

(1) Cf. *Le Roi des Juifs*, p. 396, et *Les Marchands de Christ*, p. 9.

Les voilà donc, eux qui se purifient depuis plusieurs jours, hors d'état de manger la pâque ! Ils accumulent toutes les souillures, ils manipulent des instruments de mort, ils font des morts de leurs propres mains, ils sont dans le cimetière des suppliciés. Mais l'Evangéliste qui est revenu sur le texte de Cérinthe, pour y introduire les Juifs bourreaux, va « se couper » d'une façon bien curieuse à propos de l'inscription que Pilatus avait fait mettre sur la croix de Bar-Jehoudda.

19. Pilate fit une inscription et la mit sur la croix. Or il était écrit : « Jésus de Nazareth (1), le roi des Juifs ».

20. Beaucoup de Juifs lurent cette inscription, *parce que le lieu où Jésus avait été crucifié se trouvait près de la ville*, et qu'elle était écrite en hébreu, en grec et en latin.

Ainsi, ce n'est pas parce qu'ils étaient au Guol-golta que les Juifs ont lu l'inscription, c'est parce que le lieu de la ville où ils étaient se rapprochait assez de la croix pour qu'ils pussent lire au besoin ce qu'il y avait dessus.

Espérant qu'on se contentera de cette explication, le scribe continue :

21. Les pontifes des Juifs dirent donc à Pilate : « N'écri-

---

(1) Cet Évangile est le seul où l'on ait introduit le mot Nazaréen ou de Nazareth dans le libellé de l'inscription. comme si Pilatus avait connu l'existence d'un bourg de ce nom pendant sa procurature. « Par une circonstance singulière. dit M. Rohault de Fleury, magistrat intègre mais peu propre au jugement des choses ecclésiastiques, c'est presque l'unique mot que nous ait conservé la relique (de l'Eglise Sainte-Croix de Jérusalem à Rome), comme pour confirmer le texte de saint Jean, le seul qui n'ait pas quitté Notre-Seigneur pendant sa passion. Il a vu et rapporté littéralement ce dont les autres ont donné l'esprit. » Eh bien ! et le pape Clément. successeur de Pierre à Rome, qu'est-ce que nous en faisons ?

vez point : Le roi des Juifs ; mais : Parce qu'il a dit : Je suis
le roi des Juifs. »

22. Pilate répondit : « Ce que j'ai écrit, je l'ai écrit »

De cette manière, c'est Pilatus qui a l'air d'avoir pris
ce titre sous son casque pour le donner au crucifié.

23. Cependant les soldats, après l'avoir crucifié, prirent ses
vêtements (et ils en firent quatre parts, une part pour
chaque soldat,) et sa tunique. Or la tunique était sans couture, d'un seul tissu d'en haut jusqu'en bas.

24. Ils *se dirent* donc l'un à l'autre : « Ne la divisons
point, mais tirons au sort à qui elle sera. » Afin que s'ac-
complît l'Écriture disant : « Ils se sont partagé mes vêtements, et sur ma robe ils ont jeté le sort. » Les soldats
firent donc cela.

LXXV

DÉMISSION DE JÉSUS COMME CRUCIFIABLE ET RESTITUTION DU CRUCIFIÉ A SA VRAIE MÈRE

Jésus peut maintenant faire semblant d'être crucifié.
Les Romains n'auront de lui que les vêtements de Bar-
Jehoudda, ceux qui ne touchent pas à son corps astral
et qui peuvent disparaître sans inconvénient. Allez,
barbares ! lacérez ces vêtements ! Et à l'appel de Cérinthe, ils les déchirent en quatre parties égales qu'ils
se distribuent. Or ces vêtements tétrarchiques ne sont
divisibles en quatre parties égales qu'à la condition
d'être ceux du Verbe solaire, temporellement, donc tem-
porairement, étendu sur la croix de l'équinoxe. Quant
à sa chemise, comment la pourraient-ils diviser ? Elle

est une et sans couture comme la nappe azurée des cieux. On ne le pourrait qu'en la réduisant en miettes : « *Ne la déchirons pas*, se disent les romains à qui l'Évangéliste vient d'inculquer le sens allégorique, mais jetons-y le sort pour savoir à qui elle sera (1). » La vérité, c'est qu'ils n'y arrivent pas, car cette chemise, c'est l'indivisible vêtement lumineux du monde promis aux Juifs (2), et Jésus se propose de leur rendre un jour l'incorruptible, l'immarcessible corps de leur roi-prophète.

Pour cela il faut qu'il ne soit crucifié qu'en effigie.

Apercevant donc près de la croix sa mère selon le monde, la seconde Maria Magdaléenne (3), il s'approche d'elle et lui tient publiquement ce langage :

« Jusqu'à présent je me suis acquitté de mon rôle

(1) L'imposteur fait faire sa besogne par les soldats. Personne ne les a entendus dire ces choses, mais ils ont pensé qu'ils devaient *se les dire* pour permettre à l'Évangéliste de les leur emprunter.

(2) Sur ce vêtement lumineux, cf. l'*Apocalypse* dans *Le Roi des Juifs*, p. 68. Pour rien au monde je ne voudrais vous priver de la note que l'édition du Saint-Siège accorde à cette tunique. « La tunique était le principal vêtement de dessous ; elle se rapproche fort par son usage de la chemise et par sa forme de la blouse moderne. [La tradition rapporte que Charlemagne reçut la sainte Tunique en présent de l'impératrice de Constantinople Irène et qu'il la déposa à Argenteuil. Elle a été divisée au moment de la Révolution]. Le tissu est en poil de chameau assez lâche et ressemble à du canevas fin dont les fils seraient très tors. Elle est tissée depuis le haut dans toute son étendue, sans couture, et faite à l'aiguille sur le plus simple des métiers, tel qu'une tablette recevant sur ses deux faces la chaine et la trame. C'était un vêtement descendant jusqu'au-dessous des genoux, près des pieds, avec deux manches qui ne pouvaient couvrir les bras qu'à moitié. Elle avait 1 m. 45 de hauteur et 1 m. 15 de largeur. La sainte Robe de Notre-Seigneur est conservée à Trèves. » La seule chose qu'il y ait de remarquable dans la fabrication de la chemise, c'est qu'on y a employé le poil de chameau dont les Synoptisés ont vêtu le Joannès en souvenir de l'endroit où il était né. *Gamala* veut dire en hébreu *chameau*. Cf. *Le Roi des Juifs*, p. 121.

(3) La première, on le sait, était sœur de Moïse.

avec tout l'art dont je suis capable. Je suis allé jusqu'à
donner ma démission de juge pour passer à la barre et
me faire votre avocat dans des conditions que j'ose qualifier de paraclétiques, bien que le mot soit grec, et
que, par conséquent, vous n'y compreniez rien... J'ai
menti tant qu'il a fallu ; j'ai, contrairement à la définition de mon essence, obscurci les débats jusqu'à ce
qu'ils devinssent à peu près incompréhensibles. J'ai pris
fait et cause pour la partie jusqu'à me confondre avec
elle dans les moments délicats, et à dire *nous* quand son
honneur était en jeu. Je me suis présenté devant Pilatus comme si *nous* étions innocents de toute faute ; et
grâce aux ruses que j'ai employées, il semble que *nous*
ayons été victimes d'une déplorable erreur judiciaire,
car ni Pilatus au nom de sa loi, ni les Juifs au nom de
la leur n'ont pu articuler contre *nous* le plus petit grief.
J'ai consenti à recevoir sur mes lombes métaphysiques
tous les coups de fouet qui jadis ont rayé celles de ton
fils aîné. J'ai permis, moi Verbe, père des noms, qu'un
Bar-Abbas de mon invention fût jeté dans l'affaire pour
porter comme bouc émissaire l'étiquette de voleur qui
illustre la mémoire de ton fils dans les annales. Tout
cela, je l'ai fait parce que les Juifs sont mon peuple,
que Bar-Jehoudda fut mon Joannès, et que la moindre
des revanches que vous puissiez prendre sur les goym,
c'est de les plonger dans une superstition où ils per-
dront plus de sang qu'ils n'en ont fait couler parmi vous.
Je l'ai fait, moi, auteur de toute vérité, parce qu'ayant
pris les apparences d'un Juif, j'ai pour père votre propre père Satan, auteur de tout mensonge, ainsi que je
vous l'ai déclaré pendant ma logophanie. Le Logos est
donc parfaitement logique en ma double hypostase, et

c'est pourquoi je n'ai pas répondu à Pilatus quand il m'a demandé : « Qu'est-ce que la vérité? » J'aurais été obligé de lui dire : « C'est le contraire de tout ce que nous faisons. » Mais si je lui avais répondu cela, ses descendants et ses compatriotes ne seraient pas dans l'état où nous les voulons, avec des yeux pour ne pas voir et des oreilles pour ne point entendre, c'est-à-dire privés des organes nécessaires à la défense. Maintenant en voilà assez! Je n'entends point être crucifié pour tout de bon, n'ayant rien fait de ce qui conduisit ton fils au Guol-golta : (la croix, c'est peut-être la seule chose qu'il n'eût pas volée !) L'avocat plaide, mais s'il perd son procès, c'est son client qui paie les frais et subit la peine. Mes honoraires, c'est l'incurable mystification des goym, je m'en contente. Si je me soustrais à la croix, ce n'est nullement parce qu'il me répugne de mourir, (ma fonction en ce monde étant de ressusciter, comme vous le savez assez,) c'est pour te mieux servir, ma mère selon le monde. Tu attends de moi que dans quatre jours je ressuscite et assume l'homme que voici? Comment pourrais-je *anser* sa croix (1) si je m'y laissais attacher à sa place ? C'est là que le Logos cesserait d'être logique ! »

25. Cependant étaient debout près de la croix de Jésus, sa mère, et [la sœur de sa mère] Marie, femme de Cléopas, [et Marie-Madeleine] (2).

26. Lors donc que Jésus eut vu sa mère (3), et, près d'elle,

(1) La prendre par l'anse pour tirer au ciel celui qui la porte. Sur cette expression, cf. la figure de la croix ansée. Cf. *Le Gogotha*, p. 271.
(2) La surcharge dont cette phrase a été l'objet est manifeste. Cf. *Les Marchands de Christ*, p. 19.
(3) La mère que la fable lui donne.

le disciple qu'il aimait, il dit à *sa mère* (1) : « *Femme*, voilà votre fils. »

27. Ensuite il dit au disciple : « Voilà ta mère. » Et depuis cette heure-là, le disciple la prit avec lui.

Vous avez bien compris l'opération de change ? Elle est très simple en comparaison de celles que fait Samson. Jésus s'est approché de sa mère selon le monde, — son épouse en somme, puisqu'il lui a fait sept fils, — et la traitant du haut en bas, — l'appeler femme ! — il lui a rendu son fils selon la chair, lequel est le prince des sept et celui-là même qui tout à l'heure reposait sur le sein de Jésus pendant le Banquet de rémission. Le Verbe rompt avec sa chair d'emprunt, et il est bien dur pour elle ! Que le mot « Femme ! » serait cruel s'il n'était pas là dans le sens qu'il a dans la *Genèse !* Comment a-t-on pu croire que c'était un mot historique, le mot d'un fils à sa mère selon la chair ? Ce mot fend l'âme ! Est-ce que, non contents d'avoir empêché nos yeux de voir et nos oreilles d'entendre, les Évangélistes auraient empêché nos cœurs de battre ? Pour percer à fond toute l'imposture, il suffit d'être homme. Quand j'entends dire que l'intelligence des Écritures est une affaire d'exégèse, j'ai honte de l'espèce humaine, elle descend ici au-dessous de la bête. Toute l'explication de la fable est dans ce mot. Il va au cœur, à lui seul il réveille la raison, il ouvre les yeux que l'Église a fermés, les oreilles qu'elle a bouchées. Quand on l'a compris, on peut poser la plume : on a trouvé ce qu'on cherchait, la vérité à peine voilée !

La version orale de la famille, ç'avait été, comme

---

(1) La mère du disciple christ.

on l'a vu, que le Joannès avait échappé aux supplices de 788 et que les Romains lui avaient par erreur substitué Simon de Cyrène, un de ses complices. Toutefois, dans Alexandrie notamment, personne n'en avait été dupe. Personne non plus ne fut dupe de la fable écrite. S'il avait paru impossible que Joannès eût été crucifié, à *fortiori* Jésus sous les espèces de celui-ci, c'est-à-dire *presque en personne*. Assurément l'allégorie avait des droits bien étendus, mais faire mourir pour de bon le Fils de Dieu, après cela vraiment il n'y avait plus qu'à crucifier le Père !

La substitution d'un crucifié historique à Jésus dans la mystification évangélique était un fait admis de tous les christiens honnêtes. Comment Jésus serait-il mort, lui dont les goym n'avaient pu atteindre le prophète que dans Simon de Cyrène ? On avait fait croire à certains milieux millénaristes que Pilatus, représenté dans la fable comme ayant presque refusé de le mettre à mort ce jour-là, avait remplacé le roi des Juifs par Simon, « tant pour apaiser la sédition que pour contenter le Temple ». C'est par là qu'on expliquait les nombreuses réapparitions du Joannès au milieu des disciples, réapparitions dont Cléopas et Shehimon disaient avoir été les premiers témoins sur la route d'Ammaüs.

Ayant donné à Jésus le corps du Joannès, — par là il avoue que celui-ci a bien été crucifié, — Cérinthe élimine Simon de Cyrène qui devient inutile, voire embarrassant. Ici, non seulement Jésus se retire et c'est son Joannès qu'on attache à la croix, mais encore il prévient les gens contre le piège que l'Église tend à leur bonne foi dans les écrits qu'elle a plus tard synoptisés.

Décidément ce Cérinthe est un infâme, mais le pape Clément le guette !

LXXVI

L'HERMÈS JUIF

Vous avez pu voir à quel point Cérinthe était frotté d'hermétisme. Le Joannès ayant été crucifié le mercredi (*Mercuri dies*, le jour de Mercure *alias* Hermès,) il était tout naturel que, sur cette croix, déjà hermétique par le jour où elle avait été dressée, Jésus se substituât devant les hommes son interprète-né, le Joannès, l'Hermès juif, — un grec eut dit le Logios, cousin du Logos, — le Mercure habile et rusé, patron de tous les subterfuges et au fond le véritable auteur de l'Évangile, quand l'Évangile s'appelait l'*Apocalypse*. Ce n'est pas seulement le fils selon la chair que Jésus rend à sa mère, c'est le héraut du Royaume des Juifs selon la Révélation jadis faite à Myriam la Magdaléenne, sœur de Moïse et veuve du nouveau Moïse (1).

Les Juifs, qui n'ont pas d'idées propres en astrologie, les Évangélistes notamment qui la mettent à portée des enfants, s'inspirent ici des données égyptiennes. La tradition d'Égypte voulait que, dans le *thème du monde* fait par Dieu lui-même, Mercure fût né au milieu de *la Vierge*. C'était l'opinion d'Hermès Trismégiste, c'était celle des Chaldéens, c'était également celle de l'auteur de l'*Apocalypse* où Cérinthe l'a cueillie. Non seulement Cérinthe, mais tous les autres Évangé-

(1) On disait de Jehoudda qu'il était le nouveau Moïse.

listes. Le vrai fils de *la Vierge*, c'est Joannès et non Jésus, c'est Mercure, messager du Verbe solaire. Dans l'*Apocalypse la Vierge*, double céleste de la mère de Bar-Jehoudda, est revêtue de soleil, (en un mot elle est dans une gloire,) mais le fils de la femme qui accouche, anonymement dans l'*Apocalypse* et sous le nom de Maria dans les *Évangiles*, c'est le Joannès baptiseur et ce ne peut être que lui.

Le « disciple préféré » du Verbe lumière, celui qu'il entraîne avec lui dans toutes ses courses, c'est Mercure, Mercure dieu du Commerce, chez qui ira habiter la *Fortune*, si les christiens savent s'inspirer de l'intelligence et de l'astuce dont il est le dispensateur. Le « disciple préféré » de Jésus, c'est Joannès, qui fut son Mercure ici-bas, son Hermès, son interprète et le révélateur de ses mystères. Le « disciple préféré », c'est celui qui est en ce moment même sur la croix et dont Jésus ne s'est allégoriquement séparé que pour le conduire au ciel tout à l'heure. *La Vierge*, qui est aussi la *Fortune*, sera très bien chez ce cousin du Fils de l'homme... d'affaires. Notez que cet épisode se trouve dans le seul Cérinthe, qu'il n'y en a nulle trace ailleurs, et que le *Quatrième Évangile* est d'esprit tout kabbaliste, plein de *similitudes* chiffrées. Jésus déjà n'y est plus le Verbe étroitement juif. Il consent à éclairer des régions où il y a des christiens qui ne sont point circoncis. Devenue Logos international, l'ancienne Parole millénariste se doit à son nouveau nom. Quoi d'étonnant à ce qu'elle choisisse, pour confier la Fortune juive à quelqu'un, ce Joannès si fécond en ruses et en sophismes ?

Avec ses ailes aux talons, Mercure s'introduit partout, il entre par les portes, par les fenêtres surtout, comme le Soleil son maître ; en rhétorique, il est l'expression de la lumière ; en astrologie, c'est lui qui régit les organes de la révélation et du langage. Prophète et bonisseur. Vous rappelez-vous Paul parmi les Lycaoniens ? Tandis que Barnabas électrise les habitants de Lystre par des miracles, tandis qu'on crie : « C'est Jupiter ! » Paul les étourdit par sa faconde. On l'appelle Hermès. On crie : « C'est Mercure ! » et on veut l'adorer (1). Le langage fait des miracles, lui aussi ! Voilà pourquoi Jésus, qui dans Cérinthe est le Verbe judaïque, salue en Bar-Jehoudda son dernier interprète et le rend à sa véritable mère, Salomé, en même temps que pour les initiés il rend la fable à son véritable sens.

L'Église dit de ce « fils » ainsi qualifié par Jésus au pied de la croix, que c'est un certain apôtre Joannès, fort célèbre à Éphèse où personne ne l'a vu ni connu. Mais cette invention nous oblige à supposer l'existence de cet apôtre ultra-chéri comme d'un personnage indépendant de Joannès baptiseur et qui se serait appelé en circoncision Jochanan, lequel serait fils du Zibdéos comme le fut Joannès le baptiseur. Or nous savons que le Zibdéos ne fit pas d'autre Joannès que le baptiseur, et le Coran nous dit que ce Joannès fut seul à mériter ce nom que nul avant lui n'avait porté (2). Mais supposons l'existence de Jochanan pour faire comme l'Église, et rentrons avec lui dans le dogme.

Comment admettre un seul instant que Maria, qui a sa maison à Kapharnahum, — je laisse de côté ses biens de Nazareth, — qui a encore cinq fils dont aucun

(1) Cf. *Le Saint-Esprit*. p. 181.
(2) Sauf son père, avons-nous dit.

ne lui adresse jamais le quart des insolences dont Jésus l'abreuve, et deux filles dont aucune n'a jamais nié avoir tout de commun avec elle, comment admettre, dis-je, que sur un propos incompréhensible de celui qu'hier encore elle considérait comme fou (1), la pauvre mère abandonne tout à coup sa maison, ses cinq fils, ses deux filles, sa sœur, — car l'Église lui donne une sœur, — toute sa famille en un mot, tout ce qui est sa vie et sa consolation, pour accepter comme *fils* un inconnu qui, de son côté, l'accepte pour *mère* sans l'avoir jamais vue?

Qui comprendra que, venue à Jérusalem uniquement pour la Pâque, c'est-à-dire bien résolue à rentrer chez elle après la fête, au milieu de ses fils, de ses filles, de ses gendres, de ses brus, tous chargés d'enfants, — autrement nous ne serions pas dans une famille juive, — qui comprendra qu'à *partir* de ce jour, de *cette heure*, elle se retire chez ce fils d'aventure qui, de son côté, la *prend chez lui*, alors qu'il a une autre mère, comme si cela répondait de part et d'autre à on ne sait quelle convention secrète?

Car enfin, si Maria Magdaléenne quitte sa famille pour habiter avec Jochanan, il faut également que Jochanan quitte la sienne pour se mettre avec Maria Magdaléenne! Cet arrangement, fait de deux abandons, est aussi contraire que possible à la nature et à la loi.

Il y a donc autre chose au fond de l'allégorie, et nous y sommes préparés par la situation qu'occupe le Joannès au Banquet de rémission où nous l'avons vu penché sur le sein de Jésus, sein tellement lumineux que les

(1) Tel est le dogme.

Juifs venus pour en arrêter le porteur sont tombés à la renverse !

Si les Évangélistes avec leurs similitudes astrologiques ont pu dire que Bar-Jehoudda était né *dans la Vierge*, aucun d'eux n'a eu la sottise de dire que Jésus fût né *de la Vierge*, c'est-à-dire d'une simple constellation. Jésus n'accepte *la Vierge* pour mère que selon le monde, le second monde (1), le monde dont était l'enfant. Maria n'a que sept fils, mais elle n'est de rien à Jésus, tous les Évangélistes le proclament. Jésus ne cesse de dire à Maria qu'il n'a rien de commun avec elle ; comme la distinction n'est pas encore assez marquée, une minute avant de se retirer de Joannès il lui enfonce en plein cœur cette flèche qui serait impardonnable s'il y avait ombre de carquois : « Femme (*femme encore, femme toujours, mère jamais !*) voici ton fils, dit-il » ; et à Joannès Mercure : « Voilà ta mère. » Aussitôt Jésus rentré chez son Père, *Mercure* reprend *la Vierge* dans sa maison. Il le lui devait : à l'origine du second monde elle l'avait logé dans son sein (2) !

De son côté, l'évangéliste ne pouvait avouer plus clairement son artifice : « Voici terminée la fable où, sous les traits de Joannès, Jésus vient de jouer le plus hermétiquement qu'il a pu le rôle du Fils de l'homme. Vous allez maintenant le voir remonter au ciel. *Plaudite et intelligite.* » *Intelligite* surtout ! Que celui qui

---

(1) Le monde en cours, celui qui dans la théorie de l'*Apocalypse* a succédé *au monde édénique.*

(2) Point de doute sur tous ces dogmes de la Genèse astrologique. Je vous renvoie aux preuves dans le remarquable ouvrage de M. Bouché-Leclercq : *l'Astrologie grecque*, (Paris, 1899, in-8). Voyez aussi les fragments du livre intitulé *La Vierge du monde* dans l'*Hermès Trismégiste* de M. Ménard (Paris, 1867, in-12. pp. 177 et suiv.)

a des oreilles entende! Car c'est une justice à rendre aux premiers scribes, ils préviennent!

Mercure n'a pas cessé d'être la planète la plus rapprochée du Soleil, le « disciple le plus chéri du Verbe. » Quand Joannès Mercure brille-t-il au firmament? Juste aux heures où on le voit sur le sein ou près du corps de Jésus dans l'Évangile : le soir, après le coucher du Soleil, ou le matin avant son lever. C'est pourquoi Jésus lui confie *la Vierge* immédiatement avant de s'éteindre le 14 nisan, et pourquoi, dans le repas crépusculaire qu'il donne aux disciples, il le laisse reposer, seul entre tous, la tête appuyée sur sa poitrine. Et si l'on voulait pousser de l'astrologie à l'astronomie, on pourrait dire que, dans ces deux cas, le Juif consubstantiel au Père est en conjonction inférieure avec le Soleil, par conséquent à sa plus petite distance de la Terre, et dans la meilleure situation pour influencer favorablement les destinées de l'Église.

Dans ces thèmes remplis d'allusions, les christiens dispersés après la chute de Jérusalem voyaient défiler, sous les vêtements astrologiques, les principaux apôtres du Royaume des Juifs, ils les reconnaissaient, et littéralement ils les adoraient. S'étonner que le Verbe vengeur se substitue Mercure, dieu du commerce baptismal, dans l'esprit des disciples juifs répandus par tous les pays de dispersion, c'est faire preuve d'une naïveté dont les Occidentaux n'ont déjà fourni que trop d'exemples à l'Église. Et je lis dans mon vieil ami Théon de Smyrne qu'entre tous les sens du mot Logos il en est un qui répond au calcul des banquiers (1). C'est, je pense, celui-là qu'a entendu l'Église.

(1) Théon de Smyrne, *Exposition des connaissances mathématiques utiles pour la lecture de Platon,* trad. Dupuis, Paris, 1892, in-8, p. 117.

21

LXXVII

L'IMPOSSIBLE CALICE

A partir du moment où Jésus s'est retiré du christ davidique, tout ce qui se passe sur la croix et dans le cimetière des suppliciés concerne uniquement le corps qu'il avait pris et qu'il viendra reprendre le quatrième jour. On conserve le nom de Jésus au crucifié, et il le mérite pour avoir octroyé à ses disciples la rémission de leurs péchés par le baptême, pour leur avoir indiqué ainsi la voie du bonheur millénaire et du salut éternel. Physiquement il est mort, mais spirituellement il revit dans ce moyen de « régénération » qui s'appelle le baptême. Il est donc le jésus comme devant, le sauveur, mais avec la petite lettre.

28. Après cela, Jésus sachant que tout était consommé, *afin d'accomplir l'Ecriture*, dit : « J'ai soif. »

29. Or il y avait là un vase plein de vinaigre. C'est pourquoi les soldats entourant d'hysope une éponge pleine de vinaigre, la présentèrent à sa bouche.

30. Lors donc que Jésus eut *pris le vinaigre*, il dit : « Tout est consommé. » Et, la tête inclinée, il rendit l'esprit.

Le vase de vinaigre est là pour représenter le calice dont parle Jésus comme lui ayant été donné par le Père. Si le christ avait pris le vinaigre, il aurait manqué à son naziréat, il aurait cessé d'être le Juste, il serait mort en état de péché. C'est dire qu'il ne l'a pas pris. On a introduit cette violation de serment uniquement pour lui enlever la qualité de Nazir qui appartient en propre au Joannès dans certains écrits, l'Évangile de Luc notamment, et qui permet d'identifier la personne du christ avec celle du baptiseur (1). Jésus ne serait point venu le reprendre après trois jours s'il avait bu le vinaigre.

Toutefois je serais au-dessous de ma mission si je ne vous donnais l'interprétation de Bossuet (Jacques-Bénigne) sur l'article du vinaigre. « Jésus avait tout prévu, dit Bossuet, et sachant les prophéties, il les accomplissait toutes avec connaissance (2). C'est ce qu'il fit jusqu'à la mort ; et c'est pourquoi, jusque sur la croix, *voyant que tout s'accomplissait*, et qu'il ne lui restait plus rien à accomplir durant sa vie que cette prophétie de David : *Ils m'ont donné du fiel à boire, et, dans ma soif, ils m'ont abreuvé avec du vinaigre*, il dit : *J'ai soif*. On lui présenta le breuvage qui lui avait été prédestiné ; *il en goûta* autant qu'il fallait pour accomplir la prophétie ; après il dit : *Tout est accompli* ; il n'y a plus qu'à rendre l'âme : à l'instant *il baissa la tête*, et se mit volontairement en la posture d'un homme mourant, *et il expira*. Jésus donc savait ce qu'il voulait, qui était l'accomplissement des prophéties ; mais une vertu cachée exécutait tout le reste. Il se trouva précisément un vaisseau où il y avait du vinaigre [mêlé de fiel] ; il se trouva une éponge dans laquelle on lui pouvait présenter à la croix le vinaigre où on la trempa ; on l'attacha au bout d'une lance et on la lui mit sur la

(1) C'est pour la même raison qu'on a inventé Nazireth.

(2) Vous avez vu au contraire dans les *Sagesses* valentiniennes, (cf. le présent vol. p. 243,) qu'il ne s'agit point ici de prophéties, mais au contraire, d'une *repentance* placée dans la bouche de la mère de celui qui s'était annoncé comme prince du monde.

bouche. La haine implacable de ses ennemis, que le démon animait, mais que Dieu gouvernait secrètement, fît tout le préparatif nécessaire à l'accomplissement de la prophétie. »

Seigneur, pardonne à Bossuet, car il ne sait ce qu'il dit !

LXXVIII

LA MORT (16 NISAN, JOUR DE LA PRÉPARATION AU SABBAT)

31. Les Juifs donc (parce que c'était la *préparation*), afin que les corps ne demeurassent pas en croix le jour *du sabbat* (car ce jour de sabbat était très solennel), prièrent Pilate qu'on leur rompit les jambes et qu'on les enlevât.

La préparation dont on parle ici n'est point celle de la pâque, comme le Saint Siège feint de le croire en renvoyant au verset 14 où il est en effet question de celle-ci. C'est la préparation du sabbat. On a fait du chemin depuis le verset 14, nous ne sommes plus le mercredi 14, veille de la pâque, nous sommes le vendredi 16, veille du sabbat. L'évangéliste, tout en constatant que ce sabbat est particulièrement solennel, ne nous dit pas à quelle cause est emprunté ce caractère. La solennité est dans ce fait que le sabbat est le premier du Cycle ouvert le 15 nisan, le fameux *Cycle du Zib*. Le Saint-Siège a donc bien tort de dire que ce sabbat est très solennel « à cause de la fête de pâque qui tomba cette année-là en ce même jour. » La pâque est passée depuis trois jours, comme il appert du verset 14, qui nous a montré les Juifs refusant d'entrer dans la cour de Pilatus, le matin de l'arrestation, pour pouvoir manger la pâque le soir.

A cinq reprises bien comptées, Cérinthe nous a dit que Bar-Jehoudda n'avait pu manger la pâque, étant prisonnier depuis la veille au soir et attaché à la croix dans l'après-midi. Le Banquet de rémission, c'est précisément la constatation de la Grande pâque manquée. Une sixième fois dans l'Épilogue de son Évangile, Cérinthe répétera ce que l'histoire enregistrait et ce qui a conduit l'Église à forger l'Eucharistie, à savoir que Bar-Jehoudda était en croix lorsque les hérodiens ont célébré la pâque du *Cycle du Zib*. Je vous ai montré, sans sortir des Écritures canoniques, que les deux Cènes célébrées par le pseudo-Paul, l'une à Troas (1), l'autre en mer (2) avaient lieu dans l'esprit du faussaire le 14 nisan, veille de la pâque. Lorsque nous étudierons le mythe du Joannès ninivite (*Jonas*) sans lequel il n'y aurait pas d'*Evangile*, nous verrons que Jonas tombe, *occidit*, dans le *Poisson* le 14 nisan pour en sortir le 18, et que la pseudo-résurrection du Joannès juif au Guol-golta n'est qu'un surmoulage de ce thème solaire. Si en dépit de toutes ces preuves tirées de l'arithmétique, — ce qui n'est rien, — et du canon des Écritures, — ce qui est tout, — l'Église persiste à soutenir que Bar-Jehoudda a « mangé l'agneau » et institué l'Eucharistie, comme il est dit dans les Synoptisés, notamment Mathieu, je demande qu'elle nous dise comment il se fait que, le vendredi soir, les Juifs du Temple demandent qu'on enlève le mort de la croix,

(1) Cf. *Le Gogotha*, p. 143.
(2) Cf. *Le Gogotha*, p. 282.

afin qu'ils puissent manger l'agneau et célébrer la pâque qui selon le Saint-Siège « tombait le samedi cette année-là? » Parce qu'enfin si la pâque tombait le samedi, non-seulement Bar-Jehoudda était prisonnier le jour de la préparation à la pâque, comme le dit Cérinthe, mais encore il était mort et même enterré lorsque les Juifs ont mangé l'agneau !

On ne peut pas non plus approuver M. Rohault de Fleury, magistrat intègre assurément, mais débile exégète, lorsqu'il dit :

« Le brisement des os était le complément ou la fin du supplice. Chez les Romains, le brisement des os était en usage, peut-être comme un adoucissement à la peine, puisqu'il accélérait la mort. Mais pour Notre-Seigneur, les Juifs étaient devenus plus cruels que les Romains, et ce ne fut pas chez eux un motif d'humanité qui les fit agir, ce fut la crainte que les corps ne restassent exposés *pendant la Pâque.* » Cette crainte ne troubla point les Juifs ; Bar-Jehoudda est resté exposé non seulement pendant tout le jour de la pâque, 15 nisan, mais pendant tout le lendemain 16 jusqu'à l'approche du sabbat ou 17.

32. Les soldats vinrent donc, et ils rompirent les jambes du premier, puis du second qui avait été crucifié avec lui.

33. Mais lorsqu'ils vinrent à Jésus, et qu'ils le virent déjà mort, ils ne rompirent point les jambes ;

34. Seulement un des soldats ouvrit son côté avec une lance (1) et aussitôt il en sortit du sang et de l'eau.

[35. Et *celui qui l'a vu en a rendu témoignage,* et son té-

(1) Je vous dois la note du Saint-Siège : « D'après une tradition consignée dans le martyrologe romain, au 15 mars, ce soldat s'appelait Longin et se convertit plus tard au christianisme. »

moignage est vrai. Et il sait qu'il dit vrai, afin que vous
croyiez aussi.]

36. Car ces choses ont été *faites* (1) afin que s'accomplit
l'Ecriture : « Vous n'en briserez aucun os. »

37. Et dans un autre endroit, l'Ecriture dit encore : « Ils
porteront leurs regards sur celui qu'ils ont transpercé. »

Ce travail d'Ecriture est curieux.

Bar-Jehoudda étant pris pour l'agneau de la Grande
pâque, ce qu'on n'aurait jamais pu s'il l'eût mangé, on
lui applique les dispositions de la Loi quant à la manducation de l'animal consacré. On devait le mettre en
croix pour le rôtir, mais sans en briser aucun os. L'é-
tendre dans la position des quatre points cardinaux,
c'était lui reconnaitre sa valeur solaire, mais le briser,
c'eût été démolir la première *maison* du soleil, rompre
le signe, et exposer le monde à une fin prématurée.
« L'agneau se mangera dans une même maison ; vous
ne transporterez dehors rien de sa chair et vous n'en
briserez aucun os » (2). Pour ce qui est du coup de lance
on en a trouvé l'explication dans Zacharie, un des prophètes auxquels les Evangélistes ont le plus emprunté,
étant le seul qui eût placé le baptême de rémission
parmi les privilèges de la maison de David. Or l'homme
que les Juifs avaient livré aux Romains était précisément
celui qui s'était prévalu de ce privilège et qui réunissait
tous les droits attachés à son sang. On a donc fait à
Bar-Jehoudda l'application du passage de Zacharie où
le Seigneur, après avoir annoncé qu'il « réduira en
poudre toutes les nations qui viendront contre Jérusalem », ajoute : « Et je répandrai sur la maison de David

(1) Oui, fabriquées.
(2) *Exode*, xii, 46. *Nombres*, ix, 12.

et sur les habitants de Jérusalem un esprit de grâce et de prières ; ils jetteront les yeux sur moi, qu'ils auront percé de plaies ; ils pleureront avec larmes et avec soupirs celui qu'ils auront blessé, comme on pleure un fils unique, et ils seront pénétrés de douleur comme on l'est à la mort d'un fils aîné (1) ». Ce fils aîné qu'ils avaient livré à la mort, c'était celui de Jehoudda et de Salomé, le fils de David par son père et par sa mère. Ils ont tué celui en qui était la promesse. Le Royaume n'est point venu, c'est leur faute : Jérusalem a été mise en poudre, c'est leur châtiment.

A travers ces textes on a jeté un témoin oculaire. Quel est ce témoin d'autant plus précieux qu'il est unique ? « Celui qui a vu ces choses, c'est, dit le Saint-Siège, saint Jean l'Evangéliste lui-même. » Lui-même ? Non, non, le seul qui les ait vues le premier, c'est le successeur de Pierre à Rome, c'est le pape Clément, lequel, comme vous savez, avait assisté non seulement au banquet de rémission, mais à la pâque! Nous ne souffrirons pas que l'Eglise sacrifie le successeur de Pierre à un évangéliste, fût-il authentique. La papauté d'abord! Un évangéliste est faillible, un pape ne l'est pas.

LXXIX

LES FRAIS D'EMBAUMEMENT

38. Après cela, Joseph d'Arimathie (2) (qui était disciple de Jésus, mais en secret, par crainte des Juifs) demanda à

(1) Zacharie, xii, 9 et 10.
(2) L'Haramathas ou fossoyeur. Cf. Les Marchands de Christ, p. 26.

Pilate de prendre le corps de Jésus. Et Pilate le permit. Il vint donc, et enleva le corps de Jésus.

39. Vint aussi Nicodème, [qui était d'abord venu trouver Jésus pendant la nuit;] il apportait une composition de myrrhe et d'aloès d'environ cent livres.

40. Ils prirent donc le corps de Jésus, et l'enveloppèrent dans des linges avec des parfums, comme les Juifs ont coutume d'ensevelir.

Quelle débauche de parfums pour le Juif consubstantiel au Père! Et comme Is-Kérioth, qui tenait la bourse apostolique et était un voleur, devait être heureux d'être mort pour ne pas voir cette nouvelle dilapidation du bien des pauvres! Car si une seule livre du parfum employé au sacre valait trois cents deniers (1), cent livres du parfum acheté par Nicodème pour l'embaumement en valaient cent fois autant, soit :

$$300 \times 100 = 30.000$$

Trente mille deniers, c'est peu pour celui qui avait promis une Jérusalem toute d'or et de pierreries, mais c'est un rude coup de pince-monseigneur dans la caisse des pauvres! Vingt-sept mille francs de myrrhe et d'aloès pour un homme qui dans les Synoptisés annonce à tous qu'il ressuscitera après trois jours, c'est jeter l'argent par les sépulcres! Près de neuf mille francs par jour pour assurer dans la terre la conservation d'un corps qui va monter au ciel à l'heure dite, vraiment Nicodème a une telle façon de gérer la caisse des pauvres qu'on aime encore mieux la voir aux mains d'Is-Kérioth! Mais il s'agissait de faire les choses royalement. « La

(1) Voir plus haut, p. 197.

myrrhe et l'aloès, dit le Saint-Siège dans une note empruntée à M. Rohault de Fleury, la myrrhe et l'aloès, dont les sucs sont très amers, ont la propriété de préserver les corps de la putréfaction. Quatre ou cinq livres eussent suffi à la rigueur. Cette grande quantité d'aromates fait voir qu'il n'était pas seulement enduit, mais plongé dans les parfums pour accélérer l'opération, en évitant de toucher au corps. » Vous direz ce que vous voudrez, c'est gâcher la marchandise ! C'est même augmenter à plaisir les difficultés inséparables d'une ascension, car enfin un homme oint à ce point par un autre homme pèse cinquante kilos de plus. Trente mille deniers de parfums ! Nous connaissons assez ce Juif pour savoir qu'il a dû les vendre le double à son Père !

Dirons-nous ensuite le prix des linges qui ont servi à l'embaumement ? Le Saint-Siège nous y convie. « Les observations les plus scrupuleuses s'accordent à faire reconnaitre jusqu'à deux cents et trois cents mètres superficiels de linges en lin sur une seule momie égyptienne. Un grand nombre de linges ont dù ètre employés à l'ensevelissement du Sauveur. La respectueuse prodigalité indiquée dans l'emploi des aromates prouve qu'on n'a pas dù épargner davantage les linges et les bandelettes, d'ailleurs nécessaires pour les maintenir. » Sans doute, et Bar-Jehoudda, hier encore vêtu de la pourpre davidique, n'était point homme à se contenter d'un lin vulgaire. C'est du fin lin qu'il fallait à l'auteur de l'*Apocalypse* (1). A combien le mètre ? Je l'ignore, mais ce que je sais, c'est que le Saint-Siège se trompe

(1) Cf. *Le Roi des Juifs*, p. 9.

dans son mètre. En voici la preuve. Bar-Jehoudda représentait cinq mille ans à compter du second monde.
Nous en sommes bien sûrs, puisque nous l'avons vu
tenir dans sa main sur le Tabor les Cinq pains qui répondent aux Cycles écoulés lors de sa naissance. Il
vaut donc cinq mille ans de trois cent soixante jours.
D'autre part, nous verrons bientôt qu'un jour est évalué
à une coudée, laquelle se compose d'environ un demi-
mètre. C'est dire qu'il y a trois cent soixante coudées
à l'année.

Il faut donc multiplier cinq mille par trois cent
soixante pour avoir en coudées l'équivalent du corps de
Bar-Jehoudda :

$$360 \times 5.000 = 1.800.000$$

Nous obtenons ainsi un million huit cent mille coudées.
C'est donc au moins neuf cent mille mètres de lin qu'il
a fallu pour les bandelettes. J'en laisse le prix à votre
estimation. Si bas qu'il soit, il représente une dépense
encore plus élevée que celle de l'aloès et de la myrrhe.

Décidément j'aimerais mieux avoir été pauvre sous
Is-Kérioth dans la tribu de Dan que sous Bar-Jehoudda
dans le royaume des Juifs!

41. Or il y avait, au lieu où il fut crucifié, un jardin (1),
et dans le jardin, un sépulcre neuf, où personne encore
n'avait été mis.

42. Là donc, à cause de la *préparation des Juifs* (2) et
parce que le sépulcre était proche, ils déposèrent Jésus.

Jésus-Verbe est maître du sabbat comme il l'a bien

(1) Celui d'Hinnom, Gué-Hinnom. Cf. *Les Marchands de Christ*, p. 5.
(2) Au sabbat, comme il est dit plus haut.

prouvé, mais Jésus-homme en est esclave jusque dans la mort. Ils n'auraient pas enlevé le corps ce jour-là pour tout l'or de la capitale promise aux Juifs ! Défense de porter aucun fardeau.

LXXX

CHAPITRE XX. — TRANSFIGURATION DE L'ENLÈVEMENT : LA MÈRE SELON LE SANG

Voilà enfin la vraie mère, la mère selon le sang, c'est-à-dire Salomé, veuve de Jehoudda, désignée par Cérinthe sous le nom de la sœur de Moïse, la grande Myriam Magdaléenne au nom innombrable et plein de Cycles ! (1)

La pauvre femme a sa part de responsabilité dans la triste fin de son fils aîné ! Il est la victime de l'ambition maternelle; c'est elle qui l'a sacré, qui lui a dit : « Va ! » pour obéir à son homme de lumière (2).

1. Or le premier jour de la semaine, au matin, quand les ténèbres duraient encore, Marie-Madeleine vint au sépulcre, et vit la pierre ôtée du tombeau.

2. Elle courut donc et vint à Simon Pierre et à l'autre disciple [que Jésus aimait] (3), et leur dit : « *Ils* ont enlevé

(1) Cf. *Le Gogotha*, p. 260.

(2) Son mari, dans les *Sagesses* valentiniennes. Cf. le présent volume, p. 242.

(3) Ajouté lorsqu'on ôta cet Evangile à la fois à Cérinthe et à Clément pour le donner au pseudo-Jochanan. Il s'agit non du disciple qui est sur le sein de Jésus, — celui-là, c'est celui qu'on a enlevé, — mais du fils de celui qui est entré avec Shehimon dans la Cour de Kaiaphas pendant la nuit du 14 et que nous avons revu le vendredi soir sous le nom de Nicodème.

le Rabbi du sépulcre, et *nous* ne savons où ils l'ont
mis (1). »

3. Pierre donc sortit (2) avec l'autre disciple, et ils vinrent au sépulcre.

4. Ils couraient tous deux ensemble; mais l'autre disciple
courut plus vite que Pierre, et il arriva le premier au
sépulcre.

5. Or, s'étant penché, il vit les linges posés *à terre*;
cependant il n'entra pas (3).

6. Pierre, qui le suivait, vint aussi, et entra dans le
sépulcre, et vit les linges posés *à terre*.

7. Et le suaire qui couvrait sa tête, non point avec les
linges, mais plié en un lieu à part.

8. Alors donc, entra aussi l'autre disciple qui était venu
le premier au sépulcre; et il vit, et *il crut.*

9. Car *ils ne savaient pas encore l'Écriture :* (4) « *Qu'il
fallait qu'il ressuscitât d'entre les morts.* »

10. Les disciples donc s'en retournèrent chez eux.

Ne sachant pas qu'il dût être crucifié, on ne pouvait
pas savoir qu'il dût ressusciter, le Logos lui-même ne
trouverait rien à répondre à ce raisonnement. Pour faire
le travail d'Écritures qu'on remarque surtout dans les
Synoptisés, (Cérinthe s'en abstient), il a fallu qu'un
long temps se passât pendant lequel le Joannès survivait

(1. Comme elle s'adresse ici à ceux qui sur son ordre l'ont enlevé
le 18 nisan 789, il est évident qu'ils ne diront pas où ils l'ont transporté.

(2) La Magdaléenne est censée être sortie du Gué-Hinnom, et entrée
dans Jérusalem dont elle a ramené Pierre et son compagnon.

(3) Il se peut très bien qu'il y ait là un trait de vérité. Cléopas
n'avait pas besoin d'entrer le premier dans le caveau, il s'est effacé
devant Shehimon qui n'avait pas revu son frère depuis la nuit du 14
dans la Cour de Kaïaphas.

(4) *Psaumes*, xv, 15 : « Seigneur... vous ne laisserez point mon
âme (*anima*, sang de la vie) dans l'enfer (tombeau, séjour des morts),
et ne permettrez pas que votre saint voie la corruption. »

seul aux exécutions de Pilatus. Jésus n'a pas pu annoncer dans les Synoptisés qu'il ressusciterait, avant qu'on ne se décidât à avouer la mort du christ, à comparer son cas à celui du Jonas ninivite, et à lui appliquer la promesse faite à David dans les *Psaumes* (1). Ce travail n'a été possible qu'après renonciation complète à la première version, celle de la survie du Joannès, répandue dans les milieux christiens par la famille. Il n'a put commencer avant Trajan (2).

11. Mais Marie se tenait dehors près du sépulcre, pleurant. Or, tout en pleurant, elle se pencha, et regarda dans le sépulcre ;

12. Elle vit deux anges vêtus de blanc, assis, l'un à la tête, l'autre aux pieds, là où avait été mis le corps de Jésus.

12. Ils lui demandèrent : « *Femme*, pourquoi pleurez-vous? » Elle leur répondit : « Parce qu'*ils* ont enlevé mon Seigneur, et *je* ne sais où ils l'ont mis. »

Dans cette transfiguration de l'enlèvement les deux anges sont les doubles de Shehimon et de Cléopas. Ils ont leur costume d'assomption, Shehimon depuis 802, Cléopas depuis une année qu'on ne connaît pas. C'est pourquoi ils appellent, l'un sa mère, l'autre sa belle-mère, du nom de « Femme », Salomé étant censée constater l'enlèvement le 18 nisan, quatrième jour après la pâque de 789. Elle leur répond par le verset 2, avec un tout petit progrès, mais très curieux. La première fois on lui a fait dire : « *Nous ne savons* », elle est de l'affaire. La seconde fois on lui fait dire : « *Je ne sais* », comme si elle n'en avait pas été.

(1) Citée à la note 4 de la p. 333.
(2) Cf. *Les Marchands de Christ*, p. 128.

Jésus est dans la coulisse depuis douze ans. Mais il ne peut pas assumer le Joannès avant que sa famille avoue qu'il a été crucifié; il attend. Aussitôt qu'elle a pris ce parti, il rentre en scène. Par un effet rétro-actif du Temps. dont Jésus est le maître, nous voici reportés au lendemain du jour où l'Haramathas a enlevé le corps de la croix pour le déposer dans le caveau pro-visoire.

Jésus est venu se placer derrière Maria pour la tirer d'affaire, pour sauver la face davidique, en sa qualité de Sauveur. Shehimon et Cléopas assumés en leur temps, il ne reste plus que quatre personnes dans le caveau, le cadavre, l'Haramathas qui l'a enlevé de la croix le ven-dredi et déposé là, Maria, et Jésus-Esprit qui, la cruci-fixion passée, vient reprendre possession de son corps selon le monde. En Verbe fidèle à sa promesse, il ne veut pas abandonner à la corruption le corps royal qu'il a animé pendant douze ans. Il lui doit cela, c'est dans les *Psaumes*.

. 14. Lorsqu'elle eut dit cela, elle se retourna en arrière, et vit Jésus debout; et elle ne savait pas que ce fût Jésus.

15. Jésus lui demanda : « *Femme*, pourquoi pleurez-vous? » Elle, pensant que c'était le jardinier, lui répondit : « Sei-gneur, si c'est toi qui l'as enlevé, dis-moi où tu l'as mis, et je l'emporterai. »

C'est en effet ce qui s'est passé le 18 nisan 789 après le sabbat. L'Haramathas qui avait la garde du Jardin d'Hinnom a dit à la mère où il avait mis le corps de son fils, et elle l'a transporté à Machéron avec l'aide de Cléopas et de Shehimon qui n'étaient pas encore anges à ce moment-là. Maria a menti en disant que son fils aîné avait échappé aux crucifixions de Pilatus, mais devant le cadavre elle va bien être obligée d'avouer, à moins qu'elle ne s'entende avec Jésus pour garder le silence sur ce qu'elle a fait du corps qu'il a pris dans la fable.

Car elle l'a mis dans un embarras inextricable. Jésus est venu là pour ressusciter Bar-Jehoudda comme il a ressuscité Éléazar, pour lui payer son *salaire*, en somme (1). Or le corps n'est plus au Guol-golta, et Maria ne peut dire où il est sans avouer en même temps qu'il goûte la corruption, contrairement aux *Psaumes* de son père David. De son côté, Jésus ne peut pas opérer l'assomption d'un corps que Maria ne veut pas représenter.

16. Jésus lui dit : « *Maria* ». Elle, se retournant, lui dit : *Rabboni* (ce qui veut dire maître).

Jésus est le Verbe, il est la lumière, il sait tout d'avance, et il est le Véridique. S'il révèle la vérité, s'il commande à Maria de la dire, tout est perdu. Elle l'implore d'un regard, elle s'élance vers lui pour le toucher, comme s'il avait un corps, et que ce corps fût celui qu'il s'agit d'enlever. Mais :

17. Jésus lui dit : *Ne me touchez pas*; car je ne suis pas encore monté vers mon Père; mais allez à mes frères; et dites-leur : « Je monte vers mon Père et votre Père, vers mon Dieu et votre Dieu. »

Pour faire cette réponse, Jésus est rentré dans son corps selon le monde, et l'un portant l'autre, il se pré-

(1) Cf. *Le Roi des Juifs*, p. 9.

pare à monter au ciel, sans avoir averti le public qu'il en est descendu au commencement de la fable. Ainsi disparaîtra, littéralement escamoté par son double céleste, le corps crucifié de Bar-Jehoudda. Cherchez-le au Guol-golta, vous ne le trouverez pas! Demandez où il est, vous ne saurez pas! Jésus se prête de bonne grâce à cette macabre comédie. Puisqu'on ne peut opérer l'assomption au Guol-golta où le corps n'est plus, puisqu'on ne peut l'opérer à Machéron où la mère ne veut pas qu'il soit, Jésus remettra l'assomption au jour où on le préviendra. En attendant, crucifié ou non, le roi-prophète ne goûte aucune corruption, tout au moins pour les partisans de la dynastie davidique et du Royaume des Juifs; c'est tout ce qu'il faut.

Hyménée et Philète ont parfaitement vu que la résurrection du Joannès dans les Synoptisés était due, comme celle d'Éléazar, à Jésus-Verbe agissant dans sa puissance re-créatrice.

Jésus n'a pas été obligé d'y préparer le public par une prédiction, comme il a fallu le faire quand on la présenta comme une auto-résurrection. C'est pourquoi Hyménée et Philète, indignés de cette imposture, jointe à la fourberie eucharistique, ont dit que la résurrection de Bar-Jehoudda n'était pas la première (1); ils voulaient parler de l'Évangile de Cérinthe, dans lequel cette résurrection est, à tout prendre, précédée de celle d'Éléazar. Aussi l'Église s'est-elle bien gardée de reporter la résurrection d'Éléazar dans les Synoptisés : de cette manière, Bar-Jehoudda apparaît sous les espèces de Jésus comme s'étant ressuscité lui-même,

(1) II° *Lettre de Paul à Timothée.* Cf. *Le Gogotha*, t. V du *Mensonge chrétien*, p. 327.

après avoir ressuscité le fils de la Veuve (Jacob junior) et la fille de Jaïr, une de ses belles-sœurs (1).

LXXXI

A DÉFAUT DU VERBE SOLAIRE, LE VERBE LUNAIRE

La mystification ici se double certainement d'astrologie. Cérinthe y a formellement introduit le mouvement de Mercure autour du Soleil. Par deux fois, au Banquet de rémission et le soir de la mise en croix, vous avez vu le Joannès en conjonction avec Jésus. Il n'y a jamais que deux femmes au tombeau de l'Hermès juif, Maria Magdaléenne et Maria Cléopas. En dehors de Mercure, représenté par le crucifié lui-même, il n'y a que deux planètes en état de passer à l'équinoxe entre le Soleil, dont le rôle est joué par Jésus, et la Terre représentée par le Guol-golta, (dans Mathieu elle s'associe au deuil public par deux tremblements) : c'est la Lune et Vénus. Il n'est pas douteux qu'élargissant l'allégorie commencée au Banquet de rémission, Cérinthe n'ait représenté la Lune sous les traits de Maria Magdaléenne et Vénus sous ceux de Maria Cléopas, surnommée la Belle dans Valentin.

En ce qui concerne la mère du Joannès, il n'a eu qu'à s'inspirer de l'*Apocalypse* où la Lune est sous les pieds de la *Vierge* vêtue par le Soleil. Celle dont le Verbe-lumière est toute la vie, c'est Maria Magdaléenne. Or, à aucun moment de l'année elle n'est plus près de son

(1) La femme de Shebimon.

Seigneur qu'à la pleine lune de la *pesach*, à l'entrée
du Soleil dans l'*Agneau*. Que sous l'influence de la
date, la crucifixion de Joannès soit peu à peu devenue
la *passion* d'un Osiris, d'un Adonis ou d'un Mithra juif,
c'est l'évidence même. La Lune est dans le *passage*,
puisque c'est elle qui l'annonce officiellement, le soir
du quatorzième jour (1) du premier mois.

En arrivant la première au tombeau de Jésus, elle
prélude à sa résurrection, et, dès l'aube, avant qu'il ne
surgisse, elle se hâte vers lui dans son halo de four-
rures. Astrologiquement, elle ne fait que ce qu'elle doit.
Elle ne nous rend pas compte de ses actes, mais nous
les connaissons par ses invariables habitudes. Nous
savons que le soir de la Pâque elle s'est levée à minuit,
saluée par les acclamations de tous les Juifs réunis au
Temple; que le lendemain du jour où leur roi de par
l'*Apocalypse* a été mis en croix, elle s'est levée un peu
plus tard; un peu plus tard, le second jour; plus tard
encore le troisième, et ainsi de suite, pendant quatorze
jours. Et ces habitudes de noctambulisme décroissant,
elle les a conservées : habitudes de cercle le premier
jour, de demi-cercle seulement le septième, — elle se
range déjà, — et dont elle ne se corrige que pour recommencer. Elle arrive au tombeau juste à l'heure
qu'il convient, soit environ trois heures; et si au lieu
d'y venir le quatrième jour, elle y venait le septième,
eh bien! elle n'arriverait pas avant cinq heures et
demie du matin, ce qui ne lui permettrait pas de s'y
rencontrer pour faire sa partie avec Vénus et Mercure.

(1) 15 nisan, la journée commençant à six heures de l'après-midi.

« *Ne me touche pas*, dit Jésus à Maria, car *je ne suis pas encore monté vers mon Père!* » Que répondrait Maria, si elle n'était pas la pleine Lune? Ceci : « Seigneur, je viens pour vous enlever, et vous me défendez de vous toucher, avant que vous ne soyez monté vers votre Père! Comment pourrai-je *vous toucher* quand vous serez monté vers votre Père? » Mais en sa qualité de Lune du 18 nisan, à peine déformée par trois jours de mouvement, c'est avec la certitude absolue d'être exaucée que Maria nourrit l'espoir de *toucher* prochainement son Seigneur.

Pas de cachotteries avec nous, voyons, Cérinthe! Jésus sort chaque année du tombeau à la même heure, à la même minute; lui non plus n'a pas changé ses habitudes. Il se lève à la droite du Guol-golta un peu avant l'heure charmante où la Lune vient baigner le sinistre rocher de sa lumière d'argent, l'heure où du haut des cieux l'or du Soleil vient baptiser mollement la Ville Sainte.

Mais ce n'est point ce baptême périodique que le Joannès attendait pour lui-même et pour Jérusalem. C'est le baptême de la lumière d'avant ces deux astres, le baptême plein feu, celui qui l'aurait fait semblable au Fils de l'homme, et la Ville Sainte pareille à la demeure de Dieu (1). Pauvre diable! il a été encore bien heureux que la Lune ordinaire guidât les pas de sa mère dans la nuit et permît à la pauvre *femme* d'emporter son corps à Machéron! Ah! il a fallu en rabattre !

Le Soleil et la Lune sont donc restés dans l'état où on les voit aujourd'hui. L'Époux céleste n'est pas

---

(1) Cf. l'*Apocalypse* dans *Le Roi des Juifs*, p. 80. Le soleil et la lune devaient disparaître, comme fondus en une seule lumière.

venu les remplacer comme il l'avait promis au Joannès.

Jésus et Maria seront de nouveau en conjonction sur le méridien, vers le quatorzième jour : il faudra que Maria passe au rang des vieilles lunes; elle ne sera *nouvelle* et conjunctible, si j'ose m'exprimer ainsi, qu'à ce moment-là. Qu'elle ne nourrisse donc pas l'espoir de *toucher son Maître* avant que celui-ci ne se soit encore enlevé davantage vers le Père! C'est une fantaisie comme seule une Lune peut en avoir quand sa tête commence à se fêler, car au moment où elle parle, elle est en opposition — moindre, il est vrai, l'affaire s'arrangera — avec celui dont elle tire par réflexion toute sa lumière. L'Évangéliste semble croire au *contact* possible, c'est trop, c'est trop! On se salue simplement et l'on se parle à travers l'espace.

Maria, dans son zèle maternel, devance le jour marqué par Dieu pour rappeler à lui, chaque année, son Fils retour de la terre. Ce jour, est le quatre-vingt-dixième après la Pâque : il est marqué par les *Anes.*

N'ayant pas voulu descendre avec l'*Agneau* de 789, Jésus continue comme devant à monter vers son Père chez qui il n'arrivera que sous les *Anes*, au solstice. Mais il y demeurera peu. Après avoir décrit son orbe et donné des nouvelles de la Terre et des régions inférieures ou infernales, — c'est la même idée et presque le même mot — l'éternel voyageur repart et, comme dit Corneille, aspire à descendre vers l'Occident. Maria ne touchera l'Époux qu'au dernier jour. La grande veuve du fondateur du christianisme, la mère de celui qui a fait l'*Apocalypse* n'est pas moins atteinte que son fils dans ses illusions millénaristes.

La grande différence entre l'Evangile de Cérinthe et les Synoptisés, c'est que dans Cérinthe le Joannès est escamoté par Jésus qui est le Fils de l'homme de l'*Apocalypse*, (1) tandis que dans les Synoptisés il se ressuscite lui-même.

Dans Cérinthe Bar-Jehoudda, mis en croix le mercredi, passe la nuit et le jour de Pâque sur le bois ainsi que le lendemain vendredi, et il est escamoté après trois jours et demi où l'on fait entrer le temps qu'il passe dans le caveau provisoire. En un mot il disparaît dans le délai imparti pour les résurrections, mais sans que Jésus puisse parvenir à le ressusciter. Ce délai, Cérinthe le lui applique en vertu de l'*Apocalypse*, tandis que les Synoptisés donnent le change aux goym en indiquant la similitude de Jonas comme étant la source à laquelle ils ont puisé.

Dans cette apothéose jehouddique, calquée sur le patron des fables païennes qui convertissent les hommes en astres après leur mort, Joannès est envoyé dans le Soleil, lumière du Verbe, et il en joue le rôle. Maria Magdaléenne est envoyée dans la Lune où elle est, comme elle avait été sur terre, l'inséparable reflet du Verbe. On savait, depuis Thalès et Pythagore, que la Lune n'est point un corps lumineux par lui-même; on la croyait de la même substance que la Terre, et on ajoutait que le Soleil l'avait sauvée des ténèbres en la nourrissant de sa lumière. C'en fut assez pour pouvoir dire en toute assurance que Jésus avait tiré de son corps les sept puissances lumineuses dont il est question dans l'Evangile. Dans les mythologies Valenti-

---

(1) Le Jésus de la fable, c'est l'Esprit de la prophétie (du Jourdain), dit l'*Apocalypse de Pathmos*.

niennes, Maria occupe la seconde place au ciel, et son fils aîné succède dans la première à son père Jehoudda. On savait aussi que le soleil semblait pétrir la lune de ses mains, l'augmenter et la diminuer, la casser et l'arrondir alternativement, comme on peut faire d'une mie de pain. D'où Maria fut dite Magdaléenne (du mot grec qui veut dire boule malléable) avec d'autant plus d'esprit. D'où encore notre bon maître Rabelais a fait « Magdaleon », avec le même sens que dessus.

Les apothéoses jehouddiques n'empêchaient pas du tout d'attendre le Verbe, au contraire. Joannès était une garantie. Ses petits-neveux vivaient de ce ressuscité, mais la masse des disciples refusait de croire que le Père s'en tînt à cette manifestation épisodique d'une puissance sans limites. La fable n'avait aucun crédit sur ceux-là, et ils lui barrèrent honnêtement la route.

Nous avons cherché Jésus-homme dans l'histoire et nous ne l'avons pas trouvé, nous l'avons cherché dans les *Apocalypses* d'après la chute du Temple, et nous ne l'avons pas trouvé. En 136 de l'Erreur chrétienne, quand Jérusalem tombe sous les coups d'Hadrien, Jésus n'est encore né qu'allégoriquement. Il mourra de même dans le feuilleton que l'Eglise a synoptisé sous le nom de Mathieu, de Marc et de Luc, alors qu'il est en réalité de Ponce du Terrail et Caïphe de Montépin.

LXXXII

L'ESPRIT DE BAR-JEHOUDDA

Maintenant que tout est arrangé et que Jésus remet

à plus tard l'assomption du crucifié, le corps de celui-ci devient disponible. Jésus y rentre pour quelques jours, décidé à ne remonter vers son Père qu'après avoir achevé sa tournée de résurrections. En attendant, n'ayant rien de mieux à faire, il va jouer le rôle du prophète qui survit, sinon publiquement, (il a peur des Juifs hérodiens!) du moins clandestinement et pour les membres de sa famille.

18. Marie-Madeleine vint annoncer aux disciples : « J'ai vu le Seigneur, et il m'a dit ces choses. »

19. Ce jour-là, premier de la semaine, lorsque le soir fut venu, et que les portes du lieu où les disciples se trouvaient assemblés, étaient fermées, de peur des Juifs, Jésus vint et se tint au milieu d'eux, et leur dit : « Paix à vous! »

Rien de plus naturel. Que de fois n'avons-nous pas vu Jésus pénétrer dans le Temple par les fenêtres d'Orient, avant l'ouverture des portes au public et aux prêtres eux-mêmes! Le Saint-Siège rend hommage à la simplicité du phénomène. « La même puissance, dit-il, qui faisait passer le corps entier de Jésus-Christ dans toute sa dimension à travers les portes fermées, rend le même corps réellement présent dans le sacrement de l'Eucharistie, quoique ces deux choses surpassent notre intelligence. »

Mais non, elles ne surpassent en aucune façon notre intellect, sinon peut-être en ce qui touche la présence réelle dans l'Eucharistie! Encore y arrive-t-on très bien, en remplaçant présence par absence. Cette absence n'est pas monnoyable — comme la présence, par exemple, — mais elle a l'avantage sur celle-ci d'être réelle.

20. Et, lorsqu'il eut dit cela, il leur montra ses mains et son côté. Les disciples se réjouirent donc à la vue du Seigneur.

21. Et il leur dit de nouveau : « Paix à vous! Comme mon Père m'a envoyé, ainsi moi je vous envoie. »

22. Lorsqu'il eut dit ces mots, il souffla sur eux et leur dit : « Recevez l'Esprit-Saint ;

23. Ceux à qui vous remettrez les péchés, ils leur seront remis ; et ceux à qui vous les retiendrez, ils leur seront retenus. »

Ah! voilà qui a vraiment le caractère sacré, voilà qui est d'un dieu!

« Jésus, dit le Saint-Siège, emploie le souffle de sa bouche comme un signe extérieur pour marquer qu'il leur communiquait son esprit. »

Quant à la faculté de remettre les péchés ou de les maintenir, « il faut nécessairement, ou rejeter l'authenticité de ces paroles ou reconnaître l'origine divine de la confession sacramentelle. » Mon dieu, oui! il le faut absolument, il faut rejeter ces paroles, car elles sont d'un hérétique nommé Cérinthe' que l'Eglise par la voix d'Irénée compare à Satan. Et l'Eglise s'y connaît !

Notre long commerce avec cet être abominable nous empêche de souscrire à la divinité de la confession sacramentelle. L'Esprit que Jésus souffle aux disciples, c'est celui du Joannès. Car, qui remettait les péchés en baptisant? Le Joannès. Qui liait ? Le Joannès. Qui déliait? Le Joannès. Qui était fils de David? Le Joannès. Qui était le prophète ? Le Joannès. Qui était le christ? Le Joannès. En circoncision, comment s'appelait le Joannès? Jehoudda bar-Jehoudda. Et qui a été condamné pour trahison et crimes publics? Bar-Jehoudda. Depuis quand les criminels et les traîtres juifs ont-ils le privilège de remettre ou de retenir les péchés des goym parmi lesquels je suis obligé de me ranger avec tous les Gaulois? Voilà ce qui serait intéressant de savoir. Ah! qu'une encyclique *De virtute sceleris vel de dignitate mendacii* éclairerait les consciences!

La primitive Église ignorait-elle que cet Esprit fût celui d'un individu justement puni par Dieu? Nullement. A-t-elle pensé que cet Esprit fût saint? Pas davantage. Elle a fait à Jésus l'injure de disqualifier totalement son souffle dans les *Actes des Apôtres* où l'Esprit-Saint n'arrive que cinquante jours après la pâque, sous la forme de langues de feu que leur contact avec l'atmosphère terrestre a corrompues dans des proportions très sensibles. Elle a donc pensé que le souffle personnel et direct de Jésus à la date du 18 nisan 789 n'offrait pas les garanties de pureté qui méritassent le visa du laboratoire pontifical. Remplacer ce souffle par des langues contaminées, c'est faire bien peu de cas de l'appareil respiratoire du juif consubstantiel au Père!

LXXXIII

LE SABBAT DE DEUIL ET JEHOUDDA TOAMIN

Vous avez vu dans les *Marchands de Christ* qu'après avoir précipitamment enfoui Bar-Jehoudda dans le roc de Machéron, sa mère et son frère Shehimon avaient gagné Damas pour se retirer ensuite en Asie. Logiques

avec la version de la survie, et d'ailleurs emportés dans
leur fuite, ils n'avaient pas eu à célébrer la semaine de
deuil. Il ne peut en être ainsi dans la seconde version,
celle de la résurrection ; la famille reste pour pleurer
le mort pendant sept jours, comme le veut la Loi. A
Jésus de faire l'office du crucifié qui reparaît au milieu
des siens.

L'Évangéliste fait revenir celui des frères de Bar-
Jehoudda qui, après Philippe, — il en a fini avec Philippe, — avait transmis les *Paroles du Rabbi*. Il fait
revenir Jehoudda junior, *aliàs* Toâmin, jumeau de
nom du crucifié.

L'apparition à Toâmin ne saurait en aucune façon
être de Cérinthe.

Parmi les scènes qui ont exercé le plus d'action sur
la crédulité des jehouddolâtres, la plus célèbre est à
coup sûr celle de Toâmin, invité à mettre la main dans
les plaies de son aîné. Des fils de Salomé, celui qui,
avec Philippe, s'était le plus avancé dans la thèse du
Royaume des Juifs, c'est incontestablement Toâmin.
Les évangélistes sont obligés de demander à Jésus une
séance spéciale pour convaincre Toâmin, dont le crédit était grand, qu'il faut s'en tenir au pis-aller contenu dans les *Psaumes de David*.

Toâmin, qui est mort depuis deux siècles, se rend à
l'évidence quand on lui fait toucher du doigt le corps
de son frère ressuscité. Devant des preuves si palpables,
il renonce à son passé, à sa doctrine, à son idéal mes-
sianique, pour reconnaître que le christ millénaire devait
se contenter, lui aussi, de la non-corruption animale
promise à leur père David.

Jésus qui, tout à l'heure, s'oppose à ce que la Magdaléenne le touche, demande instamment à Toâmin, non seulement de le toucher, mais de le pénétrer à l'aide des doigts. Devenu de meilleure composition, il accorde à l'Eglise ce qu'il a refusé à la mère du crucifié. Il n'avait pas de corps au second siècle ; il en a un au troisième, celui que le pape Clément, successeur de Pierre, lui a donné en s'attribuant le rôle de témoin, non seulement oculaire, mais pectoral, pendant la célébration de l'Eucharistie.

24. Or Toâmin, appelé *Didyme*, (1) un des douze (2), n'était pas avec eux quand vint Jésus.

25. Les autres disciples lui dirent donc : « Nous avons vu le Rabbi. » Mais lui leur répondit : « Si je ne vois dans ses mains le trou des clous, et si je n'enfonce mon doigt à la place des clous, et que je ne mette ma main dans son côté, je ne croirai point. »

26. Et huit jours après, ses disciples étaient encore enfermés, et Toâmin avec eux. Jésus vint, les portes fermées, et il se tint au milieu d'eux, et leur dit : « Paix à vous ! »

27. Puis il dit à Toâmin : « Mets ton doigt là, vois mes mains ; approche ta main et mets-la dans mon côté, et ne sois plus incrédule, mais croyant. »

28. Toâmin répondit et lui dit : « Mon Seigneur et mon Dieu ! »

29. Jésus lui dit : « Parce que *tu m'as vu*, Toâmin, tu as cru. Heureux ceux qui n'ont point vu et qui ont cru ! (3) »

30. Jésus a fait encore en présence de ses disciples beaucoup d'autres *signes* qui ne sont pas écrits dans ce livre.

31. Mais ceux-ci ont été écrits afin que vous croyiez que

(1 *Didumos*, jumeau, c'est la traduction grecque de *Toâmin*.

(2) « J'étais un des douze, dit Clément le romain, dans le faux qu'il a fait pour donner un corps à Jésus. »

(3) Comme Clément, par exemple qui n'a rien vu, mais qui exploite les goym en leur racontant qu'il a vu et touché.

Jésus est [le christ], le Fils de Dieu, et afin que, croyant, vous ayez la vie en son nom.

Que ce scribe ait connu ou non les Évangiles dans lesquels le Joannès est assumé le jour même où on le ressuscite (1), c'est-à-dire le dimanche, il n'en veut pas, et pourtant ce dispositif est pleinement millénariste. Il est de Bar-Jehoudda lui-même ; c'est le quatrième jour que son père et son oncle sont assumés dans l'*Apocalypse* par l'Esprit qui est en eux ; on lui doit le même traitement. Dans la scène avec Toâmin, huit jours après sa résurrection Bar-Jehoudda n'est pas encore assumé ! Il est toujours sur la terre, et ses frères sont réunis pour célébrer son deuil. *Luctus mortui septem dies.* On respecte la Loi, telle que la famille l'eût pratiquée si, au lieu de dire que Bar-Jeboudda était vivant, elle eût dit qu'il était mort. Ces sept jours, ajoutés aux trois jours que le mort a passés tant sur la croix que dans le tombeau provisoire, rentrent aussi dans le système millénaire et constituent un des trente-six Décans (2). C'est de ce compte décanaire que partent les *Actes* pour fixer l'Ascension de Jésus au Mont des Oliviers quarante jours après ; ils ont ainsi atteint le cinquantième jour, *aliàs* la fête de la Pentecôte, jour auquel le Saint-Esprit descend sur les faux apôtres que l'Église a embauchés pour témoigner de la résurrection. Tout en condamnant le millénarisme, l'Église, condamnant ainsi le christ lui-même, a adopté le dispositif de quelque hérétique qui, non content d'être

(1) Luc. xxiv, 51.
(2) Dont Luc a fait, en les dédoublant, les soixante-douze disciples que sa fable prête à Jésus, en dehors des douze.

millénariste comme son maître, professait en outre et publiquement l'inexistence charnelle de Jésus.

C'est à partir du cinquième siècle qu'on commence à célébrer l'Ascension le quarantième jour, sur la foi des *Actes*, avec trente-sept jours de retard sur l'Ascension primitive qu'on peut qualifier d'orthodoxe, c'est-à-dire celle qui a lieu après trois jours et trois nuits. Augustin appelait l'Ascension seconde manière *Fête du quarantième jour* (1), Jean Chrysostome la plaçait un samedi (2), et les *Constitutions apostoliques*, attribuées à l'ineffable Clément, ordonnent les premières de la célébrer le jeudi (3). Mais vous venez de voir dans Cérinthe que Jésus s'était déclaré hors d'état d'assumer Bar-Jehoudda le 18 nisan, n'ayant pas trouvé le corps de celui-ci au Guol-golta, et sa mère n'ayant pas voulu dire où Shehimon et Cléopas l'avaient transporté. En outre, vous allez voir que, quatorze ans après sa crucifixion, le prophète de la Première résurrection était toujours à Machéron où il goûtait la corruption la plus normale, tandis que Jésus était toujours dans sa famille selon le monde, *quærens quem assumeret.*

LXXXIV

CHAPITRE XXI. — LA PAQUE MANQUÉE OU LES SEPT FILS DU FAISEUR DE POISSONS DEVANT LE VRAI PÊCHEUR D'HOMMES

Vous avez pu remarquer qu'après avoir soufflé

(1) Sermon 267.
(2) Homélie III* sur les *Actes*.
(3) Livre V, ch. xix.

l'Esprit-Saint aux disciples, Jésus ne remontait nullement vers son Père. En effet, il s'en faut de beaucoup
qu'il ait fini son travail assomptionnel; il ne l'a même
pas commencé en ce qui touche le christ qui est toujours soit sur la terre, si on admet la version de la
famille, soit *sous la terre*, à Machéron, si l'on tient
compte de la réalité, c'est-à-dire nu et sans les vêtements blancs du martyr, lui qui pourtant est le prince
des sept! C'est assez dire que, si Jésus est allé voir son
Père sous le quatrième signe, les *Anes* de 789, comme
c'était son intention quand il est venu au Guol-golta le
quatrième jour de l'*Agneau*, il a été obligé de redes-
cendre dans les diverses autres circonstances où ses
enfants davidiques ont eu besoin de lui. Bar-Jehoudda
mort, Shehimon n'était-il pas héritier de la promesse?
Ayant été, lui aussi, crucifié pour la Loi, pouvait-il
goûter la corruption?

L'Épilogue de Cérinthe ramène devant nous les sept
personnages du Prologue. Jésus leur a remis leurs
péchés au Banquet de purification, mais cela ne suffit
pas.

1. Après cela, Jésus montra de nouveau sa face lumineuse à ses disciples, près de la mer de Tibériade. Or il
leur montra sa face ainsi.

2. Simon Pierre et Toämin, appelé *Didyme*, Nathanaël,
qui était de Kana en Galilée, les fils de Zibdéos (1) et deux
autres de *ses* disciples (2) se trouvaient ensemble.

Voilà les sept fils du Zibdéos, voilà le sabbat

(1) Que l'Église appelle Zébédée, nom dépourvu de toute espèce de
signification.
(2) Ceux qu'on n'a pas voulu nommer au prologue et que Cérinthe
nommait peut-être dans la version authentique.

jehouddique. Le *Faiseur de poissons* n'est plus là depuis 761; sa veuve a disparu, morte à Éphèse, dit-on, avant 802. Des sept il reste encore Shehimon, Jacob senior, Jehoudda Toâmin, Philippe et Ménahem. Le Joannès mort, c'est Shehimon qui exerce le droit de pêcher les hommes, c'est-à-dire de baptiser. Ce droit est d'autant moins prescrit que Joannès, en baptisant sous le *Cycle du Verseau*, a pêché par anticipation, tandis qu'en baptisant sous le *Cycle des Poissons*, dans lequel on est entré le 15 nisan 789, Shehimon met en plein dans le vrai Mille. Toutefois il lui est arrivé quelque chose de très désagréable en 802, il a été crucifié au Guol-golta par Tibère Alexandre, procurateur de Judée.

3. Simon Pierre leur dit : « Je vais pêcher. » Ils lui dirent : « Nous y allons aussi avec vous. » Ils s'en allèrent donc et montèrent dans la barque, et cette nuit-là ils ne prirent rien.

Ce n'est pas étonnant! Ils pêchent dans la nuit du 14 nisan, qui ne leur a pas réussi en 788, mais ils ont pour eux une chance que la barque de Caron n'offre point aux goym, ils sont dans la barque paternelle, la barque du Charpentier qui est aussi l'homme de lumière, (1) ils se dirigent donc vers l'Orient, ils vont au-devant de l'Étoile du matin, l'Étoile de David, qui annonce le lever du soleil pascal.

4. Mais le matin venu, Jésus parut sur le rivage; les disciples néanmoins, *ne connurent point que c'était Jésus* (2).

(1) Cf. le présent volume, p. 242.
(2) Ils sont dans les mêmes conditions que Maria, lorsqu'elle le prend pour le jardinier du Gué-Hinnom.

5. Jésus leur dit donc : « Enfants, n'avez-vous rien à manger? » Ils répondirent : « Non. »

6. Il leur dit : « Jetez le filet à droite de la barque, et vous en trouverez. » Ils le jetèrent donc, et ils ne pouvaient le tirer, à cause de la multitude des poissons.

Néanmoins ils n'ont pas l'air contents, car ce n'est pas de poisson qu'ils ont faim, c'est de l'agneau de la Grande pâque. Tous sont morts sans avoir pu le manger. Cette multitude de poissons ne leur servira que si l'*Agneau* se montre. Mais la droite de la barque, c'est la droite du Seigneur lui-même, c'est de là que part la véritable barque dans laquelle il faut être, l'Arche solaire, signe de l'Alliance des Juifs avec Iahvé. En leur disant de s'orienter de ce côté, Jésus leur a indiqué la voie à suivre.

A cette parole, le Joannès de l'*Apocalypse* a immédiatement reconnu le Fils de l'homme, celui qui a dit à David : « Tiens-toi à ma droite, et je ferai de tes ennemis l'escabeau de tes pieds. » D'ailleurs il n'aurait aucun amour-propre d'auteur, s'il ne reconnaissait pas tout de suite celui qu'il a vu dans le ciel et décrit de pied en cap. Il est vrai qu'ici le Verbe en forme de fils d'homme n'a pas le magnifique attirail de guerre dans lequel il devait paraître sous les *Anes* de 789 (1), il est dans son costume de Pêcheur d'hommes. Vous rappelez-vous la parabole où Mathieu (2) compare le Verbe à un Pêcheur céleste qui fait des hommes ce qu'un pêcheur terrestre fait des poissons, gardant les bons pour lui, rejetant les mauvais? Je vous ai montré qu'elle provenait de

---

(1) Cf. *Le Roi des Juifs*. p. 62.
(2) Cf. *Le Roi des Juifs*, p. 48.

l'*Apocalypse* ou tout au moins des *Paroles du Rabbi*. Son véritable auteur la réclame ici, elle est du christ lui-même.

7. Alors le disciple que Jésus aimait (1) dit à Pierre : « C'est le Seigneur. » Et Simon Pierre, ayant entendu que c'était le Seigneur, *mit son habit* (car *il était nu*) et se jeta dans la mer.

Le christ est nu, lui aussi, car c'est être nu que de n'avoir pas son vêtement de lumière. En 802, ni Shehimon ni lui n'avaient encore ce vêtement. On voyait leur nudité, comme il est dit dans l'*Apocalypse* (2). C'est l'auteur de l'*Apocalypse* qui le premier, par droit d'auteur, reconnaît le Fils de l'homme, le Seigneur des *Poissons*, Cycle dans lequel on est entré le 15 nisan 789 et dont il a passé misérablement les deux premiers jours en croix. Tout autre que Shehimon ôterait son habit pour se jeter à la mer, mais lui, il met le sien. Shehimon peut se jeter à la mer sans crainte : la mer sur laquelle Jésus s'apprête à lancer son Arche est solide, et puis, s'il lui plaît, il peut la sécher d'un coup (3). Que Shehimon arrive seulement jusqu'à lui, et il est sauvé ! Or il en est séparé par deux cents coudées qui sont de la famille mathématique des quinze brasses et des vingt brasses que les passagers du *Gogotha* (4) ont comptées avant d'aborder à la terre d'Occident. La différence, et elle est toute à l'avantage des sept pêcheurs

(1) Par-dessus tous. Ce disciple, c'est toujours le christ, ce n'est encore ni Clément pape ni Jochanan évangéliste.

(2) Cf. *Le Roi des Juifs*, p. 52. Toutefois Jacob junior (André) avait le sien et sa couronne depuis 787.

(3) Cf. *Le Roi des Juifs*, p. 77, et le présent volume.

(4) Cf. *Le Gogotha*, p 276.

jehouddiques, c'est que ceux-ci vont à la vraie terre,
l'Eden, l'Orient. Shelimon a donc deux cents coudées
à faire pour y aborder. Le christ et les cinq autres
restent dans la barque, amenant au Pêcheur d'hommes
leurs filets pleins de poissons.

8. Les autres disciples vinrent avec la barque. (car ils n'é-
taient éloignés de la terre que d'environ deux cents coudées), tirant le filet plein de poissons.

9. Or dès qu'ils furent descendus à terre, ils virent des
charbons préparés, et du *poisson* placé dessus, et du *pain*.

Du poisson, mais deux *Poissons*. Du pain, mais
un seul Pain, le sixième, celui qui vient après les cinq
Pains que le christ propose à Jésus pour faire le miracle dit de la Multiplication sur le Tabor. Des charbons, mais célestes, pour baptiser le *Zib* dans le feu,
vous êtes familiarisés avec toute cette séméiologie.

Les pêcheurs vont vers la rive de la terre aux douze
récoltes. Jésus les y attend avec les accessoires de
l'*Agneau* manqué, mais il n'a point amené les *Anes*.
Néanmoins l'*Agneau* qu'il est ne peut encore donner le
Cycle du Zib, la vie millénaire, aux Sept, puisque ceux-
ci sont toujours sur la terre juive et dans un état de nudité qui ne leur permet pas encore de se présenter aux
portes de l'Orient. Quoiqu'il y ait déjà du poisson qui
se baptise sur les charbons, Jésus ne leur en donnera
que s'ils y mettent du leur, du poisson en chair humaine, du poisson juif.

10. Jésus leur dit : « Apportez quelques-uns des poissons
que vous avez pris à l'instant ».

11. Simon Pierre monta dans la barque, et tira à terre le

filet plein de cent cinquante-trois gros poissons. Et quoiqu'il y en eût tant, le filet ne fut pas rompu.

Les sept poissons qu'a faits le Zibdéos (*Faiseur de
poissons*) et les cent cinquante-trois qu'ils ont pris, en
voilà cent soixante. Ils ont franchi les deux cents coudées qui les séparent du rivage, de sorte que si vous
additionnez ces trois chiffres vous trouvez les trois cent
soixante jours de l'année. Parvenus à l'*Agneau* de la
pâque, signe du Maître du *Poisson,* qui lui-même est
le signe du Millénium de grâce, il est dores et déjà
certain qu'ils auront à manger de ce *Zib* posé sur les
charbons et de ce Pain de vie millénaire, donc éternelle.

12. Jésus leur dit : « Venez, mangez. » Et chacun de ceux
qui prenaient part au repas n'osaient lui demander : « Qui
êtes-vous? » sachant que c'était le Seigneur.

13. Et Jésus vint, prit le *Pain,* et le leur donna, et le
Poisson pareillement (1).

14. Ce fut la troisième fois que Jésus montra sa face
à ses disciples,[après qu'il fut ressuscité d'entre les morts.]

Remarquez que Jésus ne fait pas cuire les cent cinquante-trois poissons, ils sont baptisés d'eau. Il serait
obligé de mettre sur le même feu Shehimon et ses six
frères, partant le Juif consubstantiel au Père, qui, suc-
cessivement crucifié sous le nom de Jésus et décapité
sous le nom de Joannès, finirait ici sur le gril comme
le bienheureux Laurent. Il leur donne le même *piscis
duplex* que celui de la Prorogation du monde, et ce *Zib*
se multiplie par mille ans. C'est, en *similitude,* ce que

(1) C'est en effet une seule et même chose, le sixième Pain du
Second monde sous la figure du *Zib.*

demandait le christ pour sa grande pâque, et ce que son père Jehoudda, *aliàs* Joannès 1er, *aliàs* Zachûri, *aliàs* Zibdeos, *aliàs* Joseph le Charpentier, demandait pour lui à Iahvé. Voilà les Sept entrés dans la vie millénaire, malgré Saül, malgré Kaiaphas, malgré Is-Kérioth, malgré Pilatus, malgré Tibère Alexandre, malgré Néron, malgré Titus, malgré Hadrien, malgré le monde. Voilà l'*Apocalypse* réalisée... par une sémeiologie.

LXXXV

FLAGRANT DÉLIT DE L'IMPOSTURE PAPALE

15. Lors donc qu'ils eurent mangé, Jésus dit à Simon Pierre : « Simon, fils de Joannès, m'aimes-tu *plus que ceux-ci* ? » Il lui répondit : « Oui, Seigneur, vous savez que je vous aime. » Jésus lui dit : « Pais mes agneaux » (1).

16. Il lui dit de nouveau : « Simon, fils de Joannès, m'aimes-tu ? » Il lui répondit : « Oui, Seigneur, vous savez que je vous aime. » Jésus lui dit : « Pais mes agneaux. »

17. Il lui dit une troisième fois : « Simon, fils de Joannès, m'aimes-tu ? » Pierre fut contristé qu'il lui eût dit une troisième fois : « M'aimes-tu ? » Et il lui répondit : « Seigneur, vous connaissez toutes choses, vous savez que je vous aime. » Jésus lui dit : « Pais mes brebis. »

Shehimon fut aux termes de la Loi le goël-ha-dam (2) de la famille après la crucifixion de Bar-Jehoudda, c'est ce que nous avons dit et c'est ce qu'on veut dire ici. Mais quelqu'un dans le genre du joyeux Clément,

(1) Le *probaton* de la piscine de Siloé.
(2) Vengeur du sang.

successeur de Pierre à Rome, a gravement corrompu le
texte primitif en faisant demander par Jésus à Pierre :
« M'aimes-tu *plus que ceux-ci ?* » et cela en présence
du « disciple que Jésus aimait le plus », comme il appert de la position qu'occupe ce disciple sur son pectoral au Banquet de rémission. Ce faux, ce millième faux,
a pour but de confirmer le *Tu es Petrus* introduit dans
Mathieu (1) par un des imitateurs de Clément, car si
Pierre n'a pas eu de successeurs à Rome, Clément en a
eu beaucoup. Oyez plutôt cette note de l'édition du
Saint-Siège apostolique et romain : « Le Sauveur avait
promis à saint Pierre la suprématie spirituelle ; et il
remplit ici sa promesse, en le chargeant de paître toutes
ses brebis sans exception, par conséquent tout son troupeau, c'est-à-dire toute son Église ! »

Il est d'ailleurs vrai que Shehimon fut le successeur
de son frère aîné ; mais celui-ci n'avait pas besoin de
tester en sa faveur, et au surplus nous savons qu'il est
mort intestat : l'ordre de géniture désignait Shehimon.

Mais cela ne suffit pas à notre soif de justice. Si Jésus a célébré la pâque et institué l'Eucharistie, comme
le veut le pape Clément, c'est incontestablement en faveur de son disciple chéri qu'il a testé. « Or, ce disciple,
c'est moi, dit Clément. » Jésus n'a donc pas pu dire : *Tu
es Petrus et super hanc petram ædificabo Ecclesiam
meam*, il a infailliblement, donc papalement, dit : *Tu
es Clemens et super hanc clementiam ædificabo
Ecclesiam meam*. De quel droit l'Église fait-elle passer Pierre avant Clément ? N'est-ce pas Clément lui-
même qui, après s'être adjugé le rôle du christ au ban-

---

(1) *Mathieu*, xvi, 19.

quet de rémission, a testé en faveur de Pierre? Je demande au Saint-Siège s'il croit que le Souverain juge a jamais homologué ce testament-là?

Ce n'est pas tout. Dans Cérinthe, le christ est à côté de Jésus pendant le repas *piscal* qui escompte le repas *pascal*, il a mangé du poisson et du pain avant Shehimon, puisqu'il est mort quatorze ans avant lui, et naguère, au Banquet de rémission, il était le préféré de Jésus. En ajoutant au: « M'aimes-tu? » de Cérinthe le « plus que les autres » actuel, l'Église a destitué le christ de sa primauté pour la passer à Shehimon, son cadet. Pense-t-elle vraiment que le Juif consubstantiel au Père oubliera cet affront lorsqu'il viendra juger les vivants et les morts?

Car, à le bien prendre, la triple répétition du mot: « M'aimes-tu? » n'a qu'un objet, c'est de pallier dans la mesure du possible le triple reniement de Shehimon dans la Cour de Kaiaphas. Shehimon n'a pas été brillant dans la nuit de la préparation à la pâque de 789, il en a ponctué les trois veilles de trois lâchetés. Mais enfin il est mort à son tour sur la croix, la veille d'une autre pâque; il a été martyr, Jésus l'emmène au ciel, c'est de droit.

LXXXVI

CONSTAT DU MARTYR DE SHEHIMON AU GUOL-GOLTA

18. « En vérité, en vérité, je te le dis: « Quand tu étais jeune, tu te ceignais toi-même, et tu allais où tu voulais. Mais quand tu seras vieux, tu étendras les mains, et un autre te ceindra et te conduira où tu ne voudras pas. »

19. Or il dit cela, indiquant par quelle mort il devait glorifier Dieu. Et lorsqu'il eut ainsi parlé, il lui dit : « Suis-moi. »

Parole à double entente, comme toujours. Shehimon a suivi son aîné sur la croix, il suit Jésus dans le ciel, car c'est à son Assomption que nous assistons ici. Il a donc été crucifié là où le fut Bar-Jehoudda et pour les mêmes causes, et peut-être la veille d'une pâque, en tout cas avant la Pâque rêvée : c'est à cause de cela que Jésus ne donne l'*Agneau* à aucun des sept frères ; il leur faut se contenter du *Poisson*. Cérinthe ne peut en dire plus long, il ne peut pas, sans trahir le millénarisme, mon-trer Jésus venant assumer Shehimon au Guol-golta, puisque Bar-Jehoudda lui-même n'y est plus. Il ras-semble indistinctement les Sept dans la barque pater-nelle d'où Jésus les transborde dans la sienne, l'Arche de l'alliance. Ménahem est de ces bienheureux passa-gers, quoiqu'il soit encore vivant en 802.

« Saint Pierre mourut sur une croix, à Rome, la tête en bas, l'an 67 de notre ère. Ce n'est que plusieurs années après le martyre du prince des apôtres que saint Jean rappelait dans son Evangile cette prophétie du Sauveur. » Tel est le décret du Saint-Siège. Il n'est pas mieux fondé que le *Tu es Petrus*.

Cette partie de l'Epilogue n'a pas reçu moins d'offenses que le Prologue. Il est absolument certain que Jésus assumait en même temps Jacob senior, qui accompa-gna Shehimon sur la croix. Il ne pouvait le laisser sur terre sans manquer à la Loi de justice. Mais il avait coulé de l'eau dans le Jourdain depuis ce temps-là, il en avait même coulé dans le Tibre ! Clément avait

fait Pierre pape à Rome après sa crucifixion à Jérusalem, les *Actes des apôtres* avait décapité Jacob cinq
ans avant la sienne. On laissa ce malheureux goûter la
corruption, tandis qu'on consubstantialisait son frère
aîné avec le Père, et que Clément se consubstantialisait avec le cadet.

LXXXVII

ASSOMPTION DE SHEHIMON AU NEZ ET A LA BARBE
DU CHRIST RESTÉ SUR TERRE

Les choses n'étaient pas encore aussi avancées lorsque Cérinthe écrivait son Epilogue. Le disciple que
Jésus préférait n'avait pas encore été assumé, à cause de
l'état de vagabondage spécial dans lequel il était, pris
entre deux versions inconciliables : ou la survie jusque
sous Trajan, ou la résurrection au Guol-golta immédiatement suivie d'Ascension. Pour Cérinthe, tout au
moins pour le scribe qui a refait son Epilogue, le christ
avait survécu non seulement à Shehimon, mais à Ménahem, le dernier de ses frères, supplicié en 819.

20. Pierre, s'étant retourné, vit venir après lui le disciple
que Jésus aimait (1), qui s'était aussi reposé pendant le repas
sur son sein, et avait dit : « Seigneur, qui est celui qui vous
livrera ? »

21. Pierre donc l'ayant vu, demanda à Jésus : « Seigneur,
mais, celui-ci, que deviendra-t-il ? »

22. Jésus lui répondit : « Si je veux qu'il demeure ainsi
jusqu'à ce que je vienne (2), que t'importe ? Toi, suis-moi. »

(1) Saint-Jean l'Evangéliste, dit l'Eglise.
(2) La traduction du Saint-Siège, trouvant que le conditionnel : « Si

Il lui importe beaucoup, au contraire, et il ne peut
réprimer un mouvement de justice que Jésus encoura-
gerait s'il ne s'était engagé envers Maria Magdaléenne à ne rien dire. Sur la terre Bar-Jehoudda, prince
des sept, est dans une situation très inférieure à celle
de ses six frères, insoutenable même pour un homme
qui reposait tout à l'heure sur le sein du Verbe au Banquet de rémission. Il n'est pas vivant, comme le prétendait Shehimon à la décharge de sa conduite dans la cour
de Kaiaphas ; il n'est pas assumé non plus, Shehimon
le sait bien, lui qui l'a enlevé du Guol-golta pour l'enterrer à Machéron. Un enlèvement n'est pas une
Assomption. On comprend donc parfaitement l'embarras
de ce franc-fileur, sa honte, son chagrin. Il reçoit son
salaire avant que le frère qu'il a renié jadis reçoive le
sien ! Si son père le voyait ! Vous savez de plus ce que
Bar-Jehoudda pensait de lui-même, et de sa mission :
il se croyait immortel et roi du monde futur. Or il était
mort roi des voleurs, *princeps latronum*, après avoir
abandonné ses sujets dans la bataille, à quoi ceux-ci
avaient riposté en l'abandonnant lui-même. Vous savez
également dans quel intérêt ses frères ont soutenu
envers et contre tous qu'il n'avait pas été crucifié;
ils ne pouvaient pas faire autrement sans se suicider
devant le peuple !

Cependant Shehimon ne veut pas manquer l'occasion
d'être assumé. A l'issue du banquet de rémission, quand
Jésus lui a dit : « Tu ne peux maintenant me suivre »,

---

je veux » laissait la chose dans le doute, a mis carrément le présent
avec un sens impératif : « Je veux », de manière que le prétendu Jochanan apôtre soit constitué témoin de Jésus en chair, et auteur de cet
Évangile.

il lui a demandé pourquoi. Jésus lui a répondu qu'il ne pouvait l'emmener avant qu'il n'eût renié trois fois son frère. Il s'est acquitté de ce reniement en conscience. Il semble que le moment serait venu de dire à Jésus : *Domine, quò vadis ?* On ne s'étonne pas qu'il s'en abstienne, et qu'il le suive les yeux fermés. Mais on s'étonne que le disciple bien-aimé, s'il est encore vivant, ne dise pas à Jésus, si celui-ci existe en chair : « Seigneur, et moi ? Pourquoi ne m'emmenez-vous pas ? J'ai dit que je ne mourrais pas que vous ne vinssiez, par conséquent que je ne mourrais pas du tout, car vous êtes la Vie, ou que vous me ressusciteriez, car vous êtes la Résurrection, vous l'avez dit à mes deux sœurs (1). Si je suis mort au Guol-golta, et je le suis, ressuscitez-moi ; si je n'y suis pas mort, faites-moi vivre mille ans, puisque vous êtes venu et que vous voilà ! »

23. Le bruit courut donc parmi les frères que ce disciple ne mourrait point. Cependant Jésus ne *lui* dit pas : Il ne mourra point ; mais : « Si je veux qu'il demeure ainsi jusqu'à ce que je vienne, que t'importe ? »

Ce verset porte la trace d'une rédaction plus ancienne dont il résulte que le dialogue n'était pas entre Shehimon et Jésus, mais entre celui-ci et le disciple préféré. Ce n'est pas dans cet Évangile, c'est dans l'*Apocalypse* que Jésus avait dit au christ qu'il ne mourrait point. Ce n'est pas après sa mort, c'est avant son sacre que ce bruit courait parmi la bande de Bar-Jehoudda. Et qui l'avait mis en circulation ? Jehoudda d'abord, sa veuve, puis le prétendu christ, ses frères, ses sœurs,

(1) Cf. le présent volume, p. 206.

ses beaux-frères Éléazar et Cléopas, ses belles-sœurs
et toute la famille de Jaïr intéressée au rétablissement
de la monarchie davidique régnant non plus sur les
Juifs de l'intérieur, mais sur le monde renouvelé à
leur usage. Les disciples que Cérinthe met en scène
ici, Naziréens, Ébionites et Jesséens, disciples directs
de Jehoudda et de ses fils, croyaient, sur le témoignage
de Shehimon, que le Rabbi survivait clandestinement
aux exécutions de Pilatus : ce n'était pas un ressuscité,
c'était un *rescapé*.

Le reste de l'Epilogue n'est plus que fraude ecclésiastique.

Lorsqu'on eut exproprié Clément de sa situation
pendant la Cène et que de la côte du disciple chéri on
eut tiré Jochanan apôtre, c'est à ce Jochanan qu'on
attribua la paternité de cet Évangile. Jochanan vit ce
que personne n'avait vu avant lui : Jésus en chair et en
os, à côté du christ baptiseur. Il assista aux Noces de
Cana, à la Multiplication des pains, à tous les miracles ; il reposa sur le sein de Jésus pendant le repas
dont l'Église avait fait une pâque, il vit Jésus agoniser
sur la croix, il recueillit Maria qu'on cessa d'appeler
Magdaléenne, il fut l'un des deux témoins de la résurrection avec Pierre, il fut dans la barque de Pierre sur
le lac de Génézareth, et laissa dans l'Évangile de feu
Cérinthe le témoignage de toutes ces choses. Après
quoi il écrivit des *Lettres* qui pour l'authenticité valent
celles qu'on mit sous le nom de Saül repenti.

24. C'est ce même disciple qui rend témoignage de ces
choses, et qui les a écrites ; et nous savons que son témoignage est vrai.

25. Il y a encore beaucoup d'autres choses que Jésus a faites ; si elles étaient écrites en détail, je ne pense pas que le monde lui-même pût contenir les livres qu'il faudrait écrire.

C'est qu'en effet l'Église, dans l'intérêt de son commerce, nous dissimule la majeure partie de ce qu'il a fait.

Dans les Synoptisés Jésus ne descend qu'une fois sur la terre, il n'y passe que six mois, et il remonte au ciel, confondu avec le corps humain du christ, immédiatement après son enlèvement du Guol-golta. Dans Cérinthe il reste sur terre quatorze ans de plus, ce qui fait en tout vingt-six ans. C'est bien peu en comparaison des onze mille ans que Bar-Jehoudda lui attribuait en 788, mais enfin c'est quelque chose. Dans les Évangiles valentiniens on le sonne toutes les fois qu'on a besoin de lui, de telle sorte qu'il peut alimenter plus généreusement les bibliothèques publiques, notamment celles d'Alexandrie et de Pergame.

LXXXVIII

LA PREMIÈRE SPÉCULATION SUR LE SANG DAVIDIQUE VERSÉ AU GUOL-GOLTA

Obligés de reconnaître que l'*Apocalypse* avait été impitoyablement protestée par le Verbe, les Valentiniens faisaient revenir à chaque instant Jésus pour corriger les imposteurs qui avaient abusé de ses confidences.

On le retenait sur terre pour révéler des mystères

plus profonds encore que celui de l'eau. On avait trouvé qu'en apportant le baptême, Bar-Jehoudda n'avait éclairci que le premier mystère, valable contre le feu, mais il avait laissé de côté de grands problèmes dont Jésus, en sa qualité de Créateur, fournit la solution dans les *Sagesses* valentiniennes.

Beaucoup trouvaient le baptême superficiel, inefficace en dehors de la purification matérielle, et d'une exécution souvent difficile ou compromettante. Ils contestaient que ce mystère remit les péchés complètement et à tous les degrés. Enfin il ne valait qu'administré par un homme du sang de David, chose impossible après la mort de Bar-Kocheba et du dernier Gamaliel. On retrouve ces objections dans une des *Sagesses* qui nous sont parvenues (1), et dont le tour antimillénariste est évident.

Nous sommes au jour de la disparition du christ, *le troisième jour* après la pâque, sur la montagne de Sion (2). Toâmin, André, Jacques, Shehimon le Kanaïte, (il n'est pas du tout de Cana), sont à l'Occident, le visage tourné vers l'Orient ; Philippe et Bar-Toâmin (3) sont au Sud, le visage tourné vers le Nord (4). Les autres, avec toutes les *femmes disciples*, sont derrière Jésus qui est évidemment à l'Orient, face à l'Occident, et se tient sur l'autel du Temple, le lieu de ses pieds. Il n'y a pas encore de Jochanan « frère de Jacques

---

(1) Le second Extrait des *Livres du jésus*, censure d'un Évangile plus synoptisé, plus ecclésiastique que celui dont Valentin s'est servi.

(2) L'Océan, dit le texte. C'est le Sion certainement.

(3) Barthélemi, dit le texte. Mathias, fils de Toâmin, dit l'étymologie.

(4) Avec le crucifié cela fait sept disciples. Bar-Toâmin (Mathias) est là en remplacement de Ménahem. C'est un intervalle d'un degré, Mathias n'est que le petit-fils de Jehoudda et de Salomé.

et fils de Zébédée », comme dans l'Évangile actuel, et c'est Joannès — l'unique Jean de l'affaire — qui vient d'être crucifié. Sur un signe de Jésus qui se tourne vers les quatre points cardinaux, — la croix, — la terre disparaît comme elle devait le faire entre l'*Agneau* et les *Anes* de 789, et on se trouve dans un lieu aérien dont Jésus explique tous les mystères. Maria, soit sous ce nom, soit sous le nom réel de Salomé, est au premier plan de la scène avec Pierre, André, Toâmin, Bar-Toâmin et Joannès lui-même.

Pour l'auteur de cette *Sagesse*, Jésus n'est qu'Abéramentô (1), il y a deux Pères au-dessus de lui, dont Ieou. Il n'en est pas moins fort considéré là-haut, d'où il domine incontestablement les Æons. Après s'être tourné vers les quatre angles du monde, il dit le grand nom — I-E-O-U, je pense, — sur la tête des disciples, les bénit, souffle sur leurs yeux pour les ouvrir à la lumière, et : « Regardez, dit-il. Qu'est-ce que vous voyez ? — Nous voyons du Feu et de l'Eau, du Vin et du Sang. » Alors Jésus, qui est Abéramentô, leur dit : « En vérité je n'ai rien apporté au monde en venant que ce Feu, cette Eau, ce Vin et ce Sang : le Feu, l'Eau, le Vin, symboles de la purification du monde, et le Sang, signe du corps humain que j'ai pris (le corps de Bar-Jehoudda). Quelque temps après, mon père m'a envoyé l'Esprit-Saint sous la forme d'une colombe (2).

(1) Celui qui est au-dessus de l'Amenti, la région inférieure relativement au ciel, en un mot la terre. Il en résulte que, dans l'esprit de ce gnostique, il occupe le premier ciel, celui où dans l'*Apocalypse* est Satan avec qui il lutte plus ou moins avantageusement. Il est soumis au Verbe.

(2) Comme dans Cérinthe, pas la moindre allusion au baptême d'un nommé Jésus par Joannès au Jourdain. Cette imposture n'est pas encore inventée, ou l'auteur de cette *Sagesse* y répugne.

C'est pourquoi j'ai dit : « Je suis venu jeter le feu sur la terre (1) », et ensuite à la Samaritaine : « Si tu connaissais le don de Dieu (le secret du salut par l'Eau) et celui qui te dit : Donne-moi à boire, tu lui demanderais de te donner une *eau* vivante » ; pourquoi j'ai pris une coupe de *vin*, l'ai bénie et donnée aux disciples en disant : « C'est le sang du testament qui sera versé pour vous et pour la Rémission de vos péchés (2) » ; pourquoi on a percé mon flanc d'une lance qui en a fait sortir de l'eau et du *sang* (3). »

L'émission de l'eau et du sang à la suite du coup de lance fut le premier élément constitutif de sacrifice qu'on ait tiré du corps de Bar-Jehoudda crucifié : l'eau et le vin. Il se peut bien que le coup de lance n'ait été donné que pour cela, comme un coup de lancette, par un Evangéliste en quête d'une formule de sacrement. Il se peut même qu'on ait rompu les jambes à Bar-Jehoudda comme aux autres. Mais en ce cas il aurait perdu sa qualité d'agneau consacré, et d'ailleurs eût-on trouvé des disciples qui eussent consenti à renouveler sur eux-mêmes la crucifixion et le crurifragium en commémoration de leur prophète ? En lui conservant l'unité de ses membres, on pouvait le comparer à l'agneau selon la loi. En lui ouvrant le flanc on en faisait sortir les éléments d'un sacrifice, réalisable sans douleur et même avec agrément, sous les espèces de l'eau et du vin.

---

(1) Provient d'Evangiles synoptisables. Il appert de ceci que la colombe qui descendit sur le Joannès pour lui révéler l'*Apocalypse* était de feu, ce qui explique l'embrasement du Jourdain à ce moment. Cf. *Les Marchands de Christ*, p. 195.

(2) Provient d'une Cène plus ou moins pascale.

(3) Provient de Cérinthe seul.

Cérinthe avait considéré, si toutefois l'émission de l'eau et du sang sur la croix est de lui, que le baptême était bon pour une fois, suffisant comme mode de purification. L'émission de l'eau et du sang est une idée d'exploitation, car le renouvellement anniversaire du pseudo-sacrifice de Jésus, sous les espèces de l'eau et du vin, constituait une périodicité attachante et lucrative. Il est à remarquer qu'il n'entraîne pas l'emploi de pain azyme, et c'est encore une preuve que le martyr n'avait pas célébré la pâque.

L'Eucharistie, où l'agneau animal est représenté par l'hostie, fut un autre moyen, moins réaliste et plus théâtral, d'ingérer le sang du martyr, mais il fallait soutenir d'abord que le crucifié avait célébré la pâque, ensuite que son corps était présent dans le pain azyme. Mensonge infâme qui a coûté la vie à des millions d'hommes et qui a peuplé l'enfer de sacrilèges et de blasphémateurs !

LXXXIX

LE BAPTÊME DE FUMÉE

Mais en dépit des perfectionnements apportés chaque jour à la primitive allégorie de la Cène de rémission, il y avait des casuistes qui posaient juridiquement cette question préalable : « Le christ inventeur du baptême, ses frères, leur père, leur mère, qui leur remettra leurs crimes ? Ils ne sont en somme que purifiés quant aux pieds. Comment, même en admettant qu'il ait donné volontairement sa vie au Guol-golta, peut-on être sauvé par le sang de celui dont la purification ne dépasse pas la cheville? » Les Valentiniens ne niaient point la valeur de cette objection.

« Jusqu'à présent, disent les jehouddistes à Jésus revenu avec eux sur la montagne de Galilée (1), tu n'as pas fait que soient remis les péchés commis par *nous, et nos iniquités*, afin que nous devenions dignes du royaume de ton Père. » N'étant purifiés que dans la partie de leur individu qui porte sur la terre, comment pourraient-ils être introduits dans le ciel? Jésus, qui reconnaît la justesse de cette observation, leur indique un mode de rémission dans lequel il fait entrer la substance du Verbe, le feu dont ils devaient être baptisés en 789. « Apportez-moi du feu et des branches d'olivier, dit-il. » Il les met sur l'offrande, — l'agneau sans doute ou plutôt la colombe, — place deux vases de vin, l'un à droite (orient), l'autre à gauche (occident), l'offrande étant (au sud) devant les vases, place ensuite une coupe d'eau près du vase de vin qui est à droite et une autre coupe d'eau près du vase de vin qui est à gauche, place des pains au milieu des coupes, selon le nombre des Apôtres (douze), et place enfin une coupe d'eau derrière les pains (au nord).

Jésus étant devant l'offrande, les disciples se placent derrière lui, tous en robe de lin, et tenant en main le chiffre du nom du Père, le tétragramme juif. Puis après avoir invoqué en un langage vraiment démoniaque le ciel et les puissances commises à la rémission, puissances dont il sait les noms, il demande au Père un signe d'acquiescement dans l'offrande même. Ce signe

(1) Le Tabor utilisé par Cérinthe dans la Prorogation du monde. Cf. le présent volume, p. 116.

fait, — l'offrande contient du sang, sinon il manquerait un des quatre éléments annoncés par Jésus, — les péchés de l'assemblée (église) sont effacés. C'est le baptême dit de la première offrande ou *baptême de fumée*, les péchés du christ et de sa famille s'en vont en fumée sous l'action du feu. Il conduit leur âme au lieu de lumière ou premier degré dit le premier ciel, celui dont Satan n'a jamais été délogé.

Vient ensuite le baptême de l'Esprit-Saint ou Onction pneumatique qui les conduit au Trésor de la Lumière, second degré, le second ciel occupé par le Verbe. Enfin, et ce devait être une bien belle chose, vient le mystère des Sept voix (1) et des Quarante-neuf puissances (2), qui conduit au troisième degré, le troisième ciel, occupé par le Père à la ressemblance de colombe (quant à la blancheur), la perfection même !

Pour pouvoir entrer dans le Royaume céleste, le christ est obligé de traverser les trois ciels de son *Apocalypse* dans le sens opposé à celui que le Verbe devait suivre en 789 pour le baptiser de feu, et de repasser par les quarante-neuf ans de sa vie terrestre. C'est l'ordre de sa prophétie renversé.

(1) Les sept Esprits de Dieu, dont les sept tonnerres de l'*Apocalypse* sont la voix d'en haut, et dont les sept fils de Jehoudda, les sept Boanerguès (fils du tonnerre), furent la voix d'en bas.

(2) Les sept Cycles millénaires ou Jours de la Genèse dont les sept années sabbatiques ($7 \times 7 = 49$), écoulées depuis la naissance de Bar-Jehoudda jusqu'au jubilé de 789, sont l'expression dans l'histoire.

FABRICATION
DE JOCHANAN ÉVANGÉLISTE

I

L'Évangile de Cérinthe démontrait que Joannès le
baptiseur était dit par Jésus le plus grand de tous les
prophètes, parce qu'il était l'auteur de l'*Apocalypse*; il
démontrait que Joannès était le prince des apôtres dans
les premières fables, parce qu'il était le christ, ce dont
tous les *Evangiles* conviennent encore aujourd'hui, soit
en propres termes soit sous couleur allégorique. Ainsi
disaient tous les millénaristes d'Asie, notamment Papias,
évêque d'Hiérapolis. Ainsi disait l'*Apocalypse de
Pathmos* qui rend impossible toute hypothèse d'un
baptiseur qui n'aurait pas été le christ ou d'un christ qui
n'aurait pas été le baptiseur. Ainsi disaient les Gnostiques, soit juifs, soit égyptiens, soit pontiques.

Aucun écrit de l'Église, aucune tradition de l'histoire
qui permît de croire à l'existence de Jésus, de la sup-

poser même. Aussi, quelle que fût la vanité de leurs
systèmes, les théologiens honnêtes furent-ils unanimes
dans leur opposition à l'abominable fourberie qui se
tramait. Tous déclarèrent que ni le Verbe Sauveur ni le
Christ solaire, — ils connaissaient ces deux hypostases
du même être divin, — ne s'étaient incarnés. Ni le Verbe
ni le Christ ne sont venus en ce monde et n'ont souffert,
nulle doctrine hérétique n'admet que le Verbe de Dieu
se soit fait chair : Irénée est formel, absolu (1).

Par Cérinthe on savait que l'allégorie dans laquelle le
disciple préféré repose sur le sein de Jésus, s'appliquait
à Bar-Jehoudda pris dans son acception joannique. Et
par son Épilogue on savait que cet apôtre, grâce à sa
mère, passait auprès des disciples de son père pour
n'être pas mort au Guol-golta, et pour continuer à vivre
d'une vie plus ou moins clandestine en Asie où ses
frères s'étaient réfugiés après les exécutions de Pilatus.
Après avoir dépouillé Cérinthe de son Évangile pour le
donner au pape Clément, il fallait l'enlever à Clément
pour le donner à un apôtre qui, étant donné son identité
avec le Joannès, ne pouvait guère s'appeler autrement
que le disciple préféré. Cependant, pour l'en distinguer
légèrement, pour qu'on ne pût le confondre avec le baptiseur, on déclara qu'il s'appelait Jochanan, de son nom
de circoncision, lequel donne en grec Joannès, de telle manière qu'à ceux qui disaient : « Le disciple préféré, c'est
Joannès le baptiseur, » on pût répondre avec le sourire
gracieux que la candeur peut seule imprimer aux lèvres
des hommes : « Non, c'est Joannès l'Évangéliste, disciple très chéri, lui aussi, de ce Jésus qui a inventé l'Eu-

(1) Dans le traité *Contra hœreses* mis sous son nom.

charistie le lendemain du jour où il est en croix dans Cérinthe. »

Sitôt que le *Quatrième Evangile* avait cessé d'être de Cérinthe pour être de Clément, on avait lu dans le prologue : « Le Verbe s'est fait chair, il a habité parmi nous, nous l'avons vu, nous avons vu sa gloire. » Lorsqu'on eut inventé Jochanan, on devint insolent. Jochanan convainc tous les hérétiques de folie et d'erreur. Avant lui personne, et personne après lui. Je me trompe, on inventera Polycarpe, unique disciple de ce témoin unique. Quant à ce Polycarpe, réel ou non, mort ou vivant, on lui fera dire ce qu'on voudra sans risquer d'être démenti. Et cela s'appellera la tradition d'Asie.

Encore n'a-t-on pu la fabriquer qu'en falsifiant d'abord le témoignage d'Irénée, qui, disait-on, serait venu à Lyon sous Marc-Aurèle pour y importer Jésus. Or cet Irénée fut un Juif absurde, nommé Schaloum ou Salomon, jehouddolâtre peut-être, à coup sûr millénariste, et disciple de ce Papias qui de son côté mourut en Asie vers la même époque, sans avoir jamais ouï parler de Jésus. La tradition d'Asie n'a été fabriquée que pour se débarrasser de Papias.

Comme il y avait quantité de fables sur la survie de Bar-Jehoudda sous le nom de Joannès, toutes nées en Asie, colportées en Asie parmi les Juifs dispersés, ces fables n'avaient pu dissimuler que ce Joannès, survivant à toute sa génération, à tous ses frères, voire Ménahem, fût l'auteur de la grande Révélation millénariste dont était morte la Judée. On n'a donc pas pu éviter que le disciple chéri, (Jochanan devant la circoncision, mais Joannès devant les hellènes), n'en fût égalementment l'auteur dans l'adaptation grecque dite *Apocalypse de Pathmos*. Jochanan l'Évangéliste s'est donc trouvé héritier et de l'*Apocalypse* du Joannès et de la légende de sa survie, jusqu'au jour où l'Église jugea qu'il se survivait trop longtemps, beaucoup trop longtemps pour un homme dont, d'autre part, on célébrait la résurrection et l'Ascension comme ayant eu lieu quelques jours après sa crucifixion. Il y avait incompatibilité entre la légende du *rescapement* et l'aveu de cette mort immédiatement suivie de résurrection.

Le Joannès est présenté dans la *Lettre aux Galates* comme vivant encore en 802, c'est-à-dire sous Claude, et on n'avait aucune preuve qu'il fût mort depuis. Ce faux était un embarras terrible pour l'Église, car enfin qui était ce Joannès? Quand et où était-il mort? Et même y avait-il apparence qu'il fût jamais mort?

En conséquence on décida que Jochanan qui le remplaçait devant la postérité, vivrait jusque sous le règne de Trajan, mourrait plus que centenaire et disparaîtrait dans des conditions aussi mystérieuses que Joannès, laissant trois ouvrages : l'*Apocalypse de Pathmos*, l'*Évangile* que Clément avait jadis enlevé à Cérinthe et qui était devenu *res nullius*, enfin des *Épîtres* dans lesquelles il déclarerait avoir « vu et touché » Jésus pendant la courte vie de cet homme-dieu.

Il y a une autre raison à l'invention de Jochanan. On voulait décharger le Joannès d'une *Apocalypse* qui le rendait antipathique aux goym d'Occident, et mettre cette Révélation sur le dos de quelqu'un dont le nom traduit en grec fût Joannès, sans pouvoir être le Joannès du Jourdain.

Dans ce dispositif le pseudo-Jochanan se trouve hériter d'une partie des prérogatives de Joannès. Il disparaît après sa crucifixion, il émigre en Asie, à Éphèse où est morte la mère du crucifié, il vit encore aux yeux d'un petit monde d'initiés, puisque dans la *Lettre aux Galates* il assiste à un Concile où le terrible prince Saül, converti à la jehouddolâtrie sous le nom de Paul, déclare l'avoir vu en 802 avec ses frères Shehimon et Jacob senior. De cette date à sa mort, car il faudra qu'il meure en dépit de la promesse de Jésus dans Cérinthe, il s'écoulera autant d'années qu'il y en eut entre la crucifixion du roi-christ et l'aveu qu'on en fit. Il mourra donc plus que centenaire : 10 pour 100 seulement de la vie qu'il s'était promise ! Cela se passera sous Trajan, époque à laquelle l'imposture initiale de la survie fut remplacée par celle de la résurrection.

Sur Jochanan évangéliste il y a deux versions distinctes, l'une grecque, inventée par l'Église d'Asie, l'autre latine, inventée par Eusèbe ès-noms, toutes deux se rejoignant à Pathmos où elles exilent Jochanan sous Domitien. La première est d'un jehouddolâtre du cinquième siècle qui, jaloux de l'Église romaine, a fait pour le prétendu Jochanan ce que Clément le romain a fait pour Shehimon. Cet imposteur a pris le nom de Prochorus, qu'il a trouvé dans les *Actes des Apôtres*, pour composer les *Voyages de Joannès théologien* (1)

(1) Les écrivains ecclésiastiques, Bellarmin, Tillemont et d'autres ont cru que le témoignage du pseudo-Prochorus n'avait été composé qu'au quatorzième siècle. Mais le manuscrit que M. V. Guérin (*Description de Pathmos et de Samos*, 1856, in-8°) a consulté au monastère de Pathmos est beaucoup plus ancien, et l'imposteur qui a écrit sous le nom d'Athanase cite dans sa *Synopsis* certains *Voyages de Jochanan*

qui sont une des plus réjouissantes piperies de l'antiquité ecclésiastique, et aussi des plus répugnantes, — car le mensonge, même grotesque, est toujours une chose honteuse.

Donc, ayant lu dans les *Actes* que la nomination de Mathieu en remplacement de Judas avait été faite au sort, le pseudo-Prochorus en a conclu que les autres apôtres avaient également tiré au sort, pour savoir dans quelle partie du monde chacun d'eux devait opérer, et que l'Asie était échue à Jochanan. Ayant lu de même que les diacres s'étaient dispersés les premiers, le pseudo-Prochorus, disciple de Jochanan, précède son maître dans Éphèse. Pourquoi Éphèse? Parce qu'Éphèse a vu mourir la mère du christ, et qu'en tête de l'*Apocalypse de Pathmos* le pseudo-Jochanan est donné comme ayant eu cette vision dans Pathmos. Vous connaissez par le menu le faux témoignage de Prochorus (1); je n'y reviens que pour l'opposer à celui de l'Église latine.

Après une longue et fâcheuse tempête, empruntée aux *Actes* (traversée du *Gogotha*) (2), Jochanan arrivé dans Ephèse étourdit la population de ses miracles. Le plus remarquable est la destruction du Temple de Diane qui s'écroule à sa demande, alors qu'en réalité il était encore debout en 268 de l'Erreur chrétienne, époque à laquelle il fut pillé et incendié par les Goths. Mais l'exil interrompt cette belle carrière, et — le moine a lu Irénée, Eusèbe ou Jérôme, — le farouche Domitien relègue

qui ne peuvent être que ceux de Prochorus. Or la *Synopsis* d'Athanase passe pour avoir été composée au commencement du cinquième siècle.

(1) Cf. *Les Marchands de Christ*, p. 137.
(2) Cf. *Le Gogotha*, p. 272.

Jochanan à Pathmos où Prochorus le suit. Après avoir chassé une masse de démons, baptisé une foule de gens, noyé par la seule puissance de la prière un magicien hostile à la jehouddolâtrie, — le Simon de l'affaire, — ressuscité trois petits enfants morts depuis trois jours, frappé de cécité un second magicien que le sort du premier n'avait pas refroidi, guéri plusieurs paralytiques, restitué la vue à divers aveugles et l'ouïe à plus d'un sourd, rendu sourd-muet un Juif qui se permet de lui proposer des énigmes sur l'Ecriture sainte, écrasé de nombreux prêtres païens sous les ruines de leurs temples, en un mot surpassé Jésus de tout l'avantage que peuvent donner au narrateur quatre siècles de progrès, Jochanan reçoit de Nerva la permission de rentrer dans Ephèse, car l'Eglise veut qu'il meure dans cette ville où est morte la femme que Jésus remet à son fils au pied de la croix. Cette femme n'a pas cessé d'être la mère du christ, mais celui qui l'a recueillie est devenu Jochanan Evangéliste.

Jehouddolâtres jusqu'aux moelles, les bonnes gens de Pathmos ne veulent pas le laisser partir qu'il ne leur ait donné par écrit la Vie du Rédempteur. A quoi il consent bénévolement, car ce qui importe au moine, c'est que le *Quatrième Evangile* ait été composé à Pathmos, et presque dans son couvent.

Selon la version pathmoïque, Jochanan habitait l'ile depuis dix ans lorsque mourut Domitien, ce qui reporte son arrivée à 86 de l'Erreur chrétienne; il ne regagne guère Ephèse qu'en 98, car il lui faut subir de la part du gouverneur Achillas un assez long emprisonnement, sans lequel il lui serait difficile de prétendre à la gloire de la persécution. Cependant le moine est un caloyer d'humeur pacifique à qui répugnent les dénouements tragiques. Jochanan, de retour à Ephèse, ne souffre pas le martyre : il meurt parce qu'il le veut bien, fait creuser son tombeau sous ses yeux, s'y couche lui-même et rend son âme à Dieu dans une prière que ne troublent ni les tenailles ni les chevalets. La terre n'est pas faite pour garder le corps de ce juif : le lendemain, il avait déjà disparu, il avait été transporté au ciel. Chose curieuse : dans cette histoire Jochanan ne revendique pas l'*Apocalypse*; c'est d'elle seule pourtant que le moine tient la preuve du séjour de l'Evangéliste à Pathmos, mais il pense sans doute qu'il y a antinomie irréductible entre le *Quatrième Evangile* et l'*Apocalypse*. Le fait est que Jochanan dicte l'Evangile de Cérinthe à Prochorus dans l'île, et meurt à Ephèse sans avoir composé la Révélation joannique. Mais le moine la connaît par cœur, il l'a sous les yeux quand il écrit, son Jochanan a des visions du christ, et dans l'une d'elles c'est le christ lui-même qui lui donne l'ordre de retourner à Ephèse.

II

LA TRADITION LATINE

Quoique ce Prochorus soit, à ce qu'il semble, un moine du cinquième siècle, il ne connait pas encore l'*Histoire ecclésiastique* d'Eusèbe et la triste aventure de Jochanan à la Porte latine. Il revendique Jochanan pour la seule Ephèse et la seule Pathmos, et il est bien clair que ni son maitre ni lui n'arrivent de Rome lorsqu'ils vont s'établir à Ephèse et à Pathmos, ils arrivent tout droit de Jérusalem. S'il connaît la version d'Eusèbe, il la tient pour une franche imposture. Mais ce qui me touche encore plus, c'est ce qu'on reconnaît ici sans ambages : l'Evangile qu'on attribue à Jochanan n'a point été écrit par lui ; le manuscrit qu'on représente comme original depuis qu'il n'est plus ni de Cérinthe ni de Clément, est du diacre Prochorus. Examinons la structure de ce faux, par lequel on fait passer l'Evangile de Cérinthe à Jochanan. On a le manuscrit de Cérinthe ou des copies. Mais le manuscrit de Jochanan, où est-il ? Nulle part, bien entendu, et c'est pourquoi Jochanan dicte à Prochorus. Il n'a pas écrit lui-même ; l'original, c'est le manuscrit de Prochorus. On disait : « Voici une copie qui équivaut à l'original, elle est de Prochorus, diacre élu à Jérusalem, sacré par les douze, et secrétaire intime de Jochanan pendant les dix ans qu'il a passés à Pathmos avec lui. » Il en résulte indiscutablement que les Églises d'Asie avaient substitué à Cérinthe l'inexistant Prochorus. Or qui a jamais associé le nom de Prochorus à la composition du *Quatrième Evangile ?* Que dit le pape Clément, successeur de Pierre en 64 de l'Erreur chrétienne ? « Cet Evangile est de moi, je suis le disciple préféré. » Eh ! bien, et Prochorus qui l'écrit de nouveau en 98 sous la dictée de Jochanan ? Est-ce donc un vil imposteur ?

L'Église latine ne pouvait sans déchoir accepter la version de l'Église grecque. Heureusement pour elle, Jochanan était très jeune au moment où, à la suite de Clément, il reposait sur le sein de Jésus dans l'écrit de Cérinthe, d'autant plus jeune que de jour en jour on rognait sur la vie de Bar-Jehoudda au point de lui enlever dix-sept ans par la base ou par le sommet. C'est pourquoi le disciple chéri, qui était le plus vieux des Sept, passe maintenant pour avoir été le plus jeune des Douze. Il avait du temps devant lui pour faire quelques voyages après la Passion. Dans le dispositif de l'Église latine il accompagne Pierre à Rome lors de la persécution de l'infâme Néron, en 64 de l'E. C. Il y est éprouvé par l'huile bouillante, mais plus heureux que Pierre le crucifié et que Paul le décapité, il échappe à la mort et passe dans l'Asie-Mineure qu'il catéchise pendant de longues années. Exilé par Domitien dans l'île de Pathmos, il en sort à la mort de ce prince, en 96, puis retourne dans les églises d'Asie. A l'âge d'au moins quatre-vingt-dix ans, rompant avec ses habitudes, car il n'avait jamais enseigné que de *vive voix*, (ceci d'après Eusèbe et Épiphane), et ayant eu connaissance des trois autres *Evangiles*, il se met à écrire le sien tant pour compléter les premiers que pour combattre le gnosticisme qui commençait ses ravages en Asie. Peu de temps après il meurt à Éphèse, ce qui nous reporte à 101 ou 102.

Dans cette version faite en concordance avec la *Lettre aux Galates*, Jochanan cède à Paul l'honneur d'avoir le premier évangélisé l'Asie et Éphèse. Sa prédication en Asie est postérieure de plusieurs années à celle de Paul qu'on termine en 58. Il n'écrit l'*Apocalypse de Pathmos* que vers 93, sous Domitien.

Le choix de l'huile bouillante est une preuve que les faussaires connaissaient l'identité charnelle de Joannès et de Jésus. Le Joannès devait être baptisé dans le feu par le Verbe le 15 nisan 789, comme tous ceux de sa génération, et on se rappelle qu'entrant en Samarie, il reparle de ce baptême comme imminent, et en effet, dans sa pensée, il n'en était séparé que par quelques jours. Lorsque les trois grands fils du *Faiseur de Poissons* comparaissent devant lui, au moment de monter à Jérusalem où la croix les attend à des dates diverses, Jésus leur dit, faisant allusion à sa constitution ignée : « Pouvez-vous être baptisés du baptême dont j'ai été baptisé ? » Et ils répondent, escomptant leur Assomption dans la lumière céleste : « Nous le pouvons. » Il n'en est pas moins vrai qu'au point de vue où il se plaçait en 788, Joannès avait été crucifié sans recevoir le baptême de feu qu'il annonçait. Le faussaire comble cette lacune en le plongeant dans l'huile bouillante à Rome et en le retirant indemne de la cuve. De cette manière, Jochanan l'Évangéliste ne sera pas mort sans connaître, au moins sous la forme oléagineuse, le baptême de feu que Joannès espérait recevoir un jour. Cela ne fait rien ! Le décapiter en Judée sous le nom de Joannès, puis le plonger dans l'huile bouillante à Rome sous celui de Jochanan, l'Église a une drôle de façon de traiter le Juif que d'autre part elle a déclaré consubstantiel au Père et Créateur du monde !

Lorsque tous les rôles de la comédie furent distribués, qu'on eut fait *naître* Jésus, *décapité* Joannès le baptiseur, attribué Pierre à Rome, tiré de Saül l'apôtre Paul, compagnon de Pierre à Rome, on mit sous le nom de Tertullien le traité *De præscriptione*, dans lequel on voit l'apôtre Jochanan relégué dans Pathmos après avoir échappé à l'huile bouillante (1). On fit donner Eu-

---

(1) *De præscriptione*, ch. XXXVI.

sèbe (1) et Hiéronymus (2) dans le même sens. Enfin
Augustin adopta une combinaison qui, tout en s'écar-
tant de celle de Prochorus sur le fait de la résurrection
et de l'assomption à Éphèse, attribue à Jochanan une
sorte de survie souterraine : Jochanan est porté au
tombeau où il conjugue à la fois le verbe gésir et le
verbe respirer, corrigeant toutefois le premier par le
second en soulevant la terre d'un rythme sussultoire
et régulier. Cet état, dit Augustin, ressemble plutôt à
un sommeil, et quand Jochanan respire, la terre qui le
recouvre suit le mouvement de sa poitrine (3). Ce fait
n'a jamais été sérieusement contesté, disent les exégètes
catholiques. En effet ; et c'est pour détourner leur attention de Machéron, qu'Augustin les invite à attacher les
yeux sur Ephèse. Le roc de Machéron se garde bien
d'imiter la terre d'Éphèse, il est insensible au rythme
de cette respiration posthume.

Jornandès propose une autre combinaison. C'est Domitien qui fait jeter Jochanan dans l'huile bouillante, ce
qui nous reporte à 94 environ, mais il faut croire que
cette huile ne bouillait guère, ou que la cuve était bien
mal gardée, car Jochanan échappe. Alors on le relègue
dans l'île de Pathmos où il compose l'*Apocalypse.* J'ai
cité Jornandès pour montrer avec quel souci de l'exac-
titude écrit cet historien qui fut, dit-on, évêque. Cette
citation a l'avantage, c'est le seul, de prouver qu'au temps
de Jornandès il était encore permis de soutenir n'importe
quoi sur le compte de Jochanan. C'est une faculté dont les
historiens ecclésiastiques ont largement usé après lui.

(1) *Demonstratio evangelica*, III. 5.
(2) *Commentarii in Matthæum*, xx, 22, et *Contra Jovinianum*, I, 26.
(3) Augustini *Tractatus* cxxiv, n. 2 in *Joannem*.

III

LE TÉMOIGNAGE D'IRÉNÉE

Quelques-uns ont senti que, soit dans le dispositif grec soit dans le dispositif latin, Jochanan l'Évangéliste quittait le monde de la même façon que Joannès le baptiseur, c'est-à-dire par résurrection suivie d'Assomption : concurrence redoutable au héros des *Évangiles*. La chronique de George Hamortholos, qui est du neuvième siècle, résout un peu tardivement cette difficulté. Hamortholos y combine ce qu'il sait par Jornandès avec ce qu'il invente. « Après Domitien, dit-il, Nerva régna pendant un an, lequel ayant rappelé Jochanan de l'île (de Pathmos) lui permit de demeurer à Ephèse. Resté seul survivant entre les douze disciples, après avoir composé son *Évangile*, il fut jugé digne du martyre ; car Papias, évêque d'Hiérapolis, *qui fut témoin du fait*, raconte dans le second livre des *Discours du Seigneur* (1) qu'il fut tué par les Juifs, accomplissant, aussi bien que *son frère*, la parole que le christ avait prononcée sur eux. » Voilà Papias transformé en témoin oculaire du martyre de Jochanan ! C'est trop d'honneur assurément, mais il n'en subsiste pas moins qu'au second livre des *Paroles du Rabbi*, Papias contait la passion du Joannès devenue celle de Jésus dans les *Évangiles*, car la prophétie dont parle Hamortholos comme annonçant la fin de Shehimon est celle, non du christ à

---

(1) *Les Paroles du Rabbi.*

Shehimon et à Jochanan, mais du Verbe à Shehimon et au christ.

Et à ce propos considérez la maladresse d'Hamortholos : il avoue, — c'est peut-être le seul de tous les historiens ecclésiastiques depuis l'invention de Jochanan Évangéliste, — que Shehimon-Pierre était bien *frère* du Joannès prophète, baptiseur et christ. Or depuis qu'elle a fait deux personnes du christ et du baptiseur, l'Église ne reconnaît plus qu'un frère au pseudo-Jochanan : Jacques. Nous apprenons par Hamortholos que Papias en reconnaissait au moins un autre à Shehimon : le christ lui-même. On s'explique maintenant la disparition de ses *Explications des Paroles du Rabbi* : s'il y contait la mort de Joannès II au second livre, c'est qu'au premier il avait conté celle de Joannès Ier d'après l'*Apocalypse* elle-même (1).

Papias était mort en 166 de l'Erreur chrétienne sans avoir entendu parler de Jochanan, à la fois auteur de l'*Apocalypse de Pathmos*, Evangéliste et épistolier. En revanche, il connaissait d'autant mieux le Joannès, auteur de l'*Apocalypse de Gamala*, qu'il avait celle-ci dans les *Paroles du Rabbi* dont il avait écrit les *Commentaires*. Aussi fallait-il adultérer son témoignage comme on avait falsifié celui de Cérinthe. On lit donc aujourd'hui dans Irénée que Papias « rapportait comme les tenant de la bouche même de Jochanan certaines *Prophéties du christ* sur son règne de mille ans », et à part la première partie de cette proposition, il est parfaitement vrai qu'il rapportait les *Prophéties du christ* d'après la version de Philippe, de Toâmin, de Jehoudda

(1) Ne jamais oublier que Jehoudda fut surnommé Joannès avant son fils aîné.

Bar-Shehimon, *aliàs* Marc, et de Mathias bar-Toâmin, *aliàs* Mathieu-Barthélemi. On décida donc que, très jeune, il aurait connu Jochanan à Ephèse, celui-ci dans son extrème vieillesse, c'est-à-dire après la confection de son *Apocalypse de Pathmos* et de son *Évangile*.

On voit que tout tourne autour de Papias, détenteur en Asie des *Paroles du Rabbi*, c'est-à-dire des manuscrits du christ et de ses frères. On n'a rien pu sans Papias, au second siècle; et plus tard on n'a pu marcher qu'en l'éliminant, puis en falsifiant son disciple Irénée.

A la condition de supprimer tout ce qu'il y avait de gênant dans le témoignage du patriarche Papias, notamment d'oublier qu'il avait été millénariste, c'est-à-dire ignoré Jésus, on ne pouvait faire un meilleur choix, on ne pouvait même pas en faire d'autre, à moins de citer les deux frères et les deux neveux du Rabbi. Néanmoins on a si mal fait le travail qu'il est impossible d'échapper à cette alternative : ou Jésus n'est pas le type d'homme qui a laissé les *Prophéties du christ* dont parle Papias, ou, loin de s'attendre à mourir et à ressusciter, comme il le dit aujourd'hui dans les Synoptisés, il comptait au contraire régner mille ans pour sa bienvenue !

Avec le temps Papias a cessé d'être à lui tout seul ce qu'on appelle aujourd'hui la tradition d'Asie. On lui a adjoint Irénée.

Pour la fabrication de Jochanan on a particulièrement soigné Irénée, parce qu'il tient au millénarisme et à l'Asie, au domaine apostolique du pseudo-Jochanan.

En un temps où le texte des *Evangiles* est à peine commencé, où la jehouddolâtrie est en quelque sorte per-
sonnelle et facultative, où il n'y a ni dogme assis, ni
Eglise dirigeante, ni symbole apostolique, où le christianisme n'est qu'un faisceau d'opinions monstrueuses,
on voit Irénée, millénariste, donc hérétique par rapport
à la jehouddolâtrie romaine, se lever, tonner contre
les hérésies, déclarer que la foi a pris possession de
tout le globe terrestre, que la tradition des Apôtres s'est
manifestée dans le monde entier, et enfin que « l'Eglise
de Rome, *en vertu de son principat prééminent,*
doit gouverner toute l'Eglise, c'est-à-dire la commu-
nauté des fidèles répandus dans tout l'univers ! » Cela
juge ce qu'on appelle pompeusement le témoignage
d'Irénée sur Jochanan.

Que disait le juif Salomon ? On ne le saura plus jamais.

Le texte grec des Œuvres qu'on lui attribue, d'ailleurs
faussement, est en grande partie perdu, et il ne reste
qu'un texte latin dans lequel l'Église a introduit au fur
et à mesure tout ce qui lui a semblé utile à ses intérêts.
On y lit que Jochanan composa son Évangile à Éphèse,
— et non à Pathmos, comme le veut le faux Prochorus,
— pour l'opposer aux erreurs de Cérinthe qui professait l'inexistence de Jésus, et à celles des Nicolaïtes qui
avaient tiré de l'*Apocalypse* les conclusions les plus
inattendues en faveur du communisme féminin et de
l'inceste.

Irénée connaît les trois *Synoptisés* sous le nom de
leurs auteurs actuels. « Ensuite, dit-il, Jochanan, *le
disciple du Seigneur, qui a reposé sur son sein,*
publia, lui aussi, l'Évangile pendant son séjour à Ephèse

d'Asie (1). » L'auteur de cette phrase, quel qu'il soit, a lu le *Quatrième Évangile*, en un temps où on ne le donnait déjà plus à Clément (2).

Après avoir fait dire à Irénée qu'il a connu cet Évangile comme étant de Jochanan, on lui a fait dire qu'il a connu sinon Papias lui-même, du moins son témoignage, et que sur Jochanan et son *Évangile* le bienheureux Polycarpe était merveilleusement renseigné, surtout depuis qu'il était mort. Irénée, lui aussi, avait des connaissances et des relations fort étendues. Il savait que la jehouddolâtrie florissait dans les Gaules, en Germanie, en Ibérie, en Afrique, partout. Il avait bien des ennuis, mais sa consolation était dans les hommes qui respectaient la vérité. Non seulement il avait connu Polycarpe et presque Jochanan, mais il recherchait surtout la société des morts qui, ressuscités par les vrais disciples du christ, — c'est à quoi on reconnaissait les uns et les autres, — avaient « persévéré à vivre avec lui pendant de longues années (3). » Peut-être avait-il amené à Lyon quelques témoins de cette espèce si précieuse.

On a inséré dans Irénée un épisode de bain qui montre Jochanan à Ephèse en lutte avec Cérinthe. Si ce passage était contemporain d'Irénée, on ne se serait pas donné tant de peine pour essayer d'établir la tradition

---

(1) *Contra hœreses*, l. III, 1, 1.

(2) Grâce à son continuateur latin, Irénée cite le *Quatrième Évangile*, toutes les fois qu'il en est besoin : « *Non ex voluntate carnis neque ex voluntate viri, sed ex voluntate Dei natus est filius hominis... Verbum caro factum est.* etc. » (*Contra hœreses*, l. III). En un mot, Bar-Jehoudda est déjà consubstantiel au Père.

(3) Ceci en plusieurs endroits du *Contra hœreses*.

d'Asie; on aurait tenu dans cet épisode la preuve qu'un Jochanan apôtre avait habité Éphèse à une date où Cérinthe y était lui-même. Ce qu'on a voulu faire croire par cette invention, c'est que Cérinthe avait vécu au premier siècle, date extrême qu'on adoptait pour la composition de l'écrit qu'on lui avait enlevé pour en enrichir Jochanan. Dès le moment qu'on le montrait à Éphèse en même temps que Jochanan, ce ne pouvait être que pour le déshonorer. Qu'est-ce que Cérinthe pouvait bien aller faire dans une maison de bains? Recruter des femmes pour les Nicolaïtes sans doute! Voilà ce dont était capable un homme qui niait l'existence charnelle de Jésus! Aussi est-ce pour confondre Cérinthe et le nicolaïsme que Jochanan avait saisi sa bonne plume d'Éphèse. L'imposteur qui a lancé cette fourberie a vu le nom de Nicolas mêlé à l'*Apocalypse de Pathmos,* il a vu ailleurs celui de Cérinthe donné par les Aloges comme étant l'auteur de l'*Évangile* qui est devenu le *Quatrième*; il en conclut que les Cérinthiens doivent occuper, dans l'ordre des hérésies, la même place que les Nicolaïtes, il feint d'ignorer ce qu'est un Cérinthien, et pour ruiner à jamais le nom et l'autorité de Cérinthe, il confond calomnieusement ses disciples avec les Nicolaïtes dont il sait l'ignominie par ce qu'il a lu dans l'Envoi de l'*Apocalypse de Pathmos* : à savoir qu'ils se livrent à la paillardise (et quelle!) et mangent des viandes immolées aux idoles. Ce n'est donc pas Irénée qui parle; car Irénée est certainement mort partageant les opinions de Cérinthe sur Bar-Jehoudda et celles des Aloges sur la confection du *Quatrième Évangile.* Cérinthe était millénariste comme Papias, et Irénée millénariste comme Cérinthe.

Si les Cérinthiens avaient eu les mêmes mœurs que les Nicolaïtes et que le *Quatrième Evangile* eût été refait contre eux, on y verrait Jésus tonnant contre leurs excès dans la paillardise et dans la manducation des viandes consacrées aux idoles : or il n'y est fait aucune allusion, et c'est une des preuves que leur conduite ne donnait pas cette prise énorme à la critique. Le témoignage des Aloges sur l'*Évangile* de Cérinthe n'en faisant pas moins grief à l'Eglise, elle l'a infirmé en prétendant que si Cérinthe avait écrit quelque Evangile, ce n'avait pu être qu'en plagiant, en copiant ou en adultérant celui de l'illustre Jochanan, rendant par ces honteuses pratiques un hommage involontaire à son authenticité.

Il fallut associer les alexandrins à cette imposture. Comme toujours, c'est Clément d'Alexandrie qui fut mis en avant. D'après Eusèbe, Clément, dans un livre que nous n'avons plus, écrit quelques années après Irénée : « Jochanan le dernier, *voyant que les choses corporelles étaient racontées dans les Évangiles*, composa sur la demande de ses amis et *avec l'assistance de l'Esprit*, un Évangile spirituel. » On ne dit pas que Jochanan ait composé ou publié cet Évangile à Éphèse, mais on avoue l'avoir annexé tant bien que mal aux Évangiles *corporels*, entendez ceux dans lesquels on donne à Jésus un corps autre que celui de Joannès. On ne dit pas que Jochanan ait reposé sur le sein de Jésus, on ne cherche pas à le rattacher à l'apostolat, ce sont des faits acquis; on a attendu simplement que Cérinthe fût dépouillé par Clément le Romain, et ensuite que Mathieu, Marc et Luc fussent convenablement synoptisés, ce qui nous conduit à la moitié, sinon plus, du quatrième siècle. On a fortifié cette imposture, qu'on appela tradition égyptienne, en mettant sous le nom de Clément d'Alexandrie le traité *Quis dives* dans lequel on trouve quelques traits de la vie du prétendu Jochanan.

Eusèbe toutefois déclare que Clément tenait le fait d'anciens presbytres, comme qui dirait du presbytre Pantène, lequel aurait été lui-même disciple de presbytres qui auraient vu les apôtres (1). La tradition alexandrine est mort-née, l'éphésienne a survécu à toutes par Irénée.

IV

LES TÉMOIGNAGES DE POLYCARPE ET DE POLYCRATE

On voit clairement qu'Irénée est fort embarrassé pour plaider auprès des lyonnais l'existence de Jésus. Irénée, millénariste intégral, nourri à l'école de Papias dans le culte des *Paroles du Rabbi*, Irénée a pu connaître Papias très vieux, mais en fait d'apôtres il n'a pu en connaître davantage que Papias, c'est-à-dire sept. Il n'a plus qu'une ressource, c'est d'avoir connu des presbytres, des anciens, disciples des apôtres, auditeurs des apôtres. Mais le dernier des sept, Ménahem, est mort en 819. Il faudra donc un apôtre-terminus qui aura survécu à tous les autres, ce sera Jochanan l'Évangé-

(1) Ceci d'après Pamphile, *Apologie d'Origène* (Photius, *Bibliotheca*, cod. 118). Le P. Calmes (édit. du *Quatrième Évangile*) voit dans cette affirmation un désaccord évident avec la chronologie. Avec la chronologie seulement?

liste, créé tout exprès par le Saint-Esprit, et que les anciens d'Asie auront pu connaître, à raison de son âge plus que centenaire. Irénée pourra dire : « Vous doutez que Jésus ait existé ? Vous croyez ce que dit Cerdon, ce que dit Cérinthe, ce que dit Valentin, ce que dit Marcion ? Eh ! bien, moi qui vous parle, j'ai connu des hommes qui ont vu celui qui a écrit le petit livre que voici, dont le titre est *Apocalypse de Pathmos*, et ce petit livre est d'un homme qui a reposé sur le sein de Jésus, ce dont il témoigne dans son *Evangile*. J'ai connu Polycarpe, et Polycarpe certifiait que Jochanan l'Évangéliste était le même homme que l'apôtre chéri. Marcion demande à tous les échos des témoins de Jésus ? En voici *un*, le bien-aimé, celui qui a reposé sur son sein. Si après cela vous doutez, devant l'intérêt que vous avez à croire, c'est que vous n'êtes pas nés pour la vie éternelle ! » C'est l'invention de Jochanan Evangéliste qui a sauvé la situation par l'identité qu'on a supposée, puis établie entre l'Évangéliste et le disciple chéri. Au troisième siècle, quand il a fallu plaider l'existence charnelle de Jésus, Jochanan en est devenu par la force des choses l'unique témoin, l'unique garant. Personne ne songe à s'appuyer sur Philippe apôtre, sur Jehoudda Toâmin apôtre, sur Mathias bar-Shehimon, connu sous le nom de Marcos et fils d'apôtre, sur Lucius de Cyrène, apôtre cyrénéen et frère de ce Simon qui fut crucifié avec le christ. Shehimon lui-même ne pourra être témoin de Jésus qu'après Clément et les deux *Lettres de Pierre*. Des nombreux disciples que Jochanan aurait fait en Asie on ne peut exhiber que l'éphésien Polycarpe.

Quoi donc ! le brillant auditoire de Jochanan dans

Ephèse se réduit au seul Polycarpe? De cette pépinière de presbytres et d'évêques Irénée ne peut citer que Polycarpe? De cette troupe de gens qui ont été enseignés, instruits par les compagnons de Jésus, qui ont vu, touché, entendu ces témoins de l'Eucharistie, de la Résurrection, de l'Ascension, il n'y a, pour représenter l'Asie et invectiver contre Marcion, que le seul Polycarpe, martyr en 155! Polycarpe, c'est tout, et il est mort. On comprend les difficultés qu'éprouvait Irénée pour implanter la foi dans les milieux judaïques de Lyon qui n'avaient point vu Polycarpe.

Ils n'avaient pas vu Polycarpe, mais songez qu'en son jeune âge Irénée l'avait vu, et qu'en son jeune âge aussi Polycarpe avait vu Jochanan! Polycarpe devenait presque aussi important que Jochanan, car, Jochanan enlevé, on se trouvait en face de Clément, et, Clément enlevé, on se trouvait en face de Cérinthe.

Mais voici l'enclouure. Si on accepte le témoignage d'Irénée sur Polycarpe, il faut nécessairement accepter la date qu'il donne à la mort du Rabbi, d'après tous les presbytres d'Asie qu'il présente comme auditeurs et disciples de Jochanan Évangéliste. Or cette date renverse toutes les données ecclésiastiques, et, ce qu'il y a de plus grave, c'est qu'il la déclare générale dans toute l'Asie et résultant de l'Évangile, (l'Évangile éternel, l'*Apocalypse*). Tous les presbytres d'Asie qu'Irénée dit avoir connus tenaient que le Rabbi avait près de cinquante ans « lorsqu'il enseignait », et nous avons montré que la dernière année de son enseignement était une année *protojubilaire*. Et cet âge, qui détermine la date de sa crucifixion, ils le tenaient de

Joannès (celui de l'*Apocalypse* cette fois) et des autres apôtres. Et n'allez pas dire qu'Irénée lâche ce chiffre à la légère! Il insiste au contraire : le christ « avait dépassé la quarantaine, il approchait de la cinquantaine et touchait à la vieillesse. » Il n'est pas admissible qu'Irénée se mette en contradiction avec l'Évangile de son temps (l'*Apocalypse*), c'est sur lui qu'il s'appuie au contraire : cet Évangile d'abord, puis l'écrit qu'on a transporté de Cérinthe à Jochanan. Si la mention de Luc eût existé, — que le christ avait trente ans lors de ses débuts, — et c'est sur elle que reposent tous les calculs de l'Église catholique, Irénée n'eût pas manqué d'en être frappé comme d'une contradiction absolue avec la tradition d'Asie. Elle a donc été placée dans Luc postérieurement à Cérinthe, et pour infirmer, annuler cette tradition incontestée d'un christ quinquagénaire et sénescent, dont l'image pouvait suffire aux Juifs d'Asie mais serait inesthétique en Grèce et en Occident. Irénée s'appuyait également sur la réplique des Juifs à Jésus lorsqu'il se dit plus ancien qu'Abraham, (cette réplique n'appartient qu'à Cérinthe) : « Tu n'as pas encore cinquante ans, et tu as vu Abraham! » Irénée observe qu'elle n'a aucun sens si à ce moment le christ n'approchait pas réellement de la cinquantaine. Ce christ cinquantenaire que vénéraient les Juifs d'Asie et ceux de Lyon ne pouvait pas être Jésus de Nazareth. C'était le prophète-christ dont parle Lucien, c'était l'imposteur habile et retors qu'avait commenté Papias dans l'intérêt de la cause juive, et que Pérégrinus avait imité pour s'enrichir (1). C'est pourquoi le nom de ce

(1) Cf. le *Pérégrinus* de Lucien.

scélérat, les renseignements sur la légende qui s'était créée autour de sa survie, ont disparu de Lucien qui a connu son œuvre écrite sans connaître un seul mot des *Évangiles*.

A peine est-il besoin de dire que cet âge modifie complètement la chronologie ecclésiastique, car s'il est vrai, comme le veut l'Evangile de Luc, que Bar-Jehoudda ait commencé sa vie publique à trente ans, et comme le veut Irénée, qu'il la continuât encore à près de cinquante, elle a donc duré vingt ans, soit huit ans de plus qu'il n'y en a dans Cérinthe.

Qu'a-t-il fait pendant ces vingt ans ? Le mal, comme à son ordinaire. De toute façon, il est certain que les jehouddolâtres élevés à l'école apostolique, au lieu d'adorer un dieu de trente et quelques années, dans la force de la beauté physique, vénéraient un horrible juif qui avait atteint la cinquantaine et à qui il manquait des dents dans le fond. J'ose affirmer que l'Église a fait de la haute psychologie en donnant à Jésus l'âge où l'on peut être aimé pour soi-même, et que jamais les femmes n'auraient versé le moindre pleur sur un christ dont les tempes commençaient à se dégarnir. Le culte de Jésus est hystériforme.

Cinquante ans, voilà l'âge que tous les Juifs dispersés après Hadrien donnaient au prophète de leur Royaume universel. « Qui faut-il croire plutôt, dit Irénée ? Eux, ou bien Ptolémée, *qui ne vit jamais d'apôtres ni de traces d'apôtres, sinon en rêve ?* » Car ce Ptolémée, un des scribes qui ont fabriqué l'Évangile mis sous le nom de Loucas ou Lucius de Cyrène, a insinué une date qui ne convient point à Irénée, parce qu'elle est contraire à la tradition apostolique. Et comme, en dehors de Cérinthe, Luc est le seul qui produise une date, et donne un âge à l'homme crucifié dans l'Évangile, il faut absolument que Ptolémée soit Luc, Lucius de Cyrène n'ayant laissé à ses enfants d'autre Évangile que l'*Apocalypse*. Nous apprenons ainsi que Ptolémée est pour beaucoup dans la confection de l'écrit aujourd'hui connu sous le nom de Luc. Il fallait se débarrasser de ce Ptolémée qu'Irénée dénonçait comme contraire en fait à la chronologie de l'Évangile attribué à Jochanan. En un tour de main, Ptolémée devint, dans Irénée même, garant de « Jochanan, le *disciple du Seigneur*, l'apôtre. » Quel changement subit ! Tout à l'heure Irénée disqualifiait Ptolémée comme un impudent qui de sa vie n'avait connu d'apôtres ni d'ombre d'apôtres, sinon en rêve ! Et il lui opposait cette innombrable légion de témoins commandée par Polycarpe de Smyrne, lesquels avaient vu et les apôtres et les disciples des apôtres, au point de pouvoir répondre pour eux devant la postérité. Irénée, mon ami, à quel endroit mens-tu le plus ? Et si nous ne te croyons pas, pourquoi croirions-nous Héracléon, gnostique, qui dépose dans Origène (1) que l'auteur du *Quatrième Évangile* est Jochanan *le disciple*, (Héracléon, ajoutez donc « chéri » au moins !) par opposition au Joannès baptiseur ?

Irénée dit que le christ de Polycarpe était le même que celui de Papias, Polycarpe et Papias étant tous deux disciples de Jochanan et compagnons d'armes. Or le christ de Papias, c'est celui de l'*Apocalypse*, à ce point que Papias, écrivain plus fertile que Polycarpe, avait écrit cinq livres d'*Explications* sur l'original. On

---

(1) Origène, *In Joannem*.

aurait beaucoup mieux fait de supprimer Irénée que de le refaire, car si Jochanan est le maître commun de Papias et de Polycarpe, Papias et Polycarpe étant millénaristes, Jochanan ne devait pas l'être moins que le christ. Dans ces conditions, ni Papias ni Polycarpe n'ont pu croire aux Évangiles dans lesquels Bar-Jehoudda annonce qu'il sera crucifié à l'âge de cinquante ans réduits par Ptolémée à trente-trois. Ils déposent donc avec une touchante unanimité contre l'existence charnelle de Jésus de Nazareth.

Quoique nous ne sachions sur Polycarpe rien qui ne provienne de l'Église, nous pensons qu'il a existé sous ce nom, ou mieux sous un nom de circoncision, un Juif qui, pour quelque excès de fanatisme jehouddolâtre, a été condamné par les magistrats de Smyrne. Ce qu'il y a de certain, c'est qu'il professait les abominables doctrines contenues dans les *Paroles du Rabbi* et qu'il fut puni de mort pour les avoir mises en action.

L'Église a très bien senti qu'Irénée, malgré tout son maquillage, déposait au fond pour Bar-Jehoudda contre Jésus, pour le millénarisme originel contre la combinaison Jésus-Christ. Aussi l'a-t-elle fortement travaillé.

Voici comment elle arrange les choses :

Irénée, mort évêque de Lyon en 202, était né en Asie-Mineure, où il avait été disciple de Polycarpe, évêque de Smyrne. Polycarpe avait été disciple de Jochanan, et Irénée dans sa vieillesse se rappelait avec respect l'ineffaçable impression que lui avait laissée Polycarpe, lui transmettant l'enseignement de Jochanan. Il était dans le premier âge, enfant, dit-il, lorsqu'il vit Polycarpe qui atteignait le terme de la vie. Mais donnons à Polycarpe quatre-vingt-dix ans lorsqu'il mourut et à Irénée treize ans lorsqu'il quitta Polycarpe. Les souvenirs d'Irénée remontent à 161, qui est environ le temps où mourut Papias ; Polycarpe avait alors quatre-vingts ans, il était donc né vers 80. Il a donc pu connaître le Joannès-Marcos et Mathias bar-Toàmin, s'ils sont morts très-vieux, mais eût-il commencé son éducation de millénariste à dix ans, il n'a pas pu connaître les apôtres, le dernier d'entre eux, Ménahem, ayant été exécuté trois ans avant la chute de Jérusalem. Donnât-on cent ans à Polycarpe lorsqu'il mourut, le fit-on par conséquent naître en 70, il est impossible qu'il ait été « disciple des apôtres », qu'il ait « fréquenté beaucoup de ceux qui avaient vu le christ, et qu'il ait été institué par les apôtres évêque de Smyrne. » Irénée est lui-même obligé de faire un effort pour se persuader qu'il a pu connaître suffisamment Polycarpe.

Combien il était plus difficile à Polycarpe de se persuader qu'il avait lui-même connu les apôtres ! Cependant, dit Irénée « je puis dire encore ce qu'il racontait de son intimité avec Jochanan et avec les autres qui avaient vu le Seigneur. Je puis dire aussi comme il se rappelait leurs discours, ce qu'il leur avait entendu dire sur le christ, sur ses puissances et sur son enseignement. » Ce n'est pas mal, mais il y a mieux dans certaine lettre d'Irénée à Florinus que nous trouvons dans Eusèbe, et pour cause. Autant Irénée est peu sûr de sa mémoire quand il parle de Polycarpe dans Irénée, autant il est affirmatif quand il en écrit dans Eusèbe. Florinus est l'image d'un jehouddolâtre qui s'est laissé séduire et est retourné au vomissement apocalytique. Irénée se fâche : « Ces doctrines, Florinus, pour parler avec modération, ne sont point saines; elles ne concordent pas avec celles de l'Église. (Quelle Église ? celle de Lyon sous Irénée ou celle de Rome après Théodose ?) Elles conduisent leurs adeptes aux pires excès de l'impiété. Ces doctrines, mais les hérétiques séparés de l'Eglise n'oseraient les professer ! Ces doctrines ne sont pas celles que transmirent les presbytres qui nous ont précédés et qui avaient connu les apôtres. Je me souviens que, *quand j'étais enfant dans l'Asie inférieure*, (c'est bien vague comme topographie,) où tu brillais par ton emploi à la Cour, *je t'ai vu près de Polycarpe, cherchant à acquérir son estime. Je me souviens mieux des choses d'alors que de ce qui est arrivé depuis* (heureuse mémoire !), car ce que nous avons appris dans l'enfance croît avec l'âme et s'identifie avec elle : *si bien que je pourrais dire* (voilà le but du document) l'endroit où *le bienheureux Polycarpe* (nous avons donc lu les *Actes* de son martyre ?) s'asseyait pour converser, sa démarche, ses habitudes, sa façon de vivre, les traits de son corps, (de l'anthropométrie !), sa manière d'entretenir l'assistance, *comment il racontait la familiarité qu'il avait eue avec Jochanan et avec les autres qui avaient vu le Seigneur* (Jochanan n'est plus seul !). Et ce qu'il leur avait entendu dire sur le Seigneur, *sur ses miracles* et sur sa doctrine, Polycarpe le rapportait comme l'ayant reçu des *témoins oculaires de la vie du Verbe* (*Et verbum caro factum est*, nous savons le reste), *le tout conforme aux Ecritures*, (ces témoins ne déposent que conformément aux Ecritures, c'est-à-dire à l'Evangile de Cérinthe refait sous le nom de Jochanan et aux trois *Synoptisés* dans lesquels rentre Ptolémée). Ces choses, grâce à la bonté de Dieu, je les écoutais alors avec application (de manière à pouvoir les répéter ici), les consignant *non sur le papier* (avant cette lettre Irénée n'était donc pas témoin de *la vie du Verbe ?*) mais dans mon cœur, et toujours grâce à Dieu, *je me les remémore fidèlement.* Et je peux attester en présence de Dieu (malheureux ! tu n'as pas honte ?) que, si ce *bienheureux et apostolique vieillard* eût entendu quelque chose de semblable à tes doctrines, il aurait bouché ses oreilles (grands dieux ! que professait donc Florinus de si contraire à Polycarpe ?) et *se serait écrié selon sa coutume* : « Bon Dieu, à quel temps m'avez-vous réservé pour que je doive supporter de pareils discours ? » et il se serait enfui de l'endroit où il les aurait ouïs. (Sensible Polycarpe !) *Cela ressort également des lettres qu'il a écrites* (ah ! ah !), soit à des *Eglises voisines* (les sept églises nommées dans l'*Apocalypse de Pathmos*) pour les confirmer dans la foi (ablation faite du millénarisme), soit à quelques-uns de nos frères pour les éclairer et les encourager (1). (Il n'y a que ce vilain Florinus qui persiste à en faire fi !) »

L'Eglise a bien compris l'importance de Polycarpe : elle en a fait un évêque de Smyrne, mort martyr en 155, et jehouddolâtre « depuis quatre-vingt-six ans, ainsi qu'il le déclare lui-même dans les *Actes* de son martyre. »

Si nous ôtons 86 de 155, (et le premier chiffre est là

---

(1) C'est Irénée qui de Lyon apprend à Florinus l'existence des *Lettres de Polycarpe* dont il y a deux espèces. Etonnamment renseigné, cet Irénée ! Par qui ? ne serait-ce point par Eusèbe ? Ou mieux encore par Rufin d'Aquilée ?

pour que nous le soustrayions du second,) nous obtenons 69. O miracle ! Polycarpe est jehouddolâtre depuis l'année qui a précédé la chute de Jérusalem ! Jeune garçon lorsque ce malheur international est arrivé, il n'a point entendu parler d'un certain Ménahem, roi-christ à Jérusalem deux ans auparavant, ni d'un certain Eléazar, roi-christ à Massada l'an d'après la chute de Jérusalem (1), il n'avait pas encore la mémoire assez forte pour inscrire que l'un était le frère du christ mort cinquantenaire, et l'autre son beau-frère. En revanche son jugement était assez développé pour souscrire sans réserve à la divinité du noble Bar-Jehoudda et à sa consubstantialité avec le Père.

Certes il avait ses idées, et qui n'étaient pas toujours d'accord avec celles de Rome. C'était un peu un homme de l'ancien temps. C'est ainsi qu'ayant fait le voyage de Rome pour voir Anicet, pape, et conférer avec lui sur diverses matières de religion, il tint sur certains points contre Anicet (2). Anicet et Polycarpe eurent beau se donner le baiser de la paix, Anicet ne put amener Polycarpe à célébrer la Pâque le dimanche, et Polycarpe à dissuader Anicet de la fêter ce jour-là. Ce diable de Polycarpe soutint, avec tous les jehouddolâtres d'Asie que la Pâque doit être célébrée le quatorzième jour de la lune au soir, (soit le 15 nisan, comme le christ aurait aimé le faire en 789,) et non le jour que l'Evangile assigne à la résurrection. Ayant vécu familièrement avec Jochanan et les autres apôtres (voilà le but du faux), il avait reçu d'eux cette coutume et n'en voulait démordre pour être agréable à Anicet.

(1) Cf. *Le Gogotha*, p. 114.
(2) Irénée, *Contra hœreses*.

De son côté, Anicet y regimbe, disant que tous ses prédécesseurs, y compris Clément, ont célébré la pâque le dimanche.

En fin de compte il ne convainc pas Polycarpe ; et dans Eusèbe Polycrate d'Ephèse, écrivant au pape Victor, déclare persister dans la tradition d'Asie, celle de l'Evangile qui, après avoir été celui de Cérinthe et celui de Clément, prédécesseur d'Anicet, est devenu celui de Jochanan. Mais ce sont là de petits travers qui ne nuisent point au témoignage de ces saints hommes sur Jochanan.

Le misérable Eusèbe fabriqua tous les faux qu'on voulut ; et lorsqu'il fut mort, on lui attribua tous ceux auxquels il n'avait pas pensé. Comme Irénée, Eusèbe est un *Corpus* de faux.

Grâce à lui nous possédons le témoignage, combien respectable ! de Polycrate, évêque de Smyrne, qui fait de Jochanan non seulement le quatrième Evangéliste du canon, mais encore le patriarche de toute l'Asie.

Il cite à deux reprises une lettre écrite au pape Victor par ce Polycrate, né un peu avant Irénée et par conséquent plus rapproché de l'ère apostolique. Polycrate, parlant des grands Juifs qu'a vus mourir l'Asie, cite l'apôtre Philippe, l'un des douze, et dit de Jochanan : « celui qui a reposé sur la poitrine *du christ*, qui a été grand-prêtre, portant le *pétalon*, (la coiffure du grand-prêtre de Jérusalem), qui a été *martyr*, (il ne l'est pas dans Prochorus), et qui a enseigné. »

Polycrate donne un détail visiblement emprunté à Cérinthe et qui suffit à dénoncer la supercherie : c'est dans le *Quatrième Evangile* seul que le christ repose sur le sein allégorique de Jésus. Voilà bien le disciple dont Clément s'est le premier attribué le rôle avant l'invention de Jochanan.

Jochanan aurait non seulement reposé sur le sein de Jésus, mais après avoir porté le *pétalon* qui distinguait le Grand-prêtre juif des sacrificateurs ordinaires, il reposait maintenant dans la ville d'Ephèse. Polycrate fait trop bonne mesure à Jochanan en le coiffant du pétalon. Ce pétalon toutefois va nous servir à dater la lettre de Polycrate : elle est postérieure à Irénée, à Eusèbe, et elle a pour but d'éliminer Papias qui porta dans Hiérapolis le pétalon patriarcal, tranchons le mot : papal.

Le pétalon était l'attribut exclusif du grand-prêtre de Jérusalem à qui les évêques l'empruntèrent dans le cours du troisième siècle.

Polycrate, en donnant cet attribut à Jochanan, dépossédait Papias du patriarchat. Coiffée du pétalon et tenant à la main *l'Evangile du bien-aimé*, Ephèse biffait Hiérapolis.

Victor, qui avait des archives bien tenues, possédait le témoignage de son prédécesseur Clément. Il accepta la lettre sans broncher. C'est lui qui l'avait commandée. Il s'agissait de démolir du même coup Clément en tant qu'apôtre et Papias en tant que pape, le tout au bénéfice de Victor (1).

Rien de plus précieux qu'un faux de cette nature, il en fait tomber cent. Victor ne reconnaît ni à Paul, ni à

(1) Une fois Polycrate lancé, on tira beaucoup de son penchant épistolaire. Dans la lettre qu'il écrit au pape Victor au sujet de la Pâque il se vante d'avoir succédé à Jochanan sur le siège d'Ephèse et d'être en communion d'idées avec Thraséas, évêque d'Eumenia, lequel fut martyr.

Aquila, ni par conséquent à Apollos, la gloire d'avoir les premiers prêché la résurrection dans Éphèse.

C'est la preuve qu'au point de vue historique on ne pouvait encore citer Saül en faveur de Bar-Jehoudda ni dans les *Lettres de Paul*, ni dans les *Actes des Apôtres*. Paul n'avait pas encore prêché Bar-Jehoudda en Asie, (trois ans rien que pour Éphèse). La vérité serait donc chez Ignace, évêque d'Antioche? On ne s'attendait pas à la rencontrer chez ce faussaire. Écrivant aux Éphésiens, l'évêque d'Antioche salue en Paul le père de leur Eglise, et ne souffle mot de Jochanan qu'il convient de laisser dans une ombre discrète. Qu'Ignace mente en général ou plutôt qu'on mente au nom d'Ignace, c'est un fait certain, mais ici on ment contre Victor, qui de son côté ment contre Ignace. Victor ne veut connaître que Jochanan, pourquoi? Parce que Rome est pourvue. Ignace ne veut connaître que Paul, pourquoi? Parce qu'Ephèse ne l'est pas. Qui a commandé la lettre de Polycrate? L'évêque de Rome. Celle d'Ignace? L'évêque d'Ephèse.

Irénée, lui aussi, écrit à Victor dans Eusèbe. Qui lui a commandé la lettre? Celui qui la reçoit.

Car comment se fait-il qu'Irénée, dont toute la gloire est de suivre Polycarpe, déclare à Victor que la célébration de la Pâque doit se faire le dimanche et non le 15 nisan? Que, contrairement à la doctrine des apôtres, notamment de Jochanan, de Polycarpe et de Polycrate, il se range à l'opinion d'un évêque plus ou moins compétent en la matière? Qu'il invoque contre eux l'exemple d'Anicet, de Pie, d'Hygin, de Telesphore, de Xyste, et de tous ceux qui ont régi l'Église de Rome avant Soter, prédécesseur de Victor? (1) En un mot, comment se fait-il que, disciple des disciples de Jochanan, il soit contre eux pour l'obscure individualité de Victor? C'est fort simple. Synode où se débat la question, lettre où Irénée la discute, tout est inventé par Eusèbe pour convertir à la date romaine les derniers tenants de la Pâque juive et influencer les Eglises d'Asie par l'exemple d'Irénée, qui engage toute la série des évêques romains d'Anicet à Soter dans une liste que pas un homme de son temps n'eût été capable de dresser.

Mais puisqu'Irénée est si fort en chronologie papale, il doit connaître l'ami Clément, le prestigieux successeur de Pierre et le mirifique auteur du livre dans lequel il prétend, étant l'un des douze, avoir reposé sur le sein de Jésus? Comment se fait-il qu'il attribue à Jochanan un honneur que Clément avait exclusivement revendiqué pour lui-même? Irénée, puisque tu connais si bien Polycarpe et ses moindres *Lettres,* tu ne peux manquer de connaître Clément, un autre homme, entre nous, que l'évêque de Smyrne? D'où vient que, sachant à fond tes *Constitutions Clémentines,* comme doit les savoir un docteur armé contre l'hérésie, tu ne saches pas également qu'un seul homme ici-bas a reposé sur le sein de Jésus, et que cet homme, c'est Clément le Romain, placé sur le trône pontifical par Pierre lui-même? Et quelle confiance veux-tu que nous mettions en toi, puisque, par une attribution purement arbitraire à Jochanan, tu dépouilles l'infaillible Clément d'un honneur qui lui revient par droit d'élection? Irénée, tu m'affliges. Oh! je sais que tu peux répondre: « Je n'ai

(1) D'Eleuthère, dit-on aujourd'hui. Va pour Eleuthère!

pas plus connu le glorieux Clément que le bienheureux Polycarpe. Ce n'est pas moi qui ai fourré dans mon livre Hygin et autres évêques de Rome jusqu'à Soter. On a profité de ce que nous étions morts pour nous faire parler, selon le principe des *Évangiles* et l'habitude de l'Eglise. » Tout ce que tu voudras, Irénée, ce n'est pas bien, tu m'as fait perdre la foi! D'ailleurs Clément est infaillible, et toi, simple évêque, tu le démens, et même tu le destitues, ce qui cesse d'être hérétique pour tomber dans l'anarchie, et de l'anarchie dans la damnation éternelle!

TABLE DES MATIÈRES

FABRICATION DE JOCHANAN ÉVANGÉLISTE

E. GREVIN — IMPRIMERIE DE LAGNY

ARTHUR HEULHARD

LE MENSONGE CHRÉTIEN — (JÉSUS-CHRIST N'A PAS EXISTÉ)

Sous ce titre générique : **LE MENSONGE CHRÉTIEN — (JÉSUS-CHRIST N'A PAS EXISTÉ)**, l'ouvrage complet se composera d'environ dix volumes in-8° écu comprenant, à côté du travail personnel de M. HEULHARD, l'édition critique de toutes les pièces connues sous le nom de *Nouveau Testament*.

EN VENTE :

I. LE CHARPENTIER

II. LE ROI DES JUIFS — III. LES MARCHANDS DE CHRIST

IV. LE SAINT-ESPRIT — V. LE GOGOTHA

Volumes in-8° écu de plus de 400 pages. — Prix : 5 fr. chaque.

Pour paraître en Octobre 1909

LE VOLUME VII :

LES ÉVANGILES DE SATAN

SOUSCRIPTION A L'OUVRAGE COMPLET

Prix réservé aux Souscripteurs :

En France : 4 fr. le volume, *franco.*
A l'Étranger (Union postale) : 4 fr. 50 le volume, *franco.*
Pays étrangers à l'Union postale : 5 fr. 50, *franco.*

Payable à réception de chaque volume.

Paris, **Arthur HEULHARD**, Éditeur, 6, rue Saulnier, Paris (IXᵉ).

E. GREVIN — IMPRIMERIE DE LAGNY

www.ingramcontent.com/pod-product-compliance
Lightning Source LLC
Chambersburg PA
CBHW050745030726
47505CB00002B/404